Hans Meyer zu Düttingdorf

Das Bernsteinmädchen

atb aufbau taschenbuch

Hans Meyer zu Düttingdorf wurde 1967 in Bielefeld geboren. Er ist Hochschuldozent, Unternehmenscoach und Musiker. Für seine deutschsprachigen Chansons wurde er bereits mehrfach ausgezeichnet. Durch seinen Partner, **Juan Carlos Risso**, lernte er Argentinien lieben. Gemeinsam entwickelten sie die Idee zu »Das Bernsteinmädchen« sowie zu den ebenfalls im Aufbau Taschenbuch erschienenen Romanen »Das Bandoneon« und »Unsere Seite des Himmels«. Die beiden leben in Berlin und in der Küstenstadt Necochea am argentinischen Atlantik.

Helenas Eltern betreiben am argentinischen Atlantik eine Pension, in der sie den deutschen Matrosen Karl kennen- und lieben lernt. Nach dem überraschenden Tod ihrer Mutter hält Helena nichts mehr in ihrer Heimat. Einzig ihren Vater muss sie schweren Herzens zurücklassen, als sie zu Karl an die Ostsee zieht. Doch dort tobt schon bald der Zweite Weltkrieg und auch Karl muss an die Front. Jahrzehnte später reist Helenas Sohn Robert von Buenos Aires nach Deutschland, um seinen Geburtsort aufzusuchen. Doch was hat es mit dem Bernstein auf sich, den Helena ihm vermacht hat? Und warum steht auf dem alten Familiengrab, dass er und seine Mutter 1945 hier beigesetzt worden seien?

HANS MEYER
ZU DÜTTINGDORF

DAS BERNSTEIN-MÄDCHEN

Roman

Nach einer gemeinsamen Idee mit
Juan Carlos Risso

atb aufbau taschenbuch

MIX
Papier aus verantwortungsvollen Quellen
FSC® C083411

ISBN 978-3-7466-3752-5

Aufbau Taschenbuch ist eine Marke
der Aufbau Verlag GmbH & Co. KG

2. Auflage 2021

Umschlaggestaltung www.buerosued.de, München
unter Verwendung eines Motivs von © Arcangel/Rekha Arcangel
Satz Greiner & Reichel, Köln
Druck und Binden CPI books GmbH, Leck, Germany
Printed in Germany

www.aufbau-verlag.de

Prolog

Robert schenkte sich nach und ließ sich in einen der Sessel sinken. Er war wieder zu Hause. Durch die Scheiben schillerte die Skyline des nächtlichen Buenos Aires. Die Terrasse auf der anderen Seite der Schiebetüren war sanft erleuchtet. Ob er eine gute Reise gehabt habe, hatte ihn der *Portero* unten am Eingang gefragt und ihm die Post der vergangenen Wochen überreicht. Robert hatte nicht gewusst, was er darauf antworten sollte.

Der Dorfpastor hatte ihm vor seiner Heimreise ein Stück Papier in die Hand gedrückt. Vielleicht gefalle ihm die Geschichte, hatte der gemeint. Nachdem er die Gasflammen des Sandsteinkamins eingeschaltet hatte, flogen Roberts Augen erneut über die Zeilen:

<u>Die Geschichte des weinenden Bernsteinmädchens</u>

Vor langer Zeit lebte ein junges Mädchen an den Küsten dieses Meeres. Es war von solcher Schönheit, dass selbst die Wellen es nicht wagten, seine Füße zu benetzen. Auch die Götter hatten das Kind mit einer besonderen Gabe ausgestattet: das Gold des Meeres zu finden, den Bernstein. Deshalb nannten sie alle im Dorf das Bernsteinmädchen.

Doch dort, wo Gabe und Glanz sind, wächst die giftige Pflanze, die Missgunst genannt wird. Denn als das Mädchen mit jedem Tag schöner wurde und immer mehr Bern-

stein sein Eigen nannte, wurden die Menschen im Dorf neidisch. Das könne doch nur mit dem Teufel zugehen, raunten schon die Ersten und andere stimmten ihnen zu. Immer wilder wurden die Gerüchte: Das Mädchen sei auf einem Besen geritten und habe der Müllerin das Fieber ins Kindbett gehext. Den Bauern habe es die Ernte verregnet und gar den Fischern einen Sturm auf die See geschickt. So könne es doch nicht weitergehen, da müsse man was tun!

Und so geschah es, dass in jener Nacht der Vollmond ein grausiges Verbrechen beschien. Entschlossen machten sich die Männer des Dorfes auf den Weg. Sie trieben das Bernsteinmädchen bis an den Strand und hinein ins bitterkalte Wasser.

Doch das Meer beschloss, diese Untat zu sühnen. Seine Wellen peitschten weit über den Strand und griffen nach den Hütten des Dorfes. Sieben Tage und sieben Nächte tobte das Meer, bis alle Männer und Frauen des Dorfes umgekommen waren.

Und wer ganz genau lauscht, der kann noch heute in jeder neuen Vollmondnacht ein sanftes Wimmern hören, das von den Wellen für ewig in die Dünen getragen wird. Das Weinen des Bernsteinmädchens.

Kapitel 1

»Sie erlauben?« Der Steward klappte den Tisch vor Robert auf und legte eine weiße Decke darüber. »Ich hoffe, Sie hatten eine angenehme Nacht, Señor Schnitter.«

»Danke, ja«, erwiderte Robert. »Allerdings schien es mir, dass es doch recht unruhig war.«

»In der Tat, Turbulenzen über dem Atlantik. Aber nun haben wir wieder schönstes Flugwetter. Wollen Sie die Sonnenblende aufschieben?«

Gleißendes Licht brach herein und zwang Robert, seine Augen zusammenzukneifen.

»Wann werden wir landen?«

»In gut einer Stunde erreichen wir Frankfurt. Was darf ich Ihnen zum Frühstück servieren, Kaffee oder Tee?«

»Kaffee, bitte!«

Während der Steward das aufgeklappte Plastikbrett in einen Frühstückstisch verwandelte, schweiften Roberts Gedanken ab. Fast vierzehn Stunden hatte der Flug von Buenos Aires gedauert. Von Frankfurt nach Berlin würde es dann nur noch ein Katzensprung sein. Schon oft war er in Deutschland gewesen, aber diesmal sollte es das erste Mal ohne beruflichen Hintergrund sein.

Was wäre wohl aus seinem Leben geworden, wenn damals nicht jener ungewöhnliche Kunde in dem kleinen Elektrogeräteladen aufgetaucht wäre?

»Ach, Sie sprechen Deutsch?«, hatte dieser erfreut festgestellt, und Robert dann nach seinem Werdegang ausgefragt. Kurz darauf kam das Angebot, das Roberts Leben unwiederbringlich verändern sollte. Alles basierte auf diesem einen Augenblick, diesem Zufall, der so unerklärlich eintraf, wie Zufälle es nun einmal tun. Und doch verbarg sich insgeheim hinter jedem die stille Frage nach dem *Warum*. Warum gerade ich? Warum gerade in jenem Augenblick? Während wir uns das Hirn über den tiefen Sinn des Zufalls zermartern, seine Regeln und Mechanik zu verstehen versuchen, verlieren wir gerne die Unberechenbarkeit des Zufalls aus dem Blick. Zufälle waren nun einmal verrückt. Verrückt wie die Welt, bei der alles, was auf ihr kreucht und fleucht, eben nur diesem einen Prinzip folgt: Prinzipienlosigkeit genannt Evolution. Zufall eben.

Der Mann im Laden hatte sich nur die Zeit vertreiben wollen, war zu früh am verabredeten Treffpunkt erschienen und hatte nicht unnütz herumstehen wollen. So war er in den kleinen Elektroladen gegangen, der hinter vergitterten Scheiben gebrauchte Fernseher und Radios anbot. Drinnen roch es nach ehrlichem Handwerk, Sparsamkeit und geringen Erwartungen an das Leben.

Als Robert den Mann auf der Türschwelle entdeckte, hatte er ihn sofort als Fremden erkannt. Nicht nur, weil er den Herren noch nie zuvor im Laden gesehen hatte – der Mann passte einfach nicht an diesen Ort, nicht in dieses Viertel, nicht in diese Stadt, deren Namen *Gute Luft* bedeutete, von der es in Roberts Viertel aber wenig gab. Ob er helfen könne, hatte er den Mann gefragt. Der Fremde hatte in einem katastrophal schlechten Spanisch mit deutschem Akzent geantwortet.

»Kann ich Ihnen helfen?«, hatte Robert wiederholt, diesmal auf Deutsch, und das erstaunte Gesicht seines Kunden genossen.

»Meine Mutter sprach gerne Deutsch mit mir«, hatte Robert erklärt, »und meine *Abuelos* Spanisch. So habe ich zwei Muttersprachen.«

Abuelos, das bedeute *Großeltern*, hatte Robert hinterhergesetzt. Der deutsche Begriff war ihm für die beiden so absurd und fremd vorgekommen, dass er ihn unbeabsichtigt unübersetzt gelassen hatte. Großeltern – dazu hätten sie ja überhaupt erst mal seine Großeltern sein müssen.

Als jener Mann, den der Zufall in Roberts Leben gebracht hatte, schließlich den kleinen Elektroladen wieder verließ, hatte Robert bereits das vage Gefühl, dass sich sein Leben verändern würde. Hatte er es tatsächlich gespürt, oder redete er sich das jetzt im Nachhinein nur ein? Unwissende dreiundzwanzig Lenze hatte er damals gezählt. Und heute, ein halbes Jahrhundert später, meinte er tatsächlich, sich seinem damaligen Ich eine Intuition zuschreiben zu müssen. Absurd.

Nein, er hatte nicht ansatzweise geahnt, was diese zufällige Begegnung in seinem Leben auslösen würde. Wie konnte er auch? Wie hätte er wissen können, dass dieser Mann zu Vertragsverhandlungen für seinen mächtigen deutschen Arbeitgeber über den Atlantik gekommen war? Damals, Ende der sechziger Jahre, sicherlich ein unerhörtes Unterfangen.

Als einige Monate darauf der Aufbau des neuen Elektrowerkes, eine Ausweitung der bereits bestehenden wirtschaftlichen Beziehungen zwischen dem deutschen Konzern und Argentinien, begann, wurde Robert als »Mädchen für alles« eingesetzt und hatte zwischen Aufgaben wie Sprachen gewechselt. Die Konzernführungsriege in Buenos Aires setzte sich fast ausnahmslos aus Deutschen zusammen. Scheinbar traute man den Ingenieuren vor Ort nicht.

Der fremde Kunde mit dem deutschen Akzent hatte ihn jedenfalls eingestellt: Robert scheine ein tüchtiger junger Mann zu sein und solle auf der Baustelle vermitteln. Robert hatte seine besondere Stellung im neuen Werk genossen. Er gehörte weder zur einen noch zur anderen Welt. Und er war ein Mann der ersten Stunde. Einer der wenigen, die danach geblieben waren.

Robert war schon immer so ehrgeizig gewesen, sich nicht mit dem zu begnügen, was er bereits hatte. Sonst würde er vermutlich noch heute selbstgestricktes Sportzeug und den Spott der Mitschüler ertragen müssen. Das Leben im Hafenviertel war hart und für ihn war es die Hölle gewesen: kein Vater, kein Geld. Gespuckt hatten sie auf ihn. Wer selbst nichts hatte, der suchte nach denen, die noch tiefer standen, denn nur nach unten konnte man erfolgreich treten. Und unten, da waren sie einst. Ganz unten.

Wenn er etwas von seiner Mutter gelernt hatte, dann war es, durchzuhalten. Niemals aufgeben, weitermachen, nach vorne schauen. Und auch den Fleiß hatte er von ihr geerbt, das war wohl der Anteil an Genen, die sie in ihrer deutschen Hälfte in sich getragen hatte.

Wie lange das alles her war. Ein ganzes Menschenleben bereits. Und heute reiste er mit seinen über siebzig Jahren wie selbstverständlich mit allem Luxus, den eine Reise zu bieten hatte. *Rüstig* würde man ihn auf Deutsch bezeichnen. Wie er fand, ein widerliches Wort. Etwas Demütigendes schwang darin mit. Ein unausgesprochener Nachsatz, der mit *obwohl*, *trotz allem* oder viel schlimmer noch *auch wenn* eingeleitet werden würde, und dessen Inhalt Robert sich lieber nicht ausmalen wollte. War er eitel? Nun ja, *rüstig* ließ kaum Platz für Eitelkeit, sondern schob stattdessen Bilder von Medikamenten auf Rollwagen vor sich her. Ja, er war eitel.

Nun schwebte er also wieder einmal deutschem Boden entgegen. Meist war er früher in München gewesen und nicht in Berlin, denn der Berliner Firmensitz war für seine Aufgaben nicht zuständig gewesen. Doch diesmal ging es in die deutsche Hauptstadt, diesmal war es etwas vollkommen Anderes, Neues, etwas – er hielt kurz in seinen Gedanken inne – Privates, was für eine unerhörte Verschwendung. Nein, das war es nicht. Ganz im Gegenteil, schließlich war es seine Mutter, die ihn zu dieser Reise aufgefordert hatte.

Doch welcher Teufel hatte ihn bloß geritten, tatsächlich diesen Weg anzutreten? Was wollte er in diesem winzigen Dorf irgendwo an der Ostseeküste? War es Neugier? Wahrheitssuche? Aber was für eine Wahrheit? Oder war es der verzweifelte Versuch, der Eintönigkeit seines Lebens zu entfliehen? Was hielt einen schon an einem Platz fest, wenn sich die Familie abgewandt und man die Arbeitswelt schon seit Jahren gegen den wohlverdienten Ruhestand getauscht hatte? Wohlverdient! Wie ein Hohn klang das Wort in Roberts Ohren. Er hatte immer gerne gearbeitet, sein Ruhestand dagegen war eine Kette, die ihn lähmte.

Er schüttelte die Gedanken ab und ließ sich vom gleichmäßigen Dröhnen des Flugmotors umhüllen. Robert fühlte sich seltsam geborgen in Flugzeugen. Gleich kurzes Umsteigen in Frankfurt und dann wäre er ja auch schon in Berlin.

Berlin. Zu seinen aktivsten Zeiten hieß die Hauptstadt Deutschlands noch Bonn, zumindest die Hauptstadt der

Hälfte Deutschlands, zu der sein Arbeitgeber gehörte. West-Berlin war damals noch eine eingemauerte Insel gewesen. Einige seiner Freunde hatten dagegen für ein Unternehmen in Kuba gearbeitet. Sie hatte es immer wieder in die Hauptstadt der Deutschen Demokratischen Republik, wie damals die andere Hälfte Deutschlands geheißen hatte, gezogen. Sie hätten leicht in dieses winzige Dorf reisen können, dieses nichtssagende kleine Etwas irgendwo kurz vor der Küste der Ostsee und an der Grenze zu Polen. Sie hätten es tun können, er nicht. Ihn hätte es viel Mühe gekostet. Doch versucht hatte er es nie. Eigentlich erstaunlich, dass er aber auch nie auf die Idee gekommen war.

Der Name des Dorfes stand in seinen Papieren. *Geburtsort: Ambershagen.* Das war es dann aber auch schon. Ein Baby hat keine Erinnerung, es gab keine Bilder in seinem Kopf zu diesem Fleckchen Erde. Es gab noch nicht einmal irgendwelche angegilbten Schwarz-Weiß-Aufnahmen in Kommodenschubladen, die mit aufkommender Rührseligkeit alle Dekaden wieder ans Licht befördert wurden, um dann für die nächsten Jahre in der muffigen Dunkelheit des Vergessens zu verschwinden. Nichts davon. Andere verbinden ja auch keine sentimentalen Gefühle mit dem Kreißsaal, in dem sie einst ihren ersten Schrei taten. In diesem Dorf wäre er ein Fremder unter Fremden, die nichts miteinander verband außer einem kurzen Stück gemeinsamer Weltgeschichte, einem verschwindend kurzen Stück.

Und seine Mutter? Sie wollte zeit ihres Lebens nicht über die kurze Episode auf deutschem Boden sprechen.

»Man soll die Toten ruhen lassen!«, hatte sie auf sein Nachfragen in früheren Zeiten brüsk geantwortet und ihm deutlich zu verstehen gegeben, dass das Dorf und ihre eigene Geschichte zwischen ihnen beiden kein Thema sein würde. Sein Vater sei nun mal im Krieg geblieben, sie habe ausreichend Tränen geweint und wolle das nicht alles noch mal durchleiden müssen. Das musste als Erklärung für ein lebenslanges Schweigen reichen.

Und doch würde er in nur wenigen Stunden in Berlin sein, das weder die Hauptstadt der DDR noch eine ummauerte westdeutsche Insel mehr war, sondern die Hauptstadt vom ungeteilten Deutschland. Dieses Deutschland, deren Bewohner mit sich selbst so seltsam haderten, und das doch für viele seiner Errungenschaften in Roberts Heimat Argentinien bewundert wurde. Und zwar für gerade die Eigenschaften, für die sich deren Bürger schämten. Seltsam. Und was noch viel seltsamer war, dass ihn seine Mutter selbst schickte. *Warum?*

Roberts Koffer war einer der ersten auf dem Gepäckband. Der *Priority*-Anhänger wirkte wie überall auf seiner Reise Wunder.

Was hatte er gekämpft für diesen Status. Seine Mutter mit Flickarbeiten an der Tischlampe, spätnachts, wenn sie glaubte, dass ihr kleiner Sohn schlief. Aber er konnte nicht schlafen. Die dunkle Kammer, die für sie beide Küche, Wohnzimmer und Schlafzimmer zugleich war, hatte ihm schon damals die Luft genommen. Während er Schlaf vortäuschte, hatte er die Hände zu Fäusten geballt, voller Zorn auf die Welt. Er wollte nicht, dass sie für andere Menschen so schuften musste, Wäsche flickte oder Hemden nähte. Es mache ihr nichts aus, hatte sie immer wieder beteuert, das sei doch ganz normal. Immerhin habe sie doch auch schon damals im Hotel gearbeitet, damals, als sie noch am Atlantik in

Quequen lebte, für sie sei das alles gar nicht schlimm. Und er hatte gesehen, dass sie log.

Vor dem Gate wartete ein junger Mann im Anzug mit einem Schild, darauf stand Roberts Hotel und sein Nachname. Robert ging auf seinen Fahrer zu.

»Bu-en-os Dias, Se-ni-or!«, radebrach der junge Mann.

»Sie können ruhig Deutsch mit mir sprechen. Es ist meine zweite Muttersprache. Ich wurde hier geboren.«

»Puh, na, da bin ich aber echt mal froh!«, antwortete Roberts Gegenüber erleichtert.

Nicht viel später hatten sie ihr Ziel erreicht. Während seines gesamten Aufenthalts stünde er inklusive Auto für Robert zur Verfügung, erklärte der junge Fahrer, als er das Gepäck aus dem Kofferraum der Limousine hievte und an einen auf dem mit einem Baldachin überspannten roten Teppich bereits wartenden Hotelpagen übergab.

»Ohne Auto würde es ja auch wenig Sinn machen«, konstatierte Robert amüsiert. Direkt schob er hinterher: »Heute Abend werde ich Sie nicht mehr brauchen, vielen Dank.« Der junge Mann nickte zufrieden.

»Super!«

»Super«, wiederholte Robert murmelnd und lächelte still in sich hinein. Sicherlich hatte der junge Mann etwas anderes vor, als ihn durch die Gegend zu kutschieren.

»Wie erreiche ich Sie morgen?«, hakte er nach.

»Einfach über die Rezeption.«

»Gut. Dann einen schönen Abend.« Robert drückte ihm eine Banknote in die Hand, die die Augen des Fahrers erstaunt strahlen ließen. Man musste *vorher* das Trinkgeld geben, und zwar üppig, auf keinen Fall erst hinterher. Nur so sicherte man sich eine ordentlich erbrachte Dienstleistung. Die Welt war korrupt, so ging nun mal das Spiel. Insbesondere, wenn man das Geschäftemachen in Argentinien gelernt hatte.

Robert hatte schon in vielen Hotels gewohnt. Irgendwie ähnelten sie sich alle. Mal war das Bad größer, mal der Ausblick schöner, aber schließlich blieb es ein Hotel. Ein Zuhause auf Zeit, das es nie schaffen würde, ein tatsächliches Zuhause zu sein.

Er strich seine Unterhemden glatt und hängte die Anzüge in den Schrank. Auf dem kleinen Beistelltisch an der Sitzgruppe hatte man eine Schale mit Obst platziert, eine Flasche Champagner kühlte in einem Gefäß mit einem *persönlichen* Gruß der Direktion daneben, gedruckt versteht sich, vermutlich tausendfach in den Schränken des Housekeepings gelagert. Immerhin auf Spanisch. Nicht schlecht.

Robert schob den Vorhang zur Seite und ließ das angestrahlte Brandenburger Tor auf sich wirken. Noch immer tummelten sich Touristen davor, obwohl es schon spät war. Zeitweise erhellten Blitzlichter für Bruchteile von Sekunden den Platz. Was für eine Unsitte, sich immer und überall selbst ablichten zu müssen, um sich dann der Welt zu präsentieren: Ich hier, ich dort, mein Frühstück, mein Abendessen, mein Besuch im Konzert, mein Traumurlaub, mein Brandenburger Tor. Die Eitelkeit hatte die Menschheit im Griff. In der Beilage einer der Zeitschriften in der Frankfurter Lounge hatte er gelesen, dass für einen russischen Oligarchen gar in Hamburg eine Werft hatte vergrößert werden müssen, damit sich dieser die längste Privatyacht der Welt hatte bauen lassen können. Einen Meter länger als das Exemplar, das bis dato die Spitze angeführt hatte. Keulenschwingende Neandertaler mit Brillantine im Fell. Die Welt war voller Idioten.

Streng genommen war er selbst nicht viel besser. Vielleicht nicht ganz so idiotisch, aber vermutlich mindestens genauso eitel. Auch er hatte ein besseres Leben gewollt und dafür gekämpft. Er hatte seiner Familie alles bieten wollen und das auch schließlich getan. Aber wofür? Seine beiden Söhne meldeten sich nur zu Feiertagen. Seine Frau hatte ihm den Rücken gekehrt. *Warum?*

Und auch seine Mutter war ihm zeit ihres Lebens ein Rätsel geblieben. Nicht einmal über das Haus am Meer, das er doch eigentlich nur ihr zuliebe gekauft hatte, war sie glücklich gewesen.

Er seufzte gegen die Wehmut an, die ihm in die Augen steigen wollte. Früher war er nicht so rührselig, aber seitdem er die Siebzig passiert hatte, war er weicher geworden. Dazu kam diese verdammte Einsamkeit. Er ließ die schweren Vorhänge wieder sinken, Brandenburger Tor und Touristen wurden aus seinem Blickfeld und seinen Gedanken verbannt.

Robert ließ sich in einen der Sessel fallen, seine Finger fuhren am Hals der Champagnerflasche entlang und glitten dabei über die Tauperlen, die sich auf dem kühlen Glas bildeten. Was erwartete er von dieser Reise in eine Vergangenheit, die nicht seine war?

Seine Gedanken wanderten zurück zu jenem entscheidenden Moment vor gut einem Jahr. Er hatte von der Testamentseröffnung nichts erwartet. Denn alles, was seine Mutter besaß, hatte sie ohnehin von ihm. Der Notar hatte ihn zum Termin eingeladen. Nur ihn allein, wie ihm auf Nachfrage bestätigt wurde.

»Meine Söhne, oder meine Frau?«

»Nicht nötig!«, war die knappe Antwort gewesen.

»Wir wollen es schnell machen, Señor Schnitter«, eröffnete der Notar.

»Das käme mir durchaus gelegen, Señor.« Dafür hatte Robert mehrere Gründe. Nicht nur, weil er ein Freund schnellen Handelns war, sondern auch, da es unerträglich heiß im Büro war. In Buenos Aires war flächendeckend der Strom ausgefallen und das mitten im Hochsommer. Die Stadt brütete schon seit mehreren Tagen. Im Frühling hatte es in den Märkten für wenig Geld mobile Klimaanlagen zu kaufen gegeben. Chinesischer Tand, der kaum mehr als eine Saison überstehen würde, aber alle hatten sich darauf gestürzt. Das Wetter sollte diese Käufe zunächst rechtfertigen: Der Sommer war selbst für Buenos Aires ungewöhnlich heiß gewesen und so summten in den meisten Haushalten die weißen Kästen mit den asiatischen Schriftzeichen darauf. Aber nicht für lange: Das hoffnungslos marode Stromnetz der Stadt war restlos überfordert gewesen und brach unter der plötzlichen Last in sich zusammen. Wofür – außer für den Erwerb eigener ausgedehnter Latifundien und Luxusappartements an der Fifth Avenue und den Champs-Élysées – hatte die über Jahrzehnte regierende korrupte Präsidentenfamilie eigentlich die öffentlichen Gelder genutzt? Eine Millionenstadt ohne Strom! Und ohne Strom, das bedeutete auch ohne Wasser und Abwasser. Menschen steckten in ihren Hochhauswohnungen fest, Fäkaliengeruch begegnete einem an jeder Ecke, erste Tote wurden gemeldet, die Kriminalität stieg beängstigend. Wer konnte, verließ Buenos Aires.

Robert selbst hätte dem Ganzen leicht entfliehen und zum

Beispiel nach Quequen gehen können. Am Atlantik direkt an der Küste herrschte immer ein angenehmer Wind und Strom gab es dort auch, aber seine Mutter hatte da bereits im Krankenhaus gelegen. Mit weit über neunzig war das Ende immer präsent und in jenem Sommer war es dann auch geschehen.

Und so litt er unter der allgegenwärtigen Hitze im Büro seines Notars. Selbst dessen alte Stadtvilla hatte sich aufgeheizt. Man versuchte mit Dunkelheit die hohen Räume erträglich zu halten, erfolglos. Roberts Schenkel klebten auf dem Ledersessel.

»Señor Schnitter, ich erspare uns das allgemeine Vorlesen der Gesetzestexte und was ich sonst noch alles zu tun hätte. Ich denke die aktuellen Bedingungen ...«, der Notar hielt kurz inne und wischte sich mit einem Handtuch den Schweiß aus dem Gesicht, »... rechtfertigen das. Einverstanden?«

Robert nickte.

»Ihre werte Frau Mutter hat mir vor langer Zeit einen Auftrag gegeben, den ich nach ihrem Tode ausführen sollte. Zum einen soll ich Ihnen das hier überreichen.« Er griff neben sich und platzierte ein kleines in ein Tuch eingeschlagenes Päckchen auf dem Tisch. »Zum anderen hat sie mich angewiesen, Ihnen Folgendes mitzuteilen.«

Er räusperte sich, holte von derselben Stelle, von der er gerade das kleine Päckchen entnommen hatte, einen Brief hervor und las ihn laut vor: *»Geh ins Dorf deines Vaters!«*

Für einen Moment herrschte eine unangenehme Stille.

Der Anwalt räusperte sich erneut. Robert spürte, wie ein Rinnsal von Schweiß seinen Nacken hinunterfloss. Schließlich reagierte er. Er sprach bedächtig, jedes Wort abwägend: »Sie hat bitte, was?«

»Sie sollen ins Dorf Ihres Vaters gehen. Das war's.«

»Aber ...«, hatte Robert gestammelt. Hatte ihn noch kurz zuvor die Hitze gelähmt, war es nun sein Unverständnis. Endlich fand er zu Worten zurück: »Aber, warum?«

»Keine Ahnung. Vielleicht erklärt ja das kleine Päckchen etwas.«

»Was ist denn drin?«

Der Notar schaute ihn gekränkt an.

»Ich habe es natürlich nicht ausgepackt, sondern so von Ihrer Mutter erhalten.«

Schon hatte Robert nach dem kleinen eingewickelten Gegenstand gegriffen. Er öffnete die Schnüre und wickelte Lage um Lage den Inhalt frei, bis etwas auf den Tisch purzelte.

Die beiden Männer starrten es an.

»Ein Bernstein?«, sagten der Notar und Robert beinahe wie aus einem Munde. Irgendwie meinte Robert etwas wie Enttäuschung im Gesicht des Testamentsvollstreckers zu erkennen. Vermutlich hatte dieser mit Wertvollerem gerechnet, Schmuck vielleicht oder echten Edelsteinen. Aber das?

»Ein Bernstein!«, wiederholte Robert stirnrunzelnd.

»Haben Sie eine Ahnung ...«, der Notar musste nicht weiterfragen, denn Robert schüttelte schon den Kopf.

»Nicht im Geringsten.«

Nun lag jener Stein auf dem Beistelltisch zwischen Champagnerflasche und Obstkorb. Robert hatte ihn nach dem Notartermin in einem Schmuckkästchen verwahrt, darin hatte er mal einen Ring für seine Frau verpackt. Irgendwie hatte er das hellgrüne Schächtelchen dafür passend gefunden.

Robert hielt den Bernstein gegen die Lampe und betrachtete, wie sich das Licht seinen Weg goldgelb hindurch bahnte. Ein Relikt aus einer anderen Zeit, einer anderen Epoche der Weltgeschichte gar. Ein bisschen Harz, heruntergetropft von einem Baum, der nun nicht einmal mehr als ein Hauch der Erinnerung existierte. Aber das Zeugnis seiner Wunde hatte die Jahrtausende überdauert, und mit ihm der Moment Zeitgeschichte, den es umschloss. Ein schöner Stein, durchaus. Ein ungewöhnliches Stück, groß, ebenmäßig. Er war zwar geschliffen worden, aber wohl niemals Teil einer Fassung gewesen. Vermutlich. Überhaupt, alles nur Vermutungen. Was hatte seine Mutter veranlasst, diesen schönen, aber letztlich recht wertlosen Stein beim Notar zu hinterlegen?

Sie hätte ihn Robert doch auch so geben können, oder eben seiner Frau. Oder, wären seine Söhne verheiratet, vielleicht auch einer ihrer Frauen. Aber die beiden hielten es ja lieber mit wechselnden Bekanntschaften. Lächerlich in ihrem Alter, sie waren nun beide schon lange keine Jungs oder gar junge Männer mehr.

Und warum ins Dorf seines Vaters? Er hatte seinen Vater nie kennengelernt, gerade mal knapp anderthalb Jahre an der Ostsee gelebt, und selbst Mutter hatte ja nur wenige Jahre in Deutschland verbracht. Zeit ihres Lebens hatte sie nicht darüber sprechen wollen. Einige Male hatte er versucht, etwas von ihr dazu in Erfahrung zu bringen, aber sie hatte stets geblockt: zu schmerzhaft, zu lange her, sie wolle nicht an all die Dinge erinnert werden. An welche Dinge? *Warum?*

Seufzend legte Robert den Stein in die kleine Schatulle zurück. Es war Zeit zu schlafen, der Jetlag hatte ihn schon viel zu lange wachgehalten. Morgen wäre ein neuer Tag, er würde sich ins Dorf seines Vaters fahren lassen. Und dann?

Kapitel 2

Elena schmeckte das Salz auf der Zunge. Sand rieb an ihren Füßen, der Wind spielte mit ihrem Haar.

Viel zu selten waren diese Momente am Meer, in denen sie ihren Pflichten entfloh. Sie konnte sich kaum mehr an die Zeit erinnern, als es noch ihre Mutter war, die sich um die Angestellten der Hotelgäste gekümmert und für deren Unterkunft und Verpflegung gesorgt hatte. Die bunte Mischung aus Fahrern, Zofen, Mädchen und sogar auch mal einem Butler, die als Gefolge der Noblen und Reichen die Sommerwochen zwischen Weihnachten und Ostern hier am Meer verbrachten, war zwar weniger anspruchsvoll, als es ihre Herrschaften in den Zimmern und Suiten des Hotels Quequen zu sein pflegten, doch schließlich wollten auch sie neben der Arbeit mit ihrer eigenen Herrschaft ein bisschen Sommerfrische genießen und dabei gut versorgt werden.

Elenas Gerichte waren deftig, die Portionen reichlich. Und die Abende, die in der Regel dann begannen, wenn sich gnädige Frau und edler Herr zur Ruhe begeben hatten, dauerten meist bis spät in die Nacht und verliefen oft feuchtfröhlich. So manches Mal musste Elenas Vater seine Gäste zur Ruhe mahnen, damit das Gejohle nicht zum Hotel hinüberscholl.

Seit einigen Jahren schon war Elena diejenige, die die einfachen Zimmer richtete und für Mahlzeiten am langen Tisch der Gesindeunterbringung sorgte. Währenddessen kümmerte sich ihr Vater als Hausmeister um das Hotel, angetrieben vom stets hektischen Direktor, der die ausgefallenen Wünsche seiner Gäste an ihn weitergab.

»Ich bin froh, dass ich die nicht auch noch bedienen muss«, hatte Elenas Vater mal gesagt. Ihm reiche es schon, das Hotel am Laufen zu halten. Unzählige goldglänzende Wasserhähne durften nicht tropfen, Badeöfen mussten gewartet und der Springbrunnen im *Patio* kontrolliert werden. Dazu kamen noch die Pferdeställe und Kutschenremisen, für die zwar ein Schirrmeister zuständig war, der ihren Vater bei handwerklichen Dingen aber gerne zurate zog. Einige der Gäste reisten mit dem eigenen Automobil an, und deren Fahrer nächtigten nicht nur in der Angestelltenunterkunft, sondern fragten auch nach dem ein oder anderen Werkzeug, manchmal sogar nach Ersatzteilen, die allerdings in Quequen, sechshundert Kilometer von Buenos Aires entfernt, nicht immer leicht zu besorgen waren.

Das Hotel Quequen gehörte zu den ersten Adressen, wenn es um Urlaub am Meer ging. Prachtvoll erstrahlte es unter der argentinischen Sonne. Die Zimmer und Suiten des Hotels reihten sich entlang einer weiß getünchten Klausur um einen Innenhof, in dessen Mitte ein Springbrunnen plätscherte. Ein ausladender Eukalyptusbaum spendete Schatten. Die Gäste verbrachten dort gerne die heißen Stunden des Tages bei Tee, Kaffee und Petits Fours, plauderten angeregt oder lauschten den Pianoklängen, die durch die offenen Fensterflügel des Salons in den Hof drangen. Weiß livrierte Kellner huschten lautlos zwischen Korbsesseln hin und her, räumten ab, schenkten nach und lasen den verwöhnten Augen Wünsche ab.

Das Hotel Quequen war das Zuhause von Elenas Familie.

Vater und Mutter hatten sich hier kennengelernt. Er war damals neu eingestellter Hausmeister, sie zu der Zeit noch Zimmermädchen. Es war Liebe auf den ersten Blick. Kurz darauf meldete sich bereits Elenas Ankunft an. Schnell wurde geheiratet. Als sich die vorherigen Betreiber der kleinen Angestelltenpension zur Ruhe setzen wollten, zögerten die zwei keinen Augenblick, ergriffen die Chance und übernahmen die Pension.

Und so wuchs Elena zwischen Gesindetisch und Hotelwerkstatt auf. Sie half beim Auftragen des Essens, stand an der Spüle und schüttelte die Gästebetten auf. Wenn in der Pension für sie nichts zu tun war – doch diese Momente waren selten –, so lief sie an den Strand. Ihre Liebe galt dem Meer. Die ewigen Wellen, die den Strand streiften, die Möwen, die in der Luft über den Klippen standen, und der ständige Wind, der hier in der Bucht der Winde, der *bahia des los vientos*, niemals schwieg. Die Bucht trug diesen Namen aufgrund eines bemerkenswerten Wetterphänomens: In den Sommermonaten passierte es, dass der Wind innerhalb weniger Stunden seine Richtung wechselte und sich einmal um sich selbst drehte. Eben noch blies er kalt vom Meer und trieb die Erinnerung des Südpols vor sich her, dann kam er schon heiß und trocken vom Land, wo er zuvor den Arbeitern auf den Feldern der *Estancia* den Staub auf die Haut geklebt hatte, um am Abend wieder aus der Richtung des ewigen Eises über den Ozean zu wehen.

Bei den Seefahrern war die Bucht der Winde und deren Einfahrt zum Hafen von Quequen ob ihrer schweren Schiffbarkeit berüchtigt. Felsen knapp unter der Wasseroberfläche lauerten darauf, den Männern bei stürmischer See ein kaltes Grab zu bereiten. Es waren nicht wenige Schiffe, die im Laufe der Zeiten hier gekentert waren.

Der Wind brachte aber nicht nur Wellen und Gefahr. Wenn die Strömung günstig stand, so schenkte er Elena das Gold des Meers, vor allem in den Wintermonaten. Sie hatte eine besondere Gabe, Bernstein zu finden. Schon als Kind funkelten ihr die kleinen Steine zwischen dem Sand und Kies entgegen, bevor die Wellen drohten, sie wieder ins Meer zurückzuziehen. Elena kniete sich auf den Strand und legte ihren Kopf so flach auf den Sand wie es nur eben ging, ohne dabei nass zu werden. Im Gegenlicht der Sonne entdeckte sie die winzigen Spitzen, die nur für wenige Augenblicke aufleuchteten. Es war, wie auf die Pirsch zu gehen, der Bernstein war das Wild, Elena die Jägerin.

»Du bist mir ein rechtes Bernsteinmädchen, Helena!«, hatte Mutter ihr einst gesagt. H-elena, mit einem stimmhaften H am Anfang. Niemand sonst sprach ihren Namen so aus. Es erinnere ihre Mutter an Deutschland, das Herkunftsland ihrer Ahnen, hatte sie einst gesagt. Sie hatte immer sehr viel Wert auf ihre Herkunft gelegt. Schließlich hatte sie sich sogar bei der Schreibweise des Namens im Geburtsregister gegen ihren Mann durchgesetzt: Helena – mit einem H am Anfang. Elena lernte Deutsch als zweite Sprache. Sie sprach es perfekt. Deutsch war nicht nur die Sprache ihrer Mutter, es wurde zu einer Art Geheimcode zwischen ihnen beiden. Vater tat verärgert, wenn die zwei auf Deutsch tuschelten, letztlich aber war es ihm nicht wichtig.

Diese schöne Zeit lag aber schon Jahre zurück. Mutters Tod hatte ihrer aller Leben grundlegend verändert. Elena musste viel zu früh erwachsen werden und Vater fand nie wieder zu seiner alten Fröhlichkeit zurück. Wenn es doch wenigstens noch Großeltern oder andere Verwandte gegeben hätte, Geschwister vielleicht, Onkel oder Tanten. Aber Mutter hatte Elena und ihren Vater allein zurückgelassen.

Über vier Jahre war das her. Noch vor ihrem Tod hatte Mutter erzählt, dass ein gewisser Hitler jetzt in Deutschland die Führung übernommen habe. Es wurde darüber nicht allzu viel in Argentinien berichtet, zudem hatten sie alle ohnehin keine Zeit, um über Politik nachzudenken, über Weltpolitik schon gar nicht. Mutter hatte nur gemeint, dass sie hoffe, dass es dem Land ihrer Vorfahren nun besser ergehen würde. Dieser Hitler versprach Besserung, versprach Arbeit, versprach dem Hunger drüben ein Ende zu bereiten.

Kurz darauf hatten sich erste Anzeichen der Krankheit gezeigt. Anfangs war es nur schleppend gewesen: Mutter hatte über Rückenschmerzen geklagt, mal eine Schwäche hier, ein Schwindelgefühl dort. Manchmal war ihr nur leicht übel gewesen, an anderen Tagen bekam sie kaum einen Löffel Suppe herunter. Sie hatten es auf die viele Arbeit geschoben, die Anstrengung sei einfach zu groß. Alle hatten das gesagt und sie drei hatten eifrig genickt. Sie hatten den anderen glauben wollen. Selbst noch zu dem Zeitpunkt, als Mutter immer häufiger das Bett hatte hüten müssen. Es gab Tage, da verließ sie es gar nicht mehr. Und auch die Schmerzen im ganzen Körper nahmen zu. Schließlich wurden die Zeiten, in denen sie auf war, zur Ausnahme. An jenem Tag, den Elena nie vergessen würde, hatte Mutter ihr übers Haar gestrichen und matt gelächelt.

»Meine Kleine. Meine Helena. Es tut mir leid, dass ich euch so im Stich lasse.«

»Mutter, du lässt uns doch nicht im Stich«, hatte Elena erwidert. »Das wird doch bestimmt wieder gut. Schau mal, Mutter, ich nehme dir so viel Arbeit ab, wie es eben nur geht. Dann kannst du dich erholen.«

Ihre Mutter hatte mit aufeinandergepressten Lippen gegen ihre Tränen gekämpft. Dann hatte sie Elena hinausgeschickt. Sie solle an den Strand gehen und ihr einen Bernstein suchen, hatte sie gemeint und sich von ihrer Tochter weggedreht.

»Das mache ich, Mutter!«, war Elena aufgesprungen. »Ich bin gleich zurück. Und du wirst sehen, ich werde den schönsten Bernstein für dich finden, den du je gesehen hast.«

Elena war mit bloßen Füßen zum Meer gelaufen. Es war früher Sommer, hoffentlich würde sie überhaupt einen Bernstein sehen. Zur warmen Jahreszeit stand die Strömung schlecht, da wurden nur selten Steine aus dem Meer angespült.

Sie kniete sich dorthin, wo der Spülsaum sich über den Strand erstreckte. Ihren Kopf senkte sie so weit hinunter, dass ihr Ohr nass wurde. Das Wasser war noch kalt, aber das machte ihr gar nichts. Sie wollte ihr Versprechen halten und für Mutter den schönsten Bernstein finden, den diese je gesehen hatte.

Der nasse Sand schien wie eine Fläche aus unruhigem Silber. Die Sonne ließ ihn glitzern. Elena kniff die Augen zusammen und ihr Blick glitt prüfend über die winzigen Steine, aber kein Bernstein feuerte sie an. Plötzlich ließ sie eine Stimme aufhorchen.

»Helena, Liebes, was machst du denn da?«

»Mutter!« Mit einem Satz war Elena auf den Beinen. »Mutter, du bist auf? Wie herrlich.«

Und tatsächlich kam ihre Mutter den Hang herunter. Sie zog ihre Schuhe aus und winkte Elena damit zu. Wie frisch und jung sie aussah, beinahe jugendlich. Sie strahlte übers ganze Gesicht, als ihre Tochter ihr entgegenlief. Elena umarmte sie fest.

»Meine Kleine, du erdrückst mich ja. Komm, lass uns nach Bernstein suchen.«

»Ich habe schon geschaut, Mutter, aber es ist nicht leicht jetzt im Frühsommer.«

Ihre Mutter ging am Strand entlang, Elena an ihrer Seite. Unvermittelt blieb sie stehen und schaute ein ganzes Stück vor sich. Ihr Finger wies in Richtung des Punktes, den sie im Blick hatte.

»Schau doch mal, Helena. Da hinten, das könnte einer sein, oder?«

In geübter Manier kniff Elena die Augen zusammen.

»Ich lauf gleich hin, Mutter.« Sie eilte dem goldglitzernden Punkt entgegen. Die Füße platschten im Wasser. Wenn das, was sie gerade fixierte, wirklich ein Bernstein war, dann würden sie in der Tat gerade den schönsten Bernstein finden, den sie und ihre Mutter je gesehen hatten.

Sie hatte die Stelle erreicht. Schnaufend bückte sie sich und griff nach dem edlen Fund.

»Mutter, schau nur!« Triumphierend riss Elena ihren Arm empor und drehte sich zu ihrer Mutter um. Aber als sie zurückschaute, war diese nicht mehr da.

»Mutter?«, rief Elena gegen den Wind, doch niemand antwortete. War sie nach Hause zurückgegangen? Elena umfasste den Stein und lief los. Sie wollte ihre Mutter unbedingt einholen, doch obwohl sie so schnell rannte, wie sie konnte, fand sie sie nicht. Schon hatte Elena den Sandstrand verlassen und stob über den vornehmen Rasen des Hotels in Richtung der Angestelltenunterkunft.

»Mutter?«, rief sie laut, als sie den Flur betrat.

»Oh, Elena, mein Kind. Oh Gott, Elena …« Elenas Vater kam ihr entgegen.

»Vater? Was ist denn? Wo ist denn Mutter hin? Ich habe einen Bernstein für sie.«

»Ach, Kind, es tut mir so leid, es tut mir so …« Er konnte nicht weitersprechen, sein Schluchzen schnitt ihm die Worte ab.

Hinter ihm folgten Angestellte des Hotels. Eine von ihnen hatte ein schwarzes Tuch in der Hand und hängte es über den kleinen Spiegel im Flur. Dann wandte sie sich zu Elena: »Elena, Liebes, mein herzliches Beileid.«

Elena verstand nicht, was um sie herum geschah. Was hatte das alles zu bedeuten? Warum war Mutter nicht hier?

»Elena.« Wieder war es die Angestellte, die zu ihr sprach. »Du wirst jetzt sehr tapfer sein müssen und deinem Vater eine Stütze sein. Noch mehr, als du es ohnehin schon warst.«

»Aber, was meint ihr denn alle? Warum weint ihr so? Wo ist Mutter?«

»Elena, deine Mutter ist vor zehn Minuten zu Gott heimgegangen.«

»Nein, das kann doch gar nicht sein. Sie war doch gerade noch unten bei mir am Strand. Schau doch nur, was wir gemeinsam gefunden haben.« Sie öffnete die Hand und zeigte den neuen Schatz darin, aber niemand achtete darauf.

»Elena, Liebes. Es ist leider wahr, Mutter ist tot«, sagte ihr Vater und schloss Elena in seine Arme.

»Nein, nein, nein!«, Elena wehrte sich mit aller Kraft gegen die Umarmung, aber er ließ sie nicht los. Schließlich gab sie auf und sackte heulend an seine Schulter.

»Ist ja gut, mein Kind«, er streichelte ihr über das Haar. »Alles wird gut, alles wird wieder gut.« Aber sein Trost klang hohl.

Elena musste mit diesem Tag erwachsen werden, dabei hatte sie gerade erst ihren dreizehnten Geburtstag gefeiert. Die Tage vergingen, aus Tagen wurden Monate und Monate zu Jahren. In den vier Jahren seitdem hatten Vater und sie nicht mehr über Mutter gesprochen. Nicht mal über ihr Erlebnis am Strand wollte er etwas hören. Wenn sie nur die geringste Andeutung machte, gebot er ihr, zu schweigen.

Doch trotz allen Schmerzes und aller Trauer kehrte der Alltag in ihr Leben zurück: Jedes Jahr nach Weihnachten kamen die Hotelgäste und mit ihnen ihre Angestellten. Das Hotel und die Pension waren dann voll bis zum letzten Bett. Bis zum Ende der Saison, meist nach Ostern, ging das so. Gäste kamen und gingen. Wie das Meer in seiner unermüdlichen Ewigkeit den Strand wusch, so schwappten die Menschen in die Pension hinein und wieder hinaus und hinterließen ihre flüchtigen Spuren. Morgens in aller Frühe stand Elena auf und bereitete das Frühstück. Kaffee war zu kochen, Tee aufzusetzen. Einige Gäste fragten nach Spiegeleiern, andere wollten gebratenen Speck. Der Tag begann, wenn es noch fast dunkel war. Sie alle mussten früh raus, um sich gleich nach dem Aufstehen um ihre Herrschaft kümmern zu können.

Das bedeutete für Elena, dass sie noch zeitiger aufstehen musste. Waren die Pensionsgäste aus dem Haus, ging es an die Zimmer: Betten aufschütteln, Böden wischen, die Badezimmer am Ende des Flurs reinigen. War diese Arbeit getan, hieß es auch schon wieder, sich um das Abendessen zu kümmern. Zum Glück konnten sie ab und zu etwas aus der Küche des Hotels abstauben. Reste des Vortages, die der Koch dort nicht mehr verwerten wollte. Diese Tage gaben Elena wenigstens kurze Verschnaufpausen in dem ewigen Kreislauf unendlicher Arbeit. Sie nutzte diese Augenblicke, um an den Strand zu gehen. Und jedes Mal musste sie an jenen Tag denken – und an ihre Mutter.

In jenem schwarzen Jahr war ein Musiker aus Buenos Aires ihr Gast in der Pension gewesen. Er war als Pianist für den Sommer engagiert, damit er die Gäste mit sanfter Musik verwöhnte. Eduardo wurde zur Stütze für Elena. Er war der Schwarm aller weiblichen Angestellten: dunkle Augen, volles Haar und durch sein Hemd schimmerte ein Körper, der so manchem Athleten Konkurrenz gemacht hätte. Aber Elena war diese Schwärmerei fremd. Nicht nur, weil sie für derartige Dinge noch zu jung gewesen war, zumal ihr Vater ihr gehörig die Leviten gelesen und Eduardo des Hauses verwiesen hätte, sondern vor allem weil ihr der Musiker in ganz anderer Weise etwas bedeutete.

Eduardo hörte ihr zu, er gab ihrer Trauer ein Zuhause. Obwohl sie ihn kaum kannte und er ihre Mutter nur kurz kennengelernt hatte, konnte sie mit ihm über ihren Schmerz sprechen.

Eines Tages, es war unmittelbar nach dem Frühstück gewesen und die anderen Gäste waren bereits aufgebrochen, hatte er noch allein am Tisch gesessen.

»Eduardo, möchten Sie noch etwas?«, hatte Elena gefragt.

»Nein, danke, nur noch meinen Kaffee austrinken.« Er hatte den groben Becher erklärend in die Höhe gehoben. »Und Elena, duze mich ruhig. Ich bin zwar wesentlich älter als du, aber wir Musiker duzen uns schließlich auch alle untereinander, und die Angestellten hier doch auch.«

»Gerne.« Elena hatte ihm zugenickt.

Er beobachtete sie, während sie den Tisch abräumte. Sie spürte seinen Blick im Rücken. Der hatte aber nichts Verwerfliches, nichts, das ihr hätte unangenehm sein müssen, denn genau das Gegenteil war der Fall: Er spendete Trost und Wärme.

»Es tut mir wirklich leid für euch, Elena.«

Elena ließ kurz ihre Hände in das Spülwasser sinken. Statt einer Antwort nickte sie nur. Sie zwang ihre Gedanken auf das schmutzige Geschirr vor sich. Sie wollte nicht weinen. Mit Wucht ließ sie die Spülbürste wieder kreisen. Hinter sich hörte sie ihn über die Bank rutschen, die Küchentür quietschte, er war fort. Überrascht drehte sie sich um, die Küche war leer und auf dem Tisch stand noch die halb gefüllte Kaffeetasse. Kopfschüttelnd griff sie danach und hätte beinahe den Rest schon weggeschüttet, da war Eduardo zurück.

»Halt, ich trinke das noch.«

»Entschuldigung.« Elenas Blick fiel auf das Instrument, dass er mitgebracht hatte.

»Mein Bandoneon«, lächelte er sie an und schon platzierte er sich auf der Ecke der Sitzbank. Seine Hände griffen durch ledernde Halteschlaufen und fanden in oft geübter Manier die elfenbeinfarbenen Knöpfe, die an beiden Seiten des Balges eine Art Tastatur bildeten.

»Bandoneon? Aber Sie sind ... Entschuldigung!«, korrigierte sie sich selbst »Aber du bist doch Pianist. So dachte ich zumindest.«

»Das hier«, der Musiker klappte mit der flachen Hand auf das Instrument auf seinem Schoß, »das ist meine wahre Musik. Das ist Leidenschaft, das ist Schmerz, Freude, Gefühl. Klavier ist Schöngeisterei, wohlgeformte Töne in kalkulierter Anordnung. Sauber und adrett, in ewig währender Monotonie, ohne Mut, aus dem vorgegebenen Raster auszubrechen. Aber das Bandoneon, das darf weinen und lachen, darf höflich sein und murren, darf sauber daherkommen wie ein Mädchen zur Kommunion oder angeschmutzt wie eine Straßendirne. Das Bandoneon ist wie das Leben, und der Tango füllt es mit Gefühl. Komm, setz dich zu mir, ich will es dir zeigen.«

Elena tat wie geheißen. Im Wasser wartete Geschirr darauf gereinigt zu werden, den Flur entlang reihten sich Zimmer, die gemacht, und Bäder, die geputzt werden wollten. Das alles war ihr in diesem Augenblick egal. Eduardo und sein Bandoneon zogen sie magisch an.

»Schau mal!« Seine Finger streiften die Knöpfe. »Sie haben keine Logik, keine Reihung, und doch können sie alle gemeinsam ein wunderbares Konzert geben.« Er spielte einige Töne. Um eine Tonleiter zu erzeugen, mussten seine Finger in einem scheinbar unkoordiniertem Zickzack über die Knöpfe jagen. »Jeder Ton für sich hat einen geheimen Bruder, einen dunklen Zwilling, ähnlich und doch anders.«

»Einen Zwilling?« Elena verstand kein Wort.

»Hör selbst!« Eduardo drückte eine Taste und zog den Balg weit auseinander, beinahe bis zum Anschlag. Elena musste sich zur Seite lehnen, damit er überhaupt genug Platz hatte. Eduardo brachte sie zum Lächeln, als er mit zitternden Bewegungen bei weit ausgestreckten Armen den Ton wimmern ließ.

»Und nun pass auf!« Er wechselte die Richtung und drückte den Balg wieder zusammen.

»Ah, ich verstehe«, lächelte Elena erneut. Obwohl es der gleiche Knopf war, den Eduardo gedrückt hielt, änderte sich der Ton. »Der unsichtbare Bruder, der Zwilling. Das gefällt mir.«

»Soll ich dir etwas vorspielen?«

»Oh ja, gerne!« Elenas Augen strahlten. Und Eduardo setzte an.

Sanft, beinahe zärtlich zauberte er die ersten Töne hervor. Sie schwebten auf seidenen Flügeln durch die Luft. Die einfache Küche verwandelte sich in einen Konzertsaal. Die Musik schwoll an, sie war von solch schöner Melancholie, dass es Elena schüttelte. Sie konnte nicht mehr an sich halten. Tränen schossen ihr in die Augen.

Eduardo hörte auf zu spielen und setzte das Bandoneon auf den Boden. Er legte den Arm um sie und Elena ließ sich an seine Schulter sinken. Sie konnte nicht aufhören zu weinen.

»Ist ja gut, ist doch alles gut, Kleine«, versuchte er sie zu trösten. Nach einiger Zeit beruhigte sie sich schließlich und setzte sich wieder auf. Sie zog die Nase hoch und trocknete sich mit dem Handrücken die nassen Augen. Verlegen lächelte sie ihn an: »Entschuldigung!«

»Aber nicht doch. Entschuldige dich doch nicht für deine Trauer. Oder entschuldigst du dich etwa auch, wenn du fröhlich bist?«

Elena schüttelt den Kopf.

»Na, siehst du. Trauer und Fröhlichkeit, die heimlichen Zwillinge und ungleichen Brüder. Sie sind der unterschiedliche Klang des gleichen Gefühls.« Er lächelte sie an und nickte ihr aufmunternd zu.

»Weißt du«, traute sich Elena nun zu sprechen, »ich vermisse Mutter so schrecklich. Es ist nicht wegen der vielen Arbeit, die habe ich zuvor auch schon machen müssen, sie war ja schon einige Zeit sehr krank. Aber sie war in gewisser Hinsicht meine beste Freundin. Zu ihr konnte ich mit allen Problemen kommen. Dann nahm sie mich in den Arm und sagte mir, dass alles wieder gut würde. Gerade so, wie du es jetzt getan hast. Aber im Gegensatz zu allen anderen war bei ihr dann, und das ist seltsam, auch wirklich alles wieder gut.«

»Das ist eine Gabe, die nur Mütter besitzen, Elena, alles gut werden zu lassen. Wer weiß, vielleicht hat ja sogar eben gerade deine Mutter durch mich oder durch das Bandoneon zu dir gesprochen, um dir zu sagen, dass alles wieder gut wird.«

Wieder brach Elena in Tränen aus. Eduardo griff in seine Tasche, zog ein Tuch hervor und reichte es ihr. Sie nahm es dankbar an. Als sie sich wieder beruhigt hatte, streckte sie ihm das Tuch entgegen. Sie zuckte entschuldigend mit den Schultern.

»Es ist nass.«

Eduardo lachte.

»Das ist gut, dafür ist es ja da.«

Jetzt sammelte Elena all ihren Mut, atmete kurz durch und dann fing sie an zu sprechen. Den Blick richtete sie stur geradeaus, denn eines wusste sie, würde sie ihn ansehen, verließe sie vermutlich der Mut.

»Eduardo. Ich habe eine Frage. Gibt es wirklich Dinge zwischen Himmel und Erde, die, so wie das Sprichwort sagt, nicht zu erklären sind, aber dennoch stattfinden?«

Da Eduardo nicht antwortete, setzte sie nach.

»Ich meine, können Dinge geschehen, die unmöglich geschehen können, die nicht zu erklären sind und dennoch passieren?«

Und da er immer noch nichts sagte, erzählte sie ihm nach kurzem Zögern, was seinerzeit am Strand geschehen war. Als sie endete, schwieg er noch immer. Elena war der Verzweiflung nahe. Hatte sie sich gerade zum Narren gemacht?

»Eduardo, glaube mir, sie war da. Ich habe mit ihr gesprochen, ich habe sie sogar umarmt. Und es ging ihr wunderbar, sie war gesund, frisch und munter, wie in den guten Zeiten. Und doch ist sie genau zur selben Zeit ...« Elena wollte diesen Satz nicht beenden. Erst jetzt bemerkte sie, dass der Musiker Tränen in den Augen hatte. Er schluckte schwer und seine Stimme klang rau.

»Oh, Kind, wie wunderbar. Das ist das Schönste, was ich in meinem Leben hören durfte.«

»Wie meinst du das?«

»Aber begreifst du denn nicht? Deine Mutter hat sich von dir verabschiedet.«

»Du meinst ...?«

»Aber natürlich. Selbstverständlich hast du das erlebt, selbstverständlich ist das wirklich geschehen und selbstverständlich passieren Dinge auf dieser Welt, die wir nicht erklären können. Bewahre die Erinnerung an diesen wundervollen Augenblick gut auf. Deine Mutter hat dir das größte Geschenk deines Lebens gemacht.«

Elena lächelte befreit. Einem spontanen Gefühl folgend griff sie in die Tasche ihrer Schürze und zog den Bernstein jenes Tages hervor. Eduard betrachtete ihn eine ganze Weile. Dann sagte er leise: »Der ist wunderschön. Woher hast du den?«

So erzählte sie ihm auch den Rest der Geschichte. Als sie geendet hatte, schaute er sie lange an, ohne ein Wort zu sagen. Schließlich lächelte er.

»Elena, was du da erlebt hast, ist ein Wunder. Es ist wirklich ein echtes Wunder. Dieser Stein wird das Wertvollste sein, das du in deinem Leben je besitzen kannst. Weder Gold noch Silber können das aufwiegen. Weißt du, dass Bernstein auch die *Träne des Meeres* genannt wird?«

Er beugte sich vor und nahm das Bandoneon wieder auf den Schoß. Wenige Augenblicke später schwebten die ersten Zeilen eines Tangos sanft durch den Raum. *¡Pa'qué lagrimear! – Wozu Tränen vergießen?*

Kapitel 3

»Was für ein geiler Tag heute.«

»Wie bitte?«

»Na, das Wetter und so. Perfekt fürs Meer!«

»Ah, ja, in der Tat, wirklich …«, amüsiert hielt Robert kurz inne, »… geil!«

Der Fahrer hatte ihn in der Hotellobby bereits erwartet. Der Wagen sei in der Tiefgarage, er werde ihn gleich vorfahren, sagte der Mann. Und er heiße Rico.

»Das ist nicht nötig, gehen wir einfach zusammen in die Garage.«

Kurze Zeit später nahm Robert im Fond Platz. Während Berlin an seinem Fenster vorbeizog, musste er sich zusammenreißen, nicht einzuschlafen. Der Zeitunterschied machte ihm zu schaffen. Früher hatte er leichter damit umgehen können. Seine Gedanken wanderten wie am Vorabend wieder zu dem Bernstein, der jetzt sicher im Gepäck verstaut im Kofferraum mitreiste. Er würde es tatsächlich tun. Robert war überrascht über sich selbst, er reiste ins Dorf seines Vaters. Verrückt! Absolut verrückt. Irgendwie war es aber auch schön, mal etwas Verrücktes zu tun. Er fühlte sich dadurch jünger. Und das tat ihm gut. Lange hatte er sich auf seine gute Kondition verlassen können. Eine Kondition, die er sich in einer Jugend mit täglichem Überlebenskampf in den Gassen des Hafenviertels antrainiert hatte. Überleben, nicht kleinkriegen lassen, durchhalten. Haken einzustecken gehörte dazu. Dieses Durchhaltevermögen hatte ihn stets begleitet.

In den vergangenen Jahren ging es jedoch bergab. Nach außen war er zwar noch immer fit und gesund, aber so manch ein Zipperlein und Nachts-raus-aus-dem-Bett gehörten schon lange zum täglichen Leben. Kein Wunder mit über siebzig. *Älter werden ist, wie auf einen Berg steigen: Je höher man kommt, desto mehr sind die Kräfte verbraucht, aber mit jedem Meter sieht man weiter.* Angeblich hatte das Ingmar Bergman einst gesagt. Recht hatte er, dachte Robert. Aber was, wenn es mit der Weitsicht gar nicht mehr weit her wäre, wenn ihm eines Tages sein Geist einen Streich spielen würde? Man konnte seinem Kopf schließlich nicht entkommen. *Ich glaube, was ich sehe!,* war doch letztlich nur: *Ich glaube, was mein Gehirn mir sagt, dass ich es sehe.* Und das musste nicht immer richtig sein. Davor hatte er Angst.

»Haben Sie gut geschlafen?«, riss der Mann am Steuer ihn aus den Gedanken.

»Bitte? Ach so, ja, danke, gut.«

»Ich auch.«

»Fein.« Robert betrachtete den jungen Mann im dunklen Anzug. *Und die, die noch unten am Berg stehen, haben nichts davon, dass man ihnen von der Aussicht ganz oben berichtet, sie müssen es selbst erleben.* Wie alt mochte der Fahrer sein? Gute zwanzig vielleicht. Er konnte sein Alter schlecht schätzen, dafür war der Altersunterschied einfach zu groß. Fünfzehn Jahre plus oder minus könne man einigermaßen genau treffen, alles darüber oder darunter sei dann einfach alt oder jung. Das hatte Robert mal in einer Zeitschrift beim Friseur gelesen. Für ihn war der Fahrer demnach also einfach jung. Und für den Fahrer war Robert dann also … Er führte den Gedanken nicht zu Ende.

»Und Sie sind also beim Hotel angestellt?«, fragte Robert, mehr um höflich zu sein als tatsächlich interessiert.

»Was, ich? Aber nein. Ich geh zur Uni.«

»Ah, interessant. Was studieren Sie denn?«

»Na ja, also derzeit noch nichts so richtig. Ich weiß nicht so recht, was ich machen will.«

»Soso. Nicht einfach, oder?« Eine solche Haltung war Robert in Wirklichkeit aber vollkommen fremd.

»Ich lass mir Zeit.«

»Und Sie haben ansonsten keine Verpflichtungen, können tatsächlich mehrere Tage aus Berlin fort?«

»Klar, hält mich ja nicht viel. Und so ein bisschen Extrageld kann man ja immer gebrauchen.«

»Das ist wohl wahr.« Diese Haltung wiederum war Robert durchaus vertraut. Wie sehr hatte er seinerzeit die anderen beneidet, die sich wie selbstverständlich ihr Studium von den Eltern finanzieren ließen. Schule – Universität – Beruf; so war das bei denen gewesen. Er dagegen hatte bereits tagein, tagaus auf den Baustellen des Konzerns gearbeitet, als er sich entschied, lernen zu wollen. Zu Hause las er bis in die späten Nachtstunden. Nicht selten fand ihn seine Mutter am nächsten Morgen mit dem Kopf auf einem aufgeschlagenen Buch am Tisch eingeschlafen.

»Und außerdem klang das irgendwie spannend, was Sie da vorhaben«, sprach der Student weiter.

»Was habe ich denn vor?«

»Keine Ahnung, dieses Dorf, in das Sie da wollen, sagt mir nichts. Und ich dachte mir: Da kommt ein Mann aus Argentinien und will ausgerechnet in ein Dorf, das niemand kennt. Da muss doch was dran sein. Und so 'nen bisschen ans Meer schadet ja ohnehin nie.«

Die Wendung ihres Smalltalks war Robert unangenehm. Er versuchte, ihr Gespräch wieder in sicherere Bahnen zu bringen: »Und Sie haben sich also über die Wegstrecke bereits erkundigt?«

»Nicht nötig, ist doch alles hier drin!« Der Student hielt sein Smartphone hoch.

»Ach so, ja natürlich. Alles da drin. Wissen Sie, wir hatten früher durchaus auch mal hier noch was drin.« Robert tippte sich lächelnd an die Stirn und sein Fahrer grinste in den Rückspiegel.

Sie fuhren durch Berlin, die pompöse Mitte wich durchschnittlichen Fassaden, immer seltener wurde diese nichtssagende Austauschbarkeit von Ausnahmen unterbrochen.

»Und warum soll es nun ausgerechnet in dieses Dorf gehen?«, kehrte der Fahrer wieder zum Thema zurück und nickte in Richtung der elektronischen Karte auf seinem Telefon.

Robert überlegte, wie viel er von seinem Vorhaben preisgeben wollte. Nach kurzem Abwägen war ihm klar, dass er den neugierigen Studenten kaum vollkommen außen vor lassen können würde. Er griff in die Brusttasche und holte seinen Ausweis hervor und wedelte damit.

»Weil es hier drinsteht!«

Ein Stirnrunzeln, über den Rückspiegel an Robert geschickt, war die Antwort. Robert lächelte und erklärte, dass er sich auf den Spuren seiner Familiengeschichte befinde.

»Echt? Wie geil ist das denn! Das heißt, Ihre Familie

kommt aus Deutschland. Ach nee, ist ja noch krasser: Wenn das in ihrem Pass steht, sind Sie ja sogar selbst in Deutschland geboren, oder? Dann sind Sie ja Deutscher!«

Robert wollte darauf nicht antworten, er konnte es nicht. Er hatte immer zwischen zwei Welten gelebt. Deutscher Vater, argentinische Mutter, geboren im norddeutschen Nirgendwo kurz vor Ende des Krieges, aufgewachsen in den dunklen Straßen von Buenos Aires, aufgezogen von Großeltern mit spanischen Wurzeln, die gar nicht seine Großeltern waren, mit einer Mutter, die trotz totaler Überforderung zwar ihr Bestes gab, deren Nähe er aber zeit seines Lebens vermisst hatte. Also, was war er denn? Er war Argentinier, das war klar. Und sein Schicksal teilte er mit vielen seiner Landsleute, vor allem Menschen seiner Generation. Argentinien war nicht Deutschland. Und Lateinamerika war ganz und gar nicht Europa, mit diesen Grenzen, die, seit mehr als tausend Jahren manifestiert, immer wieder neu umkämpft, verändert, verschoben, verloren, zurückerobert wurden. Und das Hafenviertel von Buenos Aires war wahrlich kein norddeutsches Bauerndorf, dessen Familien seit Jahrhunderten schon Nachbarn waren. In Argentinien war kaum jemand ausschließlich Argentinier, sondern immer auch Italiener, Spanier, Engländer oder eben Deutscher. Sogar ihre Art, Spanisch zu sprechen, unterschied sie. Und damals in Roberts Kindheit, als das zerbombte Europa ausgehungert und verwundet nach Amerika floh und mit den Erinnerungen an eine untergegangene Zeit weiterlebte, noch viel mehr als heute. So war es nicht verwunderlich, dass die meisten vom Herkunftsort der Großeltern oder Urgroßeltern im alten Europa wussten, auch wenn sie selbst diesen niemals in ihrem Leben sehen würden. Sie hatten vielleicht einige Fotos, verwelkt in alten Zigarrenkisten, von den Vorfahren geerbt. Die Geschichten der Alten hingen daran, Geschichten aus einer anderen Welt und einer anderen Zeit, die in deren Köpfen zwar noch existierten, jedoch mit den Jahrzehnten verblassten.

Robert dagegen hatte sie in sich selbst finden müssen. Er selbst war seine Heimat geworden, denn er hatte sich nirgendwo heimisch fühlen können.

»Nein, ich bin Argentinier«, beantwortete Robert die Frage des Fahrers.

»Aber wenn Sie deutsche Eltern haben, dann sind Sie doch Deutscher. Ist das nicht dieses Gesetz mit dem Blut und so?«

»*Ius sanguinis* meinen Sie, das Gesetz der Abstammung.«

»Genau. Ius … und so weiter. Klingt so ein bisschen wie eine italienische Pasta, oder? So wie Linguinis.«

»Linguine meinen Sie vermutlich.« Robert seufzte lautlos.

»Okay, aber wenn doch Blut und so, dann sind Sie also doch Deutscher.«

»Meine Mutter ist oder, besser gesagt, war Argentinierin. Und ich bin in Argentinien aufgewachsen. Hier bin ich lediglich geboren, nicht mehr. Ich habe überhaupt keine Erinnerungen an Deutschland, außer berufliche, aber das kam viel später.«

Natürlich würde Robert von so einem jungen Burschen nicht erwarten wollen, dass der verstand, was es bedeutete, in einem Land wie Argentinien zu leben, geschweige denn ein Leben wie seines zu leben.

»Sie waren beruflich in Deutschland, aber nie in Ihrem Heimatdorf?«

»Junger Mann …«

»Nennen Sie mich doch Rico.«

»Nun begreifen Sie doch!«, Robert fühle sich angegriffen von der penetranten Nachfragerei. »Es ist nicht mein Heimatdorf, es ist lediglich mein Geburtsort. Und, ja, tatsächlich war ich nie dort.«

Sie schwiegen.

Die Stadt war mittlerweile einer gleichmäßigen Landschaft gewichen. Die ausgedehnten Felder erinnerten Robert an den Teil der Pampa, den sie immer durchquert hatten, um ans Meer zu fahren. Immer direkt nach Weihnachten ging es los. Zusammen mit Tausenden anderen, immer dann, wenn ganz Buenos Aires in einer Blechlawine über die *Autopista* gen Süden in die Sommerferien rollte.

»Waren Sie denn oft in Deutschland?«, durchbrach der Fahrer die Stille.

»Des Öfteren.« Robert hatte nun definitiv keine Lust, seinen beruflichen Werdegang diesem noch halben Kind mitzuteilen. Er war in seinem Leben oft gereist, nicht nur nach Deutschland, hatte für seinen Konzern sogar während der Militärdiktatur in den siebziger Jahren Buenos Aires verlassen und war nach Brasilien gegangen.

»Und nun also in dieses Dorf.«

»Genau. Wer weiß, vielleicht gibt es ja noch Spuren der Familie meines Vaters, entfernte Verwandte oder so etwas in der Art.«

»Spannend.«

»Abwarten. Aber ja, vielleicht, für mich jedenfalls schon.« Irgendetwas musste seine Mutter schließlich dabei bezweckt haben, dass sie ihm per Notar den Auftrag gab, ins Dorf seines Vaters zu reisen.

»Aber, ganz ehrlich, mit der Kutsche hier machen Sie da keinen besonders guten Eindruck.«

»Was meinen Sie?«

»Na ja, der dicke Wagen und so, damit haben wir hier im Osten nicht so die besten Erfahrungen gemacht.«

»Inwiefern?«

»Nach der Wende waren Leute – Entschuldigung, dass ich das so sage – wie Sie irgendwann nicht mehr gerne gesehen.«

»Leute wie ich? Meinen Sie Argentinier?«

Der junge Mann lachte: »Nein, nicht doch. Wessis, Leute aus dem Westen, die ihre Geschäfte im Osten machen wollten. Versicherungsheinis, Autoverkäufer, Immobilienmakler – das ganze Gesocks halt. Wir hatten doch allesamt keine Ahnung von solchen Sachen. Da wurden viele über den Tisch gezogen.«

»Aber Sie sind doch noch viel zu jung, um das erlebt zu haben. Oder irre ich mich da?«

»Stimmt schon, ich war gerade mal geboren, aber meine Mutter hat das erzählt und meine Großeltern auch.«

»Aha. Und Sie meinen, obwohl das alles schon so lang her ist, würde man mir, wenn wir mit diesem Auto vorfahren, noch immer nicht freundlich begegnen?«

»Es würde es zumindest nicht unbedingt erleichtern.«

»Nun, aber das können wir ja schließlich nicht ändern.«

Der Fahrer grinste in den Rückspiegel.

»Ich hätte da eine Idee.«

»Die wäre?«

»Ein kleiner Umweg, also echt nicht weit, und wir wären das Problem los.«

»Soso. Und wie soll das gehen?«

»Lassen Sie sich überraschen.«

Robert war durchaus kein Freund von Überraschungen, aber irgendwie passte das hier in die Gesamtunternehmung, die so ganz und gar anders war, als er bisher sein Leben zu gestalten gesucht hatte: immer zielstrebig und möglichst geplant, wenngleich er eingestehen musste, dass ihm das zumindest im privaten Bereich nicht gerade mit Erfolg gelungen war.

Rico pfiff fröhlich vor sich hin, als er nach einigen Kilometern den Blinker setzte und eine Autobahnausfahrt ansteuerte. Schon bog er ab.

»Ich komme hier aus Brandenburg vom Dorf. Ist kein großer Umweg.«

Robert wurde unruhig. In Argentinien hätte er jetzt schon versucht, heimlich Hilfe zu rufen, aber in Deutschland? Der junge Mann schien seine Gedanken lesen zu können: »Keine Angst, ich fahre bei meiner Mutter vorbei, da tauschen wir die Autos.«

»Ach so.« Erleichterung machte sich breit.

»Liebenberg, mein Heimatdorf«, beantwortete er Roberts nicht gestellte Frage. »Ist sowieso viel schöner, als über die Autobahn zu fahren.«

»Wenn Sie das sagen.«

Robert bezweifelte zwar, dass er es wirklich genießen würde, die schnelle Verbindung weiterhin gegen die Landstraße einzutauschen, auf der sie sich mittlerweile befanden, aber er hatte gerade beschlossen, sich dieses Mal treiben zu lassen. Letztlich war es vollkommen egal, ob sie etwas früher oder später in dem Dorf ankämen, vielleicht war ihm Letzteres sogar ganz recht. Insgeheim hatte er Angst vor einer Enttäuschung, vor der vielleicht bitteren Erkenntnis, dass das Erbe seiner Mutter gar keines war, er gerade mit viel Aufwand einem Nichts hinterherjagte und sie ihn mit einer Aufgabe zurückgelassen hatte, die er nicht lösen könnte.

Sie waren eine Weile gefahren, als eine Parkanlage zu erahnen war. Ein Schloss tauchte darin auf.

»Jetzt sind wir gleich da. Das Schloss ist übrigens Schloss Liebenberg.«

Sie ließen den Abzweig zur Schlosseinfahrt links liegen, danach passierten sie ein Gebäude mit Fachwerkturm, in dessen Garten Menschen in Liegestühlen entspannten.

»Der Gutshofladen«, erklärte der junge Mann und bog einige hundert Meter weiter in ein Tor, das die Einfahrt zu einem kleinen Gehöft bildete. Sie hielten. Der grüne Innenhof wurde von Backsteinscheunen umsäumt. Neben der Einfahrt stand das Wohnhaus. Sie stiegen aus, Robert sog die klare Luft ein. Fliegen summten.

»Wollen Sie hier warten? Ich springe schnell rein und hole die Autoschlüssel.«

Im Haus wurde eine Gardine zur Seite geschoben, ein erfreutes Gesicht erschien und nur einen Wimpernschlag später riss jemand die Haustür auf.

»Rico, was machst du denn hier?«

»Hi, Mum. Erkläre ich dir drinnen. Das ist Herr ...«

»Schnitter«, stellte sich Robert vor. »Sehr erfreut.«

»Ja, äh, ebenfalls.« Die Frau warf ihrem Sohn einen fragenden Blick zu.

»Komm mit rein, Mum, ich brauche dein Auto.«

Als der junge Mann wieder aus dem Haus kam, hatte er den dunklen Anzug gegen ein T-Shirt und eine Jogginghose eingetauscht. Die Hosentasche wurde von seinem Handy ausgebeult. Er stoppte kurz, als er Roberts fragenden Blick auffing.

»Na ja, ich dachte, wenn wir die Limousine schon stehen lassen, dann könnte ich doch ... Oder ist das ein Problem für Sie? Ich meine, wenn Sie drauf bestehen, kann ich den Anzug natürlich auch wieder ...«

Robert wurde jetzt richtig gewahr, wie jung dieser Bursche eigentlich noch war.

»Nein, nein, natürlich nicht. Holen Sie einfach den Wagen, damit wir weiterkommen.«

Die Mutter erschien im Türrahmen.

»Und Sie kommen also aus Argentinien«, sprach sie übertrieben gedehnt und überraschend laut.

»Mum, er spricht perfekt Deutsch und taub ist er auch nicht.«

»Ah ja.« Sie nickte verlegen.

Robert lächelte ihr zu.

»Ja, aus Argentinien. Waren Sie schon mal dort?«

»Was, ich? Aber nein, nicht doch.« Sie lachte laut. Bevor die zwei ihre mühsam begonnene Konversation fortsetzen mussten, öffnete Rico die Türen zu einem Verschlag. Robert meinte einen alten Golf darin auszumachen. Einen sehr alten Golf. Seine Befürchtung wurde bestätigt. Ein Motor heulte ungesund auf und mit ungleichmäßigem Klappern rollte der VW, dessen unbeschreibliche Farbe an den Türen und Kotflügeln vom Rost verschluckt wurde, vor seine Füße. Seufzend warf Robert noch mal einen Blick ans andere Ende des Innenhofes, wo der Student die Luxuslimousine, die Robert die nächsten Tage nun zwar bezahlen, aber nicht nutzen würde, geparkt hatte. Jenen Traum aus hochglänzendem Chrom, schwarzem Blech, Holzvertäfelung und Lederpolstern würde er jetzt also allen Ernstes gegen diese Rostlaube tauschen, die aus einer Zeit stammte, die vermutlich lange vor der Geburt seines Fahrers lag. Er musste verrückt sein, total verrückt. Seine Gedanken waren ihm wohl ins Gesicht geschrieben. Der junge Mann zuckte hilflos mit den Schultern.

»Glauben Sie mir, es ist wirklich besser so. Außerdem verbraucht der hier ja viel weniger, dann sparen wir sogar noch Benzin und tun der Umwelt was Gutes. Und ist doch nur für ein paar Tage.«

Schnell war das Gepäck umgeladen. Der Student hatte die Beifahrertür geöffnet. Nach kurzem Zögern zog er den Vordersitz weit nach vorne und klappte ihn um. Er schaute zunächst auf die Rückbank, dann unbeholfen zu seinem Fahrgast.

»Junger Mann, ich glaube, ich werde auf den Fond zugunsten des Vordersitzes verzichten«, entschied Robert und klappte den Vordersitz zurück.

»Rico, fahr schön vorsichtig«, ermahnte ihn die Mutter. »Und pass auf, dass mit dem Auto nichts passiert.« Sie drückte ihm noch einige auf die Schnelle geschmierte Brote in die Hand, dann verließen Robert und sein Fahrer wieder das Gehöft. Als sie Schloss und Hofladen passierten, hupte Rico, eine Bedienung zwischen den Liegestühlen hob grüßend die Hand.

»Macht es Ihnen etwas aus, wenn ich das Fenster herunterkurbele?«, fragte er. »Es ist ja doch ganz schön warm heute.«

»Oh, bitte, ja.« Wehmütig trauerte Robert der Klimaanlage der Limousine nach.

»Wir fahren jetzt auf die B96, dann bis rauf nach Neubrandenburg, dahinter wieder zurück auf die Autobahn und dann rüber bis zu Ihrem Dorf.«

»Sie haben sich ja doch um den Weg gekümmert.«

»Klar doch, bin doch nicht blöd. Hier hat man oft so schlechten Empfang, da kann man sich nicht voll aufs Handy verlassen.«

»Aha. Und übrigens, es ist nicht *mein* Dorf. Ich habe eigentlich nichts damit zu tun, außer halt, dass es in meinem Pass steht.«

»Na ja, immerhin. Und irgendwas werden Sie ja wohl damit zu tun haben, ansonsten würden Sie ja nicht aus Argentinien rüberkommen und da Urlaub machen.«

»Ich mache keinen Urlaub.«

»Was denn dann?«

»Habe ich Ihnen doch schon gesagt, ich, äh ...« Robert ließ den Satz unbeendet. Die Frage traf ihn mehr, als er sich eingestehen wollte. Ja, was würde er denn bloß in diesem Dorf machen? *Fahre ins Dorf deines Vaters!*, lautete der posthume Auftrag seiner Mutter. Und dann? Was würde er tun, wenn sie in ein paar Stunden nun tatsächlich dort ankämen? Und was hatte es mit diesem Bernstein auf sich?

»Die Fernverkehrsstraße 96 war die *Straße der Träume*. Route der Werktätigen in die Sommerferien!«

»Was?« Robert hatte seinem Autonachbarn gar nicht mehr zugehört.

»Na, die Straße, auf der wir gleich sind.«

»Ach so.«

»Meine Mutter erzählte, dass jeder davon träumte, eine Zuteilung an die Ostsee zu bekommen.«

»Zuteilung?«

»Ist für mich auch schwer zu kapieren, aber die Deutsche Demokratische Republik bestimmte, wo ihre Genossinnen und Genossen Urlaub zu machen hatten.«

»Wie das?«

»Immer zu den *großen Ferien*. Privat konnte man wohl nur schwer mieten, da musste man schon Beziehungen haben oder eben Westware, das half auch. Wer das nicht hatte, so wie leider meine Mutter, der musste halt darauf warten und hoffen, dass man einen Ferienscheck vom FDGB für so ein Ferienheim bekam.«

»FDGB?«

»Freier Deutscher Gewerkschaftsbund, sozusagen das Headquarter der Gewerkschaften in der DDR. In den Betrieben gab es Ferienkommissionen, die entschieden darüber, wer wann und wo Urlaub machen durfte.«

»Sie sind ja gut informiert.«

»Mehr unfreiwillig. Meine Großeltern reden viel über die DDR. *Früher war alles viel besser* und so. Manchmal nervt das schon. Und, hey, wer würde sich denn heute vorschreiben lassen, wo man Urlaub macht? Dafür war es dann allerdings aber auch saubillig. Voll krass.«

»Ja. Voll krass.« Robert konnte sich die Bedeutung dieses Wortes auch ohne weitere Erläuterung herleiten. Überhaupt fiel es ihm auf, dass die Sprache dieses Jungen anders klang, als das, was er selbst als Deutsch im Ohr hatte. Nun war es aber auch schon einige Jahre her, dass er das letzte Mal in Deutschland war.

»Spreche ich eigentlich einigermaßen normal?«, fragte Robert.

»Bitte?«

»Meine Sprache, klingt die für Sie irgendwie – komisch?«

»Nee, wieso? Etwas altertümlich vielleicht, so wie früher in den alten Schwarz-Weiß-Filmen, die die Omas immer schauen. Aber ansonsten ganz okay.«

»Ah, Schwarz-Weiß-Filme der Omas.« Na, zumindest nicht Stummfilme, ergänzte Robert in Gedanken.

Sie fuhren schweigend durch den Sommertag. Der Fahrtwind wehte durch die geöffneten Seitenscheiben. Zu beiden Seiten erstreckten sich Stoppelfelder, auf einigen lagen mannshohe Strohballen. Am Horizont verursachte ein Traktor eine Staubwolke.

Die Straßendörfer, die sie passierten, waren denen der *Autopista* von Buenos Aires auf dem Weg ans Meer gar nicht so unähnlich. Nur, dass die meisten Häuser hier in einem besseren Zustand waren als drüben in Argentinien.

»Haben Sie noch Geschwister?«, griff Robert das Gespräch auf.

»Nee, bin allein. Und Sie?«

»Nein, auch Einzelkind. Mein Vater ist im Krieg geblieben, und meine Mutter hat nicht wieder geheiratet.«

»Ah, fast wie bei mir.«

»Oh, das tut mir leid, dass Ihr Vater nicht mehr lebt.«

»Nein, so meinte ich das nicht. Also, für uns ist der Typ gestorben, sozusagen. Also, nicht falsch verstehen, er lebt noch, aber meine Mutter will keinen Kontakt mehr zu ihm.«

»Ihre Mutter schien mir noch recht jung.«

»Na ja, wie man's nimmt. Ja, kann schon sein. Ist ganz in

Ordnung, manchmal nervt sie natürlich, aber das tun ja wohl alle Mütter, oder?«

»Vielleicht.«

»Haben Sie eigentlich keine Familie?«

»Wieso?«

»Weil Sie allein hierhergekommen sind.«

»Geschieden.«

»Kinder?«

»Sie sind ja neugierig.«

Der Fahrer schwieg. Das Schweigen war unangenehm.

»Nun, gut. Ja, zwei Sohne, Zwillinge. Viel älter als Sie, vermutlich sogar schon älter als Ihre Mutter. Die zwei könnten jeweils Ihr Vater sein.«

»Oh, dann wären Sie mein Opa.«

»Konzentrieren Sie sich lieber auf die Straße.«

Wieder Schweigen.

»Und Sie, junger Mann, haben Sie eine Freundin?«

»Ich? Nee. Wenn ich ein Glas Milch will, kaufe ich doch auch nicht gleich eine Kuh.«

Robert lachte.

»Ich dachte immer, nur wir Argentinier seien solche Machos.«

Der Fahrer lachte auch.

»In Wirklichkeit bin ich ein totales Weichei, aber wer gibt das schon zu?«

»Das ist sympathisch … äh, wie war noch mal Ihr Name?«

»Rico.«

»Gut, Rico.«

Gemeinde Neu Boltenhagen, Ortsteil Ambershagen, Amt Lubmin, Landkreis Vorpommern-Greifswald stand auf dem gelben Ortseingangsschild.

»Wow, Ihr Ambershagen steht aber ganz schön weit unten in der Hierarchie.«

»Es ist nicht *mein* Ambershagen«, Robert war nervös.

»Sie haben Ihr Ziel erreicht«, teilte ihnen die blecherne Stimme aus Ricos Handy mit, was bedeutete, dass Robert die Frage beantworten müsste: Und nun?

»Gibt es hier denn gar keinen Ortskern?« Rico schaute sich suchend um. Verstreut über die Felder waren einige Häuser auszumachen, kleine Bauernhöfe darunter.

»Wir sollten zunächst mal unseren Gasthof suchen, Rico.«

»Haben Sie die Adresse?«

Robert kramte einen Zettel aus seinen Reiseunterlagen und reichte ihn rüber. Mit flinken Daumen tippte Rico die Adresse in sein Handy.

»In 150 Metern rechts abbiegen«, befahl die Computerstimme. Und nach einem knappen Kilometer schmalem Weg zwischen endloser Leere: »Ihr Ziel liegt auf der linken Seite.«

»*Hier* haben Sie reserviert?« Der Fahrer ließ seinen Blick über den einsamen Landgasthof schweifen, auf dessen Parkplatz sie gerade ihren Wagen abstellten. Robert konnte dessen Skepsis gut nachvollziehen.

»Ja, scheint wohl so«, antwortete er. Auch ihm bereitete die Aussicht nicht viel Freude, die nächsten Tage in diesem Haus mit seiner Braunputz-Fassade, dem verklinkerten Eingang und der aus welchem Jahrzehnt baulicher Irrungen und Wirrungen auch immer stammenden angestoßenen Metall-Glastür zu verbringen.

»So ganz viele Hotels reihen sich an diesem Prachtboulevard ja nicht aneinander.«

Der Fahrer lachte kurz auf.

»Sie haben ja richtig Humor.«

»Was bleibt mir anderes übrig?«

Seufzend drückte Robert die Tür auf.

Kapitel 4

Seit dem Tod von Elenas Mutter war die tägliche Arbeit zur Routine geworden. Auch wenn ihr Vater und sie nicht mehr über Mutter sprachen, so war sie in Elenas Gedanken doch stets präsent. Besonders das Erlebnis am Strand.

Am Ende der arbeitsreichen Tage, wenn sie allein in ihrer Kammer lag und die dunklen Schatten der Erinnerung drohten, sich zu einer schwarzen Front zu formieren, griff sie in die Schublade ihres Nachttisches und holte den Bernstein hervor; den Schatz, den sie an jenem denkwürdigen Tag am Strand gefunden hatte. Der Stein, von dem dieser Musiker Eduardo gesagt hatte, dass er das Wertvollste sei, das sie je in ihrem Leben besitzen werde, und den weder Gold noch Silber aufwiegen könnten.

Sie dachte gern an diesen Moment in der Küche zurück. Eduardo, sein Verständnis für sie und natürlich die Musik, die er dem Bandoneon entlockte: dieser Tango, bei dem es um Schicksalsschläge und Tränen ging.

Schicksalsschläge und Tränen – sie hatte viel geweint und tat es noch heute. Der Bernstein spendete ihr Trost und stützte die Erinnerung an die guten Zeiten, auch wenn die sich mit Wünschen, Träumen und nie erlebten Wahrheiten mit jedem Tag, der verging, mehr zu einer Melange fern der Realität mischten.

Vier Jahre waren eine lange Zeit, insbesondere für ein Mädchen von gut siebzehn Jahren.

Eduardo war in den Sommern danach nicht mehr im Hotel Quequen aufgetaucht. Ein anderer Pianist saß an seiner Stelle am Flügel im Salon und unterhielt die Gäste mit sanfter Musik.

Elena seufzte, dann schrubbte sie die angetrockneten Reste des Rühreies von den Frühstückstellern.

»Elena?«, rief ihr Vater aus dem Flur. »Elena! Komm doch mal bitte!«

»Ich komme, Vater!«, rief sie zurück, wischte die feuchten Hände an der Schürze ab und eilte zu ihm.

»Was ist …?« Sie stoppte mitten im Satz. Im Flur standen zwei junge Männer mit Seesäcken. Matrosen. Die beiden musterten sie interessiert, der eine lächelte sie an. Sein Lächeln war Elena nicht unangenehm. Hätte ich doch bloß die schäbige Schürze abgelegt, dachte sie verärgert.

»Elena, bitte, du musst mir helfen. Die zwei sind Deutsche und ich verstehe kein Wort.« Elenas Vater verdrehte genervt die Augen.

»Deutsche?« Elenas Gefühle schlugen Purzelbäume. Sofort dachte sie an die gute Zeit zu dritt und ein warmer Schauer überkam sie.

»Herzlich willkommen!«, sprach sie die zwei Männer an.

»Oh, Sie sprechen unsere Sprache, wie schön!« Besonders der eine grinste sie an, und Elena strahlte zurück. Es war ein hübscher Kerl mit stahlblauen Augen und offenem Gesicht.

»Ich bin Karl«, sagte er.

»Elena!«, nickte sie ihm zu.

»Sie heißen Helena?«, fragte er nach. »Oh, wie in der griechischen Sage: die schöne Helena.«

»Nein, Ele...«, sie hielt kurz inne. »Ja, vielleicht haben Sie recht. Helena.« Und es fühlte sich ungewohnt gut an.

Vaters Blicke flogen zwischen den beiden hin und her. Er zog die Stirn kraus. Gerade wie früher, wenn Elena und seine Frau sich über ihn lustig machten und miteinander auf Deutsch sprachen, damit er kein Wort verstünde. Doch eines begriff er auch so: Er würde auf seine Tochter ein Auge haben müssen.

»Zeig du ihnen das Zimmer, Elena, und erkläre, wie hier alles läuft.« Er wies mit dem Kopf in Richtung des langen Flurs. »Und dann komm sofort wieder zurück«, setzte er mit strengem Ton hinzu. Seine Tochter nickte beflissen.

»Kommen Sie, ich zeige Ihnen die Unterkunft!«

Die beiden schulterten ihre Seesäcke und folgten ihr. Elena erklärte ihnen alles: wann und wo gefrühstückt und zu Abend gegessen wurde, und dass es tagsüber keine Mahlzeit gab, denn »... da sind unsere Gäste meistens damit beschäftigt, sich um ihre Herrschaften zu kümmern. Denn normalerweise wohnen bei uns die Angestellten von den Gästen aus dem Hotel. Sie sind eine Ausnahme, meine Herren. Sie sind doch nicht Angestellte von Hotelgästen, oder?«

»Nein«, erklang es aus beiden Kehlen gleichzeitig. Und derjenige, dessen Name Karl war, erklärte weiter: »Wir sind Matrosen einer Hamburger Reederei.«

Sie hatten die Zimmertür erreicht.

»Sie haben Glück«, erläuterte Elena. »Das Hotel ist noch nicht voll belegt und unsere Pension dadurch auch noch nicht. Sie haben das Zimmer für sich allein, also zumindest vorerst. Wie lange werden Sie denn eigentlich bleiben?«

»Das wissen wir noch nicht sicher.«

Der Raum bot Platz für fünf Personen, in der Hochsaison stellten sie auch schon mal ein weiteres Notbett mit hinein. Karl hatte kaum Augen dafür. Er lächelte Elena zu. Die schaute ihn unsicher an.

»Sie wissen es noch nicht?«, fragte sie verwundert. Karl zuckte aber nur mit den Schultern und er und sein Kamerad betrachteten das Zimmer.

»Und, meine Herren, alles in Ordnung?«

»Aber ja, und wie, vielen Dank!«

»Gut, dann lasse ich Sie jetzt allein. Frühstück habe ich jetzt keines mehr für Sie, tut mir leid. Das ist am Anreisetag nicht vorgesehen. Aber sie werden bestimmt etwas im Ort bekommen. Am Hafen bekommt man frisch geräucherten Fisch.

»Das klingt gut!«, schaltete sich jetzt auch der zweite Matrose ein.

»Gut«, nickte Elena ihm zu. »Ich lasse den Schlüssel einfach stecken, nehmen Sie ihn dann mit. Heute Abend sehen wir uns zum Essen in der Küche. Jetzt muss ich weiter und mich um meine Arbeit kümmern.«

»Wie schade«, lächelte Karl und zwinkerte ihr zu. Elena errötete und wandte sich ohne ein weiteres Wort ab. Als die Männer nur noch ihren Rücken sehen konnten, machte sich ein Grinsen auf ihrem Gesicht breit.

»Was Sie aus Deutschland nach Quequen gebracht hat und was Sie hier zu tun haben, will er wissen«, übersetzte Elena die Frage des Mannes, der vorm Kopfende saß. Der war Fahrer einer Familie aus Buenos Aires. Die Gäste der Pension saßen am langen Tisch und aßen. Ihr Vater zog sich zu diesen

Gelegenheiten zurück. Seit Mutter nicht mehr lebte, mochte er keinen Trubel mehr.

Elena flitzte zwischen Herd und Tisch hin und her, räumte ab, deckte auf und zwischendurch musste sie übersetzen. Die beiden Deutschen waren neugierig beäugt worden. Neuzugänge waren immer von Interesse, diese zwei aber besonders. Sie waren schließlich keine Angestellten, sondern Matrosen. Der Hauch von Abenteuer umgab sie. Einige der Dienstmädchen lächelten kokett, was Elena ärgerte.

»Wir bringen eine Dreschmaschine. Gute deutsche Arbeit.«

»Eine Dreschmaschine?«, fragte Elena nach. Sie musste verstehen, um was es sich handelte, damit sie übersetzen konnte.

»Ja, von der Firma *Lanz* in Mannheim. Die erste Dreschmaschine in Ganzstahlbauweise.«

»Aber was ist denn nun so eine Maschine überhaupt?«

»Na, sie drischt das Getreide in nur wenigen Tagen, was sonst Monate gedauert hat.«

»Aha.« Nun verstand Elena zumindest ein wenig und sie übersetzte. Der ganze Tisch wiederholte »Aha!«, was zu allgemeinem Gelächter führte. Auch wenn die meisten der reichen Familien, die im Hotel Quequen logierten, ausladende Landgüter besaßen, ließen sie sich in der Regel vom Personal ihrer Stadtresidenzen begleiten, welches wiederum keine Ahnung von Landwirtschaft hatte.

»Und was haben Sie als Matrosen mit so einer Dreschmaschine zu tun?«

»Wir? Nicht viel bis gar nichts«, antwortete der, der nicht Karl hieß.

»Ich schon!«, protestierte Karl. »Immerhin komme ich vom Hof. Ich werde ihn sogar eines Tages erben.«

»Aber wenn Sie Landbesitzer sind, warum haben Sie dann als Seemann angeheuert?«

»Oh, ich war vorher in der Reichswehr bei der Marine und das hat mir gefallen, man sieht was von der Welt. Und da mein Vater noch ziemlich rüstig ist, hat es noch ein bisschen Zeit, bis ich wieder auf den Hof zurückgehe.«

»Bei der Marine?«

»Ja. Ich gehörte zu den Auserwählten.« Karls Brust schwoll vor Stolz. »Der erste Jahrgang, der wieder einen richtigen Wehrdienst leisten durfte. Hitler hat uns endlich vom Joch des Versailler Vertrages befreit.«

Karl blickte in verständnislose Gesichter. Sein Kamerad übernahm.

»Hitler, der Führer des Deutschen Reiches. Unser Führer.«

Nun nickte die Runde. Davon hatten sie gehört.

»Er ist jetzt seit vier Jahren an der Macht und das ist gut so. Es geht wieder bergauf im Reich.«

»Und das ist auch nötig nach den furchtbaren Jahren.«

Wieder nickte die Runde. Obwohl schon acht Jahre her, hatten die Weltwirtschaftskrise und jener schwarze Freitag die ganze Welt ins Elend gestürzt und das war auch an den großen Familien von Buenos Aires nicht spurlos vorbeigegangen. Viele derjenigen, die jetzt in der Angestelltenpension um den Tisch herumsaßen, verloren in den Jahren ihre Stellung oder hatten mit Lohnkürzungen leben müssen.

Karl sprach weiter: »Ja, ich hatte Glück. Mein Jahrgang ist der erste, der wieder eine volle Wehrpflicht hatte. Ein guter Jahrgang sozusagen, der 1914er.« Er lachte. Die anderen lauschten gebannt den Geschichten aus dem fernen Europa. Elena hatte Mühe, alles schnell genug zu übersetzen.

»Und kaum hatte ich meine zwölf Monate absolviert, suchte die Reederei *Hamburg Süd* Matrosen, die sich mit landwirtschaftlichen Geräten auskannten. *Hamburg Süd* stockt nämlich gerade mächtig auf. Ihre Flotte wächst und wächst. Und so bin ich hier.«

»Aber was soll diese Maschine, diese …«, der Fragesteller am Kopfende stockte.

»Dreschmaschine«, ergänzte Elena und übersetzte seine Frage, nachdem der andere geendet hatte, weiter, »… hier in Argentinien und warum hier in Quequen?«

Nun begannen die beiden Männer abwechselnd zu erklären, stoppte der eine, setzte der andere fort.

»Es war eine ganze Schiffsladung. Der halbe Bauch war voll mit den Dreschmaschinen von *Lanz*. Es sind aber auch die besten der Welt. Sie wurden mit der Bahn aus Wiesbaden zum Hamburger Hafen geliefert. Ein imposantes Bild. Auf jedem Waggon eine Maschine, und dann Waggon für Waggon bis an den Hafenkai. Von dort wurden sie ins Schiff verladen. Was würden die meisten Bauern in Deutschland dafür geben, so eine Maschine zu besitzen. Und hier in Argentinien kaufen sie sich einfach so eine oder sogar zwei und lassen die herbringen. Die Welt ist so klein geworden mit dem modernen Schiffsverkehr. Eines Tages wird es vielleicht ganz normal sein, mal eben über den Atlantik zu fahren.«

Alle lachten.

»Oder zu fliegen, so wie dieser Charles Lindbergh!«

Das Lachen schwoll an.

»Nennt mich von jetzt an *Karl Lindbergh.*« Alle prusteten vor Vergnügen, der Rotwein tat seine Wirkung. Karl kam zu seiner Geschichte zurück: »Das war ein unglaubliches Kapital, das wir da im Bauch hatten. Wir mussten darauf achten, dass alles beieinanderblieb, zum Glück hatten wir ruhige See. Nach drei Wochen erreichten wir den Rio de la Plata.«

Ein allgemeines Raunen bestätigte, dass der Rest des Tisches gespannt lauschte und sich freute, wieder etwas Bekanntes zu hören.

»Ist schon wirklich beeindruckend, euer Rio. Einen so breiten Fluss habe ich in meinem Leben noch nicht gesehen.«

»Und wieso seid ihr nun hier in Quequen?«, wollte einer der Tischgenossen wissen.

»Dass wir jetzt hier sind, ist der Grund, weshalb die *Hamburg Süd* Männer suchte, die auch etwas von Landwirtschaft verstehen. Wir haben die Maschinen nämlich nicht nur über den Atlantik gebracht, sondern sollten die Dinger sogar noch auf den Gütern aufstellen.«

»Ja, ich bin nämlich Mechaniker«, klopfte sich der Kamerad von Karl auf die Brust und mit einem schiefen Grinsen ergänzte er: »Und nicht so ein Bauer!« Er knuffte seinem Nebenmann fest gegen die Schulter. Beide lachten.

»Wir haben aus unserem großen Schiff zwei Maschinen in ein kleineres Transportschiff umgeladen und sind mit dem die Küste runter bis hier nach Quequen. *Lanz* wollte seine Dreschmaschinen bis zum Schluss durch Deutsche begleitet wissen. Und so sind wir nun hier.«

»Und die beiden Maschinen?«

»Stehen derzeit noch in einer Halle im Hafen und werden von den Besitzern abgeholt. Wir sollten eigentlich auf deren

Güter mitkommen, aber scheinbar hat sich der Auftrag geändert. Nun brauchen wir nur noch zu warten, bis die Unterschrift unter die Papiere gesetzt ist, unter den Kaufvertrag oder so. Aber damit haben wir nichts zu tun. Und so haben wir hier unerwartet ein paar Tage frei und müssen nicht mit ins Hinterland.«

»Wann fahren Sie denn wieder zurück?«, fragte Elena.

»Vielleicht in einer Woche«, antwortete Karl. »Zurück werden wir wohl mit einem richtigen Passagierschiff fahren, vielleicht sogar mit der *Cap Arcona*. Ein traumhaftes Schiff, purer Luxus.«

»Nun ja,«, schränkte sein Begleiter ein, »wir Matrosen sind natürlich nur im Schiffsbauch, da lässt der Luxus auf sich warten, aber dennoch, es ist ein schnelles Schiff. Die Überfahrt dauert nur gute zwei Wochen. Die *Cap Arcona* legt das nächste Mal in einer Woche in Buenos Aires wieder an. Wenn alles mit der Übernahme der Dreschmaschinen klappt, dann werden wir also schon bald zurück nach Hause fahren.«

Elena übersetzte. Als sie endete, sprach der Matrose weiter: »Vielleicht kommt aber auch die *Monte Rosa*.«

Er hielt kurz inne und wartete die durch die Übersetzung verzögerte Reaktion seiner Zuhörer ab. Als diese ausblieb, erklärte er weiter. »Na, die *Monte Rosa*, die mit dem *Graf Zeppelin*.«

»Ein Graf, so ein richtiger Graf?«, fragte eines der Dienstmädchen mit geweiteten Augen. Sie war Angestellte bei einem Industriellen, doch ihr Herz schlug für Königshäuser und Adelige.

»Nein, nicht doch. Ich meine das Luftschiff, der *Zeppelin*. Habt ihr nicht davon gehört? Es war im letzten Jahr auf offener See. Der Zeppelin schwebte direkt über dem Kreuzfahrtdampfer *Monte Rosa* und ließ eine Leine runter, an die der Kapitän des Dampfers wiederum eine Flasche Champagner band. Die Flasche wurde mit dem Seil in die Luft gezogen und so an die Besatzung vom Zeppelin übergeben. Sozusagen von Kapitän zu Kapitän.«

Laute Rufe waren der Lohn für die Geschichte und alle applaudierten. Dass so etwas technisch machbar sei, das grenze an ein Wunder. Ein Wunder der Technik, da waren sich alle einig.

»Gratuliere zu eurem Leben!«, meinte einer der Fahrer am Tisch. »Ich glaube, das würde mir auch Spaß machen.«

»Was?«

»Übers Meer zu reisen, die Welt zu sehen. Ich bin Fahrer und ich liebe zwar das Automobil meiner Herrschaft, aber fremde Länder zu sehen, Afrika, Europa, das würde mir gefallen.«

»Na, dann kannst du dich ja hier unserem *Karl Lindbergh* anschließen!« Alle lachten.

Es wurde nachgeschenkt. Mit jedem Glas nahm die Weinseligkeit zu. Man philosophierte über fremde Welten, erzählte sich die Geschichten, die man von seinen Eltern oder Großeltern über deren Heimat gehört hatte, meist Spanien oder Italien und wie sehr man sich wünschte, diese Orte mal zu besuchen. Dass niemand von ihnen es sich je würde leisten können, wussten ohnehin alle. Je mehr getrunken wurde, desto weniger war Elena als Übersetzerin notwendig. Lallend klangen alle Worte gleich.

»Oh, Sie sind schon auf. Guten Morgen, Karl!« Elena deckte gerade den Frühstückstisch.

»Guten Morgen, Helena.« Der Angesprochene schaute sie verkatert aus geröteten Augen an. »Mir brummt der Schädel!«

»Das wundert mich nicht«, zwinkerte Elena ihm verschmitzt zu. »Soll ich Ihnen ein Kopfschmerzpulver auflösen?«

»Nein, nein, vielen Dank. Wer feiern kann, der kann auch arbeiten, heißt es bei uns. So ist das nun einmal auf einem Bauernhof. Das Vieh muss ja schließlich versorgt werden.«

»Ha, das stimmt für uns hier auch.« Elena wies grinsend auf den mittlerweile fertig gedeckten Tisch. »Aber einen extra starken Kaffee mache ich Ihnen schon mal, der wird Ihnen guttun. Außerdem kommen die anderen Gäste auch gleich. Denen ergeht es mit Ihrer Herrschaft ungefähr so, wie Ihnen mit Ihrem Vieh daheim.«

Jetzt lachte auch Karl, fuhr sich aber sogleich mit schmerzverzerrtem Gesicht an die Stirn. »Helena, meinst du nicht … Ich meine, denken Sie nicht, dass wir uns vielleicht duzen sollten?«

Elena ließ die Hände kurz sinken und drehte sich ihm zu. Sie schaute ihm in die Augen.

»Gerne, Karl, sehr gerne sogar!« Sie machte einen Schritt auf ihn zu und er schickte sich an aufzustehen, da wurden sie von den ersten eintreffenden anderen Gästen unterbrochen, die sich auf dem Flur näherten. Bevor diese die Küche erreicht hatten, flüsterte Elena: »Karl, wenn du willst, ich habe heute gegen Mittag ein bisschen frei. Wir könnten an den Strand.« Sie erschrak über sich selbst ob ihres tollkühnen

Vorstoßes, aber die Zeit war knapp. Gerade heute würde Vater außer Haus sein, da er Besorgungen zu machen hatte, die Chance würde sich so in den nächsten Tagen nicht mehr ergeben, und Karl war nur noch eine Woche hier. Der strahlte über das ganze Gesicht.

»Ich werde da sein, du schöne Helena!«

»Meine Großeltern mütterlicherseits kamen aus Deutschland, ich habe sie leider nicht mehr kennengelernt. Doch meine Mutter sprach mit mir immer Deutsch«, beantwortete Elena Karls Frage, wieso sie so perfekt Deutsch spreche.

Sie hatte ihn schon von Weitem gesehen. Er war nervös am Strand unterhalb des Hotels auf- und abgegangen. Das hatte ihr gefallen. Sie war nicht gleich zu ihm gelaufen, sondern hatte ihn eine Weile beobachtet. Er sah gut aus. Sie mochte seinen kräftigen Gang, die breiten Schultern und seine blauen Augen. Jahrgang 1914 war er, hatte er am Vorabend gesagt. Er war also gut fünf Jahre älter als sie. Das gefiel ihr, das war ein guter Altersunterschied.

Elena erschrak über sich selbst. Was machte sie sich nur für törichte Gedanken? Er war ein Gast, das allein machte es schon unmöglich, sich ihm zu nähern, zudem war sie gerade mal gute siebzehn Jahre alt. Und was bei allem noch viel mehr zu beachten war: Er war nur für eine Woche in ihrer Nähe und danach wäre er viele Seemeilen entfernt auf der anderen Seite des Atlantiks zurück in Deutschland. Alles sprach gegen ihn, natürlich nicht gegen ihn persönlich, aber gegen ihn als Mann, also als ihren Mann.

»Elena!«, schimpfte sie sich selbst laut. Der Wind stand gegen sie, er konnte sie nicht hören. »Nun hör mit diesen dummen Gedanken auf. Er ist ein netter junger Mann, er hat dir schöne Augen gemacht und du wirst dich heute ein bisschen umgarnen lassen, und sonst gar nichts. Basta!«

Er drehte sich um. Hatte er sie etwa gehört? Zumindest aber hatte er sie jetzt gesehen. Er winkte ausladend, der Atlantik schimmerte hinter ihm.

»Helena!«, rief er gegen das Wellenrauschen. Seine Freude über ihr Erscheinen war nicht zu übersehen. Elena winkte zurück.

»Karl!« Sie lief ihm entgegen den Hang hinunter. Fast wären sie sich in die Arme gefallen, als sie ihn erreichte, doch dann stoppten sie beide abrupt in ihrer Bewegung und schauten verlegen auf den Sand zu ihren Füßen.

»Du bist tatsächlich gekommen, Karl, das ist schön!«

»Helena, aber natürlich. Ich habe es versprochen, außerdem hätten mich keine zehn Pferde davon abhalten können.«

»Ich hoffe, du hast noch nicht lange gewartet.«

»Jeder Augenblick wäre es wert gewesen.«

Elena holte kurz Luft, um zu antworten, doch bemerkte sie, dass ihr nichts einfiel, das passend und vor allem schicklich gewesen wäre.

»Komm, lass uns ein wenig vom Hotel weggehen. Der Strand ist sehr schön und das Wetter mild.« Elena zeigte in die Richtung, die sie möglichst schnell aus dem Sichtfeld des Hauses brächte. Fast verließ sie der Mut und sie schalt sich eine dumme Nuss, ihren Ruf so aufs Spiel zu setzen, aber nur fast. Denn andererseits fühlte es sich so gut an, neben diesem Mann zu gehen.

»Und deine Mutter?«, knüpfte Karl an ihr Gespräch über die deutsche Sprache an. »Was ist mit deiner Mutter.«

»Sie lebt leider schon lange nicht mehr.« Elena bemühte sich, eine feste Stimme zu behalten. Karl räusperte sich verlegen.

»Oh, das tut mir leid.«

Elena nickte.

»Ist schon vier Jahre her. Seitdem sind mein Vater und ich allein und ich kümmere mich um die Pension.«

»Helena, du bist etwas ganz Besonderes, weißt du das?«

»Ach, Karl, jeder Mensch ist etwas Besonderes.«

»Nein, wirklich. Du hast etwas, ich habe das vom ersten Augenblick an bemerkt. Etwas, das ich bei anderen Menschen nicht so gefühlt habe.«

Elena schwieg, wandte den Blick von ihm ab und schaute aufs Meer. So gingen sie eine Weile nebeneinander. Sie spürte seine Augen auf sich. Was tat sie nur? Sie kannten sich gar nicht, es hatte alles keine Zukunft, und doch dachte sie gerade so wie er.

»Karl, erzähle mir ein wenig von dir.«

»Was willst du wissen?«

»Was ist mit deiner Familie? Erzähle mir etwas von ihr.«

»Nun, wir leben auf einem Bauernhof im Norden des Deutschen Reiches, in unmittelbarer Nähe der Ostsee.«

»Ihr lebt am Meer?« Elenas Augen leuchteten.

»Ja, darum hat es mir vermutlich auch bei der Marine so gut gefallen. Ich habe noch eine Schwester, sie ist etwas jünger als ich.«

»Was meinst du denn, wie alt ich bin, Karl?«

Er blieb stehen und schaute ihr in die Augen.

»Es ist mir egal, aber ich hoffe ehrlich, alt genug.«

Wieder wandte sie sich von ihm ab. Was sollte sie darauf

nur antworten? Und was hatte Karl jetzt vor? Das, was ihr in den Sinn kam, würde auf keinen Fall passieren. Vater würde explodieren, wenn er nur im Ansatz wüsste, was hier gerade geschah. Vater! Sie bekam ein schlechtes Gewissen. Sie hatte ihn noch nie hintergangen, sie waren immer ehrlich zueinander. Sie musste verrückt sein, vollkommen verrückt.

»Karl, so etwas solltest du wirklich nicht sagen. Überhaupt, wir sollten gar nicht hier sein. Wenn uns nun jemand sieht.«

Abrupt blieb Elena stehen und drehte sich dann ebenso plötzlich um und machte sich auf den Weg zurück zur Pension. Sie hörte Karl, er rief ihren Namen.

Ihr Hals schnürte sich zu. Je lauter er rief, desto schneller ging sie und begann schließlich zu laufen, sie rannte davon. Ihr Kopf sagte ihr, dass sie rennen musste, aber ihr Herz wollte gerade das Gegenteil. Es fühlte sich an, als sei es der größte Fehler, den sie begehen konnte, und doch wusste sie, dass es sein musste. Es durfte nicht geschehen, sie durfte es nicht wahr werden lassen.

»Elena, warte doch!«

Karls Stimme war dicht hinter ihr.

»Karl! Nicht!« Elena stoppte, ohne sich zu ihm umzudrehen, und ließ sich von ihm erreichen.

»Elena, bitte, lauf doch nicht fort.«

»Aber Karl, das hat doch alles keinen Sinn.«

Jetzt drehte sie sich um. Elena wagte nicht, Karl in die Augen zu sehen. Aber der Matrose legte einen Finger sanft unter ihr Kinn und hob ihr Gesicht an. Ihre Blicke trafen sich und sie verlor sich in seinem tiefen Blau.

»Elena, lass uns nicht nach dem Sinn fragen.«

Er schloss sie fest in die Arme. Elena spürte seine Hände auf ihrem Rücken und fühlte seine Kraft. Sie ließ sich in den Moment fallen, ihre Finger fuhren über seine Schultern, jede Stelle, die sie berührte, spannte sich, jeder Muskel reagierte. Sein Mund näherte sich ihrem Hals, erst sanft, dann fordernder küsste er sie. Elena seufzte, es war das Schönste, das sie je erleben durfte. Er löste seine Hände und umfasste ihren Kopf. Seine Augen wanderten liebevoll über jedes Detail ihres Gesichts, dann legten sich seine Lippen auf ihre. Sie stockte, als sie seine Zunge spürte, aber dann ließ sie es einfach geschehen.

Ihr war, als drehten sie sich einem Wirbelsturm gleich umeinander, ineinander, als schraubten sie sich in die Höhe und flogen den blitzenden Sternen über ihnen entgegen. Karl zog sie sanft auf den Sand. Seine Hände glitten über ihren Hals und ihre Schultern und suchten sich unter ihrem Sommerkleid ihren Weg. Erst sanft, dann kräftig umspannten seine Hände ihre Brüste und massierten sie. Elena seufzte wohlig. Seine Hände wanderten weiter, hatten den Bauch schon erreicht, da schrak sie hoch: »Nein, Karl, nein. Das darf nicht passieren. Niemals!«

Sie sprang auf, ordnete sich und raffte ihr Kleid.

»Niemals!«, rief sie erneut und rannte davon. Karl blieb verdattert auf dem Strand sitzen und sah ihr nach.

Elena rannte so schnell sie konnte. Tränen liefen ihr über die Wangen. Sie hätte sich beinahe hingegeben, Karl hatte es gewollt und er hätte es getan, sie hatte es deutlich gespürt. Das durfte nicht sein. Er war ein Matrose, sie beide würden sich nie wiedersehen. Schon hatte sie den Strand vor dem Hotel erreicht. Sie verlangsamte ihren Schritt und ordnete sich erneut. Verstohlen schaute sie zurück, weit in der Ferne sah sie Karl. Er saß noch immer auf dem Sand.

Als sie schließlich die Pension erreichte, wartete ihr Vater schon auf sie. Elena zuckte vor Schreck zusammen.

»Elena, ich habe dich gesucht. Wo warst du?«

»Vater, du bist schon zurück?«

»Allerdings, aber das ist keine Antwort auf meine Frage.«

»Ich war am Strand, ich brauchte etwas Luft.«

Ihr Vater sah sie streng an.

»Elena, du verschweigst mir doch etwas.«

Sie schüttelte den Kopf, aber wagte nicht, ihn anzusehen.

»Elena?«

»Nein, Vater, es ist nichts, wirklich nichts. Ich mache mich kurz frisch, dann kümmere ich mich schon mal ums Abendessen.«

Ohne seine Antwort abzuwarten, ging sie schnellen Schrittes an ihm vorbei. Sie schaffte es gerade noch, ihre Zimmertür hinter sich zu schließen, dann brach es aus ihr heraus. Wie konnte das Glück nur so unmöglich und ungerecht sein? Schluchzend ließ sie sich aufs Bett fallen.

»Elena?«

Sie schrak auf. Elena hatte ihren Vater nicht hereinkommen gehört. Er setzte sich auf die Bettkante und legte ihr eine Hand auf die Schulter. Sie richtete sich auf und schaute ihn an, das geliebte Gesicht mit den Falten, die der Schmerz der vergangenen Jahre hatte tiefer werden lassen.

»Ach, Vater!« Sie schloss die Arme um ihn und er strich ihr über den Kopf. So saßen sie eine ganze Weile, bis sie sich wieder von ihm löste.

»Es ist wegen dieses Matrosen, oder?«

Elena war überrascht.

»Woher …?«

»Ach, Kind, glaub doch nicht, dass ihr jungen Leute die Liebe erfunden hättet.« Plötzlich verfinsterte sich sein Gesicht.

»Er hat doch wohl nicht …?« Ihr Vater wagte nicht seine Befürchtung auszusprechen.

»Aber nein.« Elena gab sich entrüstet, obwohl sie wusste, dass gerade eben am Strand alles hätte geschehen können.

»Du magst ihn.«

»Ja, sehr sogar. Wenn er doch nur hier leben würde und nicht so weit weg.«

»Mein Kind, das Leben ist nicht immer gerecht.«

»Ich weiß, Vater, ich weiß.«

Elena zitterte vor Aufregung, als sich die Pensionsgäste zum Abendessen versammelten. Karl war noch nicht da. Der Tisch füllte sich, die Runde war heiter, das von Elena zubereitete Essen wurde mit Bewunderung bedacht; heute hatte sie wieder einmal Gutes aus der Hotelküche abstauben können, das wertete den Speiseplan auf.

Während sich die Ersten schon die Teller füllten, wanderten Elenas Augen immer wieder zur Tür. Würde er heute gar nicht kommen? Es wurde ihr schwer ums Herz. Der Abend verging und weder Karl noch sein Kamerad ließen sich blicken. Die Gäste hatten aufgegessen, man ging zum geselligen Teil über, der Rotwein stand auf dem Tisch. Elena verließ der Mut. Mit hängenden Schultern spülte sie das Geschirr und räumte es in die Schränke. Es fiel ihr schwer, die Enttäuschung zu verbergen.

Entgegen seiner Gewohnheit blieb ihr Vater auch nach dem Essen noch in der Küche. Dankbar schaute sie ihn an.

Es war spät, die ersten Gäste hatten sich bereits zur Nacht verabschiedet, als Elena Schritte auf dem Flur hörte. Endlich stand er in der Tür.

»Karl!«

Er sah mitgenommen aus und lächelte matt.

»Guten Abend! Entschuldigung, ich habe uns nicht abgemeldet, wir haben die Zeit vergessen und dann im Hafen gegessen. Mein Kamerad ist noch dortgeblieben.« Die Ausrede war fadenscheinig.

»Elena, ist alles in Ordnung?« Ihr Vater schaute sie besorgt an. Er konnte nicht verstehen, was sein deutscher Gast sagte.

»Alles in Ordnung, Vater. Die zwei essen heute nicht bei uns, hat er gesagt.«

Ihr Vater nickte. Die Augen fielen ihm vor Müdigkeit fast zu.

»Vater, geh ruhig schon ins Bett, es ist spät und du musst früh raus.«

»Bist du dir sicher? Sonst bleibe ich.«

»Alles in Ordnung, wirklich Vater, vertraue mir.«

»Gut, mein Kind.«

Er drückte seiner Tochter einen Kuss auf die Stirn, dann passierte er den jungen Mann im Türrahmen.

»*Buenas noches*, Karl.«

»Gute Nacht! *Buenas noches!*«

Karl setzte sich an den Tisch. Elena konnte sich kaum noch auf die anderen Gäste konzentrieren. Zum Glück wurden die ebenfalls müde, der Vorabend mit dem vielen Wein steckte allen noch in den Knochen. Kurz darauf waren Elena und Karl allein. Sie setzte sich in gebührendem Abstand zu ihm.

»Helena, lass uns uns beiden eine Chance geben.« Sein Blick war flehend.

»Karl, wie soll das gehen? Du lebst viele tausend Meilen entfernt auf der anderen Seite der Welt. Ich habe hier meine Aufgabe, meinen Vater, um den ich mich kümmern muss. Ich kann doch nicht fort.«

»Aber Helena, du kannst doch dein Leben nicht an deinen Vater verschenken.«

»Verschenken? Ach, was weißt du denn schon? Nichts weißt du!« Fast wurde sie ärgerlich.

»Entschuldige, ich wollte dich nicht verletzen. Du hast recht, ich weiß nicht viel über dich, aber ich würde gerne mehr erfahren. Helena, von der ersten Sekunde an hast du mir den Kopf verdreht, ich will dich nicht verlieren.«

»Karl, ich ...« Elena zögerte einen Augenblick. »... ich mag dich. Ich mag dich sogar sehr. Aber wir müssen einfach realistisch bleiben.«

»Warum müssen wir das? Können wir uns die Realität nicht so schaffen, dass sie uns passt?«

»Wie soll das gehen, Karl?«

Er rückte näher. Elena war angespannt wie eine Feder.

»Helena, es gibt doch immer einen Weg. Wenn ich über den Ozean fahre und die Sterne sehe, dann weiß ich, wie klein wir Menschen sind und wie groß dagegen diese Welt ist. Abermillionen von hellen Punkten am Firmament und alle haben ihren Platz gefunden, es gibt viel Platz da draußen, Platz für uns alle, und wir meinen, wir müssten uns unserem Schicksal willenlos beugen. Aber so ist es nicht.«

»Wie gerne ich dir glauben würde.«

»Helena, lass uns an den Strand gehen.«

»Jetzt?«

»Genau jetzt. Ich möchte mit dir den Sternenhimmel sehen.«

Sie schwieg und dachte einen Moment nach, dann lächelte sie.

»Karl, du bist verrückt!«

»Ich weiß, verrückt nach dir!«

Elena war auf ihre Kammer gehuscht, hatte sich ein Tuch umgelegt und den Bernstein eingesteckt.

»Mutter, bitte sage mir, was richtig ist«, murmelte sie und lief auf leisen Sohlen zu Karl zurück in die Küche. Ihn zu sehen, wie er dort im Licht der Deckenlampe auf sie wartete, ließ ihr Herz hüpfen. Kurz darauf waren sie gemeinsam am Strand.

»Karl, ich bin ein anständiges Mädchen. Ich werde dir nicht geben, was du vermutlich willst.«

»Helena, denke doch nicht so von mir. Ich ...«

Beide konnten nicht weitersprechen, schon hatten sich ihre Lippen gefunden, die Hände suchten sich und fanden die Haut des anderen. Als sie voneinander ließen, nahm Karl sie an die Hand und sie gingen an den nächtlichen Wellen entlang. Auf einmal blieb er stehen, gab Elena einen Kuss und stellte sich hinter sie, er legte seine Arme um ihre Schultern.

»Wo ich auch bin, Helena, wir werden immer auf den gleichen Himmel schauen. Und jeder Stern soll nur für dich leuchten.«

»Karl, was soll denn aus uns werden?«

»Würdest du auf mich warten, Helena?«

Sie wagte nicht, zu antworten.

Einen Augenblick starrte sie auf ihre Füße, die sich in den warmen Sand gruben, und hielt sich an dem Bernstein in ihrer Kitteltasche fest.

»Karl …!« Es verschlug ihr fast die Sprache. »Weißt du, wo wir uns hier gerade befinden?«

Es war genau die Stelle, an der sie vor gut vier Jahren jenen Bernstein fand.

Kapitel 5

In dem schmalen Flur zur Rezeption roch es muffig.

»Ist wohl nicht viel los bei Ihnen«, stellte Robert fest und wies mit einem Kopfnicken durch das Fenster hinter dem Tresen, wo auf dem Parkplatz des Gasthofs einzig und allein der alte Golf von Ricos Mutter stand. Die Pensionswirtin verzog das Gesicht.

»Wir sind einfach zu weit vom Meer entfernt. Das wollen die Menschen heute nicht mehr.«

»Wie weit ist es denn?«, fragte Roberts Fahrer.

»Knappe neun Kilometer. Früher war es trotzdem voll bei uns. Damals haben wir auch schon privat vermietet, außerhalb der *Zuteilung*, Sie verstehen. Da hatten wir unsere Stammgäste und die waren froh, so unter der Hand überhaupt ein Zimmer zu bekommen. Was haben die uns Honig um den Bart geschmiert. Wie schön es doch hier sei, die Landschaft, das Meer, das Haus. Und heute? Neue Gäste bleiben aus und die von früher kommen nicht mehr. Ist ihnen nicht gut genug. Ich sage Ihnen, es gibt keine Dankbarkeit.«

»Oma!« Die junge Frau neben der Wirtin lächelte Robert und Rico entschuldigend an.

»Lass mich doch! Heute wollen die Menschen einfach immer viel zu viel. Die Ansprüche sind gestiegen: Entweder muss es direkt am Meer sein oder aber, wenn nicht, dann zumindest mit Schwimmbad. *Wellness*. Und natürlich alles möglichst billig.« Die alte Frau mit dem mürrischen Gesicht verdrehte genervt die Augen. »Soll ich etwa auf meine alten Tage noch massieren lernen und die Gäste mit Kräutersud übergießen?«

Robert wollte diese Bilder lieber nicht in seine Gedanken eindringen lassen. Überhaupt wurde ihm die Tirade der Gastwirtin unangenehm. Er wollte endlich sein Zimmer beziehen, auspacken und sich auf dem Bett ausstrecken. Ihm steckten die Stunden in den ausgesessenen Polstern des VWs in den Gliedern. Aber die Frau war nicht mehr zu halten.

»Einige Bauern haben darauf gesetzt. *Liegt mein Hof nicht am Meer, mache ich eben einen Streichelzoo*. Da zahlen die Leute dann dafür, dass sie 'nen Stall ausmisten dürfen. Sie müssen *mal was mit den Händen machen, mal schmutzig werden* und *bei ehrlicher Arbeit schwitzen*. Ist ja alles so *authentisch, so echt* und *natürlich*. Und alles nur Bio. Dabei kaufen die Bauersfrauen genauso im Billigsupermarkt wie Sie und ich auch. Aber wenn man die Butter dann aus dem Stanniol herausnimmt und in eine selbstgetöpferte Schale schmiert, dann ist sogar die *total authentisch*.« Sie schüttelte lachend den Kopf. »Ich sage Ihnen, das ist nicht mehr unsere Welt, oder?«

Jetzt schaute sie Robert an. Der fühlte sich von ihrer Kumpanei unangenehm berührt, war er sich doch sicher, dass sich ihre Welten deutlich voneinander unterschieden. Unbeirrt polterte die Wirtin weiter: »Und natürlich Internet – in jedem Zimmer, im ganzen Haus, ja, sogar draußen. Die jungen Leute können es ja nicht mehr aushalten, wenn sie nicht ständig auf diese Dinger starren können.« Sie nickte zum Handy in Ricos Hand. Verschämt steckte der es in seine Hosentasche.

»Aber ich habe auf meine alten Tage auf so was keine Lust mehr.«

»Oma, ich glaube, die Herren wollen jetzt erst mal ihre Zimmer beziehen.«

»Ja, natürlich.« Sie sah kurz ihre Enkelin an und schien den Abriss über das Leben im Allgemeinen und die Hotellerie im Speziellen tatsächlich zu beenden. Dann wandte sie den Blick wieder ihren Gästen zu.

»Aber sie schlafen getrennt, oder?« Argwöhnisch schaute sie von einem zum andern.

»Aber ja, wieso fragen Sie?«, wunderte sich Robert.

Die Enkelin lächelte peinlich berührt.

»Und wenn nicht, wäre es auch egal.«

»Jaja, was heute so alles möglich ist.«, brummelte die Wirtin vor sich hin und erst jetzt wurde Robert klar, worauf sein Gegenüber anspielte. Er ließ diese Vermutung unkommentiert. Stattdessen füllte er schweigend den Anmeldeschein aus, der Fahrer tat das Gleiche. Nach kurzer Erläuterung, wo die beiden ihre Zimmer fänden, hielten sie endlich die Schlüssel in der Hand.

»Können Sie uns nachher noch etwas zu essen machen?«

»Natürlich. Wann denn?«

Robert schaute seinen Fahrer fragend an.

»In einer Stunde?«

»Ja, gut, in einer Stunde.«

Die Zimmer lagen direkt nebeneinander. Robert und Rico standen vor ihren Türen.

»Dann bis gleich!«, verabschiedeten sie sich und schlossen die Türen synchron.

Robert konnte den jungen Mann im Nachbarzimmer Schränke öffnen hören. Danach drang Ricos Stimme gedämpft durch die Wand. Er telefonierte.

Wenn das das schönste Zimmer des Gasthofes war, wollte Robert die anderen lieber gar nicht sehen. Grüngelbe Teppichfliesen, Möbel, deren Plastikfurnier sich vom Untergrund löste, und die Kacheln des Badezimmers konnte man mit wohlwollendem Euphemismus bestenfalls als nostalgisch bezeichnen. Aber er war ja auch nicht hier, um Urlaub zu machen. Er hatte eine Mission. Wenn er auch immer noch nicht wusste, welche das sein würde. Jetzt würde er sich aber erst einmal ausruhen. Er spürte jeden Knochen im Körper, der Rücken tat ihm weh, und dann würde es Zeit fürs Essen sein.

»Was hätten Sie denn heute Abend anzubieten?«

»Oma sagte Schnitzel und Bratkartoffeln.«

»Und sonst?«

Die Enkelin der Pensionswirtin räusperte sich verlegen. »Nichts.«

Robert lachte, auch der Fahrer grinste breit.

»Na, dann entscheiden wir uns wohl für Schnitzel mit Bratkartoffeln. Und ein großes, kaltes Bier. Für Sie auch, äh, Rico?«

Der Fahrer nickte etwas unsicher. Robert verstand: »Natürlich auf meine Kosten.« Ricos Miene erhellte sich.

Der Abend war warm, in der Ferne dröhnte gleichmäßig der Motor eines Mähdreschers. Die Terrasse ging zum Parkplatz raus. Sie saßen auf weißen Plastikstühlen an einem Gartentisch. Robert und sein Fahrer waren offenkundig die einzigen Gäste des Hauses.

Rico legte genervt sein Handy aus der Hand.

»Mist, zu schlechter Empfang fürs Internet.«

»Dann genießen Sie doch einfach den Abend, ohne vernetzt zu sein. Vielleicht hatte unsere Pensionswirtin sogar recht mit *euch jungen Leuten*.« Robert ahmte den Tonfall der giftigen Alten nach. Rico lachte.

»Meine Mutter sagt mir auch ständig, ich soll das Handy weglegen. Dabei chattet sie selbst dauernd und verschickt irgendwelche blöden Pics.«

»Wieso ist das Handy so wichtig für Sie?«

»Na ja, keine Ahnung, alle nutzen das. Wenn ich mich mit Freunden verabreden will, brauche ich das, ich gucke Sachen nach und so. Ich meine, hat uns doch auch ganz gut bis hierhergeführt, oder?«

»Schon, aber Sie haben sich trotzdem vorher über den Weg informiert.«

»Klar, sicher ist sicher. Bei 'nem Job will ich mir ja keine Fehler leisten.«

»Verstehe.«

Die Enkelin der Wirtin kehrte mit zwei Bieren zurück. Die Gläser waren geeist.

»Wow, ihr legt die Gläser ins Gefrierfach?«, bemerkte Rico überrascht.

»Habe ich mal im Urlaub gesehen, fand ich irgendwie cool.«

»Im wahrsten Sinne des Wortes«, grinste Robert.

»Essen kommt gleich.«

Tatsächlich hatten die zwei Männer kurz darauf zwei ordentliche Schnitzel und eine große Schüssel mit Bratkartoffeln auf dem Tisch. Jetzt erschien auch die Wirtin selbst.

»Guten Appetit!«

»Besten Dank.«

Die Frau hatte etwas Versöhnliches und war deutlich besser gelaunt als noch am Nachmittag.

»Wenn noch was ist, einfach melden.« Mit diesen Worten verschwand sie wieder im Innern des Hauses.

Das Essen war zwar einfach, aber köstlich. Die geleerten Teller vor sich, lehnten sich die zwei kurze Zeit später zufrieden zurück.

Rico schaute nochmals aufs Handy, ernüchtert ließ er es endgültig in seiner Hostentasche verschwinden.

»Was meinen Sie, Rico. Sie als junger Mensch. Was bringt die Digitalisierung?«

»Was?«

»Die Digitalisierung. Davon sprechen doch alle. Wissen Sie, ich bin Techniker, oder vielmehr – war Techniker. Jetzt bin ich schon zu lange aus dem Beruf, um noch wirklich mitreden zu können, aber Sie, Sie stehen am Anfang des Lebens. Für Sie wird alles, was kommt, eine große Rolle spielen. Da muss man sich doch Gedanken machen.«

»Ist aber eine ziemlich große Frage, finde ich.«

Robert schwieg und ließ seinen Fahrer gewähren. Dieser sprach nach einiger Zeit weiter.

»Auf jeden Fall macht es das Leben einfacher, das ist klar. Wenn ich höre, dass meine Oma immer betont, dass sie noch alle Telefonnummern auswendig gekannt habe, das kann man doch gar nicht, außerdem, wer will sich denn diesen ganzen Mist merken. Muss man ja auch nicht.«

»Ihre Oma wird vermutlich einen großen Teil ihres Lebens ohne Internet gelebt haben, oder?«

»Ha!« Rico lachte auf. »Manchmal wünschte ich mir, sie würde es heute noch tun. Die postet total peinliche Dinge. Da muss man echt aufpassen, was man sagt, oder welche Fotos man ihr schickt. Kaum gesendet, schwupps, schon online. Da kennt die echt nix.«

Auch Robert lachte.

»Sagen Sie Rico, wie kann es sein, dass Sie noch nicht wissen, was sie studieren wollen? Sie scheinen doch ein ganz aufgeweckter Bursche zu sein.«

»Keine Ahnung. Ist nicht so leicht. Wenn ich denke, dass ich dann mein ganzes Leben damit verbringen soll. Ich mache jetzt lieber ein Gap Year.«

»Ein was?«

»Gap Year, ein Jahr Pause, um mich zu orientieren. Wie gesagt, ist ja eine Entscheidung fürs Leben. Außerdem diese ganze Unsicherheit, wo geht es hin mit der Welt? Ich will mich auf jeden Fall nicht so quälen. Einfach ein gutes Leben, wie so ein Star. Das wäre nicht schlecht.«

»Ein Star? Wegen des Reichtums und des Glamours?«

»Nein, das ist nicht das Wichtigste. Aber ohne zu viel Stress, eben gut leben. Ich denke, so ein Star, der hat es da ganz gut. Oder eben andere, die sich ums Geld keine Sorgen machen müssen.«

»Finden Sie das erstrebenswert?«

»Klar.«

»Aber die haben hart dafür gearbeitet.«

»Kann schon sein.«

»Junger Mann, ich kann Ihnen sagen, an der Spitze kann es verdammt einsam sein, und gar nicht schön. Oben wird die Luft dünn.«

»Oder dann eben in einem Start-up; möglichst eine geile Idee für eine App und damit den Markt erobern. Das wäre auch was. Ich glaube, das würde mir sogar noch besser gefallen. Mit ’n paar Freunden zusammen irgendwas machen.«

Robert schmunzelte über die Naivität seines Gesprächspartners. Er selbst hatte sein Leben immer seiner Arbeit untergeordnet. Sein Umzug zusammen mit seiner Mutter während der argentinischen Militärdiktatur nach Brasilien hatte auch dazugehört. Das war allerdings ein Glücksfall gewesen, immerhin hatte er dort seine Frau kennengelernt.

»Was haben *Sie* denn genau beruflich gemacht, wenn ich fragen darf? Dass Sie Techniker waren, sagten Sie ja schon«, riss der Fahrer ihn aus den Gedanken.

»Natürlich dürfen Sie fragen, ich frage Sie ja schließlich auch aus«, antwortete Robert. »Ich habe für einen deutschen Konzern gearbeitet.« Er nannte den Namen. »Und bin viel rumgekommen.«

»Haben Sie auch in Deutschland gearbeitet?«

»Nicht wirklich, obwohl ich einige Male hier war. Meistens nur, wenn es um übergreifende Abstimmungen ging. Ansonsten war ich auf der ganzen Welt tätig. Ich habe damals erst mal eine Ausbildung in Elektrik gemacht, dann das Studium dazu. Später noch ein bisschen Wasserbau, das aber nur nebenbei und ohne Abschluss. War dennoch hilfreich, Turbinenbau und so.«

Rico pfiff anerkennend.

»Na ja, hat alles ganz gut geklappt.«

Sie blickten schweigend zum Horizont, wo sich die Sonne bereits rot färbte. Noch immer dröhnte der Mähdrescher, es war ungewöhnlich trocken, selbst nachts würden die Temperaturen wohl kaum merklich sinken.

Oft genug hatte sich Robert gefragt, ob es nicht doch ein Fehler gewesen war, sich so für die Arbeit aufzuopfern. Was war ihm denn noch geblieben? Viel leerer Raum. Ein Penthouse im besten Viertel in Buenos Aires und bis vor einiger Zeit noch das Haus am argentinischen Atlantik in Quequen; viel zu viel Platz für jemanden, der allein ist.

»Und Sie sind zwar hier geboren, haben aber immer in Argentinien gewohnt?«

»Nicht ganz. Also, das mit dem geboren stimmt, aber ich habe einige Jahre in Brasilien gelebt.«

Da Rico schwieg, sprach Robert weiter.

»Mein Konzern zog sich aus Argentinien zurück. Damals in der schlimmen Zeit.«

»Schlimme Zeit?«

»Militärdiktatur. In den siebziger Jahren.«

Ricos Gesicht deutete an, dass für ihn die siebziger Jahre mindestens ebenso einer Vergangenheit angehörten, wie es die industrielle Revolution und die Dinosaurier taten. Von der Militärjunta in Roberts Heimat hatte er vermutlich noch nie gehört.

»Wo fange ich am besten an? Es begann 1976 mit einem Militärputsch, nein, im Grunde genommen fing es bereits vorher an, nämlich in den zwei Jahren zuvor herrschte quasi ein Bürgerkrieg.«

»Bürgerkrieg?«

»Nicht wirklich, aber letztlich waren es solche Zustände. Es ging um Macht und Geld, um Links-Sein oder rechtsextrem zu sein. Wie so oft und leider immer wieder auf dieser Welt. Meine Mutter und ich wohnten damals in einem Haus im Hafenviertel von Buenos Aires.«

»Blick aufs Wasser?«

Robert schüttelte den Kopf.

»Nicht im Geringsten. Hafenviertel, das hieß damals Kriminalität, dreckige Gassen, bittere Armut. Ich bin wahrlich nicht mit dem goldenen Löffel im Mund aufgewachsen. Unterm Dach wohnte ein Künstlerpaar. Seltsam, ich kann mich heute noch an ihre Namen erinnern: Magdalena und Raoul. Sie war Malerin und er auch irgendwie Künstler, ich glaube, Bildhauer. Die zwei stritten sich oft und ohrenbetäubend, und sie liebten sich mindestens genauso laut. Sehr zur Empörung meiner Mutter, wie Sie sich denken können. Mich als Teenager hat das natürlich, sagen wir mal, interessiert.«

Rico lachte.

»Lustig war diese Zeit aber ganz und gar nicht. Auf den Straßen herrschte die Gewalt. Die Linken aus dem Untergrund gegen die Militärs. Das Militär hatte geputscht und die Präsidentin abgesetzt, die zweite Frau von Perón. Schon mal gehört?«

Der Fahrer zuckte mit den Schultern.

»Na, Perón, *Don't cry for me Argentina* und so?«

Wieder Schulterzucken. Robert verdrehte unbemerkt die Augen und führte weiter aus: »Die Militärs waren erzkonservativ, extrem rechts.«

»Puh, klingt nicht gut.«

»Wahrlich nicht. Alles, was ihnen nicht passte, wurde eingesperrt. Heute weiß man, dass sie Menschen zu Tode gefoltert, deren Kinder geraubt und an ihre Militärfreunde verkauft haben.«

Robert hielt eine Weile inne. Rico holte ihn aus den Gedanken: »Und was war mit dem Künstlerpaar in Ihrem Haus?«

»Ach ja. Magdalena und Raoul. Eines Tages krachten die Türen.«

»Sie stritten wieder?«

»Nein, so war es leider nicht. Erst knallte die Haustür, dann polterten schwere Stiefelschritte die Treppen hinauf, oben angekommen hörte man Schreie, Holz zerbarst und immer wieder Schreie: von brüllenden Männern und von der armen Magdalena.«

Robert schluckte schwer.

»Was ist geschehen?«

»Es waren die Todesschwadronen der Regierung, also nicht offiziell, aber geduldet und gefördert. Die sogenannten Triple A, weil sie sich mit dreimal dem Buchstaben A abkürzten, *Alianza Anticomunista Argentina*. Genau genommen waren sie vor allem vor der Machtübernahme durch die Militärs aktiv, später wurden sie mehr oder weniger von den Diktatoren instrumentalisiert. Mit ihrer Hilfe ließen sie Menschen verschwinden. Und die arme Magdalena hatten sie auch mitgenommen.«

»Und der Freund? Dieser ...«

»Raoul«, vervollständigte Robert. »Der war zu dem Zeitpunkt gerade nicht in der Wohnung.«

»Glück gehabt.«

»Na ja ...« Robert schwieg. Rico schaute ihn erwartungsvoll an, aber der Mann neben ihm schien wie von jetzt auf gleich auf einem anderen Stern zu sein. Rico räusperte sich, endlich schien sein Fahrgast ihn zu bemerken.

»Und was haben Sie dann gemacht?«

»Was?«

»Ich meine, was haben Sie dann gemacht, als diese Triple A-Leute wieder weg waren?«

»Ich? Nein, ich war nicht dabei. Meine Mutter war allein in der Wohnung. Sie hatte sich still an die Wand gedrückt, um bloß nicht aufzufallen. Ich kam später, da erzählte sie mir alles. Alle im Haus waren fassungslos, aber keiner traute sich, etwas zu tun.«

»Wieso nicht?«

»In einer Diktatur weiß man nie, wer Freund und wer Feind ist.«

»Oh!« Der Fahrer wurde blass, erstaunlich blass, wie Robert fand, und er schaute ihn überrascht an.

»Alles in Ordnung, Rico?«

»Schon gut.« Er schluckte.

»Und mein Konzern entschloss sich damals, in Brasilien zu investieren. Staudammprojekt mit allem Drum und Dran. Als sie mich fragten, ob ich bereit wäre, mitzukommen, habe ich keine Sekunde gezögert. Meine Mutter und ich lebten in ständiger Angst, dass auch bei uns eines Tages die Tür eingetreten würde.«

»Ist ja heftig.«

»Allerdings. Aber so viel anders war das in der DDR doch auch nicht.«

»Keine Ahnung.« Rico stockte kurz, bevor er weitersprach. »Wenn meine Großeltern davon erzählen, klingt das alles gar nicht so schlecht. Meine Mutter will allerdings nicht drüber sprechen.«

»Wissen Sie warum?«

»Keine Ahnung. Hat wohl auch mit meinem Vater zu tun.«

»Inwiefern?«

»Wie gesagt, keine Ahnung.« Rico starrte auf den Boden. Robert wurde das unbestimmte Gefühl nicht los, dass sein Fahrer durchaus mehr wusste, als er zugeben wollte. Er schaute ihn schweigend an. Einen Moment später sprach der weiter.

»Na ja, war ja wohl alles nicht so einfach damals. Die konnten einen schnell rankriegen, hat meine Mutter zumindest gesagt.«

»Die? Rankriegen?«

Der Fahrer zuckte mit den Schultern, sein Zeichen, dass dieses Thema für ihn beendet war. Bevor sich das erneute Schweigen zu einer peinlichen Stille wandeln konnte, erschien zum Glück die Wirtin, gefolgt von ihrer Enkelin. Mit zufriedener Miene, dass es den beiden geschmeckt hatte, räumten die Frauen die Teller vom Tisch. Die Frage, ob es noch etwas sein solle, wurde verneint.

»Aber ich glaube, wir könnten noch ein Bier vertragen. Sagen Sie bitte, sagt Ihnen der *Schnitterhof* etwas?«, fragte Robert.

»Wie soll der heißen?«, fragte die Wirtin zurück.

»Der *Schnitterhof*. Meine Mutter lebte einst dort. Es war der Hof meines Vaters.«

»Keine Ahnung, bin nicht von hier.«

»Ach, schade.«

»Aber gehen Sie morgen doch zum Pastor, der weiß eine Menge über die Geschichte der Gegend. Wohnt aber nicht hier, Ambershagen hat keine eigene Kirche, die nächste ist in Neu Boltenhagen. Der Pastor hat bestimmt Zeit. Geht doch eh keiner in die Kirche.«

»Sie haben es wohl nicht so mit der Kirche?«

»Das Leben hat mir nicht unbedingt das Vertrauen geschenkt, dass da oben jemand über mich wacht. Von daher nehmen Sie es mir nicht übel, aber bei allem, was so passiert, wäre das ein verdammt schlechter Gott mit einem seltsamen Humor.«

Sie räumte das Geschirr ab und verschwand im Haus.

Robert und Rico schauten ihr eine Weile nach.

»Darf ich noch was Persönliches fragen?«, hob Rico zu sprechen an. Das Schweigen nahm er als Bestätigung.

»Sind Sie echt zum ersten Mal jetzt hier?«

Robert nickte.

Rico zögerte, bevor er weiterfragte: »Warum nicht vorher schon? Ich meine, Sie waren doch beruflich viel unterwegs und waren auch hier in Deutschland, da hätten Sie doch …« Er wurde jäh von Robert unterbrochen.

»Ja, schon. Aber das war eine ganze Weile nicht so einfach, also vor dem Mauerfall meine ich.«

»Hätten Sie denn als Argentinier nicht einreisen können?«

»Kann schon sein, vermutlich ja. Aber andererseits hat es mich auch nicht wirklich interessiert, es war für mich nicht wichtig.«

»Nicht wichtig?«

»Nein. Ich habe Ihnen doch schon erklärt, dass ich meinen Vater nie kennengelernt habe. Und meine Mutter war schließlich Argentinierin, und sie ist mit mir, als ich mehr oder minder ein Säugling war, zurück in die Heimat. Ich hatte selbst also nie etwas mit dem Dorf zu tun.«

»Aber Ihre Großeltern, es waren doch schließlich die Eltern Ihres Vaters.«

»Sie wollte nie wieder zurück.«

»Und warum wollen Sie *jetzt*?«

Nur wenige Male hatten Robert und seine Mutter über Ambershagen gesprochen. Als Kind hatte er sie über die Vergangenheit ausfragen wollen. Sie hatte ihn angefahren, er solle nicht so neugierig sein. Und was ihn denn dieser Flecken im Nirgendwo interessiere? Er hatte sich damals überrascht von ihrer heftigen Reaktion geduckt.

»Entschuldige, Robert, aber es war nicht einfach dort für mich. Glaube mir, du hattest einen guten Vater, aber an den Rest der Geschichte möchte ich lieber nicht denken.« Sie hatte ihn in den Arm genommen und es hatte sich seltsamerweise nicht richtig angefühlt. Später als Erwachsener hatte er ihr angeboten, sie könne ihn doch auf seiner Reise nach Deutschland begleiten. Immerhin sprach sie perfekt Deutsch, es müsste ihr doch eine Freude sein, ins Land ihrer Vorfahren, immerhin der Vorfahren ihrer eigenen Mutter und ins Land ihres Mannes zu reisen. Robert hatte an Ambershagen dabei gedacht, aber nicht nur.

»Robert, niemals, versteht du, niemals. Ihr könnt nicht nachvollziehen, was Krieg bedeutet. Ich will daran nie wieder erinnert werden und ich möchte, dass du das respektierst.«

Das war das letzte Mal gewesen, dass der Name Ambershagen in ihren Gesprächen fiel.

Und mit ihrem Testament hatte sie ihn nun ausgerechnet in dieses Dorf geschickt. Dieses Dorf, das so klein war, dass es nicht einmal eine eigene Kirche hatte, das sogar vom Tourismus gemieden wurde und so gar nichts zu bieten schien.

Robert zögerte einen Moment, dann stand er mit einem entschlossenen Ruck auf.

Verwundert schaute Rico ihm nach. Kurz darauf war Robert zurück und öffnete mit einem verschwörerischen Lächeln seine Faust. Der Bernstein kam zum Vorschein.

»Rico, ich mache Sie jetzt zu meinem Verbündeten.«

Kapitel 6

»Er ist von ihm.«

Elenas Vater saß am Küchentisch und sah die Post durch. Elena bereitete das Abendessen vor. Mit einem Satz stand sie bei ihm und streckte die Hand nach dem Brief aus.

»Nun gib ihn mir schon, Vater!« Er machte sich einen Spaß draus und entzog ihn ihr immer und immer wieder. Schließlich gab er nach, begierig schnappte Elena sich das Kuvert.

Die Tage mit Karl lagen jetzt schon einige Monate zurück. Sie waren zusammen auf rosa Wolken geschwebt, hatten jeden Moment genossen. Jeder Augenblick war ein kostbares Gut gewesen.

Der Abschied hatte Elena schier das Herz zerreißen wollen. Karls Kamerad war schon rausgegangen und Karl hatte mit dem Seesack auf der Schulter in der Küche gestanden. Auch wenn er es nicht zeigen wollte, hatte er ebenfalls mit den Tränen zu kämpfen gehabt.

»Tja, jetzt ist es wohl so weit«, hatte er gesagt und Elena hatte stumm genickt. Ein dicker Kloß steckte ihr im Hals und machte das Sprechen unmöglich.

»Ich werde schreiben, Helena. Jeden Tag werde ich an dich denken und dir schreiben. Ich kann dich nicht vergessen.«

»Ach, Karl!«

Sie hatten sich umarmt und sich dabei so sehr festgehalten,

als würden sie sich nie wieder voneinander lösen wollen. So hatten sie eine ganze Weile in der Küche gestanden, bis Karls Kamerad von draußen nach ihm rief.

»Kommst du wieder?« Elenas Stimme hatte gezittert. Sie wusste die Antwort schließlich schon, denn das Leben würde sie getrennte Wege gehen lassen.

Bevor Karl etwas sagen konnte, löste sie sich aus seinen Armen, und mit »Warte noch einen Augenblick!« huschte sie an ihm vorbei in ihre Kammer. Sie musste gar nicht erst suchen, um zu finden, was sie ihm mitgeben würde. Schon war sie in der Küche zurück und wickelte behutsam jenen Schatz aus, der ihr bis dahin der liebste gewesen war.

»Nimm ihn, Karl! Nimm den Bernstein und bringe ihn eines Tages wieder zu mir zurück!«

»Aber Helena, dieser Bernstein, er bedeutet dir doch so viel.«

»Karl, du bedeutest mir mindestens das Gleiche.« Damit schloss sie seine große Hand um den Stein und drückte sie fest zu. »Und nun geh!«

Sie wandte sich ab. Er verharrte unsicher noch eine Weile in der Küche, doch schließlich hörte sie seine Schritte im Flur, sie wurden leiser, eine Tür fiel zu und er war fort. Elenas Magen krampfte sich zusammen. Sie war auf den Boden gesackt und hatte sich ihrem Schmerz ergeben.

Karl hatte sein Versprechen gehalten und oft geschrieben. Nicht täglich, aber oft. Und Elena hatte geantwortet. Sehnsüchtig erwartete sie jeden neuen Brief, viel zu lange dauerten die Tage, die zwischen Absenden und Erhalten vergingen. Und nun hatte er sich wieder gemeldet. Vater schüttelte den

Kopf, wie jedes Mal, wenn ein Brief von *diesem deutschen Matrosen*, wie er ihn nannte, eintraf.

»Kindchen, Kindchen, wo soll das nur hinführen? Schlag dir diesen Kerl aus dem Sinn, er ist weit fort. Schau doch lieber hier in Quequen nach einem netten Jungen.«

In den vergangenen Briefen hatten sie sich von ihrem Alltag erzählt; Elena davon, was im Hotel passierte, welche Gäste logierten, ein paar Berühmtheiten waren dabei, und Karl von seiner Heimat. Wie Elena seine Beschreibungen liebte: Er erzählte vom Hof, von den Tieren, von mächtigen Rössern, die er vor den Pflug spannte und auch vom Automobil des Bürgermeisters seines Dorfes. *Ambershagen.* Elenas Herz hatte zerspringen wollen, als er ihr den Namen schrieb: ámbar – der Bernstein.

Besonders aber liebte sie es, wenn er ihr von der Weite seines Landes schrieb, von den Feldern, vom Korn, vom Wind, der über die Ähren strich und von den Apfelbäumen, die blühten und reiften, bis schließlich seine ganze Familie zur Ernte ausrückte und die Äpfel auf Regalen für den Winter einlagerte. Und immer wieder war Elena überrascht, dass drüben ja gerade dann Erntezeit war, wenn in Quequen der Winter einzog.

Selten schrieb Karl vom Meer. Er sei kaum dort, meinte er einmal auf ihr Nachfragen. Elena konnte nicht verstehen, wie jemand auch nur einen Tag verstreichen lassen konnte, ohne frische Seeluft einzuatmen und die Wellen zu sehen.

Mit vor Aufregung zitternden Händen öffnete sie nun das neue Kuvert. Ihr Vater beobachtete sie. Ihre Augen flogen über die Zeilen und ein Aufschrei entfuhr ihr.

»Was ist los? Ist etwas passiert?« Erschrocken schaute er sie an. Sie hielt sich die Hand vor den Mund und schüttelte den Kopf.

»Nun sprich doch endlich, Elena. Was ist denn bloß?«

Endlich fand sie zu Worten.

»Oh, Vater! Karl kommt zurück!«

»Du bist tatsächlich hergekommen.« Elena küsste Karl immer und immer wieder. Tränen liefen ihr über die Wangen. Karl umfasste sie und wirbelte sie lachend umher. Ihre Beine flogen durch die Luft. Schnaufend und außer Atem setzte er sie wieder ab.

Mit einem tiefen Räuspern machte sich Elenas Vater im Hintergrund bemerkbar. Karl strahlte ihn an und eilte zu ihm. Er schüttelte die ausgestreckte Hand.

»Ich freue mich, Sie wiederzusehen.«

Elena übersetzte, ihr Vater nickte.

»Was habt ihr jetzt vor?«, fragte er seine Tochter. »Vergiss bitte nicht, die Arbeit macht sich nicht von allein.«

»Ach, Vater, tu doch nicht so streng, das steht dir nicht.« Sie zwinkerte ihm zu und er lächelte.

»Ich denke mal, wir gehen zum Strand, es ist ein so schöner Tag.«

»Wie lange wird er denn bleiben?«

Die Frage traf Elena. Sie wollte sich ihre Wiedersehensfreude nicht durch den Gedanken an Abschied schmälern lassen. Karl schien den Wechsel ihres Gesichtsausdrucks bemerkt zu haben.

»Alles in Ordnung, Helena?«

»Alles in Ordnung, Karl. Vater sagte nur, dass er sich auch

freue, dass du wieder hergekommen bist und dass wir uns eine gute Zeit machen sollten.«

Sie wandte sich erneut ihrem Vater zu.

»Vater, ich bin früh genug zurück. Wir bekommen heute Essen aus der Hotelküche und wir haben ja ohnehin noch nicht so viele Gäste.«

»Wenn du meinst.« Sein Gesicht blieb verschlossen. »Und tut nichts Unanständiges! Du verstehst doch hoffentlich?«

»Ach, Vater, mache dir doch keine Sorgen.«

»Elena, ich will doch nur nicht, …« Er brach den begonnenen Satz ab. »Geht nur, ich muss jetzt ins Hotel. Bis heute Abend.«

Er nickte Karl zu und Elena nahm ihn in den Arm.

»Vater, freu dich doch ein bisschen mit mir«, flüsterte sie ihm ins Ohr, auch wenn Karl sie ohnehin nicht verstehen konnte.

Ihr Vater nickte stumm.

»Komm, Karl, lass uns ans Meer gehen.« Mit einem Satz war Elena bei ihm, sie hakte sich bei ihm unter und Arm in Arm verließen sie strahlend die Küche.

Einige Momente später waren sie allein. Sie standen am Strand, der Atlantik schickte die Wellen über den Sand, das Hotel lag ein Stück entfernt. Elena blieb stehen und schaute Karl an. Und auch er betrachtete sie eine Weile schweigend. Sein Blick strich zärtlich über ihr Gesicht, dann glitten seine Augen tiefer. Wie auf ein unsichtbares Zeichen hin fielen sie sich in die Arme, packten sich, wünschten sich nichts mehr, als nur noch einander zu spüren. Endlich zu spüren. Mehr als ein Jahr Briefe, Sehnsucht, unerfüllte Wünsche. Sie hatten eine Nähe geschaffen, wie sie andere nicht zustande brachten, die Jahre miteinander lebten. Diese Nähe war ein Stau der Gefühle und jetzt endlich war es so weit, die Dämme durften reißen. Eine Lawine durchbrach alle Mauern und nahm sich ihren Weg in die Freiheit. Es gab kein Halten mehr. Ihre Hände suchten die des anderen, ertasteten ihre Körper, streichelten sie, forderten sie heraus. Ihre Münder pressten sich aufeinander und Elenas Gefühle wirbelten durcheinander, stolperten, stürzten, fingen sich wieder und erstanden neu. Sie spürte Karl mit jeder Faser ihres Körpers. Fordernd drückte er sich an sie. Sie spürte seine Kraft. Nie zuvor hatte Elena das erlebt, sie wusste davon, eine Bedienstete aus dem Hotel hatte ihr einst kichernd hinter vorgehaltener Hand davon erzählt. Kurz darauf war das Zimmermädchen von einem zum anderen Tag fort gewesen. Es hatte sich mit einem der Hotelgäste eingelassen und seine Frau hatte sie erwischt. Das würde Elena nicht passieren, sie wusste, wo ihre Grenze war. Ihr Körper spannte sich an, sie versteifte sich. Abrupt ließ Karl von ihr, wie benommen standen sie voreinander, er keuchte, ihr Atem flatterte.

»Karl, das darf nicht passieren, verstehst du, das darf nicht sein.«

Er nickte stumm, zu erregt, um zu sprechen. Weiterhin standen sie voreinander. Seine Männlichkeit zeichnete sich ab, sein Körper verlangte nach Erfüllung. Und schon griffen sie wieder nach einander, wieder suchten und fanden sie sich. Die anfänglich stürmische Begierde ging in Zärtlichkeit über, sich noch in den Armen haltend schauten sie sich an, lächelnd, glücklich.

»Ach, Karl, ich bin so froh, dich hier zu haben. Du hast es tatsächlich getan, du bist wieder hergekommen.«

Auch er lächelte.

»Ich habe es dir versprochen.« Während er weitersprach, griff er in die Tasche seiner Jacke. »Und ich hatte dir noch etwas versprochen.«

Mit geheimnisvollem Lächeln zauberte er einen in ein Tuch eingeschlagenen Gegenstand hervor. Er entfaltete das Tuch und zum Vorschein kam …

»Mein Bernstein. Oh, Karl, du hast dein Versprechen wirklich gehalten.«

»Aber natürlich, ich habe gesagt, ich bringe dir den Stein wieder zurück.«

»Aber er ist ja noch viel schöner als zuvor. Ich erkenne ihn ja kaum wieder. Du hast ihn polieren lassen? Er ist wunderschön, wie ein echter Edelstein.«

Karl schaute zufrieden.

»Ja, ich hatte zunächst gedacht, er sollte zu einer Brosche oder einem Kettenanhänger werden, aber dann hätte ich ihn verletzen lassen müssen, und das wollte ich nicht.«

Elena schlang die Arme um ihn und hauchte ein *Danke!* in sein Ohr.

»Warte, warte, Helena. Das ist noch nicht alles.«

Seine Miene wurde ernst. Er räusperte sich, schluckte. Nochmals griff er in die Tasche seines Jacketts und holte ein Pappschächtelchen hervor.

»Ich habe trotzdem noch ein Schmuckstück für dich.«

Karl ging vor Elena auf die Knie und öffnete die kleine Verpackung: ein Ring. Elena stockte der Atem. Karls Blick wurde ernst, seine Wangen röteten sich.

»Helena, möchtest du meine Frau werden?«

Elena wusste nicht, wie ihr geschah. Alles um sie herum

drehte sich, ihr wurde schwindelig. Waren sie noch gerade auf festem Grund, befand sie sich nun auf bebendem Boden, das Blut rauschte in ihren Ohren, sie war wie benommen.

»Helena.« Karl wiederholte seine Frage, unsicher, fast ängstlich: »Willst du meine Frau werden?«

Elena hatte sich wieder gefangen. Schwer atmend schaute sie Karl an. Sie sah diesen jungen Mann, dem sie so verbunden war, wie niemandem je zuvor, der ihr unzählige Briefe geschickt hatte, den sie so gut zu kennen schien, obwohl sie kaum Zeit miteinander verbracht hatten, und der über den Ozean zu ihr zurückkam, um ihr hier einen Heiratsantrag zu machen.

»Ja, Karl, ich will. Ich will deine Frau werden.«

»Aber wie stellst du dir das vor, Elena? Du lebst hier, und er in Deutschland. Er hat dort, soweit ich verstehe, doch sogar einen Hof. Er kann das doch alles gar nicht verlassen. Und Spanisch spricht er auch nicht. Wie soll das gehen?«

Elena schaute betreten zu Boden. Als Karl und sie vom Strand zurückkamen, hatten sich mit jedem Meter, den das Hotel näher rückte, die Schuldgefühle und Angst über das, was unweigerlich geschehen würde, vergrößert. Genau diese Frage hatte sie auch Karl gestellt, und er hatte bereits eine Antwort parat gehabt, die ihr ob seiner entschlossenen Bestimmtheit selbst die Luft genommen hatte.

»Aber Helena, du kommst natürlich mit zu mir. Ich habe dich sogar auf dem Schiff schon vormerken lassen«, hatte er mit einem Gesichtsausdruck gesagt, dessen Selbstverständlichkeit Elena erschreckt hatte. Doch seine glücklich strahlenden Augen bedeuteten ihr, dass er es wirklich nur gut mit ihr meinte. Und, ja, sie liebte diesen Mann, der sie auch ohne Worte verstand und dem sie gerade die Ehe versprochen hatte. Es gab kein Zurück mehr und wie hätte sie auch je einen anderen Mann lieben können, wenn sie zu Karl nein gesagt hätte?

So hatte sie sich entschieden, sich auf das neue Land zu freuen. Es war immerhin das Land, von dem ihre Mutter stets träumte. Das Land ihrer Vorfahren, das Mutter nie zu sehen bekommen hatte. Vielleicht war es ja gerade ihre eigene Bestimmung, hatte Elena gedacht, dass sie jetzt an Mutters Statt nach Deutschland gehen sollte. Es war ein großer Schritt, der größte Schritt, den sie in ihrem Leben machen würde, das war Elena klar. Aber ohne diesen Schritt würde sie ihr Glück, ihre große Liebe verlieren, und wenn sie sich einer Sache sicher war, so war es, dass sie dieses Gefühl nie wieder missen wollte.

Diese Entscheidung für Karl und für Deutschland war zugleich die Entscheidung gegen ihren Vater. Sie saßen in seiner Werkstatt, einer der wenigen Orte des Hotels, an dem sie ungestört reden konnten. Elena hatte Karl auf den Abend vertröstet, sie brauchte diese Zeit mit ihrem Vater.

Dieser wartete keine Erklärung ab. Er hatte in Elenas Gesicht gelesen, was passieren würde. Er stand auf und stützte sich auf die Werkbank. Mit einem tiefen Seufzer begann er zu sprechen, seine Stimme zitterte: »So wirst du mich also auch verlassen, mein Kind. Ihr lasst mich hier allein zurück. Ich dachte, dass ich deine Mutter verlor, wäre der schwerste Schlag, den mein Leben für mich parat haben würde, aber da habe ich mich wohl getäuscht.«

»Aber, Vater!« Elena stellte sich hinter ihn und legte ihren

Kopf auf seinen Rücken. »Sag doch nicht so etwas. Meinst du denn, mir fällt es leicht?« Tränen schluckten ihre Worte.

Nun drehte sich ihr Vater um, sie schauten sich an, beide weinten.

»Nein, Elena, das meine ich nicht. Aber du wirst mir schon erlauben müssen, dass ich nicht glücklich darüber bin.«

Sie nahmen sich in den Arm, er drückte sie und sie schmiegte sich so fest an ihn, als wollte sie in seinen Körper kriechen. Eine ganze Weile verharrten sie so.

Dann erklärte Elena ihm, was sie vorhatten, dass Karl sie auf dem Frachtschiff unterbringen würde, dass sie dort in der Küche mitarbeiten und so die Passage bezahlen würde. Karl hatte für diese Fahrt als Matrose angeheuert.

»Aber er hat mir versprochen, dass es das letzte Mal sein wird, dass er zur See fährt. Danach bleibt er Bauer.«

»Und du wirst Bäuerin?«

Elena dachte eine Weile über die Antwort nach.

»Vor allem werde ich seine Frau.«

»Du liebst ihn wirklich sehr, oder?«

»Du und Mutter haben mich gelehrt, was wahre Liebe ist. Und genau diese möchte ich jetzt leben. Bitte verzeih, es bricht mir das Herz, dich zu verlassen, aber ich liebe Karl. Ich liebe ihn über alles.«

Ihr Vater nickte. Momente des Schweigens. Die eine große Frage stand zwischen ihnen, schließlich sprach er sie aus.

»Werden wir uns jemals wiedersehen?«

»Vater, aber natürlich werden wir das. Wie kannst du nur daran zweifeln?« Elena sagte es mit einer Bestimmtheit, die aber auch sie selbst nicht darüber hinwegtäuschen konnte, dass keiner von beiden daran glaubte.

Die Zeit war dahingaloppiert. Nur knapp zwei Wochen waren Elena verblieben, um sich zu verabschieden. Tausend Dinge gleichzeitig hatten erledigt werden müssen. Ihr Vater hatte darauf bestanden, dass sie noch in Argentinien heirateten, keine große Zeremonie, aber sicher sei sicher hatte er gemeint. Nun stand ein zweiter Nachname in Elenas neuem Pass: *Schnitter*. Kopfschüttelnd hatte sie den Ausweis angeschaut und konnte selbst kaum fassen, was sie da las. Als Karls Frau wurden die Ausreiseformalitäten dann wesentlich einfacher und tatsächlich stand schließlich ein Koffer mit Elenas wenigen Habseligkeiten in der Küche. Die Hektik der vergangenen Wochen klang augenblicklich ab. Karl hatte sich bereits von Elenas Vater verabschiedet, er hatte eine ganze Flut von Vorgaben und Wünschen über sich ergehen lassen müssen, auch das Defilee der Hotelangestellten war beendet und nun blieben nur ihr Vater und Elena in der Küche zurück.

»So, mein Kind, dann ist es jetzt wohl so weit.« Er konnte kaum sprechen. Auch Elena brachte nicht mehr als ein Nicken zustande.

»Ach, Vater!« Sie warf sich ihm an den Hals, beide schluchzten laut. Er hatte sich als Erster wieder gefangen.

»Du musst los, die Eisenbahn wartet nicht auf euch und dann verpasst ihr das Schiff in Buenos Aires.«

Sie schaute ihn ein letztes Mal an, das geliebte Gesicht, das sie so gut kannte, das so viel Freud und Leid mit ihr geteilt hatte und das sie jetzt aus ihrem Leben entlassen musste. Eine letzte schnelle Umarmung, einmal noch festhalten, dann griff sie nach dem Koffer, und ohne sich nochmals umzudrehen, rannte sie aus der Küche, aus ihrem alten Leben. Sie konnte kaum noch die Füße voreinander setzen, alles verschwamm vor ihren Augen, aber sie hatte diesen Weg begonnen und nun ging sie ihn weiter. Einen Weg, der sie mit ihrem frisch angetrauten Mann in eine neue Welt führen sollte.

Sie war das erste Mal in ihrem Leben in Buenos Aires, die Stadt, aus der die meisten der vornehmen Hotelgäste stammten und damit auch deren Schar von Angestellten. Die Stadt, die das Zentrum ihres Landes bildete, die Stadt, die Argentinien vorantrieb. Und ausgerechnet dieses erste Mal sollte nun auch das letzte sein.

Elena umklammerte den Griff ihres Koffers, die andere Hand lag in der von Karl. Ihm schien das Treiben auf dem Hauptbahnhof nichts auszumachen, es gefiel ihm sogar. Es wimmelte von Menschen, überall wurde gerufen, gewinkt, gedrängelt. Leute kamen ihnen entgegen, wollten einsteigen, andere stiegen aus, und sie selbst suchten sich den Weg durch diese Massen nach draußen.

»Karl, das ist ja …« Elena hatte nicht mal Worte für diese Stimmung. Nie zuvor hatte sie so viele Menschen auf einem Haufen erlebt, diese Gleichgültigkeit, mit der man sich aneinander vorbeischob, rempelte, ohne Entschuldigung, gar, ohne es überhaupt zu bemerken. Das war also Buenos Aires, von dem alle so schwärmten?

Endlich erreichten sie den Vorplatz. Hier wurde die Menschenmasse durch Automobile und Pferdekutschen ersetzt, und in das Gewimmel mischten sich knatternde Motoren, Pferdewiehern und der Geruch nach Abgasen und Dung.

»Aber Karl, das ist ja unglaublich!«

»Helena, das ist die Großstadt. So ist das nun einmal«, tat er weltmännisch, obwohl er doch selbst aus einem Wenige-Seelen-Nest stammte und sich gerade deutlich selbstsicherer gab, als er eigentlich war.

»Karl, da freue ich mich ja schon aufs Schiff.« Elena musste gegen den omnipräsenten Lärm anschreien.

»Bist du denn nicht traurig, dass wir keine Zeit mehr haben, uns die Stadt anzusehen?«

»Oh nein, wirklich nicht. Ich glaube, ich bin für das Stadtleben nicht geschaffen.« Sie lachte verkrampft. »Ich hoffe doch, dass es in …«, sie zögerte einen Moment, um das nächste Wort nicht falsch auszusprechen, »… Ambershagen ruhiger zugehen wird.«

Karl strahlte sie an. Er öffnete kurz den Mund, um ihr zu antworten, doch er entschied sich um und nahm sie in die Arme, um ihr einen langen Kuss auf die Lippen zu drücken.

»Helena, ich liebe dich so sehr.«

Kurz darauf hatten sie ein billiges Pferdefuhrwerk gefunden, das sie zum Hafen bringen würde. Auf der unbequemen Holzpritsche ruckelten sie über das Kopfsteinpflaster, passierten Speicherhäuser, vor denen Säcke mit Seilwinden in die oberen Etagen gezogen wurden, überquerten Eisenbahnschienen, auf denen Loren geschoben wurden, und mussten immer wieder warten, um Autos und Lastkraftwagen, die sich hupend ihren Weg bahnten, durchzulassen. Elena schwindelte ob des Trubels.

»Schau, da ist es. Das ist unser Schiff!« Karl streckte den Arm aus und wies in Richtung der Wasserkante, entlang derer sie auf dem Hafenkai schon eine Weile fuhren.

Ihr Blick folgte seinem Arm und blieb an einem mittelgroßen Frachtschiff hängen, auf dem Männer eifrig mit dem Beladen beschäftig waren.

»Dort?«, fragte sie und deutete auf den Frachter. Das Fuhrwerk hielt und sie stiegen ab.

»Genau! Komm, lass uns hinaufgehen, vielleicht ist der Kapitän schon an Bord. Ich muss mich noch vorstellen und wir müssen den ganzen Papierkram erledigen.«

Elena nickte, stumm vor Aufregung.

»Herzlich willkommen, Frau Schnitter.« Tatsächlich war der Kapitän an Bord und gratulierte dem frischgebackenen Ehepaar. Mit einem Augenzwinkern zu Karl gewandt ergänzte er: »Das ist zwar über Ihrem Stand und gegen die ungeschriebenen Gesetze an Bord, Matrose Schnitter, aber in Anbetracht der Umstände, ich meine, Sie zwei sind jung und frischvermählt, erhalten Sie eine gemeinsame Kajüte für sich allein.«

»Oh, Kapitän, das ist ... ich weiß gar nicht, wie ich Ihnen ...«

»Schon gut!«, winkte der Kapitän ab. »Erwarten Sie nicht zu viel. Ihre Braut kann die Kajüte schon mal beziehen, sie findet sie bei den achteren Besatzungskammern, die letzte ganz am Ende. Da haben Sie Ihre Ruhe und außerdem sind der Abort und die Dusche nicht weit, da muss sie nicht an den ganzen anderen Kajüten vorbei. Und Sie, Matrose, melden sich beim dritten Offizier, er kümmert sich um Ihre Papiere. Danach kann Ihre Frau schon mal in der Kombüse vorbeischauen, der Smutje weiß Bescheid. Die Mannschaft freut sich schon, dass sie jetzt nicht mehr selbst als Backschafter arbeiten müssen, einen Schiffsjungen haben wir ja schon lange nicht mehr, und meine Männer mögen vielleicht tüchtige Matrosen sein, aber Tisch decken, Abräumen und Abwaschen zählen nicht gerade zu ihren Stärken.« Der Kapitän lachte, dann wurde er vom anderen Teil des Schiffes gerufen, es schien Probleme beim Verladen zu geben. »Also, dann, auf eine gute Fahrt, junge Frau.« Er nickte in Elenas Richtung, dann reckte er den rechten Arm zum Gruß in die Höhe: »Heil Hitler, Matrose Schnitter!«

»Heil Hitler, Kapitän!«, brüllte dieser zurück.

Der Kapitän entfernte sich schnellen Schrittes, Karl schaute ihm einen Moment noch nach, dann drehte er sich mit strahlenden Augen zu Elena um.

»Ist das nicht großartig? Wir haben eine Kajüte für uns!« Elena war sprachlos.

»Komm, lass uns achtern gehen. *Achtern*, weißt du, das ist auf einem Schiff hinten, das *Heck*. Unter Deck schläft dort die Mannschaft, also wir. Die Offiziere sind *Mittschiff* untergebracht, in den Offizierskammern, direkt unter der *Kommandobrücke*, damit man sie schnell rufen kann, wenn was auf der Brücke los ist. Aber bei so einem Frachter ist das alles dicht beieinander, nicht wie bei einem Passagierschiff, da kann man sich dann echt verlaufen, hier nicht, du brauchst keine Angst zu haben. Weißt du, das hier ist ein gutes Schiff, sehr neu, sehr solide.«

Karl plapperte unentwegt, während er Elena hinter sich herzog. Sie grüßten die Männer, die an Bord arbeiteten, einige nickten Karl anerkennend zu, andere schauten Elena mit einem Blick an, den sie lieber nicht interpretieren mochte. Und alle sprachen sie Deutsch miteinander. Es war das erste Mal in Elenas Leben, dass sie so viele Deutsche auf einmal sah, und vor allem das erste Mal, dass alle selbstverständlich davon ausgingen, dass sie diese Sprache beherrschte. Sie war vollkommen verwirrt.

Schon stiegen sie eine metallene Treppe hinab in den Schiffsrumpf. Entlang eines schmalen Flurs reihten sich mehrere Türen.

»Die hier muss es sein.« Sie waren am Ende des Flurs angekommen. Karl öffnete die Tür; die Kajüte war ein fensterloser Verschlag, winzig klein, mit einem Stockbett für zwei und einem in der Stahlwand ausgesparten Regal. Der Raum wurde nur spärlich beleuchtet, an einem Draht war ein Spiegel an der Wand befestigt, er war mit Stofffetzen umwickelt.

»Damit er bei Seegang nicht kaputtgeht«, erklärte Karl. »Das sieht hier doch alles ganz gut aus«, stellte er zufrieden fest. Jetzt erst drehte er sich Elena zu. Ihr Gesicht musste Bände gesprochen haben, denn seine Miene änderte sich umgehend.

»Aber Liebste, was ist denn? Was machst du denn für ein Gesicht? Du wirst sehen, das wird ein schönes Nest für uns, wirklich. Hab doch keine Angst.«

»Ach, Karl.« Mehr brachte Elena nicht ob der graugrünen Eintönigkeit heraus, in der sie sich gerade befanden. Natürlich kannte sie Frachtschiffe, schließlich war sie am Hafen groß geworden, aber sie hatte nie eines von innen gesehen.

»Liebste, entschuldige. Ich bin so glücklich und bemerke gar nicht, wie schwer dir das alles fällt.«

Er schloss sie in die Arme und sie legte ihren Kopf an seine Brust. Sie spürte seine Wärme und hörte sein Herz schlagen.

»Ist doch nicht für lang, Helena, sind doch keine drei Wochen. Danach hast du allen Platz der Welt auf unserem Hof in Ambershagen.«

Sie konnte die Tränen nicht mehr aufhalten. Karl drückte sie noch fester an sich. Als sie sich schließlich wieder gefangen hatte, löste sie sich aus der Umarmung. Sie schniefte und trocknete sich das feuchte Gesicht mit ihrem Ärmel.

»Was musst du nur von mir denken, Karl. Was bin ich doch für eine dumme Pute. Du hast recht, mein Liebster. Es ist halt alles nur so fremd für mich. Das Schiff, die Sprache, die vielen fremden Ausdrücke und ich weiß doch gar nicht, was mich erwartet. Die Männer eben, die haben so geschaut, da wurde es mir unheimlich, weißt du.«

»Aber nicht doch, Helena. Mach dir keine Sorgen. Niemand wird es wagen, dir irgendetwas zu tun. Das sind alles Deutsche. Die wissen, was Ehre ist. Glaube mir. Und du wirst sehen, schließlich ist dieses Schiff so etwas wie eine Familie. Eine Familie auf Zeit. Man hält zusammen, denn wir sind alle voneinander abhängig. Vom Kapitän bis zum Nauke.«

»Nauke?«

»Tut mir leid, das kannst du nicht wissen. *Nauke* ist sozusagen das Mädchen für alles hier.«

»Oh, es gibt doch noch eine andere Frau?« Elena war erfreut.

Karl lachte laut.

»Nein, keine Frau, da muss ich dich enttäuschen. Das ist nur so ein Ausdruck. Es ist der Mann an Bord, der am wenigsten zu melden hat und meistens auch die dreckigsten Arbeiten macht. Aber, auch der ist wichtig. Wie in einer richtigen Familie eben.«

»Ach so.«

»Helena, Liebste, ich muss mich jetzt auf der Brücke melden. Räum du doch schon mal alles ein. Ich komme nachher wieder vorbei und bringe dich zur *Kombüse*, also zur Küche, da lernst du den *Smutje* kennen, den Koch, der erklärt dir dann alles Weitere.«

Er küsste sie und schaute ihr tief in die Augen.

»Helena, du machst mich zum glücklichsten Mann auf der ganzen Welt.«

Elena nickte und rang sich ein Lächeln ab. Als Karl die Tür hinter sich geschlossen hatte, ließ sie sich auf das untere der beiden Betten sinken und stellte den Koffer auf ihre Knie. Sie schaute sich um und fing an zu weinen.

Sie hatte nicht allein warten wollen. Der Koffer war schnell ausgepackt und in dem dunklen Verschlag zu hocken, behagte ihr gar nicht. Sie kombinierte: Wenn die Offiziere unter der Kommandobrücke wohnten, dann würde sicherlich auch die Küche nicht weit von dort entfernt sein. So machte sie sich selbst auf, diese *Kombüse* zu finden.

»So, du bist also die Frau, für die Karl über den Atlantik gefahren ist.« Sie hatte kaum das Deck betreten, da dröhnte ein tiefer Bass zu ihr. Erschrocken fuhr sie herum. Mit breitem Grinsen stand ein Mann an einem Niedergang, seine Kleidung kennzeichnete ihn unmissverständlich als Koch.

»Oh, ja. Und ich glaube, ich bin gerade auf der Suche nach Ihnen.«

»Na, wer wird denn hier siezen? Wir sind alle per Du, jedenfalls wir von der Mannschaft. Nur die Offiziere sprechen sich mit Sie an, und wir die natürlich auch. Ist ja klar.«

Er war einige Schritte auf sie zugegangen, wischte sich seine Hand an der Schürze ab und reichte sie ihr. »Ich bin Helmuth, herzlich willkommen. Du bist Helena, richtig?«

Elena schüttelt ihm die Hand und nickte. Er redete weiter.

»Ich bin hier der Smutje. Komm, ich zeig dir die Kombüse.« Wieder führte eine schmale Stiege in den Schiffsbauch. Vorbei an einem Kühlraum und einer Vorratskammer erreichten sie die winzige Küche. Elena konnte sich kaum vorstellen, wie man auf so wenig Raum für alle kochen können sollte.

»Wir zwei werden das Kind schon schaukeln!«, lachte Helmuth. Elena fühlte sich wohl bei ihm. Sein Herz schien ihr mindestens genauso groß zu sein wie sein kugeliger Bauch. Und auch wenn diese Küche wenig mit ihrer eigenen zu tun hatte, so gab sie ihr doch ein Gefühl von Vertrautheit in dieser Welt, in der alles fremd war.

»Ist für mich was Neues, mit einer Frau zusammenzuarbeiten. Sollte ich mal etwas grob sein, nimm es mir bitte nicht übel. Hier an Bord herrscht ein ruppiger Ton und unter Männern … na ja, du verstehst schon.«

Elena nickte.

»Hör zu, ich setze dich in der Offiziersmesse ein, also in der Kajüte der Offiziere. Klingt jetzt größer, als es letztlich ist. Wir sind ein kleines Schiff. Du kannst dort aufdecken, servieren, abräumen und so. Karl sagte, du hättest schon in einer Küche gearbeitet?«

»Ich habe die Küche unserer Pension geführt, schon mehrere Jahre.«

»Mehrere Jahre schon? Na, da schau an. Wirkst noch so jung.«

Elena zuckte mit den Schultern.

»Und ansonsten gehst du mir hier in der Küche zur Hand.«

Sie nickte.

»Also, nochmals, Helena!« Wieder streckte er seine Pranke aus. »Auf gute Zusammenarbeit und auf eine sichere Fahrt!«

»Auf gute Zusammenarbeit und auf eine sichere Fahrt, Helmuth.« Sie schlug in seine Hand ein.

Der Koch hatte sie wieder zurück in die Kabine geschickt. Bevor sie ausliefen, brauche er sie nicht. Schließlich gebe es nicht viel Platz in der Küche und er müsse alles zunächst einmal einrichten und organisieren. So hatte sie Zeit, sich ein wenig umzusehen. Es gab nicht nur in der Küche wenig Platz, nirgendwo auf dem Schiff schien es Platz zu geben. Der als Offiziersmesse bezeichnete Raum war nicht mehr als ein enges Verlies mit zwei Bänken an den Wänden in deren Mitte ein langer Tisch verlief. Wollte einer, der in der Mitte saß, hinaus, würden alle auf der Bank aufstehen und ihn hinauslassen müssen.

Die Mannschaft hatte eine eigene Kajüte als Aufenthaltsraum. Diese war zwar größer, aber es war Elena schon jetzt klar, dass es mit all den Leuten darin auch ziemlich eng werden würde. Erst jetzt begriff sie, welcher Luxus Karl und ihr mit ihrer eigenen Kajüte zuteilwurde. Der Rest der Mannschaft schlief mehr oder weniger zusammengepfercht, nur die Offiziere hatten Privatsphäre, aber auch deren Kajüten waren um keinen Deut größer als Karls und ihre. Sie schämte sich, dass sie zunächst so enttäuscht reagiert hatte. Jetzt, da sie eine Aufgabe hatte und ungefähr wusste, was ihr bevorstand, fühlte sie sich um einiges wohler. Und dass sie mit diesem dicken Helmuth offenbar einen so feinen Kerl an ihrer Seite hatte, machte sie obendrein zufrieden.

»Da bist du ja, mein Schatz!« Karl trat ein, Elena frisierte sich vor dem winzigen, stoffumwickelten Spiegel. Die Deckenbeleuchtung gab ein spärliches Licht. Er betrachtete sie. »Du siehst phantastisch aus. Alle an Deck reden schon über dich.«

»Über mich?« Elena erschrak.

»Aber klar, was denkst du denn, eine Frau an Bord und dann auch noch eine solch schöne. Sie sind alle neidisch auf mich und gratulieren mir zu dir.« Bei den letzten Worten zog er sie an sich und küsste sie heftig.

»Karl, entschuldige, dass ich vorhin so seltsam war. Glaube mir, es geht mir schon viel besser. Wir werden bestimmt eine gute Zeit hier auf dem Schiff haben.«

»Oh, ja.« Er hörte kaum zu, seine Zunge fuhr an ihrem Hals entlang, mit einer Hand strich er ihr das Haar aus dem Nacken. Zärtlich küsste er ihren Hals, Elena erschauerte und seufzte.

»Helena, wir sind jetzt Mann und Frau. Du weißt, was das bedeutet.« Karl konnte seine Erregung kaum noch zurückhalten.

»Oh, Karl, ja, heute Nacht werden wir heiraten.«

Er packte sie und küsste sie stürmisch. Seine Hand griff nach ihren Brüsten, sein Kopf sank auf ihr Dekolleté, sie streckte sich ihm begehrend entgegen.

»Helena, ich kann es kaum mehr abwarten, mich endlich mit dir zu vereinen.«

»Heute Nacht, Karl.«

Das Schiffshorn dröhnte. Der tiefe Ton drang bis in den

letzten Winkel des Schiffes. Das gleichmäßige Geräusch der Motoren wurde lauter.

»Ich muss hoch, Liebes.« Karl löste die Umarmung. Leicht verschämt versuchte er, seinen Schritt glatt zu streichen. Er zog die Uniformjacke etwas weiter herunter. »Geh doch an Deck, Helena. Es ist ein Spektakel. Es geht los, wir legen ab.« Schon war er aus der Kabine, Elena hörte seine Schritte entschwinden.

»Wir legen ab«, wiederholte sie leise und betrachtete sich im Spiegel. Mit einem Ruck straffte sie sich, ordnete ihre Kleider und ging ebenfalls nach oben.

Die wenigen an Bord, die in diesem Moment nicht zu arbeiten hatten, standen an der Reling und schauten zu, wie sich der Kai entfernte. Am Aufgang zur Kombüse stand Helmuth, er winkte zu Elena rüber. Sie grüßte zurück.

Am Hafenufer schauten nur wenige dem Frachter nach. Die meisten waren viel zu sehr mit sich selbst beschäftigt. Elena hätte sich so sehr gewünscht, Karl jetzt an ihrer Seite zu haben, aber der musste natürlich arbeiten. So stand sie allein und zog ihr Tuch fester um die Schultern. Obwohl es nicht kalt war, fröstelte sie.

»*Adiós*, Papa!«, murmelte sie und konnte die Tränen nicht aufhalten.

»Na, nicht leicht, oder?« Helmuth hatte sich zu ihr gesellt und reichte ihr sein Taschentuch. Elena nahm es dankbar an.

»Weißt du was, Helena, wenn wir hier gleich raus sind, dann komm mal mit in die Kombüse. Arbeiten lenkt ab, das verspreche ich dir, und ich weiß, wovon ich rede.«

»Eine gute Idee, Helmuth.«

Und wirklich tat es ihr gut, die routinierten Handgriffe auszuführen: Kartoffeln schälen, Wasser aufsetzen, Kochgeschirr spülen. Sie lernte, was eine kardanische Aufhängung war – »Dann können wir auch bei starkem Seegang kochen, der Herd bleibt immer gerade« – und, dass nichts, aber auch nicht das kleinste Teil, unbefestigt herumliegen darf. »Ansonsten kann so ein Messer mal ganz schnell zum tödlichen Geschoss werden.«

Auf die Frage, ob es denn wirklich so hoch auf See hergehen könne, nickte Helmuth vielbedeutend. Seine größten Wellen seien einst so um die zwanzig Meter hoch gewesen. Elena war sich nicht sicher, ob es sich dabei nicht nur um Seemannsgarn handelte. Sie beschloss, es für eine Lüge zu halten, denn alles andere bereitete ihr Angst.

Das Schiff lief schon eine Weile auf freiem Gewässer, die Offiziere hatten sich in der Messe eingefunden, um ein kleines Mittagessen einzunehmen. Elenas Feuertaufe.

Sie war mächtig nervös. Es waren nur vier Männer, der erste bis dritte Offizier und ein Ingenieur. Sie begrüßten sie herzlich. Einer fragte, woher sie stamme. Einer kannte Quequen.

»Oh, Sie kennen meinen Heimatort?« Elena war überrascht.

»Ich habe Verwandte in Buenos Aires«, antwortete er. »Sie sind vor einiger Zeit ausgewandert und verbrachten die Sommerfrische dort.«

»Dann waren ihre Angestellten vermutlich Gäste unserer Pension«, erwiderte Elena. Sie musste aufpassen, nicht rührselig zu werden, nicht vor diesen Männern, nicht vor Fremden.

Die Offiziere wandten sich von ihr ab und vertieften sich ins Gespräch. Elena tischte auf und räumte ab. Dabei schnappte sie einige Gesprächsfetzen auf: »Eingliederung Österreichs ins Reich durch den Führer« und »Gerüchte, dass als Nächstes die Tschechoslowakei dran sei, es gehe ums Sudetenland«. Dann wechselten die Männer zu privaten Themen, dass man sich auf die Familie freue und vor allem auf die Frau. Dabei lachten sie vielsagend, verstummten aber augenblicklich, als Elena wieder eintrat. Sie musste sich ihr Lächeln verkneifen, dachte sie selbst doch an nichts anderes als die bevorstehende Nacht, ihre Hochzeitsnacht.

Nachdem sie alles abgespült hatte, meinte Helmuth zu ihr, dass sich die Mannschaft über sie beschwert habe. Elena bekam einen Schreck. Lachend fügte Helmuth hinzu: »Sie sind eifersüchtig auf die Offiziere und wollen auch eine so schöne Bedienung und nicht den dicken Koch, haben sie gesagt.«

Elena grinste. Sie solle heute Abend nach dem Dienst in der Messe auf jeden Fall in die Mannschaftskajüte kommen, damit sie alle kennenlerne.

»Aber natürlich«, nickte sie.

Mit großem Hallo wurde sie abends begrüßt. Karl hatte sie aus der Kombüse geholt, um sie seinen Kameraden vorzustellen. Seine Augen glänzten vor Stolz.

»Wahrlich, die schöne Helena!«, meinte einer und die anderen stimmten ihm zu. Sie gratulierten den beiden zur Hochzeit. Scherzhaft meinte einer, dass Karl so eine Schönheit gar nicht verdient habe, und sollte sie es sich noch anders überlegen, er stehe bereit. Karl knuffte ihm in die Schulter, die anderen lachten laut.

Helmuth kam hinzu. Er zauberte zwei Flaschen Sekt hinter seinem Rücken hervor und erntete lautstarken Beifall.

»Aber niemandem verraten, hört ihr! Ich habe einfach mal vergessen, die beim Nachzählen auf die Liste zu setzen. Kann ja mal vorkommen«, zwinkerte er. Der Abend nahm einen vergnüglichen Verlauf. Karl bedachte Elena mit unzähligen Blicken, und alle sagten ihr das Gleiche: Er war glücklich und das machte sie ebenfalls froh.

Endlich waren Elena und Karl in ihrer Kajüte. Er schaute sie erwartungsvoll an. Sie genierte sich ein wenig, sie hatten sich ja noch nicht einmal nackt gesehen, geschweige denn …

Vorsichtig legte sie ihre Kleidung ab. Er beobachtete sie mit begehrenden Blicken. Selbst in dem schwachen Licht der schummerigen Beleuchtung konnte Elena nicht übersehen, dass ihm gefiel, was sie ihm zeigte. Schließlich saß sie nackt auf der Bettkante und schaute ihm geradewegs in die Augen. Er hatte sich kaum noch im Zaum. Sie hob das Kinn, lächelte und nickte ihm langsam zu.

»Ja, Karl, sei mein Mann.«

Kapitel 7

»Wissen Sie, das ist doch irre mit Ihrer Geschichte. Weil, Ambershagen, *Amber*, das heißt ja Bernstein.«

»Guten Morgen erst einmal, Rico.«

Robert war amüsiert über das Engagement seines Fahrers. Er hatte ihm am Vorabend vom Testament seiner Mutter, von ihrer Weisung, ins Dorf seines Vaters zu gehen, sowie vom Bernstein erzählt. Jetzt trafen sie sich am Frühstückstisch und der junge Mann war kaum zu bremsen.

»Sorry, natürlich, guten Morgen. Ich habe die ganze Zeit darüber nachgedacht, was Ihre Mutter wohl mit dem Bernstein sagen wollte. Und plötzlich dachte ich, guck doch mal im Internet. Na ja, hat 'n bisschen gedauert, wegen des miserablen Empfangs, aber irgendwann ging es dann doch, und – wow – ich dachte echt, ich spinne. Denn *amber*, das heißt auf Englisch Bernstein und früher wohl sogar auch auf Deutsch. Wir sind also im Bernsteindorf und Ihre Mutter hat Ihnen einen Bernstein gegeben, das sagt doch alles.«

Robert schaute seinen Fahrer an. Dieser glühte vor Eifer. Er wollte ihn nicht mehr als nötig enttäuschen, aber ihn ein bisschen auf den Teppich zurückzuholen, schien ganz angebracht.

»Und *was* sagt das alles?«

»Na ja …« Rico zuckte hilflos mit den Schultern. »Da sind Sie jetzt dran«, flüchtete er sich aus dem Dilemma.

Robert lachte. Dass *ámbar* auch auf Spanisch Bernstein

bedeutete und ihm das Wort natürlich geläufig war, behielt er lieber für sich. Schließlich war es doch irgendwie rührend, dass der junge Mann sich so einsetzte. Und er selbst hatte natürlich auch schon längst diesen Zufall entdeckt, ohne zu wissen, was er damit anfangen sollte.

»Ich bin leider, was das weitere Vorgehen betrifft, genauso hilflos, Rico, wie Sie es jetzt sind. Ich habe tatsächlich keine Ahnung, was mich hier im Dorf erwarten soll. Und das hat sich auch von gestern Abend auf heute Morgen noch nicht geändert.«

Roberts Blick glitt über den Frühstückstisch. Eine hellgrüne Papierserviette bildete das Tischdeckchen unter einem Alpenveilchen aus Plastik, das fest eingegossen in seinem Topf den Jahren trotzte.

Auf einem Buffet brütete wenig verheißungsvoll eine braune Brühe in einer Kaffeekanne auf dem Rechaud ihrer Filtermaschine. *Sei dankbar und nicht arrogant*, hatte ihn seine Mutter wiederholt ermahnt.

»Guten Morgen«, durchbrach die Stimme der Gastwirtin die Stille. Sie brachte eine Thermoskanne für die zwei. Das ließ hoffen. Ihre Frage, ob er ein gekochtes Ei wolle, und wenn ja, dann wie, also hart, weich oder mittel, verneinte Robert.

»Wenn was fehlt, ich bin in der Küche«, ließ sie verlauten und hatte sich schon vom Tisch abgewandt, da fiel ihr noch etwas ein.

»Ach so, der Pastor ist übrigens zu Hause. Sie können gleich rüber zu ihm.«

»Bitte?«, Robert verstand nicht sofort.

»Na ja, der Pastor in Neu Boltenhagen, er ist zu Hause. Ich habe ihn angerufen, ob er Zeit hat. Sie wollten doch über die Geschichte hier was wissen und Ihren Hof, also vielmehr den Hof Ihres Vaters. Vielleicht kann der Pastor Ihnen ja weiterhelfen.«

Roberts erstaunten Dank nahm sie nicht mehr wahr, kurz darauf hörte man Geschirrräumen aus der Küche.

Robert hatte Rico gebeten, erreichbar zu sein. Er könne zwar ans Meer fahren, solle aber sein Telefon parat haben. Dieser hatte genickt und auf das immer präsente Handy in seiner Hosentasche gewiesen. Die Enttäuschung, die er dem Gesicht des jungen Mannes ablas, hatte Robert geflissentlich übersehen. Rico hätte Robert lieber zum Pastor begleitet, als in die Warteschleife geschickt zu werden. Seit dem gestrigen Abend war ein detektivisches Feuer in ihm entfacht. Aber sie befanden sich schließlich nicht in einem Krimi. Robert war nicht Sherlock Holmes und Rico nicht Dr. Watson. Irgendwie mischte sich aber auch Erleichterung über die freie Zeit in Ricos Miene, die Robert nicht zu deuten wusste.

Die Klingel schellte laut im Flur des Pfarrhauses. Schritte hinter der Tür näherten sich und schon stand Robert dem Pastor gegenüber. Den hatte er sich deutlich anders vorgestellt, wenn er auch nicht wusste, wie. Auf irgendeine Art hatte der Mann, der ihm jetzt aus dem Türrahmen entgegenblickte, zu viel Weltliches für einen Pastor.

»Sie sind wohl Herr Schnitter, der Weitgereiste. Schönen guten Morgen. Kommen Sie doch herein. Ihre Pensionswirtin hat Sie bereits angekündigt.«

Robert nickte lächelnd. Kurz darauf saßen sie in der Küche und er nahm gerne den Kaffee an, der ihm angeboten wurde. Brötchen und Marmelade lehnte er höflich ab.

Entschuldigend wies der Pastor auf das Durcheinander auf dem Frühstückstisch in der Pfarrhausküche: »Sie müssen über das Chaos bitte hinwegsehen, Herr Schnitter. Wenn meine Frau nicht da ist, bin ich total unkoordiniert.«

»Das ist wirklich kein Problem, Herr Pastor. Ganz im Gegenteil. Ihr Pfarrhaus ist sehr gemütlich.«

»Pfarrhaus? Nein, das ist mein Elternhaus. Ich stamme hier aus Neu Boltenhagen. Das Pfarrhaus meiner Gemeinde ist im Nachbarort. Das wiederum nutzen wir aber für die Gemeindearbeit, Jugendgruppen und so weiter. Sonst würden uns dafür die Räumlichkeiten fehlen. Die evangelische Kirche ist leider in dieser Region nicht üppig ausgestattet. Die vierzig Jahre Teilung haben der Kirchenarbeit mächtig geschadet und wir Evangelen haben ja allgemein unsere Schäfchen nicht so im Griff wie die katholischen Kollegen.« Der Pastor seufzte. »Wir müssen ziemlich kreativ sein, um nicht ganz zu verschwinden. Das ist wirklich schade, denn wir haben einige schöne Kirchenbauten hier. Wenn Sie wollen, zeige ich Ihnen nachher unsere Kirche hier im Dorf.«

»Gerne.«

»Ich betreue insgesamt fünfzehn Gemeinden und, wenn Sie Ambershagen nicht unter Neu Boltenhagen subsummieren, sondern mitzählen, dann sind es sogar sechzehn. Da bleibt der Haushalt schon mal auf der Strecke.« Wieder wies er auf den Frühstückstisch vor sich. »Und meine Frau ist nach Süddeutschland gefahren. Sie besucht unsere Tochter am Bodensee. Wir haben Nachwuchs bekommen. Also nicht wir, natürlich«, korrigierte er sich umgehend, »sondern unsere Tochter. Einen Jungen. Unser erster Enkel.«

»Oh, gratuliere. Wie schön!«, nickte ihm Robert zu.

»Danke!«

»Da sind Sie aber junge Großeltern, wenn ich das mal so feststellen darf.«

»Dürfen Sie!«, grinste der Pastor. »Ist aber hier nichts Besonderes. Haben Sie Kinder?«

»Ja, zwei Jungs. Zwillinge. Wobei von *Kindern* zu sprechen fühlt sich für mich in meinem Alter, und vor allem angesichts des Alters meiner Söhne, eher befremdlich an. Vielleicht ist das aber auch ein sprachliches Missverständnis für mich.«

»Ich bitte Sie, Sie sprechen absolut perfekt, überraschend perfekt, wenn ich das so sagen darf. Beinahe, als sei es Ihre Muttersprache.«

»Wie in einem Schwarz-Weiß-Film sagte man mir«, schmunzelte Robert.

»Wie bitte?«

»Ach, unwichtig.«

»Wie kommt es, dass Sie so gut Deutsch sprechen?«

»Meine Mutter war zur Hälfte Deutsche. Und sie sprach meistens mit mir Deutsch. Sie meinte, Spanisch lerne ich schließlich ohne ihr Zutun.«

»Ungewöhnlich, scheint mir.«

»Meine Großmutter war Deutsche, sie hielt es wohl ganz ähnlich mit ihr selbst.«

»Ah, und diese Großmutter kam dann wohl aus Ambershagen? Die Wirtin sagte mir, dass Sie auf den Spuren Ihrer Familie seien.«

»Nein, nicht meine Großmutter. Aber mein Vater stammte von hier. Und meine Mutter hat einige Zeit hier gelebt und ich selbst wurde sogar in Ambershagen geboren.«

»Haben Sie Erinnerungen daran?«

»Nein, ich war noch viel zu klein, als wir Deutschland verließen, gerade mal anderthalb Jahre alt. Es war unmittelbar nach dem Krieg, im Winter '45. Mein Vater ist gefallen.«

Der Pastor nickte.

»Er hieß Karl Schnitter. Meine Mutter Helena.« Robert schaute sein Gegenüber voller Hoffnung an. »Sagt Ihnen das etwas?«

»Leider nein. Nicht wirklich. Viele Höfe wurden nach dem Krieg verlassen oder aber später im Laufe der Jahrzehnte. Eigentum war ja ohnehin so eine Sache. Und Besitz von Grund und Boden? Nun, ja. Die Höfe standen manchmal leer oder wurden von anderen bewohnt. Und wenn die alten Familien nicht mehr Mitglied der Gemeinde waren, kannte ich sie nicht so gut. Ich habe aber so eine Ahnung, um welchen Hof es sich handeln könnte, bin mir aber nicht ganz sicher. So groß ist Ambershagen ja nicht. Da ist die Auswahl sozusagen überschaubar.« Er lachte.

Robert brannte vor Neugier. Der Pastor nahm die Antwort seiner nicht gestellten Frage vorweg: »Aber eine Familie Schnitter gibt es dort nicht mehr. Auch sonst ist mir der Name hier in der Gegend nicht geläufig.«

Robert schluckte schwer. Sollte die weite Reise völlig vergebens gewesen sein? Die vielen Stunden im Flieger, die rumpelige Fahrt im alten Golf und die Übernachtung im muffigen Zimmer mit schlechtem Frühstück – das alles für nichts und wieder nichts? Seine Enttäuschung stand ihm offenbar ins Gesicht geschrieben, denn der Pastor versuchte, ihn aufzumuntern.

»Ich mache mich gerne schlau für Sie. Haben Sie Lust, sich unsere Kirche anzuschauen?«

Robert nickte.

Die kleine Kirche war von Weitem zu sehen. Sie erhob sich auf einem Hügel über den Ort. Es war ein Backsteinbau aus roten Ziegeln. Das Eingangsportal bildete ein hölzerner Turm. Der Kirchhof war von einer Feldsteinmauer umgeben. Der Rasen im Vorhof war zwar gemäht, aber hinter der Kirche wucherten wilde Sträucher zu einem dichten Gebüsch.

»Es war nicht einfach, das Gebäude nach der Wende wieder instand zu setzen. Jahrzehnte des Nichtstuns hatten ihren Tribut gefordert. Eingefallenes Dach, moderige Balken. Aber die Leute hier wollten ihre Kirche zurück.«

»Aber Sie sagten doch, die evangelische Kirche habe es hier schwer? Was Sie da sagen, klingt dagegen nach einer ganz aktiven Kirchengemeinde.«

»Nicht nur die Kirchenmitglieder, das Dorf wollte seine Kirche. Immerhin handelt es sich um den ältesten bekannten hölzernen Kirchturm Deutschlands. Die Menschen waren stolz darauf. Es wurde sogar eine Partnergemeinde in Westdeutschland gefunden, die Spenden sammelte. Und weil alle mit angepackt haben, dürfen jetzt auch alle die Kirche nutzen. Sie ist bei Hochzeiten beliebt, leider endet damit aber auch die Liste der noch stattfindenden Gottesdienste hier im Dorf. Noch nicht einmal zu Weihnachten bekommen wir das hin, wenn vermutlich auch an Heiligabend alle auftauchen und die Kirche füllen würden, aber bei sechzehn Gemeinden muss ich mich halt einschränken. Die Neu Boltenhagener müssen, so wie viele andere, dann in die Nachbarkirchen.«

»Das kommt aber bestimmt nicht gut an, oder?«

»Ganz im Gegenteil. Aber was soll man machen?«

Robert wies stirnrunzelnd auf die Graffiti auf der Kirchhofmauer: *Deutschland den Deutschen!* stand da und *Flüchtlinge raus!* Der Pastor seufzte.

»Traurige Sache und ärgerlich. Ich habe versucht, die Schmierereien wegzubekommen, aber auf diesen Feldsteinen ist das schwierig. Dazu müsste ich eine Spezialfirma beauftragen, die Mittel habe ich aber nicht, noch nicht.«

»*Deutschland den Deutschen* – hatten Sie das hier nicht alles schon einmal?«

»Die Flüchtlingskrise hat leider den braunen Bodensatz hochgespült. Ich weiß, ich sollte als Pastor nicht so reden, aber manchmal fällt es auch mir schwer, gegenüber diesen Nazis noch meine seelsorgerische Ruhe zu bewahren.«

»Flüchtlingskrise?«

»Die sogenannte große Welle. Seinerzeit ausgelöst durch die Situation in Afghanistan und in Syrien. Haben Sie davon in Argentinien etwas mitbekommen?«

»Ja, aber nur am Rande. Ist das denn nicht schon ein paar Jahre her?«

»Allerdings. Alles begann Ende 2014 und erlebte einen ersten Höhepunkt im Jahr 2015. Ich verstehe meine Mitbürger wirklich nicht. Die Flüchtlinge kamen in Schlauchbooten übers Meer oder sie liefen wochen- oder gar monatelang zu Fuß unter widrigsten Umständen. So viele Tote. Aber anstatt Mitleid zu empfinden, schlug den Gestrandeten Hass und Ablehnung entgegen. Die fremden Menschen waren keine *Menschen* mehr, sondern wurden zum *Problem*. Die Presse hatte auch Mitschuld. Hätte die von *Schutzsuchenden* oder

Bedürftigen gesprochen, hätte vielleicht einiges verhindert werden können. Auch der Begriff der *Flüchtlingswelle* wurde dort geprägt. Eine sprachliche Entmenschlichung sondergleichen. Bei Welle, da denkt man doch gleich an etwas, das einen überrollt, dem man nicht mehr Herr wird, in dem man selbst zu ertrinken droht. Und was für ein Blödsinn. Wir sind doch so ein reiches Land. Ich sage nur: *Es gab keinen Platz in der Herberge*. Manche Dinge ändern sich wohl nie.«

»Das Thema scheint Sie zu bewegen.«

»Natürlich tut es das. Das ist doch schon meine Pflicht als Christ und als Pastor erst recht. Und durch die Schmierereien hier auf der Kirchenmauer wurde mir wieder vor Augen geführt, wie viel Arbeit noch vor uns liegt und, dass ich niemals aufgeben darf. Das Perfide ist übrigens, dass hier noch nicht mal irgendwelche Ausländer leben. Diese ominöse *Flüchtlingswelle* hat uns überhaupt nicht betroffen.«

Sie hatten mittlerweile den Eingang der Kirche erreicht. Mit einem schweren Schlüssel öffnete der Pastor die Tür, diese gab seinem Druck leise quietschend nach. Das Innere des Gotteshauses war freundlich. Die Wände weiß, gotische Fensterbögen mit rotem Backstein verziert. Es roch jedoch unangenehm feucht, und beim genauen Hinsehen bemerkte man den Schimmel, der durch den Kalk der Rundbogendecke im Kirchenschiff blühte. Auf der Empore thronte eine kleine Orgel, der weiße Lack war vergilbt.

Robert lernte, dass die Anfänge der Kirche im 13. Jahrhundert lagen. Es folgten Neugestaltungen, ein Brand und der Einbau der Orgel Mitte des 18. Jahrhunderts, die wiederum kurz nach der Wende restauriert wurde. Als sie wieder ins Freie traten, fiel ihr Blick erneut auf die Graffiti auf der

Mauer. Der Pastor schüttelte resigniert den Kopf. Wieder am Küchentisch griff Robert die Parolen auf.

»Was ich nicht verstehe, Herr Pastor, ist, dass ausgerechnet diejenigen, die am meisten vom Mauerfall profitierten, jetzt wieder nach Mauern verlangen.«

Der Angesprochene schaute ihn schweigend an. Nach langem Überlegen antwortete er: »Nicht alle haben vom Mauerfall profitiert. Vielleicht fühlten sie sich abgehängt. Und dass man alles, was bei uns bis dahin gemacht wurde, als nicht wertvoll abgetan hat, hat auch nicht gerade zur Akzeptanz der neuen Welt beigetragen.«

»Was meinen Sie damit?«

»Nun, sicherlich gab es viele Dinge, die schlecht waren in der DDR, insbesondere politisch bedingte. Aber nichtsdestotrotz waren viele industrielle und landwirtschaftliche Leistungen gut und gesellschaftlich waren wir in einigen Dingen weiter als der Westen. Denken Sie zum Beispiel an die berufliche Eigenständigkeit und Gleichstellung der Frauen. Bei uns eine Selbstverständlichkeit, die wir bis heute noch nicht wieder zurückerlangt haben.«

»Das ist interessant.«

»Die Menschen fühlten sich nicht wertgeschätzt. Sie hatten nicht nur von jetzt auf gleich quasi ihre Heimat verloren, sondern auch ihre gesamte Vergangenheit. Von den üblen Machenschaften einiger Geschäftemacher, die dann folgten, ganz zu schweigen.«

»Aber was ist mit Bespitzelung, Stasi und so weiter? Nicht, dass ich wirklich viel darüber weiß, dafür bin ich als Argentinier einfach zu weit entfernt, aber was ich so am Rande mitbekommen habe, das klang ja nicht gut.«

»Natürlich nicht. Wir sind alle froh, dass diese Zeiten vorbei sind. Aber Missachtung, Arbeitslosigkeit und viele weitere Aspekte bildeten einen bösen Nährboden, die Ergebnisse sehen Sie unter anderem auf der Kirchenmauer.«

»Wie gehen Sie damit um?«

»Ich? Ich erreiche die Menschen nicht mehr. Oder besser gesagt: *die Kirche* erreicht die Menschen nicht mehr. Dabei suchen alle noch immer nach Wahrheiten, nach Erklärungen und Werten, nach denen sie sich richten können.«

»Aber wieso dann diese tumben Parolen?«

»Weil diese Parolen leicht zu verstehen sind. Und weil sie einfache Antworten liefern auf Zusammenhänge, die in Wirklichkeit so komplex sind, dass es darauf nun mal keine einfachen Antworten gibt. Der Wunsch, sich die Welt zu erklären, ist etwas zutiefst Menschliches. Aber wenn die Welt so unüberschaubar geworden ist, dass jede Aktion zur Reaktion führt beziehungsweise führte, dass wir über Dominosteine sprechen, die spätestens seit der Kolonialisierung durch die europäischen Mächte losgetreten wurden, vom Öl und Waffenhandel ganz zu schweigen, dann geht das über den Horizont eines Einzelnen schnell mal hinaus.«

»Aber das ist doch noch kein Grund für diesen Fremdenhass.«

»Natürlich nicht, es sei denn, dass die einfachen Antworten eben genau darauf fußen: Fremdenfeindlichkeit und die Ablehnung von allem Unbekannten. Viele Menschen hier haben Angst, Angst vor der Zukunft. Alles Fremde, Unkalkulierbare wird als weitere Bedrohung wahrgenommen. Sozusagen eine Fortsetzung des gefühlten Verfalls seit der Wende. Die rechte Szene hat diese Unsicherheit für ihre eigenen Zwecke ausgenutzt und mit eben den dumpfen Parolen verbunden. Dazu kommt, dass Politiker anderer Parteien ihre Wähler verlieren und sich des gleichen Vokabulars bedienen, in der Hoffnung, die zum Rande abgewanderten zurückzugewinnen. Damit werden diese verheerenden Strömungen gesellschaftsfähig. Äußerungen, die früher maximal hinter vorgehaltener Hand von einer kleinen Gruppe versprengter Rechtsradikaler getätigt wurden, werden heute frank und frei auf Pressekonferenzen zum Besten gegeben. Und dabei berufen sie sich auf christliche Werte.«

Robert schaute ihn stirnrunzelnd an.

»Ja, Herr Schnitter. Wenn ich in Ihr Gesicht sehe, stellen Sie sich gerade genau die richtige Frage: christliche Werte, das heißt doch Nächstenliebe, Barmherzigkeit und Demut. Diese Worte kommen aber leider nicht mehr vor.«

»Sondern?«

»Christentum wird mit christlichem Abendland gleichgesetzt und zum Antipoden des Morgenlandes. Das Morgenland ist wiederum gleich dem Islam, der Islam dem Terror und der Terror den Flüchtlingen. Diese wiederum bringen Gewalt und Arbeitslosigkeit in unser Land.«

»Aber das ist doch total absurd! So dumm kann doch niemand sein und nicht durchschauen, dass diese Gleichung nicht stimmt.«

»Sollte man meinen, ist aber nicht so. Paradoxerweise berufen sich die Neu-Heimattümler, um nicht gleich von Nazis zu sprechen, zwar auf die christlichen Werte, aber fragen Sie sie mal, was das bedeutet! Ich habe hier schon wieder das Wort *Rasse* zu hören bekommen, *weiße Rasse*, um genau zu sein.«

»Herr Pastor, das ist aber erschreckend. Ich will ja nicht den Finger in alte Wunden legen, aber insbesondere bei dem Hintergrund der Deutschen, historisch meine ich, sollte man doch meinen, dass die Menschen dazugelernt haben.«

Roberts Gegenüber seufzte und zuckte hilflos mit den Schultern. Robert sprach weiter: »Wenn man, wie ich, aus Argentinien stammt, ist das alles besonders schwer nachzuvollziehen. Nicht, dass wir nicht durchaus auch rassistische Strömungen zu beklagen hätten, diese richten sich meist gegen einige Nachbarländer, aber immerhin haben wir doch noch immer die Grundidee des Einwanderungslandes. Davon hat ja auch Deutschland mehrfach profitiert, bis hin zu meiner Großmutter mütterlicherseits, also letztlich ich selbst.«

»Das Verrückte ist, viele Menschen hier stammen sogar von Weltkriegsflüchtlingen ab. Diese Region hatte seinerzeit eine Menge Menschen aufzunehmen, die aus den Ostgebieten geflohen waren.«

»Kriegsflüchtlinge«, wiederholte Robert nachdenklich. »Da fällt mir etwas ein: Meine Mutter erzählte auch von einer Ingrid, einer jungen Frau aus Ostpreußen, die auf dem Hof meines Vaters untergebracht wurde. Sie waren wohl sehr gut befreundet. Sagt Ihnen der Name zufällig etwas?«

»Das wäre aber ein großer Zufall. Ingrids gibt und gab es sicherlich in der Region, aber die Dame müsste dann ja schon in die Jahre gekommen sein, wenn sie denn überhaupt noch lebt. Ich kann Ihnen da nicht so viel Hoffnung machen. Haben Sie einen Nachnamen von ihr?«

Robert schüttelte den Kopf.

»Und selbst wenn, Herr Schnitter, zwar stammen viele hier von Flüchtlingen ab, aber die allermeisten der Vertriebenen sind letztlich nicht hiergeblieben, sondern haben ihr Glück in den wiederaufgebauten Städten gesucht. Aber das war natürlich alles lange vor meiner Zeit. Sollte Ingrid eine Familie gegründet haben und dann Neusiedlerin geworden sein, könnten sie oder ihre Nachfahren aber noch hier sein.«

»Neusiedlerin?«

»Nach dem Krieg wurden Äcker und Böden von den Gütern zum Teil in bis zu zehn Hektar große Stücke parzelliert und an Landlose verteilt. Die meisten waren Flüchtlinge. Diese sogenannten Neusiedler nahmen dann Kredite auf und wurden zu Eigentümern. Viele haben aber ihr Land nach der Wende wieder verloren. Ja, wie gesagt, es gab so einige Wendeverlierer und es war nicht immer ihre eigene Schuld. Ehrlich gesagt, war es fast nie deren Schuld.«

»Herr Pastor, das ist aber alles nicht gerade erfreulich, was ich von Ihnen zu hören bekomme. Und ehrlich gesagt, hatte ich mir erhofft, etwas über die Vergangenheit meines Vaters herauszubekommen.«

»Ach, Herr Schnitter, entschuldigen Sie. Sie haben recht. Lassen Sie uns lieber von angenehmeren Dingen sprechen. Also bei dieser Ingrid kann ich Ihnen sicherlich nicht weiterhelfen.«

»Aber?«

»Aber ich sagte ja bereits, dass ich eine Idee habe, um welchen Hof es sich beim Stammhof Ihres Vaters handeln könnte.«

Robert rutschte vor Spannung auf die vordere Kante seines Stuhls.

»Ich bin zwar von hier, aber kenne auch nicht jede Geschichte im Detail. Wären meine Eltern da, die wüssten vielleicht etwas mit Ihrem Nachnamen anzufangen. Aber die kann ich leider nicht erreichen; die sind gerade fort und kurven irgendwo im Mittelmeer herum – Kreuzfahrt.« Sein Blick verriet, dass er nicht viel von der Art des Urlaubs seiner Eltern hielt. »Aber soweit ich es überblicken kann, kann es eigentlich nur der Künstlerhof sein.«

»Künstlerhof?« Robert schöpfte Hoffnung.

»Ein schöner Dreiseitenhof. Wurde vom Ehepaar Holtenkamp gekauft. Er, Künstler aus Berlin, leider schon verstorben, sie verwaltet sein Erbe. Eine herzensgute Frau. Der Hof stand eine Weile leer. Na ja, heutzutage leider nichts Besonderes hier oben. Damals aber schon. Ich erinnere mich noch dunkel. Als Kinder sind wir dort eingestiegen und haben in den leeren Gebäuden gespielt. Natürlich gegen das Verbot unserer Eltern, was es umso interessanter machte.« Er lachte. »Soweit ich weiß, wurde der Hof wohl von einer unverheirateten Frau bewohnt, die den Hof an die Vorbesitzer der Holtenkamps weitergab. Die ist aber lange schon fort. Und ich glaube auch nicht, dass sie noch lebt. Müsste dann schon sehr alt sein. Außerdem, wo sollte man suchen?«

»Aber die Künstlerwitwe, vielleicht weiß die ja etwas über die Geschichte.« Robert hielt es kaum noch auf dem Stuhl. Endlich gab es wenigstens einen winzigen Anknüpfungspunkt, einen Funken Hoffnung.

»Ich gebe Ihnen den Namen und beschreibe Ihnen, wo der Hof liegt.« Schon hielt der Pastor Zettel und Stift in der Hand.

Kapitel 8

Die Arbeit auf dem Schiff ging Elena leicht von der Hand. Helmuth verantwortete die Küche, sie arbeitete ihm zu. Abends servierte sie bei den Offizieren, nach dem Essen hatte sie frei.

Karl und sie liebten sich jede Nacht, tagsüber träumte sie von ihm, spürte noch seine Lippen auf sich und fühlte seine Kraft in ihr. Sie verschmolzen miteinander, kein oben, kein unten, kein sie, kein er, nur Einssein, grenzenlos.

Seit fast zwei Wochen befanden sie sich schon auf See. Waren sie zunächst noch entlang der brasilianischen Küste gefahren, überquerten sie seither den Atlantik mit Kurs auf Europa. Lange würde ihre Reise nicht mehr dauern.

Karl und Elena saßen auf der Back am Bug des Schiffes. Hier sorgte der Fahrtwind dafür, dass sie vom Qualm des Schornsteins unbehelligt blieben. Die anderen Matrosen waren unter Deck. Sie lehnten aneinander und schauten in den Sternenhimmel, der sich über die schwarze See spannte. Ein magischer Moment. Das Meer war spiegelglatt, keine Wellen, kaum Wind. Ab und zu gluckste etwas neben dem Schiff, vielleicht ein Delfin.

»Karl, ich wünschte, ich könnte für immer hier mit dir sitzen und die Sterne beobachten.«

»Wir sind ab jetzt für immer zusammen, Helena.«

»Aber hier ist es so …«, sie suchte einen Moment nach dem passenden Ausdruck »… unbeschwert. Ich fühle mich so unendlich leicht hier auf See.«

»Leicht?«

»Ja, ohne Verpflichtungen.«

»Aber du arbeitest den ganzen Tag.«

»Das meine ich nicht. Ich meine keine Last oder Verantwortung, keine Essensplanung, sondern nur Kartoffeln schälen, aufdecken, abräumen, spülen. Nicht darüber entscheiden müssen, was am nächsten Tag zu tun ist und in welcher Reihenfolge, nicht mal über die Richtung nachzudenken, in die man sich bewegt. Alles wird einem hier abgenommen, man ist nur man selbst, ich fühle mich so frei, wie noch nie in meinem Leben zuvor.«

»Und ich bin so glücklich, wie noch nie in meinem Leben zuvor.«

Sie küsste ihn, dann schmiegte sie sich wieder an ihn und schaute in die unzähligen funkelnden Punkte über sich. »Meinst du, deine Familie wird mich mögen?«

»Helena, jeder mag dich. Meine Familie wird dich lieben.«

»Erzähl mir ein bisschen von ihnen.«

»Aber das weißt du doch schon. Ich bin der Älteste von uns zweien, meine Schwester heißt Else. Meine Mutter, Karla, nach ihr wurde ich benannt, und mein Vater Otto. Else ist noch unverheiratet. Großeltern gibt es leider nicht mehr.«

»Und euer Hof? Erzähl mir von ihm!«

»Den wirst du schon bald zu Gesicht bekommen, du kleines neugieriges Ding.« Karl kitzelte sie, Elena unterdrückte ihr Lachen, sie wollte unentdeckt bleiben. Schon ließ er seine Hand auf ihrem Bauch verharren und streichelte sie zärtlich. Selbst in der Dunkelheit konnte sie das Strahlen seiner Augen ausmachen.

»Helena, was wird denn aus deinem Vater?«

»Aus Vater? Ach, erinnere mich nicht daran. Das ist der Wermutstropfen unserer Liebe.«

Beide schwiegen eine Weile, dann setzte Elena wieder an: »Die Pension wird Vater aufgeben, diese Saison macht er noch, die Hotelküche kocht für seine Gäste mit. In der nächsten Saison wird es dann einen anderen Pächter geben. So, wie meine Mutter und er es einst übernommen haben, kommen dann neue.«

»Und er selbst?«

»Er wird weiter als Hausmeister arbeiten und sein Auskommen haben. Ach, Karl, ich hoffe wirklich, dass er vielleicht doch noch einmal eine Frau findet und wieder glücklich wird.«

Es blieb eine Weile still. Schließlich war es Karl, der das Schweigen brach.

»Helena, ich kann deinen Vater gut verstehen. Weißt du, so, wie du es mir erzählt hast, haben sich deine Eltern wohl sehr geliebt, oder?«

Sie nickte.

»Mir geht es mit dir genauso. Ich will mit niemandem als mit dir leben. Das wusste ich von der ersten Sekunde an, als ich dich im vergangenen Jahr in der Pension sah. Damals, als dein Vater dich rief, damit du mit dem *deutschen Matrosen* reden würdest.«

Beide lachten.

»Es kommt mir schon so lange vor, dabei ist es gerade erst ein Jahr her, Karl.«

»Wir haben eine wunderbare Zukunft vor uns. Du wirst sehen, der Hof ist schön und die Welt ist so groß und das Deutsche Reich stark. Seitdem der Führer an der Macht ist, geht es stetig bergauf. Das Reich wächst. Die anderen Europäer schauen mit Neid auf uns und das zu Recht. Helena, es wird dir gefallen, ich bin mir ganz sicher. Unsere Kinder werden in Frieden aufwachsen und in Wohlstand. Stell dir nur vor, so viele Familien haben in Deutschland jetzt sogar ein Radio, man nennt es den Volksempfänger. Ich sage dir, eines Tages wird es ganz normal sein, ein Auto zu besitzen.«

»Ach, Karl!« Elena lachte auf und schüttelte amüsiert den Kopf. Sie hörte gerne den Träumereien ihres Mannes zu. *Ihres Mannes* – in Gedanken schmeckte sie die Worte nach und die fühlten sich gut an.

Er sprach weiter über Ambershagen, erzählte von den weiten Feldern und den vielen Möglichkeiten, die sich ihnen dort bieten würden. Sie ließ sich an seine Seite sinken, eine Sternschnuppe blitzte auf.

Der November in Hamburg zeigte sich von seiner hässlichsten Seite. Wolken hingen schwarz und tief über der Stadt, ein eiskalter Wind peitschte ihnen Schneeregen ins Gesicht. Durchgefroren fanden Elena und Karl Platz auf den Holzbänken im überfüllten Eisenbahnabteil. Es roch nach nasser Kleidung und zu vielen Menschen.

»Wir müssen erst mal nach Rostock, da steigen wir um in Richtung Stralsund bis Greifswald. In Greifswald werden wir abgeholt. Von Greifswald bis Ambershagen sind es dann keine zwanzig Kilometer mehr«, hatte Karl erklärt und Elena hatte bibbernd zugehört. Die Städtenamen waren ihr fremd. Überhaupt war ihr alles fremd. Unter ihre allgemeine Aufregung mischte sich ein Gefühl der Beklemmung.

Viele Stunden später hatten sie endlich Greifswald erreicht.

Obwohl kaum erst früher Abend, war es schon stockfinster. Elena spürte ihre Knochen, auch Karl sah angeschlagen aus. Benommen kletterten sie die Eisenstiegen ihres Waggons hinunter.

Nun war sie also tatsächlich in Deutschland angekommen, dachte Elena. Sie schaute sich um, doch schon ruckte die Bahn quietschend und schnaubend wieder an und verschluckte sie im dichten Dampf.

»Karl, Mensch Karl!«, durchdrang eine laute Stimme Nebel und Lärm und ein junger Mann tauchte auf.

»Alex! Holst du uns ab? Das ist ja großartig!«, rief Karl über das Gedröhne des anfahrenden Zuges. Die beiden Männer fielen sich in die Arme und klopften sich kräftig auf den Rücken. Als sie sich wieder lösten, wandte sich der Fremde Elena zu und musterte sie mit neugierigen Augen.

»Ist sie das?«

»Ja, Alex, das ist sie! Das ist Helena, meine Frau. Helena …«, Karl stellte sich an ihre Seite, »… das ist Alexander, der Sohn vom Bürgermeister.«

»Willkommen, Helena!« Alex zog seine Schlägermütze und Elena griff die ihr gereichte Hand.

»Freut mich, Alex.«

»Mich auch!« Seine Augen blitzten.

»Heißt das, du bist mit eurem Wagen da?«, unterbrach Karl.

»Genau. Mein alter Herr hatte beim Frühschoppen mit deinem Vater gesprochen und gemeint, dass es doch wohl nicht richtig wäre, wenn wir das junge Paar mit eurem Einspänner abholen würden, jetzt im November. Und da zum Glück kein Schnee liegt und damit der Schlitten nicht infrage kam, hole ich euch mit dem Automobil ab.« Stolz schwang in seiner Stimme mit.

»Oh, da bin ich aber wirklich froh. Nicht wahr, Helena, das ist großartig, oder?« Karl schaute begeistert.

»In der Tat«, antwortete Elena, die von den vielen Eindrücken, die gerade auf sie einströmten, völlig überfordert war.

Kurz darauf holperten sie im Wagen des Bürgermeisters über eine schlammige Straße. Karl saß vorne und erzählte Alex von ihrer Reise. Vermutlich erzählte er auch von ihr, dachte Elena, aber der Motor rasselte so laut, dass sie unmöglich das Gespräch verfolgen konnte. Sie hätte sich gewünscht, etwas von der Landschaft, durch die sie fuhren, sehen zu können. Doch Dunkelheit und unaufhörlicher Regen, der in dicken Bahnen an den Scheiben hinunterlief, ließen die Welt um sie herum verschwinden.

Sie waren schließlich von der Hauptstraße abgebogen und passierten einige Häuser. Licht drang aus den Fenstern. Vor einem Hoftor hielten sie an und Alex schaltete den Motor aus. Die Karosse schüttelte sich kurz, dann war es still. Karl drehte sich mit begeisterten Augen zu Elena um.

»Helena, wir sind da!«

»Willkommen in Ambershagen!«, ergänzte Alex.

Elena schlug das Herz vor Aufregung bis zum Hals.

»Karla, Else, kommt raus. Der Junge ist zurück.« Eine Gestalt hatte das Hoftor etwas aufgeschoben. Als sie nähertrat, konnte Elena einen Mann in geflickter Hose und mit Holzschuhen ausmachen.

»Vater!« Mit einem Satz war Karl aus dem Auto. Die beiden schüttelten sich die Hände. Karls Vater schlug seinem Sohn auf die Schulter. Auch Alexander hatte den Wagen verlassen und gab Karls Vater die Hand. Elena beobachtete alles von ihrer Rückbank aus. Sie schaute sich um, weit konnte sie nicht sehen, die Straße wurde nur von dem Licht, das aus den Fenstern schien, erhellt.

Das Wohnhaus schloss sich unmittelbar an das Hoftor an, sein Eingang ging zur Straße raus. Das Automobil stand unmittelbar davor. Jetzt öffnete sich die Tür, zwei Frauen traten hinaus. Die ältere von beiden hatte sich ein grobes Wolltuch über Kopf und Schultern gezogen.

»Mutter, Else!« Karl ließ seinen Vater am Hoftor stehen und sauste die wenigen Stufen zum Eingang hinauf. Seine Mutter gab ihm die Hand und tätschelte seine Wange. Sie sprach zu leise, als dass Elena etwas verstehen konnte. Dann umarmte Karl die jüngere Frau. Elena versuchte sich zu erinnern: die Eltern, Otto und Karla. Die junge Frau war dann also Karls Schwester, Else. Jetzt schauten alle in Richtung des Autos. Elena erschrak. Sie wäre am liebsten im Wagen geblieben. Es war schön, zu beobachten, aber jetzt war sie an der Reihe.

Ihr wurde der Mund trocken und das Herz schlug noch schneller. Karl kam die Stufen herunter und öffnete die Wagentür.

»Und das ist eure Schwiegertochter und deine Schwägerin, das ist meine Helena!« Sein stolzer und glücklicher Blick wärmte Elenas Seele. Er reichte ihr den Arm, so dass sie sich abstützen konnte. Vorsichtig entstieg sie dem Wagen, als sie den Fuß aufsetzte, trat sie in ein Schlammloch, der Matsch spritzte ihr bis zum Knöchel hoch. Sie schrie vor Schreck auf und schlug sich gleich verschämt die Hand vor den Mund. Alex lachte und auch die anderen stimmten mit ein.

Else stieg die Treppe hinunter und reichte ihr die Hand.

»Na, da werden wir dir wohl mal ein paar ordentliche Holzschuhe machen«, meinte sie, immer noch lachend. »Guten Tag, Helena, ich bin Karls Schwester, Else.«

»Guten Tag, Else.«

Karls Mutter hatte sich ebenfalls hinunterbemüht.

»Helena, ich bin Karls Mutter. Willkommen!« Auch sie reichte ihr die Hand. Als Letzter stand Karls Vater vor ihr. Er hatte ein gütiges Lächeln. Er begrüßte Elena und fügte augenzwinkernd hinzu: »Na, Karl, ich dachte ja, da muss der Junge um die ganze Welt fahren, um eine Frau zu finden? Aber, verdammt noch mal, ich kann ihn verstehen.« Er lachte laut.

»Willst du wohl!« Gespielt empört hob Karls Mutter drohend die Faust gegen ihn. Gut gelaunt gingen sie ins Haus.

»Willst du mit reinkommen, Alex?«, fragte Karl.

»Lass ruhig! Ich komme in den nächsten Tagen vorbei.« Mit einem Grinsen tippte er zum Abschied an den Schirm seiner Schlägermütze und nickte Elena zu. Schon saß er wieder im Automobil, rasselnd ließ er den Motor an und fuhr davon.

Ein eckiger Kachelofen, der bis fast an die Decke der niedrigen Wohnstube reichte, heizte ordentlich ein. Es roch feucht. Elena und Karl waren aufs Sofa platziert worden, sie spürte die Sitzfedern. Karls Mutter und seine Schwester machten sich in der Küche zu schaffen. Karls Vater versank in einem Ohrensessel. Das Gespräch war stockend. Elena nestelte verlegen am Saum ihres Kleides. Ihr Fuß war immer noch nass vom Schlamm, die Schuhe hatte sie ausgezogen und jetzt steckte sie in Holzpantinen, die mit Zeitungspapier ausgelegt waren.

»Die Schwarzbunte hat gekalbt, ein Bullenkalb, schwere Geburt, wir mussten es mit Stricken holen. Ist aber alles gut gegangen«, sagte Karls Vater in die Stille.

»Ah, so. Das ist gut«, antwortete Karl unbeholfen. Man merkte allen ihre Verlegenheit an.

»Der Judentempel hat gebrannt«, versuchte Karls Vater das Gespräch wieder in Gang zu bringen.

»Was?«, horchte Karl auf.

»Ja, Anfang des Monats. Die Synagoge in Greifswald. Nicht nur da, überall im Reich. Habt ihr nichts davon gehört?«

Karl und Elena schüttelten den Kopf. Der Vater sprach weiter: »Nun, eigentlich war das kein Wunder. Irgendwann musste es ja mal so weit kommen. Da war das in Paris, na ja, da sind die Braunen wohl nicht mehr zu halten gewesen.«

»Was ist denn in Paris passiert?«

»Ein Mord von einem Juden an einem deutschen Botschafter oder so was in der Art. Viel mehr weiß ich auch nicht. Ich sage immer, die sollen mich in Ruhe lassen. Solange es der Landwirtschaft wieder gut geht, soll es mir recht sein. Das andere, das ist doch alles nur Kappes. Die kriegen sich schon wieder ein.«

»Und das war in Paris?«, hakte Karl nach.

»Kam die ganze Zeit im Radio!« Er zeigte nicht ohne Stolz zu dem Kasten aus schwarzem Bakelit, der neben dem Sofa stand. Elena nickte. Sie hatte keine Ahnung, wovon die beiden Männer eigentlich sprachen. »Und am neunten November ist es dann überall im Reich losgegangen. Ich sage euch, das war bestimmt geplant, so etwas passiert doch nicht durch Zufall gleichzeitig. Aber nun ja, die Juden haben sich ja auch nicht gerade gut benommen, also, vermutlich haben die so einen Denkzettel durchaus mal verdient.«

Else und Karls Mutter kamen in die Stube und fielen ihm ins Wort.

»Zu Tisch!«, rief Else. Sie stellte eine große Suppenterrine auf den Esstisch. Alle setzten sich.

»Eine Rindersuppe? Mutter, du lässt es uns aber gut ergehen heute.«

»Ist ja auch ein Festtag, nicht wahr? Unser Sohn kommt als verheirateter Mann nach Hause.« Sie nickte Elena zu. »Und wartet es nur ab, einen Braten habe ich auch noch parat!«

»Danke, Mutter!«

Schweigend löffelten sie die Suppe. Elena zitterten die Hände vor Aufregung.

»Soso. Also aus Argentinien. Ist schön da, oder?«, versuchte der Vater wieder ins Gespräch zu kommen.

Nun begann Karl zu reden. Er plapperte ohne Unterlass: vom Atlantik, von der Überfahrt, von Buenos Aires, vom Koch und dessen Kiste gestohlenen Champagners. Eine ganze Kiste Champagner?, horchte Elena auf. Sie wusste ja, dass Argentinier zur Übertreibung neigten, aber nicht, dass dies offenbar ein Charakterzug war, den sie mit den deutschen Männern teilten.

Karls Mutter wandte sich Elena zu: »Deine Familie ist doch sicher traurig, dass du in Deutschland bist, oder?«

»Meine Familie besteht leider nur noch aus meinem Vater und mir. Mutter ist schon lange tot und sonst haben wir keine Verwandten.«

»Keine Verwandten? Aber was ist mit den Großeltern, Tanten, Onkeln, Vettern oder Basen?«

»Meine Mutter hatte beide Eltern früh verloren und hatte sonst keine Familie, und mein Vater – nun ja, er hatte sich von seiner Familie losgesagt.«

»So?« Karla schaute skeptisch. »Na ja ... Du wirst ja bald die Familie hier kennenlernen. Im Dezember wird geheiratet, damit es kein Gerede gibt.«

Elena schaute überrascht zu Karl. Der nickte ihr mit begeisterten Augen zu: »Eigentlich wollte *ich* es sein, der dich damit überrascht, Helena. Nun hat es Mutter getan. Im Dezember gehen wir zur Kirche. Aufs Amt müssen wir ja nicht mehr.«

»Du bist doch evangelisch, oder?«

»Ja, das bin ich.« Elena hatte Mühe, sich wieder zu fangen. »Es war die Religion meiner Mutter.«

Das Essen schritt voran. Die Hochzeit wurde besprochen: dass der Schneider schon Bescheid wisse, dass die *lütte Helga* vom Nachbarn als Blumenmädchen laufen würde und dass die Dorfschenke das Hochzeitsmahl bereiten sollte. Sogar eine Gästeliste gab es schon. Das sei einfach gewesen, sie hätten die Adressliste für die Danksagungen von Omas Beerdigung genommen, sei ja schließlich erst drei Jahre her. Elena schwirrte der Kopf. Als sie aufstand, um beim Abräumen zu helfen, musste sie sich an der Stuhllehne festhalten, so sehr schwindelte ihr. Karl war sofort an ihrer Seite, auch seine Schwester Else stützte sie.

»Wir haben dich überfordert, Schwägerin. Und das alles nach der langen Reise. Karl, vielleicht sollte sich Helena erst mal schlafen legen. Morgen sieht dann alles schon wieder besser aus.«

Elena nickte Else dankbar zu. Das sei eine gute Idee, antwortete sie ihr.

»Ich mache das schon«, befand Karl und geleitete Elena eine steile Treppe hinauf. »Hier ist es!« Mit erwartungsvollem Blick drückte er die niedrige Tür auf.

Die Kammer war klein, an der Decke stieß man sich beinahe den Kopf. Es war kalt. Zwei zu einem Doppelbett zusammengestellte Betten füllten fast den ganzen Raum aus. Sie hatten hohe, von Schnitzereien verzierte Kopf- und Fußenden. Das Kopfteil wurde von einer geschwungenen Leiste abgeschlossen. Hinter der Tür befand sich ein Kleiderschrank, in der Ecke daneben eine Waschkommode mit weißer Marmorplatte und einem Spiegel. Der Spiegel war an einigen Ecken blind, die Metallbeschichtung auf seiner Rückseite blätterte vermutlich. Die Möbel waren aus schwerer, schwarz gebeizter Eiche. Eine Dachschräge gegenüber der Tür machte das Zimmer noch kleiner. Kurz vor dem Boden blieb ein wenig Platz für ein winziges Fenster. Es befand sich fast schon in Höhe der Füße.

»Das Schlafzimmer ist das meiner Großeltern. Die Möbel sind seit über fünfzig Jahren in Familienbesitz«, erklärte Karl und schaute Elena begeistert an. Diese rang sich mit Mühe ein Lächeln ab, sie fühlte sich überhaupt nicht gut.

»Karl, Liebster, ich muss schlafen. Mein Kopf tut weh, alles schwirrt. Es tut mir leid, da verderbe ich den ersten Abend bei dir zu Hause.«

»Bei uns!«, korrigierte Karl und wiederholte: »Bei *uns* zu Hause. Liebste, leg dich hier hin.« Er wies auf die eine Hälfte des Bettes. »Deine Seite ist hier und hier die meine, denn der Mann liegt immer links von der Frau.«

Dankbar ließ sich Elena beim Ausziehen helfen. Als sich endlich die Daunendecken über ihr schlossen, atmete sie erleichtert auf. Karl drückte ihr einen zärtlichen Kuss auf die Stirn und flüsterte: »Das wird schon, Helena, das wird schon. Ich liebe dich und du machst mich zum glücklichsten Mann auf der Welt.«

Sie streichelte seine Wange, eine Träne suchte sich ihren Weg.

»Ich liebe dich auch, Karl!«

Dann war sie allein. Elena schloss die Augen und versuchte, ihr rasendes Herz unter Kontrolle zu bringen. Endlich fand ihr Körper zur Ruhe. Sie hörte noch Karls Schritte auf der knarrenden Treppe, einige gedämpfte Stimmen von unten, dann war Stille. Absolute Stille. Sie atmete tief ein und aus. Es war so leise, dass sie das Blut in ihren Ohren rauschen hörte. Die Stille war unheimlich. Elena vermisste das ewig präsente Geräusch des Atlantiks. Damit war sie aufgewachsen, morgens, abends, zu jeder Tages- und Nachtzeit. Am Meer hörte man immer Wellen und hier: nichts. Sie drehte sich auf die Seite und zog die Beine an ihre Brust. Es würde alles gut werden, sagte sie sich immer wieder. Schließlich siegte der Schlaf über ihre Tränen.

Am nächsten Morgen schaffte es die Sonne, die dunkle Wolkendecke wenigstens für ein paar wenige Augenblicke zu durchdringen. Die Welt sah viel freundlicher aus.

Karl hatte Elena geweckt und war gleich darauf in den Stall gegangen, um dem Vater zu helfen. Else, Karla und sie saßen auf der Bank am Küchentisch. Karla hatte Tee aufgesetzt, die Frauen plauderten über Männer, Argentinien und darüber, wie die anstehende Hochzeit zu bewerkstelligen sei. Elena erzählte von ihrer Pension am Atlantik, und dass sie schon von Kindheit an dort in der Küche gearbeitet hatte. Was sie denn von Landwirtschaft verstehe, hatte Karla wissen wollen.

»Nicht viel, aber ich will gerne alles lernen«, antwortete Elena eifrig. Die anderen beiden warfen sich einen Blick zu, den sie nicht zu deuten wusste. Karl kam herein und unterbrach die Runde.

»Komm, Elena, ich will dir unseren Hof und das Dorf zeigen. Das Haus hast du ja schon gesehen.« Ohne ihre Antwort abzuwarten, griff er ihre Hand und zog sie hinter dem Tisch hervor. Kurz darauf hatte er sie in eine Ecke der Stallungen geführt und überhäufte sie mit heißen Küssen. Sie quiekte vor Vergnügen und stieß ihn schließlich lachend von sich.

»Karl, wenn uns deine Familie hier überrascht!«

Er stand grinsend vor ihr und leckte sich über die Lippen: »Heute Abend lass ich dich aber nicht einfach so schlafen.«

»Du bist mir einer!« Sie gab ihm einen zärtlichen Klaps auf die Wange.

»Helena, zieh dich warm an, ich spanne den Federwagen an und dann fahren wir durchs Dorf.«

»Oh, gerne, Karl.« Die Aussicht der Enge von Familie, Haus und Hof zu entkommen war verlockend. »Und bitte zeig mir das Meer. Ich muss endlich das Wasser sehen!«

»Das Meer? Du willst wirklich ans Meer? Jetzt im November?«

»Ja, warum denn nicht?«

Karl grinste: »Du bist echt nicht von hier, das merkt man.« Er lachte. »Na gut, dann fahren wir nachher ans Meer. Ist aber ein Stück bis dahin.«

Elena fand sich dick eingepackt in Wolldecken im Einspänner wieder. Karls Mutter hatte kopfschüttelnd gemeint, dass sie nicht verstehen könne, wie man bei diesen Temperaturen ans Meer wolle. Ob sie baden wolle, hatte Else nachgesetzt und alle hatten laut gelacht.

Sie passierten einen großen Hof. Vor der Tür stand das Automobil, mit dem sie gestern von diesem Alexander abgeholt worden waren. Elena deutete mit fragendem Blick hinüber.

»Ja, genau, hier wohnt Alex. Sein Vater ist der Bürgermeister von Ambershagen. Die einzige Familie mit einem Automobil und Telefon.« Das Fenster wurde aufgestoßen und der Schopf eines jungen Mannes schaute raus. Es war Alexander.

»Hey, Karl, Helena, was habt ihr denn vor? Ihr gebt ja ein seltsames Bild ab.«

»Wir wollen zum Meer!«, antwortete Elena lautstark und Karl schaute sie verdutzt ob ihrer schnellen Antwort an. Die Überraschung auf Alexanders Gesicht war noch größer.

»Ans Meer? Wartet! Mein Alter Herr will dich sehen, Karl. Und dich natürlich auch, Helena.« Er zwinkerte ihr zu.

Kurz darauf ging die Haustür auf und ein stattlicher Mann erschien.

»Karl, hast du das Vagabundenleben auf dem Meer also endlich aufgegeben und wirst sesshaft. Wird aber auch Zeit. Nicht, dass wir dich noch zu den Zigeunern hätten zählen müssen.« Sein tiefer Bass dröhnte. Er trat auf das Fuhrwerk zu und beäugte Helena.

»Und das ist also die Argentinierin. Sie sprechen Deutsch, habe ich gehört.«

»Ja, meine Mutter hatte deutsche Vorfahren.«

»Na, dann ist ja mal gut.« Er reichte ihr die Hand. »Herzlich willkommen in Ambershagen. Wegen der Papiere, deutschem Pass, Kennkarte und so, kommt dann demnächst mal bei mir vorbei. Aber heute ist Sonntag, heute wird nicht gearbeitet.« Wieder dröhnte seine Lache im tiefen Bass. Dann wandte er sich an Karl und raunte ihm zu: »Ihr werdet ja wohl nicht gegen die Rassengesetze verstoßen, oder?«

Karl verstand zunächst nicht. Alexanders Vater erläuterte, diesmal noch leiser, er flüsterte fast: »Nun, ich meine, nicht, dass, wenn mal ein Ariernachweis notwendig sein sollte, wir irgendwelche Überraschungen erleben werden.«

Erleichtert atmete Karl auf, jetzt hatte er verstanden.

»Aber nein, nicht doch. Helenas Mutter hat deutsche Vorfahren und es sind allesamt gute Christen.«

»Und der Vater?«, hakte der Bürgermeister kritisch nach. Jetzt schien Helena ihn gehört zu haben, denn sie antwortete an Stelle Karls: »Italienische Wurzeln. Zwar, um ehrlich zu sein, vielleicht weniger christlich, als es meine Mutter war, was mich aber wiederum vor der katholischen Kirche bewahrt hat.«

Alle lachten laut.

»Na, dann ist ja mal gut.« Der Bürgermeister gab dem Pferd einen kräftigen Klaps auf die Kruppe und Ross und Wagen setzten sich in Bewegung. »Dann viel Spaß am Meer. Ach ja, Karl, kommt dann mal in Ruhe vorbei, meine Frau will dich sehen und Hertha auch. Sie hat ihrem Bruder schon den ganzen Abend in den Ohren gelegen und ihn über euch ausgefragt. Nicht wahr, Alex?«

Dessen Antwort war nicht mehr zu hören.

»Habe ich das eben richtig verstanden, Karl?«, fragte Elena, als sie schon außer Sichtweite des Bürgermeisterhauses waren.

»Ach, mach dir keine Gedanken. Alles halb so wild. Dieses ganze Geschwätz ist doch was für die Städter, vor allem für die in Berlin. Hier draußen auf dem Land gibt es ohnehin keine Juden. Und für unsere Jungs und Mädels ist es gut, dass es HJ und BDM gibt, hier war doch vorher nie was los.«

»HJ und BDM?«

»Hitlerjugend und Bund Deutscher Mädel. Die Jugendvereinigungen der Nationalsozialisten. Aber lass uns nicht über dieses politische Zeug reden. Ich erkläre dir jetzt den Weg ans Meer. So, wie ich dich kenne, willst du vermutlich noch öfters dorthin.«

Elene lächelte.

»Also, hier musst du aufpassen. Da drüben, siehst du den einzelnen Baum dort?«

Er wies in Richtung einer schief gewachsenen Krüppelkiefer, die aus einem Gebüsch ragte. »An dem Windlooper musst du abbiegen. Ansonsten geht es vorher und hinterher immer geradeaus. Der Weg ist einfach zu finden.«

»Windlooper?«

»Ein Windläufer, ein schief gewachsener Baum; die Bäume flüchten sozusagen vor dem Wind.«

Sie fuhren weiter. Endlich tat sich das Meer auf. Elena entfuhr ein freudiger Aufschrei. Ihre Augen glitten über den Strand und über die sanften Wellen bis an den Horizont. Sie atmete die kalte Luft ein und fühlte sich zum ersten Mal seit ihrer Ankunft wohl.

»Oh, das ist schön, Karl.«

Karl nickte zustimmend.

»Aber wir werden gleich wieder umdrehen. Das ist fürs Pferd zu kalt hier mit dem eisigen Wind und für uns auch!« Er gab ihr einen Kuss auf die Wange. Als er das Fuhrwerk wendete, wies er auf eine Stelle im Wasser, wo sich die Wellen kräuselten, nicht sehr weit vom Strand entfernt.

»Schau! Bis da ist eine Sandbank, aber danach geht es tief abwärts. Ist eine mächtige Strömung. War früher für uns eine Mutprobe, wer sich am nächsten dran wagte. Was Kinder halt so tun. Zum Glück ist nie etwas passiert. So, jetzt geht es aber zurück, ich muss gleich in den Stall, füttern.«

Die Tage gingen dahin. Elena lernte, wann die Männer in den Stall gingen, und dass auch die Frauen bei den Tieren mit Hand anlegten. Sie versuchte sich im Melken, fütterte die Schweine, geriet bei den Ferkeln in Verzückung und nebenbei rückte auch ihre eigene Hochzeit näher.

Sie hatte ihrem Vater bislang nur einen kurzen Brief geschrieben, in dem sie ihm mitgeteilt hatte, dass sie heile und gut angekommen seien. Es wurde Zeit, dass sie ihm nun endlich mehr von Ambershagen berichtete. Sie hatte sich aufs Bett gesetzt. Das Schlafzimmer war, wie sich herausgestellt hatte, der einzige Ort im Haus, an dem Karl und sie ungestört waren. Hier konnten sie frei miteinander sprechen, ohne, dass Schwägerin oder Schwiegermutter mithörten.

Elena hatte das kleine Fenster geöffnet. Zwar kam so die winterliche Kälte herein, aber zumindest brachte sie frische Luft mit sich und der muffige Geruch verschwand.

Vom Hof drangen Stimmen zu ihr hinauf. Sie lugte nach unten und erkannte Else, die mit einem anderen Mädchen direkt unter dem Fenster stand.

»Also, der Alex ist ja ganz begeistert von deiner neuen Schwägerin.«

»Ach, was weiß dein Bruder schon? Der ist doch von jedem hübschen Mädchen im Umkreis von hundert Kilometern begeistert.«

Beide lachten. Elena überlegte: Wenn sie von Alexander sprachen und dieser wiederum der Bruder dieses Mädchens war, dann musste es sich um die Tochter vom Bürgermeister handeln.

Else sprach weiter: »Ich sage dir, Hertha, von Landwirtschaft hat die keine Ahnung. Soll ich dir was erzählen? Sie hat neulich in den ersten Abwasch Seife getan. Also ins Spülwasser der Töpfe und Pfannen.«

»Seife, in den ersten Abwasch? Aber dann muss man das Spülwasser ja wegschütten. Was gebt ihr denn dann den Schweinen?«

»Ich sage ja, sie hat keine Ahnung. Die Stallungen und so, du hast richtig gemerkt, dass sie das alles nicht interessierte. Und vom Melken ganz zu schweigen. Weißt du, was sie zu den Ferkeln gesagt hat?« Else machte eine rhetorische Pause. »Süß! Die seien ja *so süß*.«

Die andere lachte laut.

»Ach, Hertha, du warst doch diejenige, die Karl hätte heiraten sollen. Das war doch schon immer klar. Ihr passt so gut zusammen, die Felder liegen nebeneinander und immerhin kommst du von hier. Dein Bruder will doch euren Hof sowieso nicht übernehmen.«

»Ja, armer Vater, es ist ein Jammer. Unser schöner Hof. Aber Alex hat ja nur Technik im Kopf: das Auto, neulich hat er sogar selbst ein Radio gebastelt, und sobald er alt genug ist, will er zu den Fliegern, zur Luftwaffe. Hätte ich doch noch einen anderen Bruder. Vater redet auf ihn ein, aber du weißt ja, wie Alex ist.«

»Du brauchst natürlich einen Mann an deiner Seite. Du brauchst Karl. Und außerdem, die ist immerhin Ausländerin. Wer weiß schon, was so eine alles einschleppt. Die sind doch alle dreckig.«

»Was hat sie denn eigentlich zum neuen Badezimmer gesagt?«

»Nicht mal bemerkt hat sie, dass es neu ist.«

»Nicht bemerkt?«

»Ja, als wäre es die normalste Sache der Welt, dass man ein Badezimmer hat.«

»Oh nein, der arme Karl. Da hat er das extra für sie bauen lassen.«

»Ich sage ja, sie passt nicht hierher.«

»Na ja, Else. Aber wenn Karl sie sich nun mal ausgesucht hat. Hauptsache ist doch, dass er glücklich ist. Und eines muss man ihm lassen, sie ist wirklich eine Schönheit.«

»Männer halt, was will man da machen?«

Beide lachten erneut und verließen den Platz unter dem Fenster.

Elena sank auf dem Bett zusammen. Sie musste sich die Handballen auf ihr Gesicht pressen, damit niemand ihr Weinen hörte. Fast eine halbe Stunde verharrte sie so. Schließlich schnäuzte sie sich und trocknete die Tränen. Sie hielt den Briefbogen ans Licht und überflog, was sie vorhin geschrieben hatte:

Alles ist so anders, ich vermisse die Gewohnheit, die Angestammtheit. Ich fühle mich wie unter einer Glocke aus Glas: nichts kommt an mich heran, nichts kann ich berühren. Ich bin zwar dabei, aber nicht Teil des Ganzen.

Eine Träne fiel aufs Blatt, mischte sich mit der Tinte und hinterließ eine blassblaue Spur. Unmöglich! Das konnte sie ihrem Vater auf keinen Fall schreiben. Er würde sich Sorgen machen und das sollte er nicht. Entschlossen nahm sie das Papier, zerknüllte es und warf es in den Korb. Sie war nach Deutschland gekommen an der Seite des Mannes, den sie liebte, und der sie auf Händen trug. Aller Anfang war schwer, sagte man. So war das nun mal. Sie hatte schon schlimmere Dinge in ihrem Leben durchgestanden. Sie öffnete die Schublade ihres Nachttischchens, ein wehmütiges Lächeln breitete sich auf ihrem Gesicht aus, als sie den Bernstein hervorholte. Er fühlte sich so glatt an. Er war die Erinnerung an ihre Mutter, und Karl hatte ihn schleifen lassen. All die Liebe, die sie in diesem Leben erfahren hatte, fand sich in diesem Bernstein zusammen. Die Wärme und das Licht der Sonne jenseits des Atlantiks waren darin gefangen. Nur ihren eigenen Vater hatte sie nicht daran teilhaben lassen. Heute bereute sie dies beinahe. Sie atmete tief ein, legte den Stein zurück, schob die Schublade zu und begann den Brief erneut:

Liebster Vater,
nun endlich kann ich dir einen langen Brief schreiben und von dem berichten, was ich hier erleben darf. Deutschland ist so wunderschön. Im nächsten Monat werden wir hier unsere Hochzeit halten, noch vor Weihnachten, soll es geschehen. Ich freue mich schon darauf …

Kapitel 9

»Es scheint niemand zu Hause zu sein.«

»Ja, Rico, das habe ich auch bemerkt.« Entnervt ließ Robert vom Klingeln und Klopfen an der Eingangstür ab. Er hatte nach dem Gespräch mit dem Pastor keinen Moment gezögert, seinen Fahrer gerufen und war direkt zu diesem Künstlerhof gefahren. Doch nun stand er vor verschlossenen Türen. Holtenkamp hieß die Künstlerwitwe, die er so schnell wie irgend möglich hatte sprechen wollen.

Er schaute an der Fassade entlang. Das Haus machte einen gepflegten Eindruck. Die Sicht in den dahinter gelegenen Innenhof war durch eine Mauer und ein großes Tor versperrt. Robert hatte insgeheim gehofft, dass sich vielleicht doch irgendeine Erinnerung aus den Tiefen seines frühkindlichen Gedächtnisses den Weg ans Tageslicht suchen würde, ein Gefühl der Verbundenheit mit diesem Ort; doch nichts dergleichen war geschehen. Enttäuscht zuckte er mit den Schultern.

»Rico, es hat keinen Zweck. Wir fahren zurück in unseren Gasthof und kommen später noch einmal wieder.«

Er hatte sich mehr von der Sache versprochen, wenn er sich auch nicht sicher war, was. Zumindest hatte er gehofft, diese Frau Holtenkamp zu treffen und in Erfahrung zu bringen, ob es sich bei ihrem Hof denn nun um den väterlichen Stammhof handelte. Es konnte doch nicht sein, dass sich niemand daran erinnerte. Wobei er sich eingestehen musste, dass er ja außer bei der Pensionswirtin und beim Pastor bisher noch keine weiteren Erkundigungen eingeholt hatte.

Auf der kurzen Rückfahrt zum Gasthof hingen die beiden Männer ihren Gedanken nach.

Ob er denn am Meer gewesen sei, wiederholte Robert seine Frage etwas lauter, er hatte das Schweigen brechen wollen. Rico schaute ihn überrascht an.

»Was? Am Meer? Ich? Ach so, am Meer, klar, ja. Sehr schön. War toll, super, echt klasse.«

Der junge Mann blickte wieder stur geradeaus. Robert beobachtete seinen Fahrer. Etwas stimmte mit dem nicht, doch schon tauchte die Einfahrt zum Gasthof auf.

»Sie waren bei der Holtenkamp? Nee, die ist ein paar Tage weg. Aber nicht lang, müsste bald wieder zurück sein. Kann ich für Sie in Erfahrung bringen, wenn Sie wollen«, bot die Wirtin ihre Hilfe an.

»Frau Holtenkamp ist im Urlaub? Das ist ja ungünstig. Ja, bitte, bekommen Sie doch mal für mich heraus, für wie lange.« Entmutigt nickte Robert der Gasthofbetreiberin zu. Dann schaute er seinen Fahrer an.

»Na, Rico, so richtig gut machen wir uns als Sherlock und Watson ja nicht«, versucht er einen Scherz. »Rico?«

Doch dieser war mit seinen Gedanken wieder weit fort. Seit er Robert vom Pfarrhaus abgeholt hatte, schien er abwesend. »Rico?«, sprach ihn Robert erneut an. »Ist alles in Ordnung?« Jetzt reagierte er: »Aber natürlich, alles klasse. Herr Schnitter, ich würde gleich gerne noch mal kurz wegfahren, wenn das für Sie in Ordnung ist.«

»Selbstverständlich. Ich werde auf mein Zimmer gehen.

Heute können wir ohnehin nicht mehr viel tun. Wollen wir hoffen, dass diese Frau Holtenkamp keinen längeren Urlaub macht. Sind Sie zum Abend zurück?«

Rico nickte.

»Gut. Wenn Sie wollen, können wir gerne später zusammen essen. Ich lade Sie ein. Was gibt es denn heute Abend überhaupt?«, wandte sich Robert wieder der Wirtin zu.

»Putenschnitzel!«

Die Atmosphäre seines Hotelzimmers passte zu Roberts trüber Stimmung. Wie sollte er bloß weitermachen? Um die Zeit totzuschlagen, holte er den Bernstein hervor, seine Finger strichen über die glatte Oberfläche. Obwohl er ihn schon so oft in der Hand gehalten hatte, überraschte es ihn immer wieder, wie leicht er war. Er fühlte sich nicht kalt an, wie es Steine für gewöhnlich taten, Bernstein stahl keine Wärme. Wer hatte ihn gefunden, wer poliert? Was mochte seine Mutter mit diesem Stein bezweckt haben?

Geh ins Dorf deines Vaters!

War der Stein überhaupt des Rätsels Lösung? Ging es wirklich um ihn? Hatten das Dorf mit seinem so vielsagenden Namen wie Ambershagen und der Stein ein gemeinsames Geheimnis, wie Schlüssel und Schloss? So, wie in diesen Romanen, wo die Titelfigur nach Irrungen und Wirrungen und einer Aneinanderreihung von schier unfassbaren Zufällen schließlich in einem seit Jahrzehnten verborgenen Versteck einen Schlüssel findet, um etwas hervorzuzaubern, das schließlich alles auflöst? So etwas gab es doch nur in Büchern und Filmen. Und das Leben war nun mal weder Hollywood noch Unterhaltungsroman.

Er setzte sich aufs Bett und lehnte sich an die Wand. In Gedanken ließ er das morgendliche Gespräch mit dem Pastor Revue passieren. Sie hatten von Flüchtlingen gesprochen und von deren Ablehnung. Vom unbegründeten Hass der Bevölkerung auf die Fremden. *Wer die Vergangenheit nicht kennt, ist gezwungen, sie zu wiederholen*, hatte einst der spanische Schriftsteller George Santayana gesagt. War es möglich, dass Deutschland die gleichen Fehler erneut beging?

Robert erinnerte sich an die Geschichten, die seine Mutter über diese Ingrid erzählt hatte. Sie war ihr zu einer guten Freundin geworden, insbesondere in der Zeit, in der sein Vater schon gefallen war, hatte seine Mutter gesagt. Ingrid war Flüchtlingstochter aus Ostpreußen gewesen und allein. Sie war ganz ohne Familie nach Ambershagen gekommen. Früher als die meisten anderen hatte sie das Gebiet der Kurischen Nehrung jenseits des großen Haffs verlassen und sich auf den Weg gemacht. Immer auf der Flucht vor den russischen Truppen. Und schließlich war sie auf dem Schnitterhof gelandet.

Robert wunderte sich über sich selbst. Warum hatte er sich das nur alles gemerkt? Und ausgerechnet den Familiennamen dieser Ingrid kannte er nicht. So sehr er sich besann, hatte sie in Mutters Erzählungen immer nur *Ingrid* geheißen. Einen Nachnamen hatte sie nie genannt.

Jetzt wäre er froh, wenn er einen weiteren Anhalt hätte. Vielleicht gab es sie ja noch, diese Ingrid, oder wenigstens Nachfahren von ihr hier in der Region. Solche – wie hatte der Pastor sie doch gleich genannt? – *Neusiedler*. Aber auch wenn, sie hatte doch mit Sicherheit geheiratet. Wer sagte denn, dass dann jemand den Mädchennamen dieser Ingrid hier wüsste.

Robert stand auf und lief im Zimmer umher. Seine ganze Hoffnung ruhte nun auf der Künstlerwitwe Holtenkamp. Hoffentlich würde die nicht mehr lange fort sein, sein Aufenthalt war schließlich begrenzt, und hoffentlich würde der heutige Holtenkamphof wirklich der Hof seines Vaters sein. Was könnte er bis dahin tun? Sollte er die Zeit der unerträglichen Untätigkeit überbrücken und schon mal verschiedene Höfe aufsuchen? Aber wie? Und was sollte er sagen? Einfach klingeln und *Guten Tag, mein Name ist Robert Schnitter. Sind wir vielleicht verwandt?*, fragen? Undenkbar. Er hoffte inständig, dass ihm ein solches Klinkenputzen erspart bleiben würde.

Seine Mutter hatte zwar über Ingrid gesprochen, aber nie viel über ihre eigene Geschichte erzählen wollen. Ohne diesen furchtbaren Krieg wären sie eine glückliche Familie geworden, hatte sie nur harsch gemeint. Sie hätten ein zufriedenes Leben geführt, ihr Auskommen gehabt und sie zwei hätten sich nicht alleine im Hafenviertel von Buenos Aires mit Putzen und Wäscheflicken durchschlagen müssen. Er hatte betreten zu Boden geschaut. Schließlich war sie aufgestanden, hatte ihm über den Kopf gestrichen und gesagt, er solle nicht traurig sein, schließlich sei sie doch so stolz auf ihn, aber es sei eben alles nicht so einfach. Meistens hatte sie ihn dann zu den *Abuelos* geschickt, den Großeltern, die keine Großeltern waren. Er solle schauen, ob es den beiden Alten gut gehe. Wenn er später zurückkam, sah er, dass sie geweint hatte.

Ob sie denn nicht vielleicht gemeinsam nach Quequen gehen könnten?, hatte er einmal gefragt.

»Nach Quequen? Aber was wollen wir denn dort?«

»Aber da bist du doch geboren, Mutter.«

»Ach, mein Junge.« Wieder hatte sie ihm über das Haar gestreichelt. »Da ist niemand mehr von meiner Familie. Es gab doch nur Mutter und Vater. Mutter starb, als ich noch ein Kind war, nicht älter als du es heute bist. Und auch der Vater lebt nicht mehr.« Sie hatte müde gelächelt und sich ihrer Flickarbeit zugewandt. Danach war die Vergangenheit seiner Mutter zwischen ihnen zum Thema non grata mutiert. Es war, als wolle sie etwas von ihrer eigenen Geschichte vergessen. Einmal hatte er es jedoch trotzdem gewagt, die Vergangenheit wieder aufleben zu lassen; und zwar ihre argentinische Vergangenheit, ihre Jugend am Atlantik.

Damals waren die Wohnung im schäbigen Hafenviertel, Flickarbeiten bei trübem Lampenlicht und schlecht bezahlte Aushilfsarbeiten nur noch böse Erinnerungen an eine dunkle Zeit. Es war lange nach Roberts ersten beruflichen Schritten gewesen, sogar schon nach ihrer aller Rückkehr aus Brasilien, die Zwillinge waren längst geboren und zu strammen Jungs herangewachsen, und sie hatten zusammen mit seiner Mutter ein luxuriöses Appartement in Buenos Aires bewohnt.

Er hatte damals heimlich einen Makler beauftragt, der sich im Badeort Quequen nach einem passenden Grundstück umsehen solle. Er erinnerte sich daran, als wäre es gestern gewesen.

»Quequen?«, hatte der Makler erstaunt gefragt. »Sind Sie sich sicher, Herr Schnitter? Wollen Sie nicht lieber nach Mar del Plata, oder wenn schon da unten, dann doch wenigstens Necochea?«

Nein, es hatte eben gerade Quequen sein sollen, der Geburtsort seiner Mutter. Damals war Quequen noch der schäbigere Teil der Stadt Necochea, und die wiederum lag ein gutes Stück weiter südlich als der bei den Bewohnern von Buenos Aires so beliebte Ferienort Mar del Plata. Quequen, das wusste Robert auch damals schon, hatte nach seiner Blütezeit von der Jahrhundertwende bis in die goldenen Zwanziger ab den vierziger Jahren einen steten Niedergang zu verzeichnen gehabt. Damals wurde der Hafen vergrößert, Fischfabriken entstanden, Verladehöfe trennten die Gärten der Strandvillen vom Meer. Die reichen Familien wechselten auf die andere Seite der Hafeneinfahrt ins prosperierende Necochea, denn der Hafen brachte statt Erholung und Sommerfrische Kriminalität und Prostitution nach Quequen.

All das sei ihm durchaus bewusst, hatte Robert einst dem Makler geantwortet. Er wolle ja auch nicht, dass der ihn im Hafenviertel platziere, sondern er solle ein Grundstück direkt an der Küste suchen, mit freiem Blick aufs offene Meer. Abseits von den schlechten Gegenden. Wenige Kilometer weiter hatten sich Künstler in ihren bunten Häusern niedergelassen und einen freigeistigen Ort geschaffen, *Die Schöne Küste* nannten sie ihr kleines Dorf; *Costa Bonita*. Genau zwischen diesen beiden Polen wollte Robert ein Haus bauen: schmutziger Hafen an dem einen Ende, Costa Bonita am anderen, Kriminelle und Künstler, Realität und Träumerei.

Später sollte sich seine Entscheidung als wirtschaftlicher Glücksgriff entpuppen. Genau diese Gegend hatte sich bis heute zu einem der angesagtesten Feriengebiete Argentiniens gemausert. Doch zum Zeitpunkt seiner Grundstückssuche war davon noch lange nichts zu ahnen.

Als der Makler ihn anrief, konnte er kaum glauben, was er da hörte. Es war nicht nur ein Grundstück, es war ein ganzes Haus, das der Mann für ihn aufgetan hatte. Und was für eins. Eine der reichen Familien von den großen Gütern aus dem Hinterland, den *Estancias*, hatte sich ihren Feriensitz dort erbaut; wohl als Reminiszenz an die üppigen Strandvillen Quequens, die sich diese Familien einst als Sommerdomizile in der goldenen Epoche leisteten. Ein Erbschaftsstreit hatte die Vorbesitzer entzweit, das Erbe geteilt und das Haus am Meer war den Notarkosten zum Opfer gefallen. Nun hatte es zum Verkauf gestanden. Die Lage sei perfekt, hatte der Makler am Telefon gemeint. Es liege auf einer Klippe hoch über der Bucht der Winde, der *bahia des los vientos*. Man sehe von dort unmittelbar auf das Meer, zudem schaue man über die Bucht auf die Mole der Hafeneinfahrt und auf der anderen Seite bis zum historischen Leuchtturm Quequens.

Für Robert hatte es sich bezaubernd angehört, aber bei der Entscheidung hatte natürlich seine ganze Familie dabei sein sollen. Er hatte mit dem Makler vereinbart, das Haus erst einmal für den Sommer zu mieten, danach würden sie über den Kauf sprechen. Die Schlange der Käufer schien nicht lang zu sein, denn der Makler hatte sofort zugestimmt.

Mit geheimnisvoller Miene hatte er in den Sommerferien das Auto packen lassen. Es gehe ans Meer, hatte er gesagt, aber zunächst verschwiegen, wohin.

»Lasst mich euch in diesem Jahr mal überraschen«, hatte er vielsagend erklärt und dabei hintersinnig gelächelt. Seine Frau hatte ihn gelöchert, sie hatte vermutlich gehofft, dass sie nach Brasilien führen, in ihre Heimat. Seine Mutter hielt gar nichts von solchen Überraschungen, aber schließlich fanden sie sich alle, die Zwillinge, Robert und seine Frau sowie seine

Mutter in seinem Falcon auf der Küstenstraße Richtung Süden wieder. Als sie schon eine Weile fuhren, begannen die anderen das Urlaubsziel zu raten; sogar seine Mutter war erstaunlich gut gelaunt.

»Es ist Mar del Plata, oder?«, hatte sie wissen wollen.

»Schon die richtige Richtung.«

Eine Weile Überlegen sorgte für Stille im Wagen.

»Du verrückter Esel!«, entfuhr es Roberts Frau spontan. »Das sieht dir wieder ähnlich.« Sie hatte ihn als Erste durchschaut, seine Frau kannte ihn wirklich gut.

»Na, Schwiegermama, das wird dich freuen«, drehte sie sich zum Rücksitz um, wo die Angesprochene in der Mitte der Rückbank und flankiert von den beiden Jungs saß und mit den Schultern zuckte. Sie hatte noch immer keine Ahnung.

»Aber, *Mãinha*!«, Roberts Frau hatte ihr Portugiesisch nie ganz aufgegeben und einige Worte aus Brasilien mit in den Sprachalltag ihrer Familie gerettet. »*Mãinha, Mamita.* Ist doch klar. Erstens: dein Sohn ist mit uns auf den Weg ans Meer. Zweitens: wir fahren nach Süden. Drittens: es ist nicht Mar del Plata. Na, was bleibt denn da noch?«

Immer noch Schulterzucken.

»Mutter, wir fahren an den Atlantik, es geht nach Quequen!«

Die beiden Jungs johlten und skandierten: »Quequen! Quequen! Quequen!«

Roberts Mutter aber versteinerte. Starr vor Schreck fächelte sie sich Luft zu.

»Halte an, halte sofort an!«, herrschte sie ihren Sohn an. Der tat, wie befohlen. Sie quetschte sich an dem Jungen zu ihrer Rechten vorbei, stemmte die Tür auf und schälte sich schnaufend ins Freie.

»Mutter!« Robert sprang vom Fahrersitz und folgte ihr. Der Rest der Familie schaute mit überraschten Mienen dem Geschehen vom Wageninnern aus zu.

»Robert, was fällt dir ein? Wie konntest du mich so hintergehen?«

»Aber Mutter, was ist denn? Ich dachte, du würdest dich freuen. Quequen ist doch schließlich deine Heimat.«

»Meine Heimat? Ich habe dir schon oft genug gesagt, dass es dort niemanden mehr von meiner Familie gibt. Also, was soll ich dort? Mich in schmerzlichen Erinnerungen suhlen?«

Sie hatte schweratmend vor ihm gestanden. Er hatte betreten zu Boden geschaut.

»Mutter, ich meinte es doch nur gut. Ich dachte, den Zwillingen täte ein bisschen Meer in den Ferien wirklich gut und natürlich auch Maria. Sie vermisst die Strände von Brasilien und ich wollte ihr wenigstens in den Ferien ein bisschen davon zurückgeben.«

»Robert, ich weiß ja, dass du es gut meinst, aber solche Überraschungen liebe ich nun wirklich nicht.«

»Aber Mutter, was sollen wir denn jetzt machen?« Sie hatten sich ein ganzes Stück vom Auto entfernt. Roberts Blick deutete in Richtung der dort wartenden Familie. »Die Jungs freuen sich doch schon so auf den Urlaub, Maria auch.«

Seine Mutter hatte sich wieder beruhigt.

»Ich weiß. Wir fahren jetzt dorthin und ich werde euch euren Urlaub nicht vermiesen.«

»Es ist doch nicht nur unser, sondern auch *dein* Urlaub, Mutter.«

Sie hatte müde ausgesehen.

»Lass uns zurückgehen.«

Stumm hatte er genickt. Wie würde sie erst reagieren, wenn sie erführe, dass er beabsichtigte, das Haus zu kaufen, das in den nächsten Wochen ihr Feriendomizil sein würde?

Der Makler hatte tatsächlich nicht zu viel versprochen; das Haus überragte die Dünenlandschaft und bot einen phantastischen Blick in alle Richtungen. Der Wind pfiff ihnen um die Ohren, die Bucht der Winde machte ihrem Namen alle Ehre. Die beiden Jungs waren begeistert. Robert hatte ihnen Surfboards besorgt und von da an tauchten sie nur noch zu den Mahlzeiten auf. Auch seine Frau blühte auf. Bei allem Wohlstand, den Robert in Buenos Aires seiner Familie erarbeitet hatte, vermisste sie doch stets das Meer.

Er hatte sie bei dem Staudammprojekt in Brasilien kennengelernt. Jetzt im Nachhinein musste er sich eingestehen, dass ihre ersten Jahre dort vermutlich die glücklichsten waren, die sie gemeinsam verbracht hatten. Die Trennung dagegen war hässlich und schmutzig gewesen. Wie konnte es nur passieren, dass sich zwei Menschen, die sich einst so viel bedeuteten, so viel Leid zufügen konnten?

Robert hatte die Einsamkeit ihres Ferienhauses genossen, um sie herum nur Dünen, vor ihnen der endlose Atlantik. Zufrieden hatte er beobachtet, wie auch seine Familie Gefallen an dem Haus fand. Er schien bei ihnen einen Volltreffer gelandet zu haben; nur bei seiner Mutter nicht.

Sie war in Quequen angespannt, erzählte ein bisschen von früher, vom noblen Hotel, bei dem sich die eleganten Gäste im Vorhinein aussuchen konnten, wie ihr Zimmer gestrichen sein sollte, von der Gesindeküche und von der harten Arbeit, die die Pension ihr und ihrem Vater bereitete, da die Mutter so früh verstarb.

An einem der ersten Tage waren sie alle zum Hotel Quequen gefahren. Sogar die Jungs hatten an diesem Tag das Surfen sausen lassen, um das zu erleben. Still war seine Mutter gewesen, als sie die sandige Küstenstraße in Richtung des ehemaligen Strandzentrums fuhren. Der Weg aus den Dünen bis zum kleinen Zentrum von Quequen war uneben, der Wagen rumpelte über die Schlaglöcher, die von den Sommerregengüssen übrig geblieben waren.

Als das Auto das von Steinsäulen flankierte Tor des Hotels erreichte, hielten alle den Atem an. Zunächst waren von dem großen Bau kaum mehr als Teile des oberen Stockwerks zu erkennen. Die Einfahrt war zugewuchert, der Park ein wilder Wald geworden. Zwei Kurven, dann gab das ungezähmte Grün den Blick auf den ehemaligen Prachtbau frei.

Die Enttäuschung war groß. Der Putz bröckelte, Scheiben waren eingeschlagen und Fensterläden hingen aus den Angeln. Lieblos vergessen, in trauriger Erinnerung an goldene Zeiten eingegangen. Das Haus hatte jeglichen Glanz verloren. Auch von dem Anbau, der einst die Pension beherbergte, war nicht viel mehr als eine Ahnung geblieben. Robert schaute besorgt zu seiner Mutter.

»Es tut mir leid, Mutter. Du hattest recht, wir hätten nicht herkommen sollen.«

»Ganz im Gegenteil, Robert. Du kannst dir nicht vorstellen, wie erleichtert ich jetzt bin.« Sie lächelte. Als sie seinen fragenden Blick auffing, fügte sie hinzu: »Es ist gut, wenn Vergangenheit Vergangenheit bleibt. Es wäre schwerer für mich, wenn die guten alten Zeiten ohne mich noch aufrechterhalten worden wären. Was hätte das für mich, für meinen Vater und meine Mutter geheißen? Dass wir austauschbar wären. Tatsächlich, so ist es mir lieber.«

Und wirklich löste sich ihre Spannung, sie straffte sich, konnte sogar wieder lächeln. Von da an hatte auch sie begonnen, ihren Urlaub zu genießen und Robert hatte nie verstehen können, warum.

Sie hatten aus dem Tag einen Ausflugstag gemacht, waren noch weiter herumgefahren, vorbei an ehemals prächtigen Strandvillen, die wie hohle Zähne aus verwilderten Parkanlagen in den Himmel ragten. Einige schienen noch in Teilen bewohnt zu sein, bei anderen flogen Tauben aus eingefallenen Dächern. Die meisten dieser Häuser waren vom wachsenden Hafen umrundet worden. Da, wo sich früher vermutlich ein ausladender Sandstrand an die privaten Parkanlagen angeschlossen hatte, trennten heute Getreidespeicher, Öltanks und Verladeparkplätze die alten Urlaubsträume vom Meer. Die wachsende Wirtschaft hatte zwar der Region gutgetan, den Tourismus in Quequen aber zum Erliegen gebracht. Sie alle kehrten schließlich gerne wieder zu ihrem Paradies in den entfernten Dünen zurück. Die wiederhergestellte gute Laune seiner Mutter hatte sich auf sie alle übertragen.

Robert hatte die Gunst der Stunde genutzt und mit breitem Lächeln die Wahrheit über ihren Besuch in Quequen preisgegeben. Mit fröhlichem Geschrei hatten die Jungs auf die Eröffnung reagiert, dass er vorhatte, das Haus zu kaufen. Seine Frau hatte die Augen verdreht und ihm mit »Du bist echt unmöglich« grinsend gegen die Schulter geknufft. Nur seine Mutter war unvermittelt wieder still geworden. Ihre Blicke hatten sich gekreuzt, fast wie ertappt hatte sie sich ein Lächeln abgerungen und ihm gratuliert. Damals hatte er das ihren sicherlich aufgewühlten Gefühlen zugeschrieben. Doch nun schien es ihm, als hätte sie ihm den wahren Grund ihrer Anspannung verheimlicht, ein weiteres Rätsel, das es zu lösen galt, und wieder wog er den Bernstein in seiner Hand.

Es war mittlerweile Zeit fürs Abendessen. Ein Blick aus dem Fenster verriet Robert, dass Rico wieder zurück war, zumindest stand der alte Golf auf dem Parkplatz – nach wie vor als einziger Wagen. Robert spritzte sich ein wenig kaltes Wasser ins Gesicht und ging auf den Flur, um seinen Fahrer abzuholen.

Die Tür zu Ricos Zimmer stand einen Spalt auf. Robert hatte schon den Arm gehoben, um anzuklopfen, da hörte er Ricos Stimme. Er telefonierte.

»Mum, wenn ich es dir doch sage.«

Robert hielt in der Bewegung inne. Dem Ton nach zu urteilen, war die Frau am anderen Ende von Ricos Leitung aufgebracht. Die Stimme schepperte blechern, wenn auch durch die angelehnte Tür nicht zu verstehen. Nur Rico war deutlich zu hören. Auch er war erregt. Gerade wollte sich Robert bemerkbar machen, da …

»Was soll das denn heißen? Ist doch wohl vollkommen egal, ob man seinen Vater kennt oder nicht.«

Robert schreckte auf. Schon redete der Fahrer weiter. Rico konnte seinen Ärger nur mühsam unterdrücken und zwang sich leise zu sprechen.

»Vater bleibt Vater.«

Robert zitterten die Knie. Auf der anderen Seite der Tür war wieder die verzerrte Frauenstimme zu hören, dann konterte erneut Rico.

»Ich zieh das durch und damit basta. Was?«

Eigentlich ging Robert dieses Telefonat nichts an, aber er stand da wie angewurzelt und seine Füße wollten sich nicht von der Tür wegbewegen.

»Ja, vor dem Haus. Habe ich dir doch schon gesagt. Was?«

Wieder eine kurze Unterbrechung.

»Nein, war abgeschlossen, keiner zu Hause.«

Das Knattern am anderen Ende wurde lauter, eindringlicher. Ricos Mutter schien auf ihn einzureden. Er konterte: »Mum, ich bin erwachsen, du hast mir in dieser Sache überhaupt nichts zu sagen. Wenn ich die Möglichkeit habe …« Scheinbar wurde er erneut von einem Redeschwall unterbrochen. Es klang nach Vorwürfen. Dann Stille am anderen Ende. Rico setzte an, seine Stimme wurde weicher.

»Hör zu, Mum, jetzt weine doch nicht. Es passiert schon nichts, ich pass auf, das wird schon gut gehen. Und was soll er schon machen? Mehr als fortschicken kann er mich ja nicht. Hör zu, ich mach jetzt Schluss. Wir gehen bestimmt gleich essen und ich will nicht, dass der Mann etwas davon mitbekommt.«

Robert blieb fast das Herz stehen. Er presste sich eine Hand vor den Mund, damit ihm kein Laut entfuhr. Drinnen schien der Fahrer mit einem kurzen »Ciao« das Gespräch weggedrückt zu haben. Auf keinen Fall sollte er mitbekommen, dass Robert gelauscht hatte. Leise machte er zwei Schritte rückwärts zurück zu seiner eigenen Zimmertür. Sie stand noch auf. Jetzt zog er sie übertrieben laut zu. Schon stand ihm Rico in der eigenen Tür gegenüber.

»Ah, da sind Sie ja«, lächelte er ihn an, als wäre nichts gewesen. »Ich habe schon mächtig Hunger. Das muss wohl die Seeluft sein.«

»Ja, das ist wohl so.« Robert hatte Mühe, gefasst zu bleiben.

Kapitel 10

Die Fenster des Hofs waren geputzt, die Wände im Haus gekalkt und das Silberbesteck poliert worden. Der *Schnitterhof* hatte gestrahlt, wie es im nassen Dezember überhaupt nur möglich gewesen war. Sie hatten ein Schwein für den Hochzeitsbraten schlachten lassen und das ganze Dorf hatte sich in der kleinen Kirche im Nachbarort eingefunden. Alle hatten die Braut aus Argentinien sehen wollen. *Die schöne Helena*, wie es schon bald nach ihrer Ankunft hieß. Ihr Blumenmädchen hatte zwar mitten im Winter statt Blumen nur kleingeschnittenes Tannengrün streuen können, doch niemand hatte sich daran gestört.

Und alle nannten sie Helena und nicht Elena. Das war nicht weiter verwunderlich, so stand es schließlich in ihrem Pass und so hatte es ja auch Karl von Beginn an getan. Nur einmal hatte sie gegenüber ihrer Schwiegermutter gemeint, dass ihr Name eigentlich *Elena* ausgesprochen werde und dass nur ihre Mutter sie einst *Helena* genannt habe.

»Ja und?«, hatte Karla geantwortet. »Ich bin schließlich deine Schwiegermutter, passt doch.«

Ihren argentinischen Pass, in dem sie zwar schon den neuen Doppelnamen trug, der aber eben noch Quequen als ihren Wohnort auswies, hatte sie aufbewahrt. Er sei verloren gegangen, hatte sie auf der Amtsstube behauptet und Karl hatte ihre kleine Notlüge unterstützt. Es war ein Stück Heimat, das Gefühl, doch noch irgendwie dazuzugehören. In

Deutschland hatte sie ihren angestammten Familiennamen mit der Hochzeit aufgeben müssen.

Nun hing das Foto der Hochzeitsgesellschaft gerahmt in der guten Stube. Wenn Elena es betrachtete, lächelte sie. Weit mehr als ein halbes Jahr war das her und jetzt neigte sich sogar der Sommer bereits dem Ende entgegen. Nicht mehr lange, und es würde ein Jahr her sein, dass sie Argentinien verlassen hatte. Ein langes Jahr.

Angewidert sortierte Elena den blutigen Stofffetzen aus der Wäsche. Ihre Schwägerin packte die Monatsbinden immer mit hinein. Warum nur wusch Else sie nicht ungesehen selbst, so wie man das doch wohl als anständige Frau tat? Sie machte Elena das Leben schwer, wo sie nur konnte, und benutzte sie wie eine Angestellte. Elena biss sich viele Male auf die Lippen, um nicht ausfällig zu werden. *Fürchte dich vorm ersten bösen Wort*!, hatte Elena mal gehört. Sie schloss die Augen und schluckte ihren Ärger herunter. Kein böses Wort, bloß kein böses Wort; Karl zuliebe. Aber es war nicht leicht. Wenn es besonders schlimm wurde, zog sie sich in ihre Schlafkammer zurück und holte den Bernstein aus dem Nachttisch hervor.

Karl kümmerte sich rührend um sie. Wenn Else wieder eine bissige Bemerkung beim gemeinsamen Essen fallen ließ, schaute er Elena tief in die Augen. Ich liebe dich, sagte er ihr dann ohne Worte und sie las seine Dankbarkeit in dem tiefen Blau, in das sie sich schon beim ersten Treffen verliebt hatte, damals, am Atlantik.

Elena wartete jeden Tag voller Sehnsucht auf Briefe ihres Vaters. Er war kein großer Schreiber, sich auf dem Papier auszudrücken, fiel ihm schwer. Er erzählte vom Hotel, von

Alltäglichkeiten, von den Angestellten und vom wie immer nervösen Direktor. Nur selten berichtete er über die neuen Pächter der Pension. Elena war sich selbst nicht sicher, ob sie denn davon überhaupt hören wollte.

Sie war ans Meer gegangen. Der Weg war weit. Fast zehn Kilometer trennten sie von Wellen, Wind und Meergeruch. Für sie, die zeit ihres Lebens das Wasser unmittelbar vor und auch in der Nase gehabt hatte, war diese Entfernung schmerzlich. Viele Male hatte sie bereits die Strecke zum Strand zurückgelegt, war an der krummen Kiefer, die eingerahmt von dichtem Gebüsch ihren Platz in der weiten Ebene behauptete, abgebogen und dem Meer entgegengegangen. Sie hatte sogar nach Bernstein Ausschau gehalten, denn den gebe es dort, hatte sie gehört. Aber sie hatte noch keinen gefunden. Ihre Schwiegermutter hielt diese *Spaziergänge,* wie sie Elenas Besuche am Meer nicht ohne missbilligenden Unterton nannte, für überflüssige Kraftvergeudung. Kraft, die sie doch besser für den Hof aufwenden solle. Keiner gehe einfach so und ohne Grund ans Meer, sie seien ja schließlich keine Fischer.

Manchmal fuhr Karl sonntags mit ihr an die See. Wenn er es tat, wies er sie immer wieder auf die gefährliche Strömung hin. Dort, wo der Meeresboden plötzlich abfiel und in die Tiefe sauste.

Zu Elenas Verdruss vertrat aber auch er die Meinung, es schicke sich nicht, die Zeit so zu verbringen, es gebe doch immer etwas zu tun. Dass sie den Weg nach Neu Boltenhagen zum Gottesdienst machten, sei doch schon Ausflug genug. Doch sie genoss die freien Stunden mit ihm, sie genoss, ihn an ihrer Seite zu haben, seine Hand zu halten, ihm zuzuhören, wenn er über den Hof und die Landwirtschaft sprach, und sie genoss es auch, nachts in ihrer kleinen Kammer seine Frau zu sein.

Sie hatten nun Frühjahr und Sommer, Aussaat und Ernte überstanden, und all das brachte Elena manches Mal an die Grenzen ihrer Kräfte. Das Vieh war zu versorgen, Eier zu suchen, Hühner zu rupfen, Obst zu pflücken, einzukochen oder zu entsaften und die Kühe zu melken, erstes Frühstück, zweites Frühstück, Mittagessen, Kaffee und Abendbrot zu richten, Wäsche zu waschen, und jetzt auch noch Elses blutige Binden herauszusuchen. Ein ewiger Kreislauf, der mit der aufgehenden Sonne begann und bis in den späten Abend dauerte.

Es regnete. Dieser Freitag hätte einer von vielen werden können, aufgrund des schlechten Wetters sogar ruhig, aber gerade das Gegenteil war der Fall. Da waren die Binden nur noch Nebensache.

Elena kümmerte sich nicht um Politik. Ihr waren das Hissen der Hakenkreuzfahnen, die reißerischen Zeitungsparolen oder die Lagerfeuer der Jungs und Mädels im Dorf mit ihren lauten Liedern egal. Sie hatte genug mit sich und ihrer eigenen Welt zu tun. Aber jetzt war die Politik unbarmherzig und unaufhaltsam in ihr Leben eingedrungen.

Otto, Karls Vater, hatte es als Erster gehört. Er verbrachte die Zeit gerne am Volksempfänger. Manchmal sogar noch vorm ersten Frühstück.

»Heil Hitler! Es war eben fünf Uhr. Der Deutschlandsender beginnt seine Sendefolge«, tönte es dann durch die angelehnte Tür der guten Stube. Karla herrschte ihn an, dass er aufpassen solle, mit seiner Stallkleidung ja nicht die Möbel zu beschmutzen, und er winkte regelmäßig ab. Ein tägliches Ritual. Aber heute war nichts alltäglich. Aufgeregt hatte Otto in der Diele gestanden und nach ihnen allen gerufen.

»Krieg! Es ist Krieg! Kommt alle her! Polen hat uns angegriffen. Es ist Krieg.« Seine Stimme hatte sich überschlagen.

»Vater, was rufst du denn da?« Karl war als Erster bei ihm.

»Krieg! Krieg! Es ist Krieg!«, diesmal schrie Otto. Elena hörte ihn deutlich bis in die Waschküche. Sie wischte sich die Hände und kam hinzu. Else stand oben auf der Treppe.

»Sie haben es gerade gebracht. Die Polen haben einen deutschen Radiosender angegriffen, jetzt haben wir Krieg.«

»Krieg?« Karla kam aus der Küche. »Aber das darf doch nicht wahr sein. Bitte, Otto, sag, dass das nicht wahr ist!« Ihr Gesicht war aschfahl. So hatte Elena ihre Schwiegermutter noch nie erlebt. Die sonst so starke Frau umklammerte den Rahmen der Küchentür.

»Gleich spricht der Führer; um zehn Uhr im Reichstag«, fuhr Otto fort. Seine Stimme zitterte: »Es wird direkt übertragen.«

»Aber es kann doch nicht schon wieder Krieg sein.« Karla hatte Mühe, überhaupt noch Worte zu finden.

Alle verstummten. Karl löste sich als Erster aus der Starre.

»Vater, Mutter, nun kommt mal her. Was habt ihr denn erwartet? So, wie sich die Polen benommen haben, da musste es doch dazu kommen. Das wird doch nicht schlimm. Nicht so schlimm wie der Weltkrieg. Der Führer sorgt schon dafür. Vater, du selbst hast es doch erzählt, was die neulich im Radio gebracht haben: *Wer einmal dem Führer ins Auge gese-*

hen, der weiß: Deutschland, du wirst nicht untergehen. Und wie war es denn in Tschechien und in Österreich? Die Menschen haben uns zugejubelt.«

»Und du meinst, das wird in Polen auch so sein?« Karls Vater zweifelte.

»Vielleicht nicht gleich, aber auch die werden schon noch kapieren, wie gut es ist, Teil des Reiches zu sein.«

»Ich hoffe, du hast recht.«

»Natürlich. Was soll uns schon passieren? Vor den Franzosen sind wir durch den Westwall sicher und aus dem Osten haben wir nichts zu befürchten.«

»Der Russe lauert doch schon.«

»Ach, nicht doch, Vater. Denk an den Stalin-Pakt! Der Führer weiß, was er tut. Sonst wäre er ja auch nicht der Führer.«

Karl schaute die Treppe hinauf.

»Else, kommt runter. Und Helena komm zu mir. Mutter, mach schnell noch einen Kaffee und dann lasst uns um zehn Uhr den Führer hören.«

Elena hätte gerne die Zuversicht ihres Mannes geteilt, aber etwas in ihrem Inneren sagte ihr, dass ihnen etwas Furchtbares bevorstand. Schon wenige Tage später bestätigten sich ihre Befürchtungen.

»Karl, komm her!« Karlas Stimme zitterte, der Umschlag in ihrer Hand noch mehr. Als Elena dazukam, war ihre Schwiegermutter schon in die Küche zurückgegangen. Sie saß zusammengesunken am Küchentisch, das Gesicht in den Händen verborgen.

»Schwiegermutter, was ist denn los?«

Ohne aufzuschauen, schob sie den blass rosafarbenen Umschlag hinüber. Elena las den Absender: *Wehrbezirkskommando Greifswald.*

»Was hat das zu bedeuten?«, fragte sie verständnislos.

Bevor Karla antworten konnte, stand Karl schon in der Küche. Sein Vater folgte ihm. Beide rochen nach Stall, sie hatten bei den Kühen ausgemistet.

»Otto, Karl hat einen Brief – aus Greifswald.« Karla sah an ihrem Sohn vorbei zu ihrem Mann. Ihre Augen waren feucht.

»Nun gib schon her, Mutter!« Karl riss hastig das Kuvert auf. Seine Augen flogen über die Postkarte, die er aus dem Umschlag gezogen hatte. Elena konnte seinen Gesichtsausdruck nicht deuten. Endlich schaute er auf.

»Karl, nun sag doch endlich! Was ist los?« Sie hielt die Spannung nicht mehr aus.

»Es ist der Einberufungsbescheid.«

»Einberufungsbescheid?« Elena verstand noch immer nicht.

»Karl geht in den Krieg«, schluchzte Karla.

Elena traf es wie ein Schlag. Krieg! *Karl geht in den Krieg.* Unzählige Male hallte der Satz in ihrem Kopf nach. Unfähig, auch nur ein einziges Wort zu sagen, schaute sie erst zu ihrer Schwiegermutter, dann zu den beiden Männern. Ihr wurde heiß und kalt gleichzeitig, das Herz klopfte ihr bis zum Hals. Schweiß rann in ihren Nacken und den Rücken hinunter, die Welt um sie herum begann zu schwanken, und dann wurde es schwarze Nacht.

Als sie wieder aufwachte, befand sie sich auf dem Küchenboden und lehnte an Karls Seite. Er hatte sie aufgesetzt und strich ihr die schweißnassen Haare aus der Stirn.

»Nicht doch, Liebes. Was machst du denn bloß für Sachen?«

Elena öffnete den Mund, aber mit dem Finger auf den Lippen gebot er ihr zu schweigen. »Du musst dir keine Sorgen machen. Ihr alle nicht! Hört ihr? Keiner muss sich Sorgen machen. Der ganze Krieg ist doch schnell vorbei. Ihr werdet sehen, ihr werdet mich kaum vermissen. Kaum weg, und schon werde ich wieder da sein.«

Es war nicht ganz klar, ob er tatsächlich seine Familie oder nicht doch vielmehr sich selbst beruhigen wollte.

»Das haben sie damals auch gesagt. *Weihnachten sind wir wieder zu Hause*, hat mein Bruder behauptet«, murmelte Karla.

»Mutter, ich verbiete dir, so zu sprechen. Ihr solltet stolz auf euren Sohn sein und auch aufs Reich. Was zählt, ist die Volksgemeinschaft nicht das Individuum. Heil Hitler!«, brüllte Karl und stapfte wütend aus der Küche.

Elena mühte sich benommen auf und starrte ihm nach. Ein Ruck ging durch ihren Körper, und sie schüttelte sich.

»Ich muss zu ihm.«

Sie fand ihn am Ende des Hofplatzes, dort, wo man über den Ententeich hinweg direkt auf die Felder blickte. Er stand mit dem Rücken zu ihr und hatte die Fäuste tief in den Taschen vergraben. Als sie ihm die Hände auf den Rücken legte, zuckte er zusammen. Er hatte sie nicht kommen gehört. Elena legte ihren Kopf auf seinen Rücken und umfasste seine Hüfte. Karl entspannte sich etwas, nahm seine Hände aus den Taschen und legte sie auf ihre. Mehrere Minuten verharrten sie so, ohne ein Wort zu sagen. Als sie sich schließlich von ihm löste und ihn zu sich drehte, sah sie, dass er geweint hatte.

»Karl, Liebster«, hauchte sie.

»Ach, Helena!« Ihre Zärtlichkeit brach in ihm alle Dämme. Heftig begann er zu schluchzen und verbarg sein Gesicht an ihrer Brust. Nach einer geraumen Weile hatte er sich wieder gefangen. Als er sich von ihr löste, schaute er Elena durchdringend an.

»Hiervon erfährt niemand etwas. Hörst du? Niemand!«

Elena nickte.

»Versprich es mir! Schwöre, schwöre es bei deinem Vater.«

»Aber, Karl ...«

»Schwöre!«

»Nun gut.« Sie nickte und zuckte unbeholfen mit den Schultern. »Ich schwöre.«

Erleichtert atmete er auf und nickte still. Noch einmal wandte er sein Gesicht ab und ließ den Blick über die Felder streifen. Dann nahm er Haltung an. Elena spürte, wie sich sein Rücken straffte. Seine Stimme wandelte sich und bekam einen geschäftsmäßigen Ton.

»Ende Oktober geht es los. Ich werde an die Nordsee berufen. Nach Wilhelmshaven. Uns bleiben also noch fast zwei Monate Zeit, alles zu organisieren.« Und dann etwas weicher: »Und noch zwei Monate für uns, Helena!«

»Zwei Monate«, wiederholte Elena leise und erschauerte. »Zwei Monate nur noch.«

Die Sonne war schon lange untergegangen. Elena und Karl lagen nebeneinander, beide starrten an die Decke.

»Karl?«, flüsterte Elena in die Stille.

»Liebes?«

»Karl, ich kann nicht schlafen.«

Er richtete sich auf. In dem schwachen Licht, das die Sterne durch das winzige Fenster ihrer Kammer schickten, konnte sie die geliebten Züge ihres Mannes nur als Schattenrisse ausmachen. Sein Gesicht verschwamm mit der Nacht, löste sich beinahe gänzlich darin auf, nicht mehr als eine schemenhafte Ahnung nur noch.

»Elena, ich weiß, ich sollte das nicht sagen, denn ein Mann sagt so etwas nicht, vor allem ein deutscher Mann nicht, aber …,« er schluckte schwer, »… ich habe Angst, furchtbare Angst. Ich will das hier nicht alles zurücklassen: dich, Vater und Mutter, Else, die Felder, das Vieh. Es gibt so viel zu tun, der Hof braucht mich doch. Und ihr? Und vor allem – du? War es richtig, dich hierhergeholt zu haben? Ich sehe doch, dass du deine Heimat vermisst, das Meer, deinen Vater. Glaube nicht, dass ich nicht wüsste, wie Else mit dir umgeht. Ich habe sie schon zur Raison gerufen, aber, was soll ich sagen, sie ist meine kleine Schwester. Du verstehst. Und nun muss ich dich hier zurücklassen. Oh, Helena, war es egoistisch von mir, das zu tun? War es ein Fehler?«

»Aber Karl.« Elena wusste nicht, wie sie ihm antworten sollte. So offen hatte sie ihren Mann nie sprechen hören.

»Aber, Karl«, wiederholte sie, fasste ihn zärtlich an den Ohren und schüttelte sanft seinen Kopf.

»Karl, nichts um aller Welt hätte mich in Argentinien gehalten, als du kamst, um mich zu holen. Wie hätte ich denn ohne dich weiterleben sollen? Ich liebe dich, ich liebe dich so unendlich und das wird immer so bleiben.«

»Oh, Helena!« Er drückte seine Lippen auf ihre. Heiße Küsse, der Atem flog. Sie fühlte selbst durch den groben Nesselstoff des Nachtzeugs jede Faser seines Körpers. Er griff fest zu und drückte sie an sich. Sie spürte sein hartes Verlangen an ihrem Schoß. Seine Hände suchten den Saum ihres Nachthemds, schoben es nach oben. Sie stemmte sich ihm mit Lust entgegen, wollte ihn spüren, wollte ihn haben. Als er in sie eindrang, waren alle Sorgen, Nöte und Ängste vergessen. Sie waren nur das Jetzt, sie waren dieser Moment, kein Gestern und kein Morgen. Niemals zuvor hatten sie sich so geliebt. Es gab keinen Anfang und kein Ende mehr zwischen ihnen beiden. Ein Taumel, ein Strudel, ein Wirbelwind der Gefühle.

Karl stöhnte laut auf und sie schob ihm sein Becken entgegen, drückte ihren Schoß gegen seine Hüfte. Sein ganzes Leben sollte sich in ihr ausbreiten. Sie wollte ihn in sich halten, nie mehr verlieren.

Erschöpft ließ er sich neben sie gleiten. Zärtlich streichelte Elena seine Wange. Kurz darauf vernahm sie seine tiefen, gleichmäßigen Atemzüge. Sie dagegen fand keinen Schlaf mehr in dieser Nacht. Karl würde in den Krieg ziehen, sie würde auf dem Schnitterhof zurückbleiben. Schutzlos den Anfeindungen ihrer Schwägerin ausgesetzt, allein in dieser ihr so fremden Welt. Sie biss die Zähne zusammen, damit Karl nicht von ihrem Weinen geweckt würde.

Die Schnitters saßen um den Küchentisch, als sie draußen das Auto des Bürgermeisters knatternd vorfahren hörten. Sie hatten besprechen wollen, wie sie den Hof organisieren wollten ohne Karl.

»Aber, Vater, du bist doch rüstig genug«, hatte Karl gemeint.

»Aber die ganze Arbeit, mein Junge.« Seine Mutter hatte immerfort mit den Tränen zu kämpfen gehabt, Elena ging es nicht anders.

»Die sollen euch ein paar tüchtige Jungs und Mädels vom Arbeitsdienst schicken, dann schafft ihr das schon. Außerdem ist die Ernte eingefahren, das Korn gedroschen, Heu und Stroh sind im Fach. Es hätte uns schlimmer treffen können.«

Karl hatte kaum diesen letzten Satz ausgesprochen, da trat der Bürgermeister ein.

»Otto, Karl, ich muss mal mit euch sprechen.«

»Was ist denn los?«, fragte Karla besorgt, aber die Männer verließen, ohne sie weiter zu beachten, die Küche und gingen in den Hof. Die Frauen beobachteten sie durch die Scheibe. Als sie zurückkamen, machten die drei ernste Gesichter. Karls Vater war blass. Der Bürgermeister ergriff das Wort: »Sie haben angerufen, die aus Greifswald. Es gab einen Luftangriff auf Wilhelmshaven. Die Briten haben bombardiert, wegen Polen, diese Schweine. Die sollen uns doch einfach machen lassen, was haben die damit zu schaffen?«

»Auf Wilhelmshaven? Aber da solltest du doch hin, Karl?«, fragte Else. »Da hast du aber Glück gehabt, dass du nicht schon dort warst.«

»Else, das ist Männersache«, wies Karl seine Schwester zurecht. »Ich muss früher hin. In Wilhelmshaven liegen die *Gneisenau* und die *Scharnhorst*. Ich werde auf der *Scharnhorst* eingesetzt und wir laufen aus. Schon bald.«

Karls Mutter verstand als Erste der drei Frauen, was ihr Sohn ihnen gerade beizubringen suchte. Sie fragte zögerlich: »Was heißt *bald*, Karl? Wie bald?«

Statt seiner antwortete Otto, er stellte sich hinter seine Frau und legte die Hände auf ihre Schultern.

»In fünf Tagen.«

»Was?« Seine Frau drehte sich erschrocken zu ihm um. Lähmendes Schweigen lastete auf ihnen. Fassungslos starrten die Frauen von einem zum anderen. Karl wich den Blicken aus. Der Bürgermeister senkte den Kopf.

»Ich geh dann mal«, sagte der.

»Ich bring dich zur Tür.« Otto begleitete ihn. Die zwei Männer standen schon im Flur, da wandte sich der Bürgermeister nochmals an Karl.

»Unser Alexander soll dich zum Zug bringen. Ich sag dem Jungen Bescheid.«

»Danke, Bürgermeister!«

Der Mann winkte ab. Auf dem Treppenabsatz richtete er sich an Otto: »Alexander will zur Luftwaffe. Er hat sich schon gemeldet.«

»Zur Luftwaffe?« Sein Nachbar war Otto noch nie so alt vorgekommen, wie in diesem Augenblick. Er überlegte eine Weile, was er sagen sollte.

»Wir können wohl stolz auf unsere Söhne sein, oder?«

Der Bürgermeister schaute auf, sein Blick ging ins Leere. Dann nickte er still und hob die Hand.

»Heil Hitler, Otto. Heil Hitler.«

»Oh Gott, Karl, morgen schon! Morgen schon ziehst du in den Krieg.«

Es war Sonntag. Die wenigen Tage nach dem Besuch des Bürgermeisters waren für Elena die Hölle gewesen. Karl hatte kaum noch Zeit für sie gehabt: Er hatte sich im Dorf verabschiedet, die älteren Männer hatten ihm auf die Schulter geklopft und Geschichten aus dem Weltkrieg erzählt. Auch einige von deren Söhnen hatten bereits Einberufungsbescheide erhalten. Und dann war noch alles auf dem Hof vorzubereiten, derweil der Abschied unaufhörlich näher rückte. In der Nacht hatten sie beide versucht, diese Gewissheit zu verdrängen, hatten versucht, ein junges Ehepaar zu sein, aber es war ihnen nicht gelungen.

Elena hatte Stunde um Stunde in die Dunkelheit gestarrt und mitgezählt, wenn der Klang der Standuhr die Zeit durchs Haus trieb.

Die Kirche war heute so voll wie selten gewesen. Aus allen Gemeinden waren sie zusammengekommen, hatten ihre Söhne mitgebracht, selbst diejenigen, die sich sonst so gut wie nie bei den Gottesdiensten sehen ließen.

Karls Mutter hatte einen Braten gemacht, vorweg eine Rindersuppe sogar mit Eierstich und nach dem Essen noch einen Pudding. Ein Festessen, mit dem besten Porzellan und Silberbesteck, aber niemandem von ihnen war zum Feiern zumute gewesen. Selbst Else hatte Elena in den vergangenen Tagen in Ruhe gelassen und ihre üblichen Sticheleien für sich behalten. Und nun war der letzte Tag schon zur Hälfte vorbei. Elena hatte Mühe, nicht vollkommen die Fassung zu verlieren.

»Helena, Liebes, immer dieses böse Wort *Krieg*. Ich bin auf der Nordsee stationiert und wir werden da ein bisschen rumschippern. Das ist schon alles. Uns wird nichts passieren.«

»Aber die Engländer haben doch sogar schon Bomben geworfen.«

»Und die Schiffe haben es ausgehalten. Die *Scharnhorst* ist ein modernes und schnelles Schlachtschiff, Dampfturbinenantrieb, gepanzert vom Bug bis zum Heck und vom Kiel bis zu den Geschütztürmen. Es wird nichts geschehen.«

»Ich hoffe, du hast recht.«

»Helena, ich habe hier noch einiges zu erledigen. Geh doch ans Meer, Liebes, das wird dir guttun. Soll ich euch den Federwagen anspannen, dann könnte Else dich fahren?«

»Nein, lass nur.« Auf keinen Fall wollte Elena mit ihrer Schwägerin allein sein, nicht jetzt, wo sie sich selbst so schlecht beherrschen konnte. Und fahren lassen würde sie sich sicherlich nicht von ihr. Sie hatte bislang noch nicht das Kutschenlenken erlernt, aber sie würde es noch tun. Aber vielleicht hatte Karl recht. Sie verstand, er wollte allein sein, auch wenn es gerade das Gegenteil von dem war, was sie sich wünschte. Jede Sekunde hätte sie jetzt bei ihm sein wollen, jede dieser letzten wertvollen Sekunden. Aber was sollte sie schon tun?

»Vielleicht hast du recht, Karl, vielleicht sollte ich mir tatsächlich den Wind um die Nase wehen lassen.« Karl küsste sie zärtlich. Elena seufzte und rang sich ein Lächeln ab, dann legte sie sich einen Schal um und ging los. Morgen wäre er fort.

Alex kam ihr mit dem Wagen entgegen. Er stoppte und schaute sie überrascht an. Der Motor rasselte laut, er musste über den Lärm hinwegschreien.

»Helena, was für eine Überraschung.«

»Ich gehe ans Meer. Bist du auf dem Weg zu uns?«

»Äh, ja.« Er schien etwas verwirrt. Elena ahnte, was ihm im Kopf herumging.

»Ist eine schwere Zeit für uns alle, Alex. Karl ist nicht der Einzige, den sie einberufen haben. Sie haben gesagt, du hast dich freiwillig gemeldet?«

»Ich wäre ja sowieso eingezogen worden, aber will unbedingt zur Luftwaffe. Fliegen, das ist mein Traum seit Kindesbeinen.« Sein Gesichtsausdruck änderte sich, die Augen leuchteten begeistert. »Ich muss los, sonst komme ich noch zu spät.«

»Zu spät?«

»Äh, ja. Pass auf, dass du nicht ins Wasser fällst, der Wind bläst heute kräftig.«

Es klang unbeholfen. Alles war derzeit unbeholfen, diese Situation hatte niemand geübt.

Elena zog sich den Schal enger um den Kopf. Der Wind blies kalt über die Ostsee. Ihr Blick ging an den Horizont, sie versuchte, sich zu beruhigen, aber es wollte ihr partout nicht gelingen. Nach wenigen Schritten am Strand entlang entschloss sie sich, wieder umzukehren. Sie musste einfach zu Karl zurück, auch wenn der, wie er sagte, zu tun habe. Ihre Schritte wurden unaufhaltsam schneller auf dem Rückweg. Etwas trieb sie zurück, eine innere Unruhe. Sie hatte die Dorfstraße erreicht und begann zu laufen. Sie musste Karl sehen.

Aus der guten Stube dröhnte das Radio. Elena konnte Otto durch die halb geöffnete Tür sehen. Er stand am Fenster mit dem Rücken zu ihr. Else und Karla saßen in der Küche.

»Wo ist Karl?«, frage Elena noch völlig außer Atem von den letzten Metern.

Elses Miene war wie versteinert, als Karla aufschaute, keimte eine böse Ahnung in Elena.

»Nein, bitte, sagt das nicht, sagt nicht, er ist schon fort. Schwiegermutter, Else, bitte, nein, sagt das nicht, sagt das nicht!«

Elenas Stimme überschlug sich vor Verzweiflung. Sie begriff. Karl hatte sie fortgeschickt, er wollte diesen Abschied nicht, Alex war nicht zu Besuch gekommen, sondern er hatte Karl bereits abgeholt.

»Nein!«, schrie Elena und stürzte auf die Straße. »Nein! Karl!« Sie lief noch einige Meter in Richtung des Ortsausgangs, sie stolperte und fiel schreiend in den Dreck. »Karl!« Hilflos trommelte sie auf den Boden, dann ließ sie entkräftet die Arme sinken. Karla und Else waren ihr gefolgt.

»Helena, mach uns hier keine Schande. Steh auf und komm zurück ins Haus.« Die beiden Frauen zogen sie hoch. Otto war mittlerweile auch dazugekommen, er rüttelt an ihren Schultern.

»Helena, hör zu, Karl wollte dir diesen Abschied ersparen. Sobald er kann, wird er sich wieder bei dir melden. Der Bürgermeister hat doch ein Telefon, wer weiß, vielleicht kann er ja schon aus Wilhelmshaven anrufen.«

Entrückt folgte Elena Karls Familie ins Haus. Auf der obersten Türschwelle drehte sie sich noch mal um und schaute in Richtung des Endes der Dorfstraße. Der Wind trieb Unrat vor sich her.

Kapitel 11

Robert hatte den gemeinsamen Abend unmittelbar nach dem Essen abgebrochen. Er hatte Rico kaum ansehen und nur mit Mühe eine Konversation aufrechterhalten können. Immer wieder kreisten Roberts Gedanken um das unfreiwillig belauschte Telefonat und die Frage: Was hatte er vor? Was hatte Rico mit seiner Mutter über ihn zu besprechen? Er wolle *das Ding durchziehen*, hatte er gesagt. Was für ein *Ding* war das? War Robert in Gefahr? Wie sollte er seinem Fahrer jetzt noch vertrauen? Robert lief unruhig in seinem Zimmer umher.

»Wie soll ich denn heute Nacht bloß schlafen?«, sprach er laut zu sich selbst.

Wieder nahm er den Bernstein hervor, drehte ihn in den Fingern und ließ sich entmutigt auf das Bett sinken.

»Mutter, was hast du mir hier bloß eingebrockt?«

Nebenan ging die Tür. Robert horchte auf. Ein paar Schritte im Nachbarzimmer, die Schranktür klappte, dann klang der Ton des Fernsehers dumpf durch die Wand.

Robert begann zu überlegen: Rico konnte unmöglich etwas im Vorhinein geplant haben, er hatte ja bis zu ihrer Abfahrt noch nichts von der ganzen Sache gewusst. Also müsste es sich um eine spontane Aktion handeln. Aber was? Ging es ihm um Geld? Wohl kaum, dann hätte er wer weiß was tun können. Wusste er irgendwas über Roberts Vergangenheit? Unmöglich, total absurd.

Sollte er ihn als Fahrer absetzen und nach Hause schicken? Er konnte sich schließlich auch für ein paar Tage ein Taxi nehmen. Zurück nach Berlin führe er dann mit der Bahn. Aber hatte er sich denn wirklich so in diesem jungen Mann getäuscht? Der schien absolut vertrauenswürdig, harmlos, gar etwas naiv. Der war doch kein Krimineller, der irgendwelche *Dinge durchzog*. Robert beschloss, zunächst nichts zu unternehmen, aber wachsam zu sein und genau zu beobachten, was Rico tat.

Er hatte schlecht geschlafen. Die Unsicherheit über seinen Fahrer, die vielen offenen Fragen und immer wieder das eine große Rätsel: Warum hatte ihn seine Mutter bloß in dieses Dorf geschickt? Welches Geheimnis verbarg sich hier in Ambershagen, das sie ihm zeitlebens nicht hatte offenbaren wollen?

Robert war erleichtert, dass Rico noch nicht im Frühstücksraum war. Die Wirtin goss ihm Kaffee ein und stellte die Thermoskanne auf den Tisch. Die Frage, ob er gut geschlafen habe, klang heruntergeleiert.

»Ich habe mit Gertrud gesprochen, die putzt bei der Holtenkamp. Gertrud hat gesagt, die Holtenkamp kommt heute am späten Abend zurück. Ich habe ihr gesagt, also der Gertrud, dass sie der Holtenkamp mal ’nen Zettel hinlegen soll, dass Sie mit ihr sprechen wollen. Gertrud meinte, Sie könnten dann morgen einfach mal rüberfahren, denn die Holtenkamp würde höchstens morgens früh mal rüber zum Supermarkt, aber ansonsten sicher zu Hause sein.«

Robert war geplättet: so viel Information und so viel Gertrud in so wenigen Sätzen. Und seine Wirtin hatte tatsächlich schon alles für ihn organisiert. Raue Schale, weicher Kern?

»Vielen Dank!«, brachte er hervor. Sie nickte brummelnd und ließ ihn allein.

Robert wäre also am heutigen Tage erst mal zum Nichtstun verdammt. Das ärgerte ihn. Ihm wurde die Zeit knapp. Er konnte schließlich nicht beliebig lang bleiben. Seinen Fahrer hatte er auch nur für eine überschaubare Zeit gebucht; jetzt schien ihm allerdings das Zusammensein mit ihm schwer erträglich. Schon betrat Rico den Raum. Sein »Guten Morgen« war genuschelt, Ringe unter den Augen ließen auch bei ihm auf wenig Schlaf schließen. Robert beeilte sich, sein Brötchen aufzuessen. Kurz entschlossen entschied er, an den Strand zu wollen. Was sollten sie auch schon machen?

»Rico, ich möchte heute ans Meer. Leider kann ich nämlich nichts weiter ausrichten, Frau Holtenkamp ist erst morgen zu sprechen.«

»Bitte?«

»Na, Frau Holtenkamp, die Künstlerwitwe. Sie kommt heute Abend zurück, morgen kann ich zu ihr.«

»Ah ja, natürlich.«

Rico war nicht bei der Sache.

»Rico, ist alles in Ordnung?«

»Was? Doch, ja, ja.« Er wirkte angespannt. Sein Telefon klingelte, beim Blick aufs Display wechselte Ricos Gesicht kurz die Farbe. Er wandte sich von Robert ab und hob das Handy ans Ohr, um es gleich darauf ärgerlich anzustarren. »Mist, Netz weg.«

Ohne ein weiteres Wort stürmte er aus dem Frühstücksraum ins Freie.

Robert konnte ihn auf dem Parkplatz sehen. Der junge Mann suchte eine Stelle, an der er ausreichend Handyempfang hätte, und entschwand aus Roberts Blickfeld. Als er über den Platz zurück in den Frühstücksraum kam, war er vollkommen durcheinander. Robert schaute ihn fragend an.

»Äh, wo waren wir eben? Ach so, Sie wollten zum Meer. Gerne.«

Er ließ den Kaffee in seinem Becher kreisen.

»Herr Schnitter …«, Rico zögerte einen Moment. »Wenn ich Sie zum Strand bringe, könnte ich dann noch mal kurz weg?«

Robert atmete kurz durch, er war verärgert über diesen jungen Kerl.

»Wissen Sie was, Rico? Ich gehe zu Fuß!«

Als sich Robert auf den Weg machte, stellte er fest, dass es gar nicht so übel war, nicht mit dem Wagen zu fahren. Es war ein herrlicher Tag, die Sonne schien warm, eine frische Brise trieb den Geruch des Meeres über das Land. Nur, dass er jetzt seinen Fahrer nicht im Auge behalten konnte, störte ihn.

Er hatte den Wind in der Bucht geliebt, in *ihrer* Bucht, in ihrem Quequen. Im Laufe der Jahre hatten sich weitere Häuser in den Dünen angesiedelt, heute wurde die Küste durchgängig von protzigen Strandvillen gesäumt. Aber ihr Haus war einzigartig, die Sicht, die freie Lage, die Atmosphäre. Sie alle hatten die Sommerurlaube am Meer genossen, die Zwillinge wurden begeisterte Surfer, Maria dekorierte das Haus mit Muscheln, Steinen und Ähnlichem, und sogar seine Mutter hatte ihren Frieden mit Quequen gemacht.

Maria und er fanden Gefallen daran, das Haus immer weiterzuentwickeln. Sie bauten eine Terrasse, fassten sie mit Glasscheiben ein, freier Blick aufs Meer und dennoch windgeschützt. Schließlich ließen sie einen Pool errichten, die Wochen am Atlantik waren die reinste Freude, und gemeinsam etwas zu schaffen, großartig gewesen.

Robert konnte sich nicht mehr erinnern, wann genau das alles zu bröckeln begonnen hatte. Vielleicht, als es am Haus nichts mehr zu tun gab, vielleicht, als Marias Sehnsucht nach Brasilien überhandnahm und die Jungs keine Lust mehr auf Quequen hatten. Vielleicht war ja auch jenes Zusammentreffen mit diesem Raoul schon ein erster Hinweis, dass in ihrem Idyll nicht alles es so perfekt war, wie es schien.

Raoul, ihr ehemaliger Nachbar, der Künstler aus der Dachmansarde, dessen Frau von der Militärjunta verschleppt wurde, der danach wie ein Wahnsinniger im Treppenhaus umhergelaufen war und schrie. Vor dem sie alle ihre Türen geschlossen hatten, und so taten, als hätten sie von der ganzen Sache nichts mitbekommen, vor lauter Angst, mit hineingezogen zu werden und gar noch danach zu *denen* gezählt zu werden. Die Angst, zu den Nächsten zu gehören, die auf Nimmerwiedersehen verschwanden. Robert hatte später nicht darüber nachdenken wollen, was aus Raoul geworden war, sie hatten Argentinien verlassen, und als sie aus Brasilien zurückkamen, war der ganze Spuk zum Glück vorbei gewesen.

Robert hatte Raoul sofort erkannt. Er war zwar älter geworden, aber seine Gesichtszüge hatten sich kaum verändert. Immer noch diese wilde Entschlossenheit und Unangepasstheit.

An jenem Tag war Robert durch die Dünen gelaufen und

schließlich auf dem weitläufigen Strand zwischen Quequen und der Künstlerkolonie Costa Bonita wieder zurück in Richtung ihres Hauses gegangen. Dort, in dem Weder-hier-noch-dort, fanden sich nur wenige Urlauber: freigespülte Felsen machten den Weg ins Wasser unkomfortabel und Badegäste suchten andere Abschnitte auf.

Sie waren Robert entgegengekommen. Der große Mann, eine Frau an seiner Seite und eine laut bellende Hündin. Ihm war das Paar bereits von Weitem aufgefallen. Als sie einander passierten, kreuzten sich ihre Blicke und abrupt waren sie beide stehen geblieben. Keine Frage, Raoul hatte Robert genauso erkannt wie auch Robert ihn.

Sprachlosigkeit – Erinnerung – Scham.

»Das ist ja ein Ding.«

»In der Tat.«

Sie stellten fest, dass sie beide Häuser in Quequen besaßen, Robert als Ferienhaus, Raoul als festen Wohnsitz. Das Wort *Nachbarn* sprach aber keiner von ihnen aus. Robert wurde die Frau an Raouls Seite vorgestellt; eine Journalistin aus Deutschland.

»Aus Deutschland?«, hatte er gefragt und mit ihr ein paar Worte in ihrer Sprache gewechselt. Hingeworfene Komplimente; wie gut er Deutsch spreche, wie gut sie Spanisch. Ja, schön sei es hier am Atlantik und, nein, er sei noch nicht in ihrer Heimatstadt Berlin gewesen.

Ihm war es eng geworden in der Brust. *Weg, nur weg!*, hatte sein Inneres gefleht. Raus aus dieser Konversation, aus dieser Begegnung, raus aus diesem unausgesprochenen Vorwurf, der ihn mit seiner Feigheit und seinen Fehlern konfrontiert hatte.

Und wieder Sprachlosigkeit.

Die Frage, was aus der Freundin von Raoul geworden war, ob er sie wiedergefunden hatte, ob sie überhaupt überlebt hatte, stand unausgesprochen zwischen ihnen.

Peinlich dahingemurmelte Floskeln, und schon gingen sie auseinander. Robert stapfte bemüht festen Schrittes durch den Sand und widerstand dem Drang, sich umzudrehen und Raoul irgendeine Rechtfertigung hinterherzurufen in der Hoffnung, dieser möge ihm die Absolution erteilen.

Roberts Mutter hatte sofort gesehen, dass etwas geschehen war. Was mit ihm los sei, hatte sie gefragt. Er hatte mit dem Kopf geschüttelt.

»Alles in Ordnung«, hatte er gemurmelt. Und noch mal: »Alles in Ordnung.« Aber Wiederholung schuf keine Wahrheit.

Danach war Quequen in jenem Urlaub für ihn nicht mehr das, was es gewesen war. Die Gewissheit, Raoul jederzeit wieder treffen zu können, im Supermarkt, im Strandcafé oder eben in den Dünen, schwebte als Damoklesschwert über ihm. Wie würde der Künstler reagieren, nachdem der erste Schock nun überwunden war, er Zeit gehabt hatte, Antworten zu formulieren, oder, und das wäre noch schlimmer, Fragen? Aber der Sommer verging und Robert hatte Raoul kein zweites Mal getroffen. Auch in den drauffolgenden Urlauben trafen sie sich nicht wieder, schließlich hatte er die Erinnerung an diese Begegnung verdrängt.

Als die Jungs älter wurden, waren ihnen Wind und Wellen, Surfen und Abende mit Sonnenuntergang nicht mehr genug. Sie wollten unterhalten werden, Disco, Mädchen. Er hatte es ihnen ja nicht einmal verdenken können.

Schließlich hatten Maria, seine Mutter und er die Urlaube ohne die Kinder verbracht. Die Jungs gingen an langen Wochenenden stattdessen nach Tigre, der Lagunenstadt im Flussdelta nördlich von Buenos Aires. Dort hatten die Familien ihrer Schulfreunde Ferienhäuser. Und in den langen Ferien fuhren sie nicht mehr nach Quequen, sondern nach Brasilien: Die Strände dort waren weißer, die Sommer heißer und der Atlantik wärmer. Brasilien! Robert hatte die sehnsuchtsvollen Blicke in den Augen seiner Frau gesehen. Heute fragte er sich, warum er nicht einfach Quequen aufgegeben und stattdessen dort ein Ferienhaus gesucht hatte. Verblendung?

Er hatte sie dort kennengelernt. Als sein Projekt wieder beendet war und sie alle nach Buenos Aires gingen, hatte sie geweint. Sie wollte nicht nach Argentinien, aber er konnte doch nicht anders. Er wolle ihr den Himmel auf Erden bereiten, versprach er ihr, mit allem, was man mit Geld nur kaufen könne. Aber Heimweh ließ sich nicht unter einem goldenen Anstrich verstecken. Als die Farbe schließlich abblätterte, verließ sie ihn, ging nach Brasilien und er blieb allein zurück.

Dann hatte er ohne seine Familie an dem Pool hinter den Glasscheiben gesessen, hatte lustlos seine Füße ins Wasser baumeln lassen, hatte Liegestühle verschoben und die Zeit totzuschlagen gesucht. Es ist traurig, Freude mit niemandem teilen zu können. Die Scheiben, die den Wind fernhalten sollten, waren ihm wie Schaufenster vorgekommen, und die Auslage war er gewesen: ein alternder Mann inmitten einer viel zu großen Anzahl leerer Liegestühle.

Robert hatte mittlerweile den Ostseestrand erreicht und ließ sich auf einem Sandhügel in den Dünen nieder. Am Meer tummelten sich einige Touristen, Mütter bliesen ihren Kindern Schwimmflügel auf und schmierten sie mit Sonnenmilch ein. Robert meinte die Creme riechen zu können, ein Geruch, der Wohlbefinden auslöste, Erinnerungen an die Sommer mit den Jungs kamen auf. Das Meer war ruhig und seicht, ein Familienparadies. Nicht zu vergleichen mit dem argentinischen Atlantik und seiner Brandung in ihrer Bucht der Winde. Und dennoch empfand er eine unbestimmte Unruhe beim Anblick des Strandes. Waren es die Erinnerungen an die *bahia* drüben in Quequen?

Er hatte das Haus schließlich verkauft. Es machte keinen Sinn, Erinnerungen in Stein zu meißeln, die nur noch schmerzhaft waren. Vor gar nicht so langer Zeit hatte einer der Jungs zu ihm gesagt, es sei doch schade, dass das Haus fort sei. Er hatte ihn überrascht angeschaut. Ob er denn dort wieder Urlaub machen wolle?, hatte er seinen Sohn gefragt.

»Aber nicht doch«, hatte der lachend geantwortet. »Aber die Immobilienpreise sind in Quequen gerade jetzt so immens gestiegen, wir würden heute erst recht ein Bombengeschäft machen.« Sein Lachen war in einem Hustenanfall erstickt. Robert hatte sich angewidert abgewandt. Hatte er seine Söhne so erzogen? Vermutlich ja.

Einige Zeit später klopfte er sich den Sand von der Hose und setzte zum Rückweg Richtung Gasthof an. Sofort wanderten seine Gedanken wieder zu seinem Fahrer, dessen ominösem Telefonat am Vorabend und dem seltsamen Verhalten heute.

Robert straffte sich. Er würde mit ihm reden. Nichtreden hatte er viel zu oft in seinem Leben praktiziert, und so konnte es schließlich nicht weitergehen. Entweder, dieser

Rico hätte eine Erklärung, oder aber, er würde ihn wieder zurück nach Berlin schicken. Mit jedem Schritt, den er auf seinem Rückweg zur Pension machte, dachte er über seine Wortwahl nach: Wie er Rico zur Rede stellen wollte, was der antworten könnte und wie er selbst darauf wiederum reagieren würde.

Fast gleichzeitig trafen sie beim Gasthof wieder ein. Robert war nur wenige hundert Meter entfernt, als er den alten Golf auf den Parkplatz einfahren sah. Er holte tief Luft und beschleunigte seinen Schritt. Er wollte unbedingt seine auf den Kilometern vom Strand zurück gefasste Entschlossenheit ausnutzen.

»Ah, Herr Schnitter. Wie war Ihr Tag am Meer?«, rief ihm Rico entgegen. Sein Fahrer wirkte im Vergleich zum Morgen erstaunlich gelöst. Der Stimmungswechsel brachte Robert aus dem Konzept. Die wohlüberlegte Standpauke wollte nicht gelingen.

»Ihnen geht es offensichtlich sehr gut?«, entfuhr es ihm stattdessen.

»Ja, natürlich, warum denn auch nicht?«

Das brachte ihn zu seinem Vorsatz zurück. Robert sammelte sich kurz, dann schaute er seinen Fahrer offen an; er hielt es nicht mehr aus.

»Rico, was ist los?«

»Wieso? Was soll denn los sein?«

»Nun versuchen Sie nicht, mir etwas vorzumachen. Heute Morgen noch waren Sie total bedrückt, wirkten abwesend, konnten Ihre Gedanken kaum sammeln. Jetzt sind Sie – wie soll ich sagen – erleichtert.«

Rico runzelte die Stirn. Robert sprach weiter: »Sie sind zu

jung zum Pokern. Ihr Gesicht liest sich wie ein offenes Buch. Was für ein Spiel spielen Sie hier gerade mit mir?«

»Spiel? Mit Ihnen?«

»Rico, hier geht doch etwas vor. Halten Sie mich nicht für blöd! Was haben Sie mit mir vor?«

»Mit Ihnen? Aber nein, nicht doch. Es hat wirklich nichts mit Ihnen zu tun.«

»Sondern?«

»Nichts Besonderes, wirklich. Ist nicht wichtig.«

»Hören Sie mal gut zu, junger Mann. Ich habe Sie kennengelernt, wie Sie auf der Fahrt waren, offen, höflich, etwas keck. Und seit gestern sind Sie vollkommen anders. Das habe ich bereits bemerkt, als Sie mich vom Pastor wieder abholten. Also, noch mal, was ist los?«

Rico schaute zu Boden und zuckte mit den Schultern. Robert war gereizt. Er wurde lauter.

»Halten Sie mich für einen Narren? Nun schön, ich will deutlicher werden: Ich habe gestern zufällig, also wirklich rein zufällig, so etwas tue ich sonst nicht, Ihr Gespräch mitbekommen.« Robert wartete auf eine Reaktion seines Gegenübers. Der schaute zwar wieder auf, sagte aber nichts.

»Das Telefonat mit Ihrer Mutter! Sie sprachen von meinem Vater, von unserem Besuch bei der Künstlerwitwe Frau Holtenkamp, von dem verschlossenen Haus.« Jetzt hatte Robert endgültig zur vorgefertigten Ansage gefunden: »Also, lügen Sie mich nicht an. Es geht so nicht weiter, ansonsten ist Ihr Auftrag hier und heute beendet, ich schicke Sie nach Hause, aber, seien Sie gewarnt, die Sache wird ein Nachspiel haben.«

»Was?« Rico starrte Robert verblüfft an. »Ich mit meiner Mutter über Sie? Aber nein, ich habe nie mit meiner Mutter über Sie gesprochen und von Ihrem Vater habe ich erst recht nichts erzählt. Warum sollte ich das tun?«

»Lügen Sie mir nicht ins Gesicht. Also warum?«

»Wirklich, Herr Schnitter, glauben Sie mir doch, ich habe mit ihr nicht über Sie gesprochen.«

»Aber ich habe es schließlich mit eigenen Ohren gehört.«

»Aber was denn überhaupt?«

»Sie erzählten davon, dass niemand zu Hause gewesen sei, die Türen seien verschlossen gewesen. Sie sagten *Vater sei schließlich Vater*, und dass Sie *das Ding durchziehen* wollten.«

Rico starrte ihn mit offenem Mund an. Seine Augen weiteten sich. Plötzlich brach er in Gelächter aus. »Ah, jetzt verstehe ich!«

Robert war empört.

»Nun lachen Sie mich auch noch aus. Das ist eine Frechheit, Rico.«

Aber der legte ihm beschwichtigend seine Hand auf die Schulter.

»Herr Schnitter, nicht doch. Das Ganze betraf gar nicht Sie.«

»Wollen Sie mich auf den Arm nehmen? Für wie dumm halten Sie mich?«

»Bitte, glauben Sie mir.« Der junge Mann suchte nach Worten. Ein kurzes Nicken, Schwungholen, dann hatte er sich entschlossen.

»Okay, ich denke, ich habe einiges zu erklären, Herr Schnitter.«

Robert atmete tief durch; er war noch immer zornig.

»Ja, das scheint mir allerdings auch so.«

Kapitel 12

Fast vier Jahre war Karl jetzt schon im Krieg. Vier lange Jahre, in denen Elena vor Sehnsucht nach ihm krank geworden war. Einmal nur hatten sie ihm Fronturlaub gewährt, das war im ersten Jahr gewesen. An einem sonnigen Tag im Mai hatte er plötzlich im Hoftor gestanden. Elena hatte ihn als Erste entdeckt.

»Karl! Oh Gott, Karl!« Sie war über den Hof gestolpert und ihm in die Arme geflogen. Er hatte sie umarmt und geküsst, dann kamen auch die anderen dazu. Sie hatten ihn in die gute Stube gebracht und er hatte erzählt. Elena hätte ihn so gerne für sich allein gehabt, ihn angefasst, geküsst, gespürt und liebkost. Er aber hatte von Einsätzen auf dem Meer gesprochen, von Kanonenfeuer, U-Booten, die sie begleitet, und gegnerischen Schiffen, die sie versenkt hatten. Das alles gleich bei ihrer ersten Feindfahrt im November, kurz nachdem er eingezogen worden war. Er glühte vor Stolz. Er sprach von *seiner Scharnhorst* und vom Schwesterschiff, der *Gneisenau*, als wären sie Teil der Familie – *seiner* Familie. Sie hätten britische Kriegsschiffe aus dem Atlantik in die Nordsee gelockt, damit die deutschen Atlantikflotten entlastet würden, und dort hatten sie einen dieser englischen Hilfskreuzer versenkt. Es sei ein umgebautes Handelsschiff gewesen, nur leicht bewaffnet und kaum gepanzert. Ein Kinderspiel! Alle hatten gelacht, Else hatte sogar applaudiert. Ein Kinderspiel!

Während Otto, Karla und Else sich von Karls Begeisterung hatten anstecken lassen, rückte Elena von den vieren ab.

»Hat es Tote gegeben?«, wollte sie wissen. Alle hatten sie überrascht angesehen, für einen kurzen Moment war es in der guten Stube still geworden. Dann hatte Karl gelächelt und sie an sich gezogen.

»Wir haben sechs Engländer aus dem Wasser gezogen, die *Gneisenau* sogar über zwanzig.« Alle hatten zustimmend genickt, aber Elena erkannte ihren Mann nicht wieder, der Glanz in seinen Augen galt nicht mehr ihr, sondern dem, was er im Krieg erlebte. Während er mit seinen Berichten fortfuhr und von irgendeiner *Erzstraße*, die es zwischen Norwegen und Shetland zu verteidigen gab, sprach, waren ihre Gedanken abgeschweift. Sie dachte an das Meer ihrer Jugend. Das Meer war für sie immer ein Ort der Sehnsucht gewesen, für Karl war es ein Platz zum Töten. Ein Wort riss sie aus den Gedanken: einen Volltreffer. Sie schüttelte sich, um sich wieder an den Stubentisch zurückzuholen. Auf ihre Nachfrage wiederholte Karl: »Ja, unser Schwesterschiff, die *Gneisenau* hat einen Volltreffer im Vormars erhalten, damit war deren vorderer Artilleriestand außer Gefecht gesetzt und wir sind zusammen mit ihr nach Wilhelmshaven zurück. Und so bin ich hier!« Mit leuchtenden Augen und stolzer Brust hatte er die Arme weit ausgestreckt. Wieder hatten sie alle gelacht, Otto hatte gemeint, es sei halt nichts so schlecht, dass nicht doch noch etwas Gutes dran sei, und Karla war aufgestanden, um erst mal einen richtigen Kaffee zu machen. Else war ihr in die Küche gefolgt und auch Otto ließ Elena und Karl in der Stube zurück. Der schaute sie an: »Helena, ich habe dich so vermisst.«

»Karl, ich vermisse dich auch«, antwortet Elena und meinte damit in dem Moment weit mehr als nur die vergangenen Monate.

Er nahm sie in die Arme und küsste sie.

»Heute Nacht holen wir nach, was wir verpasst haben, Liebes.« Er strich ihr eine Strähne aus dem Gesicht. Elena konnte die Tränen nicht mehr aufhalten.

Gerade mal vierzehn Tage hatten sie ihm gelassen, nur vierzehn Tage, die ihnen als private Zeit blieb. Karl hatte die Nachbarn besucht, insbesondere der Bürgermeister wollte ihn sehen. Der erzählte ihm von seinem Sohn, von Alex, dem Flugzeugführer.

»Leutnant ist er und die gute alte *Tante Ju* fliegt er«, hatte er in wichtigem Ton erklärt und ein kleines Schwarz-Weiß-Foto hervorgeholt: Alexander in Uniform vor der *Junkers 52*.

Vierzehn Tage Frieden auf dem Schnitterhof, die jetzt schon wieder fast drei Jahre zurücklagen. Wie lange noch?, fragte sich Elena seitdem täglich. Wie lange musste sie das alles allein und ohne ihn aushalten? Sie hatte sich in ihre Kammer zurückgezogen. Was hatte sie in diesem Dorf zu suchen, das wohl nie zu ihrem Zuhause werden würde? Was in einem Land, das Krieg mit der ganzen Welt führte, in dem Menschen ihren rechten Arm in den Himmel reckten und »Heil Hitler!« brüllten?

Ihre Briefe nach Argentinien brauchten immer länger über den Atlantik. Sie versuchte, nicht allzu traurig darin zu wirken, Vater sollte sich keine Sorgen machen. Auf seine Antworten wartete sie voller Sehnsucht. Er fragte natürlich nach dem Krieg, nach dem Hof und nach ihrer Familie. *Ihre* Familie? Nein, das war nicht Elenas Familie, das war Karls

Familie. Sie gehörte nicht dazu, das ließen sie sie spüren. Besonders Else machte noch immer keinen Hehl aus ihrer Abneigung, und Elenas Schwiegereltern geboten ihrer Tochter keinen Einhalt.

Und Karl? Seine kurzen Briefe waren viel zu selten und die Dinge, von denen er darin berichtete, waren Elena fremd. Sie versuchte, sich an ihre gemeinsame Atlantiküberfahrt zu erinnern, als Karl und sie in den Sternenhimmel geschaut und von der Zukunft geträumt hatten.

Seit Karl sie nach seinem Fronturlaub zurückgelassen hatte, fehlte ihr der Lebensmut. Sie hatte keinen Schwung mehr, überhaupt morgens aufzustehen, die Arbeit zu verrichten oder an Gesprächen teilzunehmen.

Die sonntäglichen Gottesdienste in Neu Boltenhagen wurden zur Qual. Die Reihen lichteten sich, junge Männer verschwanden, übrig blieben Kinder, Frauen und die Alten – und sie sollten die Arbeit der Männer verrichten, den Pflug führen, die Ernte einfahren, das Vieh versorgen, Kälber auf die Welt bringen und schwere Mistplacken mit der Forke auf den Mistfall schleudern.

»Asoziale und Zigeuner haben sie uns geschickt«, hatte Karla mürrisch gemeint und dabei auf die Zwangsarbeiter gedeutet, die, bewacht vom Dorfpolizisten und von Heimatfrontsoldaten, während der letzten Ernte auf dem Hof eine Essenspause gemacht hatten. Dabei hatte sie einen der Umschläge ins obere Fach des Küchenschranks gesteckt. Dort sammelte Karla die Totenbriefe; es verging kein Monat, an dem sie nicht mindestens einen erhielten. *Im Alter von fast 19 Jahren*, stand darin oder: *Jetzt auch unser Erstgeborener*, und sie sprachen von *Heldentod*, *Tapferkeit* und *Vater-*

land. Leere Worthülsen, die das unendliche Leid zu kaschieren suchten. Beerdigungen und Trauerfeiern waren an der Tagesordnung. Eine grausame Zeit.

»Für Karl!«, hatte Elenas Schwiegermutter gesagt, als sie wieder mal einen der schwarz umrandeten Umschläge in das Fach stopfte. »Es sind ja fast alles seine Schulkameraden.«

Und schon wieder dieses Wort *Kamerad.* Elena hatte sich schwergetan, es zu verstehen. Kamerad? Was hieß das? Freund, Helfer? Kamerad hatte etwas Männliches, Frauen konnten keine Kameraden sein. Frauen waren Mütter, Schwestern, Geliebte oder Ehefrauen. Aber Kamerad, das hatte etwas Militärisches, und davon hatte die Zeit viel zu viel.

»Schwiegermutter, wie hältst du das nur aus?«, hatte Elena gefragt, als sie selbst wie so oft in den letzten Monaten kraftlos, mit hängenden Schultern am Küchentisch hockte. Karla hatte sich zu ihr mit einem Gesichtsausdruck umgedreht, dessen Härte Elena erschreckt hatte.

»Deutsche Tugenden, Helena. Wir haben schon ganz andere Dinge durchzustehen gelernt: mit Haltung, geradem Rücken und erhobenen Hauptes.«

Elena hatte stumm genickt und sich auf ihre Kammer verzogen. Dort hatte sie, wie so häufig in letzter Zeit, den Bernstein aus der Schublade geholt und ihn mit einem müden Lächeln durch die Hände gleiten lassen. Er erinnerte sie an die Sonne und das Meer, an ihren Vater, die Hotelgäste, ihre Pensionsküche, in der sie das Sagen gehabt hatte, und auch an jenen Tag am Meer, als sie ihre Mutter in den Arm genommen hatte und diese sie auf den Bernstein hingewiesen hatte. Jenen Tag, an dem ihre Mutter die Erde für immer verließ.

»Oh Gott!«, flehte Elena. »Bitte nimm mir nicht auch noch ihn. Lass mir meinen Karl, ich habe doch hier sonst niemanden.«

Der März war grau und trocken gewesen. Jetzt im April schien die Natur bereits die Vorboten des Frühlings zu schicken. Die Temperaturen waren gestiegen, die ersten Blumen trauten sich aus der kalten Erde.

»Elena!« Karla rief aus dem Flur die Treppe hinauf. »Komm runter, Post!«

»Post?« Schon war Elena aus dem Bett. Es konnte ja nur ein Brief ihres Vaters oder – sie wünschte es sich fast noch mehr – einer von Karl sein. Elena eilte die Treppe hinunter, der Rest der Familie saß am Küchentisch, es war Zeit fürs zweite Frühstück. Ein Stück Papier lag in der Mitte. Elena schaute von einem zu anderen.

»Was schaut ihr denn so? Was ist passiert?«

»Karl. Es hat einen Unfall gegeben«, antwortete Otto.

»Was?« Elena sackten die Knie fast weg. »Ist er etwa …?«

»Nein, nein. Um Gottes willen! Er ist verletzt, wohl nicht allzu schlimm, aber die nehmen ihn erst mal vom Schiff und bringen ihn ins Lazarett.«

»Lazarett?«, stammelte Elena. »Wieso Lazarett? Ein Unfall, Karl verletzt? Nun sagt doch, was ist los?«

»Lies es selbst!« Else schob ihr den Brief zu. »Er ist vom Wehrmachtskommando aus Hamburg.«

Elena überflog die getippten Zeilen. Von einem Unfall an Bord war dort die Rede, keine Feindeinwirkung, sondern ein Unfall, und dass ihr Karl verletzt war und in zwei bis drei Wochen ins Lazarett …

»… nach Greifswald gebracht wird? Aber das ist ja ganz in

der Nähe!« Elenas Herz pochte vor Aufregung. Aber schon wurde die Freude von der Sorge zunichte gemacht. »Was ist Karl denn wohl passiert?«

»Wir wissen es noch nicht, Helena, aber das Wichtigste ist doch erst mal, dass Karl lebt. Das ist eine gute Nachricht.«

»Ja, das ist es wohl«, stimmte Elena ihrem Schwiegervater zu, doch ihr wurde fast übel vor Sorge.

»Ihr Mann hatte Glück, wäre er näher dran gewesen oder gar im Rumpf des Schiffes, wäre er jetzt tot. Eine Explosion führt zu Druckwellen. Eine solche Druckwelle ist vermutlich die Ursache für die Verletzung der Lunge, und natürlich die Hitze. Ihr Mann leidet unter Atemnot, Husten, Brustschmerzen, schnellem Atmen und Keuchen. Als er bei uns eingeliefert wurde, hustete er Blut, das hat sich aber gelegt.«

Elena hielt sich vor Schreck die Hand vors Gesicht.

»Sie können beruhigt sein. Freuen Sie sich, dass er offenbar keine weiteren Verletzungen erlitten hat. Außer dem Tinnitus natürlich, aber das ist ja kein Wunder.«

»Tinnitus?«

»Hörsturz, Pfeifen im Ohr. Können wir nur abwarten, da kann man nichts machen. Aber …« Der Mann im weißen Kittel, der Elena und den Rest von Karls Familie auf dem Flur abgefangen und sich als diensthabender Arzt auf der Lungenstation der Greifswalder Klinik vorgestellt hatte, hielt inne.

»Was?«, fragte Else ungeduldig.

»Nun, wir werden alles tun, was in unserer Macht steht, und die echten Verletzungen machen mir am wenigsten Sorge.«

»Was denn dann?«, hakte Else nach.

»Nun, Ihr Bruder, respektive Ihr Mann, beziehungsweise Ihr Sohn«, er schaute seinen Gegenübern nacheinander ins Gesicht »... hat gegebenenfalls einen, sagen wir, mehr seelischen als körperlichen Schaden davongetragen.«

»Was wollen Sie damit andeuten, Herr Doktor? Meinen Sie etwa, unser Sohn ist verrückt geworden?«

»Aber nein, nicht doch, Frau Schnitter. So schlimm ist es nicht, aber er leidet unter Panikattacken, schreit in der Nacht. Ein Trauma. Wir haben ihn schon in ein Einzelzimmer geschoben, die anderen Patienten hatten sich beschwert. Nun ja, es ist vielleicht nicht verwunderlich, eine Explosion in so unmittelbarer Nähe, immerhin sind siebzehn Matrosen ums Leben gekommen. Wie gesagt, er hatte viel Glück. Was ich damit sagen will, ist: Seien Sie etwas nachsichtig mit ihm, beunruhigen Sie ihn nicht. Was er jetzt braucht, ist vor allem Ruhe.«

Die Schnitters schauten ihn betroffen an.

»Das wird schon wieder, wir haben hier schon ganz andere Fälle zusammengeflickt. Unser Lazarett ist voll mit jungen Männern und den meisten davon geht es deutlich schlechter als Ihrem Karl. Immerhin ist noch alles an ihm dran. Also, jetzt gehen Sie zu ihm, aber keine Aufregung und keine schlechten Nachrichten.« Er klopfte Otto wohlwollend auf die Schulter, dann wies er eine vorbeikommende Schwester an: »Bringen Sie die Herrschaften zum Thoraxtrauma in Zimmer siebzehn.« Damit ließ er die vier mit der Schwester zurück.

»Na, dann kommen Sie mal mit.« Sie ging schnellen Schrittes voran und öffnete kurz darauf die Tür mit der Zahl

Siebzehn darauf. Es roch nach Desinfektionsmittel und verbrauchter Luft. Durch die Vorhänge schien die Maisonne.

»Karl!«, Elena stürzte sich auf ihn. Er zuckte zusammen, als sie ihn umarmen wollte. »Oh, verzeih.« Sie verharrte in der Bewegung.

»Helena, Liebes. Vater, Mutter! Oh, Else, du bist auch gekommen.«

»Junge!« Otto gab ihm die Hand. Karla und Else standen ungelenk hinter ihm. Elena wünschte sich, sie könnte mit Karl allein sein. Sie hatte ihn drei Jahre nicht gesehen, und nun standen sie hier am Bett steif wie eine Beerdigungsgesellschaft, dabei war ihr nicht nach Trauern, sie hatten doch alle etwas zu feiern, das Leben, sein Überleben und das Wiedersehen nach all den Jahren. Es brach aus ihr heraus.

»Ach, Karl, ich bin so froh, dass wir dich sehen. Als wir von dem Unglück erfuhren … Du kannst dir nicht vorstellen, welche Angst ich hatte. Was haben sie bloß mit dir gemacht?«

»Helena.« Karl versuchte zu lächeln, aber er verzog vor Schmerz das Gesicht. Er hatte Verbrennungen im Gesicht, die Haare waren versengt. »Es ist alles gut. Ich bin bald wieder auf dem Damm.«

Elena knotete verlegen die Finger ineinander. Und auch die anderen wussten nicht mit der Situation umzugehen, Karl eingeschlossen. Otto schien sich um einen betont gelassenen Ton zu bemühen: »Also, Junge, was ist passiert? Das Wehrmachtskommando schrieb von einem Unfall, der Arzt sprach von einer Explosion.«

»Es ist im Kriegsmarinearsenal Gotenhafen passiert, also in der Hafenstadt oberhalb von Danzig.«

»Danzig? Du warst auf der Ostsee unterwegs?«, fragte Else erstaunt.

»Wir sind in den Jahren schon überall gewesen, draußen auf dem Atlantik und auch auf der Ostsee.«

»Auf dem Atlantik …«, wiederholte Elena leise.

»Ja, aber meistens auf Nord- und Ostsee, bis hoch ins Nordmeer. Das in Gotenhafen, das war wohl Sabotage; ist ein echtes Widerstandsnest, widerlich. Anstatt, dass diese Untermenschen dafür dankbar sind, die Chance zu erhalten, echte Volksdeutsche zu werden …«

»Aber was ist denn passiert?« Auch Karla hatte ihre Starre überwunden und fand die Sprache wieder. Karl stockte, sein Gesichtsausdruck änderte sich schlagartig. Er riss die Augen auf und schaute in eine unsichtbare Ferne. Sein ganzer Körper verkrampfte sich. Die Stimme seiner Mutter schien ihn in einen Schockzustand zu versetzen, er atmete hektisch und begann zu stammeln.

»Ich war nur kurz draußen, ein wenig frische Luft schnappen. Feuer, der Knall, Schreie, immer wieder Schreie, sie heulten, einer stürzte aus der Luke, unten aus dem Maschinenraum, da wo sein Arm sein sollte, Blut, Knochen, und diese furchtbaren Schreie, wie Tiere. Sie brüllten, dann war nur noch Feuer und wieder Explosionen, von den Kameraden nichts mehr zu hören, ich war es nicht, ich war es nicht!« Karl schrie. Erschrocken starrten die anderen drei ihn an. Karla fasste ihn an der Schulter, wollte ihn beruhigen, aber bei ihrer Berührung zuckte er zusammen, als hätte sie ihn verletzt. Auch Elena trat zu ihm.

»Karl, oh Gott, Karl, komm doch zu dir.«

Aber er ließ sich nicht beruhigen; er schlug um sich und

schrie immer lauter: »Ihr müsst raus, kommt raus, schreit doch nicht so, so hört doch auf zu schreien, ins Wasser, springt ins Wasser! Wasser, wir brauchen Wasser! Schnell, Kameraden!«

Er stöhnte, schob die Decke zur Seite, wollte aus dem Bett. Als Elena seine entblößten Beine sah, schrie sie vor Entsetzen auf. Sie waren bandagiert, aber Eiter und Blut hatten die weißen Binden durchdrungen.

»Hol einen Arzt!« Karla kam als Erste zu sich. Über das Geschrei ihres Sohnes hinweg herrschte sie ihre Tochter an. Else rannte hinaus auf den Flur.

»Einen Arzt! Wir brauchen einen Arzt!«, hörten die anderen sie rufen. Ihre Rufe entfernten sich. Kurz darauf kam eine Schwester herein.

»Herr Schnitter, ist doch alles gut. Alle sind da, ihre Familie ist bei Ihnen.« Sie zwang den schon halb aus dem Bett gestiegenen Karl wieder zurück unter die Laken. Die Stimme der Schwester beruhigte ihn. Sein Atem ging wieder regelmäßig, aber sein Blick flatterte noch immer. Währenddessen kam Else mit dem Arzt zurück.

»Schwester, ziehen Sie die Spritze auf. Zehn Milliliter sollten reichen.« Er stellte sich ans Krankenbett und redete im Befehlston auf Karl ein.

»Soldat Schnitter, beruhigen Sie sich. Sofort! Denken Sie an die Sache, Sie dienen dem Führer!«

Tatsächlich wirkte die schneidende Stimme des Arztes, Karls Zuckungen ließen sich zumindest so weit beherrschen, dass die Schwester den Arm fixieren und der Arzt die Spritze setzen konnte. Wenige Augenblicke später schlief Karl ermattet ein.

»Sie gehen jetzt besser. Er wird für einige Zeit nicht wach sein.«

»Herr Doktor, aber …« Karla suchte nach Worten. Der Arzt legte ihr besänftigend die Hand auf die Schulter.

»Machen Sie sich keine Sorgen, Frau Schnitter, wir bekommen Ihren Sohn wieder hin. Bestimmt! Ich werde mich dafür einsetzen, dass er nach der Klinik erst mal zu Ihnen kommt. Sie haben einen Hof, oder?«

Otto nickte.

»Das ist gut, da wird er sich erholen können; frische Luft, etwas Ruhe und gesundes Essen. Wer will zurzeit schon in den Städten sein?« Seine Stimme klang bitter. »Haben Sie schon gehört? Jetzt fliegen die nicht nur auf Berlin, am Mittwoch wurde Dortmund bombardiert. Es ist eine Schande.« Er verabschiedete sich mit einem knappen Nicken, dann verschwand er auf dem Flur. Die Schwester lächelte ihnen aufmunternd zu: »Unser Doktor kann was, machen Sie sich keine Sorgen. Und Sie können jetzt hier wirklich nichts mehr ausrichten. Gehen Sie nach Hause, freuen Sie sich, dass Ihr Karl lebt.«

Völlig verstört fanden sich die vier vor der Klinik wieder. Die wärmende Sonne und das Zwitschern der Vögel standen im drastischen Gegensatz zu dem, was sie alle fühlten. Elena schaute von einem zum anderen, sie hätte schreien wollen, zetern und heulen, aber die anderen waren still, unheimlich still. Ihr wurde übel, dann drehte sich ihr der Magen um.

»Vater, es ist schön, den Hof wiederzusehen. Das Getreide steht gut. Das Vieh macht sich prächtig. Ich freue mich!«

»Du fehlst uns dennoch an allen Ecken und Enden, Junge.«

»Vater, das Reich geht vor. Wie geht es mit den Zwangsarbeitern?«

Karl war seit einigen Tagen zur Genesung in Ambershagen. Er gab sich betont gesund. Alle taten so, als sei die Situation ganz normal, dabei war sie alles andere als das. Nachts schreckte er aus dem Schlaf, seine Schreie hallten durchs Haus. Elena wusste dann kaum, ihn zu beruhigen.

Karl war ihr fremd geworden. Sie hatten ihn mit einem Krankentransporter gebracht. Als der Wagen mit dem roten Kreuz auf weißem Kreis vorfuhr, hatte ihr das Herz gestockt. Wie würde er sein? Könnte er laufen, atmen? Man hatte ihnen geraten, Karl während seines Aufenthaltes im Lazarett nicht mehr zu besuchen, es rege ihn zu sehr auf. Elena hatte die Zurückweisung gekränkt, aber die anderen hatten gemeint, dass man den Vorgaben eines Arztes eben zu folgen habe. Der wisse schließlich, was richtig sei. So blieb ihr in den Wochen nur die Erinnerung an den schrecklichen Besuch, Karls wahnsinnsgetriebene Blicke, die bandagierten Beine, der Geruch nach Eiter und Blut. Aber zu ihrer Erleichterung entstieg Karl selbst dem Wagen, er hatte sie angestrahlt, die Arme ausgebreitet und sie hatte sich nur allzu gerne von ihm umarmen lassen. Es war ein Festtag auf dem Schnitterhof gewesen. Sie zwei hatten sich in der Nacht sogar geliebt. Nicht so wild und intensiv wie zuvor, Karl hatte Schmerzen in den Beinen, auch die Lunge tat ihm noch weh, der Atem wurde schnell kurz und der ständige Pfeifton im Ohr nahm ihm die Ruhe, aber sie hatten es dennoch geschafft, miteinander zu verschmelzen, und für einige Momente gab es weder Krieg noch Verletzung oder Tod.

Das sollte sich jedoch jäh ändern. Als Karl und Otto am Rande des Hofplatzes standen und den Blick auf die Felder richteten, hörten sie, wie sich mit rasselndem Motor der Opel des Bürgermeisters dem Hof näherte.

»Bürgermeister!« Karl eilte dem Auto erfreut entgegen. »Wie schön, dass Sie vorbeischauen. Ich wäre natürlich in den nächsten Tagen auch gekommen.«

»Karl, grüße dich.« Der Bürgermeister entstieg dem Wagen. Seine Miene war düster. Otto hatte mittlerweile auch das Automobil erreicht. Er schüttelte dem Gast die Hand.

»Können wir reingehen?«, fragte der.

»Aber natürlich.«

»Am besten ihr ruft auch gleich mal die Frauen.«

Kurz darauf fanden sie sich alle in der Küche wieder, die Männer am Tisch, Karla bei ihnen, Elena und Else lehnten am Küchenschrank. Der Bürgermeister schluckte schwer, er hatte Mühe seine zitternden Finger zu beherrschen, als er ein Kuvert aus der Jacke zog.

»Ich wollte, dass ihr es persönlich erfahrt. Karl, du bist ja wie ein zweiter Sohn bei uns ein- und ausgegangen, da dachte ich …« Er konnte nicht weitersprechen. Stattdessen legte er vorsichtig den Umschlag auf den Tisch, er war schwarz umrandet. Karla erfasste es als Erste: »Aber, nicht doch, etwa …?«

»Ja, unser Alexander.«

Karl wurde aschfahl, Otto schnappte nach Luft. Den drei Frauen stockte der Atem. Es war totenstill in der Küche. Der Bürgermeister räusperte sich, stockend sprach er weiter: »Er wurde über dem Mittelmeer abgeschossen. Schon Ende April. Er galt zunächst als vermisst, sein Funker hatte sich retten können. Sie haben wohl noch nach Alexander gesucht, aber …« Wieder brach er im Sprechen ab. »… jetzt wurde er für tot erklärt. Ein Kamerad von ihm hat uns geschrieben, hier …« Er holte einen weiteren Umschlag hervor, die drei Seiten waren eng beschrieben. Schweigsam suchten seine Augen die Zeilen ab, bis er die Stelle gefunden hatte, und er begann vorzulesen: »*Zur überaus schmerzlichen Nachricht über den Verbleib Ihres Sohnes, die Ihnen sicherlich auch zugegangen ist, möchte ich Ihnen im aufrichtigen Mitgefühl meine tiefste Anteilnahme zum Ausdruck bringen.* Er schreibt weiter, dass sie sich in Italien getroffen hatten.« Der Bürgermeister schaute ins Leere: »Unser Sohn hat immer von der weiten Welt geträumt, Ambershagen war ihm zu klein. Wusstet ihr, dass er den Hof nicht weiterführen wollte? Er wollte ihn tatsächlich seiner Schwester überlassen. Ich hatte immer gehofft, das seien nur Flausen, die schon im Laufe der Zeit vergingen.«

Natürlich wussten sie das, alle nickten, niemand unterbrach den Bürgermeister. Der zitierte weiter aus dem Brief in seinen Händen.

»*Wir standen damals im heldenmütigen Endkampf um die Behauptung des Brückenkopfes Tunesien. Fast übermenschliche Leistungen und höchst soldatische Pflichterfüllung mussten von jedem Offizier und Mann gefordert werden, insbesondere auch von den Besatzungen der Transportflugzeuge.* Die *Ju 52* ist ja ein Transporter …«, erläuterte der Bürgermeister, ohne weiter aufzusehen. Seine Stimme wurde immer brüchiger. »*So musste Alex dringend zum sofortigen Abflug von Reggio nach Tunesien starten. Im Laufe des Tages kam er nicht in die Offiziersunterkunft zurück, was mich bereits beunruhigte, doch am Folgetag …*« Er brach ab, Tränen schossen ihm in die Augen. Otto legte ihm die Hand auf die Schulter. Karla herrschte die beiden Mädchen und Karl an, die Küche zu verlassen. Unschlüssig blieben sie vor der geschlossenen Küchentür in der Diele stehen. Karl war sprachlos, seine Unterlippe zitterte, er kämpfte gegen die Tränen.

Einige Zeit später öffnete sich die Tür. Der Bürgermeister trat in den Flur, gefolgt von Karla und Otto. Er ging auf Karl zu und packte ihn fest am Arm.

»Der Führer ist stolz auf euch, Karl. Räche meinen Alex, zeige denen, wer hier die Herrscher sind. Wir sind schließlich das Herrenvolk. Ihr kämpft für eine gute Sache.«

Ohne eine Antwort abzuwarten und ohne weitere Verabschiedung setzte er sich den Hut auf und ging bemüht festen Schrittes aus dem Haus. Die anderen schauten ihm schweigend nach. Kaum hörten Sie die Haustür zufallen, flüchtete Karl die Treppe hinauf. Unten hörten sie, dass er in die Schlafkammer ging und den Schlüssel im Schloss drehte. Elena wollte ihm nacheilen, doch Otto hielt sie am Ärmel zurück.

»Lass gut sein, Helena, er muss jetzt allein sein.«

»Diese Schweine!« Karl schlug mit der Faust auf den Tisch. Es war Ende Juli, es ging ihm gesundheitlich wieder besser. Er redete bereits davon, dass er bald erneut antreten könne. Elena starrte ihn verstört an, wenn er so sprach. Wie konnte er nur freiwillig auf dieses Schiff zurückwollen, das ihn fast das Leben gekostet hatte? Zurück in diesen Krieg, der ihm schon so viele Freunde genommen hatte, zuletzt sogar

Alex? Er war kaum zu bremsen. Mit jeder Nachricht über den Krieg, ob nun im Volksempfänger oder in der Zeitung, sprach er mehr von seiner Rückkehr. Waren es gute Nachrichten, Berichte über deutsche Siege, so wollte er dabei sein, bei Niederlagen sprach er von Rache. *Rache üben!* Seit dem Besuch des Bürgermeisters schien er wie besessen von diesem Gedanken.

Elena und er liebten sich jetzt beinah jede Nacht. Aber es war nicht mehr so wie zu Beginn. Karl war grob geworden. Er nahm sich, was er meinte, zu besitzen, und Elena gehörte dazu. Hinterher ließ er sich erschöpft auf die Seite fallen und schlief sofort ein. Manchmal tat er ihr weh, weil er alles viel zu schnell wollte und sich ihr Körper nicht darauf einstellen konnte. Einmal verlangte er von ihr sogar, dass sie sich umdrehen sollte, hinhocken auf alle Viere. Elena hatte sich furchtbar gedemütigt gefühlt. Als er danach neben ihr eingeschlafen war, hatte sie noch lange wach gelegen und versucht, ihr Weinen zu unterdrücken.

Die Ernte war im Fach, die Drescher waren bei der Arbeit und holten das Korn aus den Ähren. Jetzt, Ende Juli, war ein Großteil schon getan. Es war ein Glück gewesen, dass Karl zumindest in diesem Sommer bei ihnen sein konnte. Auch wenn er selbst immer noch nicht ausdauernd arbeiten konnte, das Atmen fiel ihm schwer, so hatte er die Zwangsarbeiter und die Jungs und Mädchen vom Arbeitsdienst doch besser im Griff als sein Vater. Von Karla, Else oder Elena ganz zu schweigen.

»Diese verdammten Schweine!«, wiederholte Karl wütend und warf die Zeitung auf den Küchentisch. Elena angelte sich den aufgeschlagenen Artikel: Hamburg war bombardiert worden, hieß es dort. Briten und Amerikaner hätten schwere Luftangriffe verübt und weite Stadtgebiete seien durch Flächenbrände verwüstet worden.

»Die Amis und die Engländer haben überhaupt kein Ehrgefühl«, polterte Karl weiter. »Unschuldige Zivilisten haben die massakriert. Verbrannt! Stellt euch das doch mal vor! Ganz Hamburg hat gebrannt.«

»Ich will mir das lieber nicht vorstellen.« Karla stand vom Tisch auf und griff nach dem Frühstücksgeschirr. »Kommt, helft mir abräumen«, trieb sie Else und Elena an.

»Ich muss wieder an die Front«, stellte Karl unumstößlich fest. Seine Mutter hätte vor Schreck beinahe den Stapel Teller fallen lassen. Auch die beiden Mädchen erstarrten. Otto versuchte, seinen Sohn zu beruhigen.

»Karl, was redest du da? Deine Lunge, denk doch an deine Gesundheit. Außerdem brauchen wir dich hier!«

»Vater, was hat mein Schicksal zu bedeuten, wenn es um das Volkswohl geht? Hast du denn dem Führer nie zugehört? Es geht um die Sache, nicht um dich oder mich. Gleich morgen melde ich mich bei der Kommandantur. Ich gehe rüber zum Bürgermeister und lasse ihn anrufen.«

»Aber Karl …« Elenas Blick flehte ihn an, es sich noch einmal zu überlegen.

»Helena, es muss sein. Ich kann meine Kameraden nicht noch länger im Stich lassen. Fast vier Monate bin ich jetzt schon vom Schiff, das muss ein Ende haben.«

Die drei Frauen starrten ihn mit offenen Mündern an. Auch Otto schaute entgeistert. Karl erhob sich mit so viel Schwung, dass sein Stuhl umkippte und mit einem lautem Knall auf dem Steinfußboden aufschlug. Er bückte sich, um ihn aufzuheben, dabei verzog er das Gesicht vor Schmerz. Elena eilte zu ihm, wollte ihn stützen, aber er schob sie brüsk von sich, stellte den Stuhl wieder auf und verließ schnaubend die Küche. Die anderen blieben ratlos zurück.

Elena hörte durch Zufall das Gespräch in der Stube mit. Der Rest der Familie hatte sich dorthin verzogen. Karl war fort. Er war tatsächlich fort. Er hatte sich auf eigene Verantwortung per Telefon als gesund zurückgemeldet und umgehend den erneuten Einberufungsbefehl erhalten. *Einen Glücksfall* hatte er es genannt. Und, dass gerade eine aus neun Zerstörern und zwei Schlachtschiffen bestehende deutsche Kampfgruppe zusammengestellt werde. Eines der Schiffe sei die *Scharnhorst.* »Meine Scharnhorst!«, wie Karl voller Stolz ergänzt hatte. Ihr Ziel sei geheim, aber es heiße, es gehe gegen alliierte Stützpunkte auf Spitzbergen. »Und da werde ich dabei sein, das lass ich mir nicht nehmen.«

Damit hatte er Elena zurückgelassen und war die Treppe hinaufgestürmt. Sie dachte an seine nächtlichen Panikattacken, die Schreie in der Dunkelheit, sein schweißgebadetes Gesicht. Die Schübe wurden zwar seltener, aber er hatte sie noch nicht überwunden. Strengte er sich zu sehr an, atmete er so heftig, dass sie Angst hatte, er könne jeden Moment tot umfallen. Von dem Pfeifen in seinem Ohr ganz zu schweigen.

Und dann tat er so, als wäre das alles nicht wahr, als wäre es nie geschehen.

Sie war der Verzweiflung nahe gewesen, als er mit gepacktem Seesack vor ihr gestanden hatte. Der Abschied hatte sie schier zerreißen wollen. Er hatte sie geküsst und ihr über die

Wange gestreichelt. Für einen kurzen Moment hatte sie den Mann in ihm erahnt, in den sie sich einst verliebt hatte, jenen zärtlichen, verträumten jungen Kerl mit dem sehnsuchtsvollen Zug, der aber gleich darauf hinter dem Marinesoldaten zurückzustehen hatte.

Wo war der Mann mit den tiefblauen Augen geblieben, in den sie sich verliebt hatte? Auch damals hatte er seinen Seesack geschultert, im Flur ihrer Pension, als Vater sie als Übersetzerin gerufen hatte. Damals, in einer anderen Welt, in einem anderen Leben.

Ein flüchtiger Abschiedsgruß war alles, was sie und die anderen von ihm zu hören bekamen. Dann war er in den Wagen des Bürgermeisters gestiegen.

Elena hatte sich in ihre Kammer zurückgezogen, nach den Monaten zusammen mit Karl kam ihr das Bett leer und kalt vor. Das Kissen hatte noch nach ihm gerochen. Nie wieder wollte sie den Raum verlassen. Sie würde darin bleiben, bis er zurückkäme. Karla hatte zunächst Verständnis gezeigt, hatte ihr Essen gebracht und versucht, sie zu beruhigen. Doch nach einigen Tagen war ihrer Schwiegermutter der Geduldsfaden gerissen und sie hatte Elena schließlich angeherrscht, sie solle sich nicht so gehen lassen. Sie habe in dieses Volk eingeheiratet und ihr Mann kämpfe für die gerechte Sache. Elena solle sich nicht so anstellen.

Endlich hatte Elena sich entschieden, aufzustehen. Sie warf sich nur etwas Wasser aus der Waschschüssel ins Gesicht, denn der Weg bis ins Badezimmer unten an der Diele schien ihr unendlich weit, und streifte sich ihre Arbeitskleider über. Sie würde Karls Familie beweisen, dass auch sie stark sein konnte.

Elena schlich die Treppe hinunter und hörte, dass die anderen in der guten Stube waren. Das war ungewöhnlich, denn sonst saß nur Otto ab und zu dort, um Radio zu hören. Die gute Stube war den Feiertagen und Besuchen vorbehalten. Die Tür war angelehnt. Statt sie aufzudrücken, blieb sie auf dem Flur stehen und belauschte die anderen.

»Schuld ist doch nur die Argentinierin.«

Elena stockte der Atem. Es war ihre Schwägerin, die so abfällig von ihr sprach. Else fuhr fort: »Ich habe immer gesagt, die Hochzeit war ein Fehler. Aber ihr habt ihn damals ja auch nicht davon abgehalten, nochmals hinzufahren.«

»Else, wirklich, wie kannst du so etwas sagen? Karl liebt dieses Mädchen und das haben wir zu akzeptieren.« Karla redete auf sie ein.

»Ach ja? Warum? Wer heiratet denn nur aus Liebe? Insbesondere in der heutigen Zeit.«

»Else, Schluss jetzt!« Otto wurde energisch.

»Nein. Jetzt liegt die da oben faul rum und weigert sich, aufzustehen. Als ob wir nicht alle darunter litten, dass Karl wieder an der Front ist. Wie kann man sich nur so gehen lassen?«

»Sie ist eben keine Deutsche, da kann man nicht so viel erwarten.«

»Vater, genau das ist es doch, was ich sagen will. Genau! Sie ist keine Deutsche. Hätte Karl stattdessen Hertha geheiratet, dann wäre jetzt alles anders.«

»Hertha? Was sollte dann anders sein?«

»Aber das liegt doch auf der Hand. Herthas Vater hätte schon dafür gesorgt, dass Karl nicht wieder an die Front müsste.«

»Wie denn das?«

»Er ist schließlich der Bürgermeister. Und er braucht einen Mann auf dem Hof, jetzt da Alex …« Sie hielt inne.

Elena musste sich die Hand auf den Mund pressen, um ihr Heulen zu unterdrücken. Else sprach weiter: »Also, ich habe gehört, dass, wenn man es geschickt anstellt und die nötigen Beziehungen oder die entsprechende Stellung hat, man es erreichen kann, dass die Jungs *unabkömmlich* gestellt werden. Dann können sie zu Hause bleiben. Und wenn Karl Hertha geheiratet hätte … Der Bürgermeister hätte sicherlich nicht gewollt, dass seine Tochter allein zurückbleibt.«

»Else, wirklich, du phantasierst. *UK* hätte auch der Bürgermeister niemals durchbekommen und jetzt ist Schluss, ich will nichts mehr davon hören.« Ottos entschlossener Tonfall ließ das Gespräch ersterben.

»Beten wir für Karl und dafür, dass wir bald den Krieg gewonnen haben werden.« Murmelnd setzten die drei zum *Vaterunser* an.

Elena konnte nur mit Mühe still bleiben. Sie stieg die Treppe hinauf, beide Hände verschlossen ihren Mund auf dem Weg in ihre Kammer, dort vergrub sie ihren Kopf im Kissen. Erst dann ließ sie ihrem Schmerz freien Lauf.

Elena hatte niemandem erzählen können, dass sie das Gespräch mitgehört hatte. Die Wochen quälten sich grau und trübe ins Land. Sie konnte es kaum mehr ertragen, mit Else unter einem Dach leben zu müssen. Ihre Anwesenheit bereitete ihr körperliche Schmerzen.

Weihnachten stand vor der Tür. Was für ein trübes Fest, dachte Elena. Die Familie tat so, als sei alles in Ordnung, alles vollkommen normal. Ein Baum stand in der guten Stube, Lametta hing daran. Karla wies wie immer zu Weihnachten auf die zwei alten Glasglöckchen hin, ein Überbleibsel aus ihrer eigenen Kindheit, Weihnachtsschmuck der Großeltern. Die Kirchbänke beim Gottesdienst zu Heiligabend waren bis zum letzten Platz gefüllt. Sehnsüchtig schickten die Menschen ihre Fürbitten in den Himmel. Die Predigt wurde immer wieder durch lautes Weinen unterbrochen. Der Pfarrer verwies aufs Evangelium, verkündete die »Frohe Botschaft« des Weihnachtsfestes, dass der Heiland geboren sei und allen das Versprechen der Auferstehung und einen Platz an der Seite des Heiligen Vaters gegeben habe. Selbst hier schwebte der allgegenwärtige Tod wie ein dunkler Schatten über der Gemeinde.

Auf das traditionelle *O du Fröhliche* am Ende der Feier wurde stillschweigend verzichtet. Niemand fragte danach. Am Ende reichten sie einander die Hände und wünschten sich »Gesegnete Weihnachten«. Einige umarmten sich, trösteten schwarz Gekleidete. Alle hatten sie Tränen in den Augen. Es gab niemanden, unter dessen Dach nicht Verlust, Angst oder Traurigkeit wohnten.

Die Schnitters hatten auf eine Nachricht von Karl zu Weihnachten gehofft, wenigstens eine Karte. Aber der Postbote schüttelte an jedem Tag nur bedauernd den Kopf. Er kannte die hoffenden Blicke und die Angst in den Augen, wenn die Bewohner ihm die Türen öffneten, verbunden mit einem Stoßgebet, dass keiner der blassrosafarbenen Umschläge mit dem Hakenkreuzstempel dabei sein mochte.

»Karl, wo ist denn Karl?« Ihre Schwiegermutter stand in Elenas Kammer und riss sie aus dem Schlaf. Auch Otto erschien im Türrahmen. Erschreckt richtete Elena sich auf und zog die Decke ans Kinn. Es war am Morgen direkt nach Weihnachten.

»Karla, Otto? Was ist denn los?« Elena kam nur mit Mühe zu sich. Sie rieb sich den Schlaf aus den Augen. Auf dem Nachttisch lag der Bernstein. In den letzten Wochen hatte Elena sich angewöhnt, den Stein vor dem Schlafengehen nochmals in die Hand zu nehmen.

»Wo ist denn Karl? Ist er schon auf?«, wollte Karla erneut wissen.

»Karl? Schwiegermutter, was redest du denn da?«

»Er ist doch heute Nacht nach Hause gekommen.« Ihre Schwiegermutter strahlte übers ganze Gesicht.

»Ja, stell dir bloß vor!«, meldete sich nun auch Otto zu Wort. »Karla hat mich heute Morgen geweckt und gesagt, dass Karl wieder da ist. Ich habe ihr schon Vorwürfe gemacht, dass sie mich nicht schon heute Nacht geweckt hat.«

»Ja, der Junge hat ans Fenster unserer Kammer geklopft. Du weißt ja, ich schlafe doch so schlecht, so war ich sofort wach. Erst bekam ich einen Schreck, aber als ich durch den Vorhang lugte, sah ich sein Gesicht. Er sprach leise, da er Vater nicht wecken wollte.« Sie schaute kurz hinter sich zu Otto. »Na ja, ich bin natürlich sofort zur Tür, habe ihn reingelassen. Oh, er sah gut aus, Helena. So jung und stark. Ich habe ihn umarmt. Ich wollte ihm einen Tee machen, aber er winkte ab. Er wünschte mir eine gute Nacht und dann war er verschwunden, war wohl schnell die Treppe hochgelaufen.

Ja, bist du denn nicht wach geworden, Helena? Hat er dich denn nicht geweckt?«

Verstört schaute Elena ihre Schwiegermutter an. Was erzählte die bloß? Wovon redete sie? Karl wieder zurück? Heute Nacht heimgekommen, Karla von ihm umarmt?

Ihr Blick fiel auf den Bernstein neben sich. Plötzlich musste sie schwer schlucken. Karla war mit ihrem Sohn doch nicht etwa das widerfahren, was sie einst damals am Strand von Quequen erlebt hatte? An jenem Tag, an dem ihre Mutter gestorben war.

»Zu Weihnachten? So etwas kann doch nicht zu Weihnachten geschehen«, flüsterte sie leise. »Was soll ich denn sonst mal unserem Kind erzählen?«

»Helena, was redest du denn da?«

Aber Elena schüttelte nur wirsch den Kopf und traute sich nicht, ihre Vermutung laut auszusprechen. Dass Karl tot sei und er nie in die Augen seines Kindes, das in ihr wuchs, würde blicken können.

Kapitel 13

Sie hatten sich an einem der Plastiktische vorm Gasthaus niedergelassen. Ricos alter Golf parkte unmittelbar davor.

»Wir haben auch noch ein bisschen Kuchen, wenn Sie mögen.« Die Enkelin der Pensionswirtin brachte den bestellten Kaffee.

»Nein, danke.« Robert wartete, bis sie wieder im Haus verschwunden und außer Hörweite war.

»So, Rico, jetzt legen Sie mal los.«

»Wo soll ich anfangen, Herr Schnitter? Haben Sie Erinnerungen an Ihren Vater?«

»Nein, habe ich doch schon gesagt; ich habe meinen Vater gar nicht kennengelernt. Worauf wollen Sie hinaus?«

»Ich meinte Erinnerungen wie Fotos zum Beispiel oder Geschichten, die Ihnen Ihre Mutter von ihm erzählt hat.«

»Gar nichts, Rico, ich habe nichts von meinem Vater. Nicht mal ein Foto. Selbst von meiner Mutter habe ich nichts aus ihrer Vergangenheit, von ihrer Zeit in Deutschland. Nicht einmal eine veritable Anzahl von Geschichten. Es ist gerade so, als wäre sie eigentlich nie wahrhaftig hier gewesen.«

Robert hielt inne; es war das erste Mal, dass ihm diese Erkenntnis so deutlich gewahr wurde: Nicht nur die deutsche Vergangenheit, sondern die Vergangenheit überhaupt hatte im Leben seiner Mutter nie existiert.

»Sehen Sie«, holte ihn Rico aus den Gedanken zurück, »bei mir ist es ganz ähnlich. Ich hatte Ihnen ja gesagt, dass meine Mutter nicht möchte, dass ich Kontakt zu meinem Vater habe.«

»Ja, stimmt. Und?«

»Sie hatte es mir sogar verboten. Ich habe ihn daher auch nie kennengerlernt. Dabei war er gar nicht so weit weg.«

»Wie meinen Sie das?«

»Nun, er lebt hier oben an der See, in Greifswald.«

»Greifswald? Aber das ist wirklich sehr nahe, oder?«

»Allerdings, es sind gerade mal zwanzig Kilometer von hier.«

Robert schaute seinen Fahrer forschend an. Der hatte Schwierigkeiten, seine Emotionen zu bändigen. Plötzlich keimte eine Erkenntnis in Robert.

»Sagen Sie, Rico, ich glaube, ich verstehe. Als ich Ihr Telefonat zufällig mithörte, da haben Sie gar nicht über *meinen*, sondern über *Ihren* Vater gesprochen?«

Rico nickte.

»Aber Sie sagten etwas von *niemand zu Hause* und *verschlossene Tür* – bedeutet das …?«

»Genau, ich war dort. Ich habe seine Adresse herausbekommen. Schon vor einiger Zeit. Aber er war gestern eben leider nicht da.«

»Und heute?«

»Eine Nachbarin hat mir gesagt, wo ich ihn treffe. Er arbeitet als Hausmeister in einer Behörde. Ich stand schon vor der Tür, habe mich aber nicht reingetraut.«

»Aber Sie wirkten vorhin, entschuldigen Sie, falls es zu persönlich sein sollte, Sie wirkten so erleichtert.«

»Ich weiß. Irgendwie tat es gut zu wissen, dass es ihn gibt. Er war plötzlich nicht mehr nur ein Phantom, sondern eine echte Person. Das war schon ein großer Schritt für mich.« Wieder schluckte Rico. »Jetzt muss ich mich nur noch trauen ... Na ja, Sie wissen schon. Aber das fällt mir noch schwer.«

Er verfiel in Schweigen. Robert durchbrach die Stille: »Darf ich fragen, warum Ihnen Ihre Mutter den Umgang mit ihm verbietet?«

Rico sammelte seine Gedanken. »Es ist alles lange vor meiner Geburt passiert, aber eben erst kurz danach rausgekommen.« Der junge Mann schluckte. Robert ließ ihm Zeit.

»Okay, also, meine Mutter hatte vor meinem Vater einen Freund. Der reiste gut ein Jahr vor der Wende in die BRD, mit Genehmigung der Behörden.«

»Das war möglich?«

»Na ja, manchmal schon. Ich weiß nicht, wie er das gemacht hat, meine Mutter hat mir ja nie mehr von ihm erzählen wollen.«

»Verstehe.«

»Die zwei haben sich dann später einmal getroffen, heimlich. Auf einer Autobahnraststätte an der Transitstrecke.«

»Transitstrecke?«

»Das war die genehmigte Strecke für Leute, die aus der BRD nach West-Berlin fuhren.«

Robert nickte, Rico sprach weiter.

»Die Transitroute wurde überwacht bis zum Gehtnichtmehr; vor allem die Raststätten. Die Bürger wussten das natürlich, sie waren vorsichtig, meine Mutter eigentlich auch, aber dennoch hat sie sich mit dem Typen getroffen. Alte Verbundenheit und so.«

»Und was ist passiert?«

»Auf der Raststätte wurden die zwei festgenommen.«

»Was?« Robert schreckte auf. »Festgenommen? Warum?«

»Westkontakt, die Stasi wollte halt alles wissen; warum sich meine Mutter mit dem Typen traf, über was sie redeten und so weiter.«

»Aber gab es denn einen politischen Grund für das Treffen?«

»Ach, überhaupt nicht. Meine Mutter war schon immer so was von unpolitisch. Sie hatte einfach Lust gehabt, ihre Jugendliebe wiederzusehen. Das war alles. Die Stasi hat sie dann schließlich laufen gelassen; ihr Ex musste zurück in die BRD und erhielt Einreiseverbot.«

Robert schüttelte nachdenklich den Kopf.

»Das Leben wurde für meine Mutter nicht gerade leichter danach. Zumindest beruflich nicht. Sie war ja noch jung, aber ihre Zukunftsaussichten hatten sich deutlich verschlechtert.«

»Und der *Typ* aus dem Westen ist Ihr Vater?«

»Nein. Meinen Vater hatte sie kurz vor dem verhängnisvollen Tag kennengelernt. Sie hatte ihm natürlich von dem geplanten Treffen erzählt, wegen Eifersucht und so. Er war der Einzige, der davon wusste. Nicht einmal meine Großeltern hatten einen Schimmer.«

»Oh, Sie meinen, Ihr Vater hätte …«

»Ja, er hat sie vermutlich verpfiffen; seine eigene Frau. Oder Zukünftige, damals waren sie ja noch nicht verheiratet.«

»Dann verstehe ich aber nicht, dass Ihre Mutter ihn trotzdem geheiratet hat.«

»Sie hat ihn darauf angesprochen und gefragt, ob er schuld

gewesen sei, ob er sie verraten habe. Und er hat geschworen, dass er mit der Verhaftung nichts zu tun habe.«

»Aber das kann doch auch möglich sein, oder? Ist es nicht viel wahrscheinlicher, dass dieser – wie sagten Sie? – *Westkontakt* derjenige war, der überwacht wurde?«

»Ja, das hat mein Vater ihr damals auch gesagt, und sie hat es geglaubt.«

»Und warum dann die Trennung und vor allem das Verbot für Sie, sich mit ihm zu treffen?«

»Akteneinsicht.«

Robert schaute ihn fragend an.

»Das Thema hat sie wohl nie ganz losgelassen. Und als sie mit mir schwanger war, kam alles in ihr noch mal hoch. Das war 1995. Sie hat sich an die Gauck-Behörde gewandt und Akteneinsicht beantragt. Tja, und in den Akten stand, dass mein Vater, also ihr Mann, als Informant für die Stasi tätig war.«

»Puh!« Robert ließ sich in den Sitz zurückfallen. »Das ist harter Tobak.«

»Ja, das fand meine Mutter auch.«

»Und das bedeutet also, dass Sie tatsächlich damals von Ihrem Vater belogen wurde.«

»Nein, nicht unbedingt, es ist nicht klar. Den Akten konnte sie nicht endgültig entnehmen, ob er sie wirklich verraten hatte oder nicht. Aber es reichte ihr auch so, zu wissen, dass er ein Spitzel war, und er ihr das nie gestanden hatte. Stellen Sie sich das vor. Wie muss es sich anfühlen, wenn Sie plötzlich verstehen, dass Sie den Menschen an Ihrer Seite nie wirklich kannten?«

Robert musste das Gehörte erst einmal verdauen.

»Ich bin froh, dass Sie mir das erzählt haben, Rico.«

Beide schwiegen. Es war der Fahrer, der die Stille schließlich durchbrach: »Jetzt fragen Sie sich sicher, warum ich diesen miesen Typen gegen den Willen meiner Mutter jetzt aufsuche, oder?«

»Warum sollte ich mich das fragen, Rico?«

»Nun, meine Mutter tut es. Der Anruf heute früh. Und es ist doch offensichtlich, oder? Sie wurde von ihm angelogen, vielleicht hat er sie sogar damals an die Stasi verpfiffen, und wenn nicht sie, dann hat er als IM sicherlich andere verraten.«

»IM?«

»*Inoffizieller Mitarbeiter*; so hießen diese Typen im Stasijargon. Also, es gibt doch keinen Grund, warum ich so einen miesen Typen auch noch freiwillig mit meinem Besuch beehre.« Rico lachte bitter.

»Es gibt einen Grund, Rico. Es ist der gleiche Grund, aus dem ich die lange Reise nach Deutschland angetreten habe, und weshalb Sie mich hier in dieses gottverlassene Nest bringen mussten.« Robert schaute an den fernen Horizont. »Wir alle brauchen Wurzeln, brauchen Vergangenheit, brauchen ein *Woher,* um das eigene *Wohin,* wenn vielleicht auch gerade nicht zu verstehen, so doch wenigstens akzeptieren zu lernen.«

Rico nickte anerkennend.

»Das haben Sie aber schick ausgedrückt.«

Robert verdrehte die Augen.

»Versuchen Sie nicht, mit lockeren Sprüchen abzulenken.«

Bevor Rico antworten konnte, rief die Gasthausenkelin: »Herr Schnitter, ich habe den Pastor für Sie am Telefon.«

»Den Pastor?« Verblüfft nahm Robert den ihm angereichten Hörer entgegen.

Die Stimme am anderen Ende klang hektisch. Rico beobachtete Robert interessiert. Dieser nickte, sagte wenig, schließlich verabschiedete er sich und drückte auf den Knopf mit dem roten Hörer, um das Gespräch zu beenden. Er schaute auf, eine seltene Zuversicht lag in seinem Blick.

»Rico, leeren Sie Ihre Tasse, wir müssen nach Neu Boltenhagen. Der Pastor hat eine Neuigkeit, die so umwerfend sei, dass er sie mir nicht am Telefon preisgeben wollte.«

»Herr Schnitter, wunderbar, dass Sie sofort hergekommen sind.« Die Tür vom Pfarrhaus war nach ihrer Ankunft so schnell geöffnet worden, dass Robert annahm, der Pastor hatte schon dahinter gewartet.

»So spannend, wie Sie es gemacht haben, Herr Pastor, wer hätte sich da nicht stehenden Fußes auf den Weg gemacht.« Die beiden Männer schüttelten sich die Hände. »Das ist mein Fahrer«, erläuterte Robert, der den fragenden Blick des Pastors offenbar richtig interpretiert hatte, denn während sich Rico kurz vorstellte, fügte Robert hinzu, dass er in dieser Sache den jungen Mann ruhig dabeihaben könne, worauf der Pastor verstehend nickte.

»Was haben Sie denn nun herausbekommen? Sie machten ja so ein Geheimnis daraus.«

»Kommen Sie mit, wir gehen rüber zur Kirche.«

»Zur Kirche?«

»Sie werden schon sehen.«

Rico zögerte etwas. Robert schaute ihn aufmunternd an: »Kommen Sie mit! Das scheint ja eine große Sache zu sein.«

Rico strahlte.

Wenige Augenblicke später passierten die drei Männer das schmiedeeiserne Tor des Kirchhofs. Im Gegensatz zum letzten Mal steuerte der Pastor nicht auf die Kirche selbst zu, sondern ließ diese links liegen und bewegte sich schnellen Schrittes zum hinteren zugewucherten Teil des umgebenden Gartens. Er sprach unentwegt.

»Wissen Sie, Herr Schnitter, ich habe mir nach Ihrem Besuch gestern die alten Gemeindeunterlagen vorgenommen. Zum einen wurmte es mich, dass ich nicht mit Sicherheit sagen konnte, welches der Stammhof Ihrer Vorfahren war, zum anderen interessierte mich auch Ihr Hinweis auf dieses Flüchtlingsmädchen, diese Ingrid.«

»Und?«

»Zu diesem Mädchen habe ich nichts gefunden; also auch keine Ahnung, ob es sie oder ihre Nachkommen hier noch gibt. Was ich jetzt mit ziemlicher Sicherheit aber sagen kann, ist, dass es sich beim Holtenkamphof tatsächlich um den Hof Ihres Vaters handelt.«

»Ach, das ist doch eine gute Nachricht.«

»Waren Sie schon dort?«

»Ja, aber wir haben Frau Holtenkamp nicht angetroffen; sie soll morgen wieder zurück sein; das sagte uns zumindest unsere Pensionswirtin, die es wiederum von der Holtenkampschen Putzfrau wusste.«

Der Pastor lachte.

»Dorf halt.«

Die drei waren mittlerweile am hinteren Teil des Gartens angekommen. Frisch umgeknickte Zweige und ein Trampelpfad deuteten darauf hin, dass sich hier vor Kurzem bereits jemand seinen Weg durch die verwilderten Sträucher gebahnt hatte.

»Wir sind da.« Die Augen des Pastors leuchteten verheißungsvoll. »Das hier ist der alte Friedhof der Kirche, oder besser, dessen Reste. Nur die uralt eingesessenen Bauernfamilien hatten ihre Gräber hier. Schon zu Ihrer Zeit, also ich meine zur Zeit Ihrer Eltern, Herr Schnitter, waren es wenige, die ihre Gräber hier noch pflegten. Die allermeisten waren auf dem neuen Friedhof, in der Regel wurden die alten Gräber sogar dorthin umgebettet. Kommen Sie!«

Der Pastor bog Büsche und Sträucher zur Seite, er hielt tiefhängende Äste fest, Robert und Rico folgten ihm mit Mühe.

»Wie gesagt, die meisten ließen die Gebeine umbetten. Nur wenige Familien sind hier verblieben, so eben auch Ihre Vorfahren, Herr Schnitter. Und jetzt sehen Sie selbst.«

Sie waren an der Kirchhofmauer angekommen. »Voilà!«

Einige alte Grabsteine lehnten an der Mauer, sie alle waren überwuchert von Brombeeren, bis auf einen. Umrisse im Boden ließen vermuten, dass dieser Stein kürzlich noch kopfüber flach auf der Erde gelegen hatte.

Roberts Augen versuchten alles gleichzeitig aufzunehmen: ein Grabstein mit der Aufschrift *Ruhestätte der Familie Schnitter.* Er schluckte vor Aufregung. Tatsächlich stand dort *Schnitter*, es war das Familiengrab seiner Vorfahren. Darunter einige Namen mit Geburts- und Sterbedaten. Und auf einem Gedenkstein …

»Da ist ja der Name meines Vaters: *Gefallen fürs Vaterland Karl Schnitter.*«

»Warten Sie ab, Herr Schnitter, das ist noch nicht alles.« Unter Ächzen hob der Pastor einen weiteren Stein auf. Auch dieser schien bereits einmal aufgerichtet, dann aber wieder zurückgelegt worden zu sein. Rico sprang dem Pastor zur Seite und half ihm. Roberts Augen weiteten sich vor Schreck, als er die Inschrift darauf las.

Denn meine Gedanken sind nicht eure Gedanken, und eure Wege sind nicht meine Wege. Jesaja 55 – Helena und Robert Schnitter

Robert entfuhr ein Schrei. Er musste sich an der Mauer abstützen, es dauerte einige Augenblicke, bis er wieder zu sich gefunden hatte.

»Das ist doch gar nicht möglich, Herr Pastor! Da steht ja, dass meine Mutter und ich …«

»… 1945 verstorben sind«, beendete der Angesprochene den Satz.

»Das ist ja der Hammer!«, hatte Rico als Erster wieder zu Worten gefunden und machte ein Foto mit seinem rasch gezückten Handy.

»Ich kann nicht glauben, was ich sehe.« Robert war vollkommen verwirrt.

»Das ging mir genauso, Herr Schnitter. Deshalb wollte ich Sie ja auch unbedingt sofort sprechen, und es war mir klar, dass Sie es mit eigenen Augen sehen mussten, um es zu glauben.«

»Na ja, Pastor, Sie haben aber schon eine ganz gute Choreographie gemacht«, grinste Rico.

»*Dramaturgie*, wenn überhaupt, junger Mann«, schaute ihn der Pastor schief an. »Herr Schnitter, ich glaube, wir sollten uns ein bisschen setzen, was meinen Sie?«

Robert nickte stumm. Die kleine Gruppe kämpfte sich durch das Gestrüpp wieder ins Freie. Kurz vorm Schritt auf die offene Rasenfläche drehte sich Robert nochmals um und starrte in Richtung der Grabsteine. Er schüttelte den Kopf und schloss die Augen.

»Herr Schnitter? Kommen Sie, es ist besser, wenn wir in Ruhe sprechen. Gehen wir ins Haus zurück!« Der Pastor fasste ihn am Arm und zog ihn fort.

»Herr Pastor, das ist doch alles so ungeheuerlich. Was hat das zu bedeuten?« Dankbar nahm Robert den Kaffee an, den ihm der Pastor reichte, und auch Rico griff zu.

»Ich habe nicht ansatzweise eine Antwort, Herr Schnitter, so leid mir das tut.«

»Wie kamen Sie denn überhaupt darauf?«

»Als Sie sich gestern vorstellten, klingelte es irgendwie bei Ihrem Namen. Und plötzlich kam es wieder, das alte Familiengrab, der Stein, der Name – wir hatten den alten Teil des Parks schon mal etwas aufgeräumt, aber er wuchert halt immer wieder so schnell zu. Ich hatte Ihnen ja gestern bei der Besichtigung schon gesagt, dass wir den Teil mal grundlegend angehen wollen. Dazu gehört natürlich auch, wie wir mit den letzten dort noch verbliebenen sterblichen Überresten umgehen werden. Heißt also, das alles bedeutet ein bisschen mehr, als nur den Garten in Ordnung zu bringen, und damit ist es derzeit noch nicht finanzierbar. So blieb also der Kirchhof an dieser Stelle unangetastet. Aber die Erinnerung war zum Glück noch nicht ganz verschüttet.«

»Aber, wer liegt in diesem Grab? Meine Mutter und ich ja nun nachweislich nicht. Wer wurde hier also beerdigt und warum unter falschen Namen. Warum wurden meine Mutter und ich für tot erklärt?«

»Ich habe bereits im Kirchenbuch unter dem Datum nachgeschaut, leider gibt der Eintrag dort nicht viel her.«

»Wieso nicht? Ich dachte die Kirchenbücher seien so wichtig wie die Bibel für Sie?«, schaltete sich Rico ins Gespräch ein.

»Kirchenbücher waren seit Ende des 19. Jahrhunderts nicht mehr staatlich anerkannt, das wurde durch das Standesamt übernommen. Von da an hingen Umfang und Inhalt der Eintragungen von den Gepflogenheiten des zuständigen Pfarrers ab. Und hier in den ländlichen Gemeinden waren die Pastoren – wie soll ich sagen? – leider nicht immer die allererste Wahl.«

»Aber steht denn im Kirchenbuch so gar nichts zu meiner Familie?«

»Ich habe natürlich nachgeschaut, zu Ihrem Todesdatum findet sich nur der Eintrag *Trauerfeier Schnitter – Helena und Robert*. Vielleicht findet sich im Standesamt mehr.«

»Zu *meinem* Todesdatum – das klingt absurd. Ich frage mich, Herr Pastor, ob meine Mutter von der ganzen Sache wusste. Vielleicht hatte die Inszenierung ja einen Sinn, welchen auch immer. Vielleicht sind die Gräber ja leer.« Robert schmeckte seinen eigenen Worten nach und merkte auf. »Genau! Vielleicht sind die Gräber leer. Können wir sie nicht exhumieren lassen?«

»Geil, ist ja wie im Krimi.«

Rico erntete gleich von beiden Seiten missbilligende Blicke.

»So einfach ist das leider nicht, Herr Schnitter. Aber ich kann mich natürlich darum kümmern. Ich weiß allerdings nicht, wie viel denn überhaupt noch übrig wäre, wenn … Also, verstehen Sie mich nicht falsch, also für den Fall, dass doch jemand dort begraben liegt. Aber ich werde mich natürlich schlaumachen.«

»Herr Pastor, wer soll denn dort begraben liegen? Meine Mutter ist mit mir nach dem Krieg nach Argentinien geflohen, sie ist vor Kurzem verstorben und ich sitze Ihnen hier ziemlich lebendig gegenüber. Es kann also gar nicht anders sein, die Gräber sind leer. Und dann macht es Sinn, dass meine Mutter mir diesen mysteriösen Auftrag gegeben hat: *Gehe ins Dorf Deines Vaters!* Sie konnte ja nicht ahnen, dass der Friedhof zugewuchert ist und nicht mehr genutzt wird. Je mehr ich darüber spreche, desto klarer wird mir das Bild. Ja, meine Mutter muss von der Scheinbeerdigung gewusst haben. Vielleicht machte das alles erst ihre Flucht möglich. Irgendein Geheimnis wurde damit vertuscht, so schwerwiegend, dass sie es nie auszusprechen gewagt hat. Aber sie wollte es offenbar nicht für immer mit ins Grab nehmen, und so schickte sie mich hierher, um mit eigenen Augen das falsche Grab zu sehen.«

»Und der Bernstein?«, unterbrach Rico.

»Was?«, fragten der Pastor und Robert gleichzeitig.

»Der Bernstein? Sie hat Ihnen doch den Bernstein vermacht. Was hat es damit auf sich?«

»Rico, woher soll ich das denn wissen? Aber dieses Grab hier, das ist der Schlüssel zum Geheimnis meiner Mutter. Ich bin mir sicher.«

»Aber, wenn da vielleicht doch jemand drin liegt, Herr Schnitter?«, fragte der Fahrer vorsichtig.

»Wie meinen Sie?« Robert wirkte verärgert.

»Nun ja, könnte es denn nicht auch sein, dass vielleicht, also nur angenommen, dass Sie gar nicht …«

»Wollen Sie etwa andeuten, dass ich nicht ich bin? Na, hören Sie mal. Ich habe immer noch meine deutsche Geburtsurkunde, ebenso den Pass meiner Mutter. Seien Sie sich sicher, ich bin der, der ich bin.«

»Natürlich, es war ja nur so ein Gedanke.«

»Ich bin mir sicher, dass diese Gräber leer sind. Und wenn dem nicht so sein sollte, dann ist eines gewiss: Wer auch immer dort liegen mag, es handelt sich dabei weder um meine Mutter noch um mich.«

»Was wollen Sie jetzt tun?«, fragte der Pastor.

»Morgen treffe ich, so hoffe ich zumindest, Frau Holtenkamp. Vielleicht weiß sie ja etwas über die Verkäufer des Hofs. Das müssten dann ja Nachfahren der Schnitters sein, also Verwandte von mir. Mal sehen, was sie zu berichten hat. Vielleicht gibt es ja auch noch historische Dokumente auf dem Hof. Und Sie, Herr Pastor, würde ich bitten, dass Sie sich um eine Exhumierung bemühen.«

Der Pastor nickte zustimmend.

»Ich werde sehen, was ich für Sie tun kann, Herr Schnitter. Für heute aber kann ich erst mal nicht weiterhelfen.«

»Sie haben mir unglaublich geholfen. Ich bin mir sicher, dass das alles heute der entscheidende Schritt auf meiner Suche war. Vielen Dank!«

Die drei standen im Flur. Robert hielt die Hände des Pastors fest umschlossen, dieser nickte ihm zu. Als sich die Tür hinter ihnen beiden schloss, wandte Rico sich Robert zu: »Und ich, was kann ich für Sie tun? Ich würde gerne auch dabei sein, mithelfen.«

»Sie fahren mich jetzt erst mal wieder zurück zum Gasthof.«

»Aber ich könnte doch viel mehr tun. Das alles ist so spannend. Das ist echt wie im Krimi.«

Robert schüttelte den Kopf.

»Rico, nutzen Sie Ihre Energie für Ihre eigene Suche. Ich kann zu Frau Holtenkamp morgen gerne zu Fuß gehen, ist ja nicht weit vom Gasthaus entfernt. Und wissen Sie, was Sie machen werden?«

Die beiden standen sich gegenüber. Robert fasste sein junges Gegenüber bei den Schultern.

»Sie geben sich den Ruck und suchen Ihren Vater auf.«

»Aber …«

»Nichts, aber! Oder wollen Sie eines Tages so enden wie ich?«

Rico lächelte schwach.

»Was soll ich denn darauf sagen?«

»Na, dann sind wir uns ja einig! Und nun, Abfahrt Richtung Gasthof. Ich hätte heute mal Lust auf … Schnitzel!«

Kapitel 14

Elenas Befürchtung bewahrheitete sich nur kurze Zeit später. Der Brief im blassrosa Umschlag hatte die Schnitters erreicht. Der Postbote schaute betreten zu Boden, als er das Kuvert überreichte. »Mein Beileid!« murmelnd zog er sich rasch zurück und ließ Karla an der Tür stehen.

»Otto!«, rief sie mit ersterbender Stimme in den Flur. Und wieder: »Otto!«

Er fand sie auf der obersten Treppenstufe vor der Haustür kauernd, das Gesicht in den Händen verborgen. Der Brief lag ungeöffnet vor ihr. Karla schaute auf und deutete mit dem Kopf in Richtung Treppenstufe zu ihren Füßen. Otto nahm mit zitternden Fingern den Brief und öffnete das Kuvert. Seine Augen glitten über die Zeilen, sein Blick verdüsterte sich. Er schaute auf und nickte langsam. Schweigend verharrten sie für eine Weile.

»Komm, Karla, lass uns hineingehen. Was sollen denn die Nachbarn sonst denken?«

Ächzend ließ sie sich von ihm aufhelfen. Beide waren mit einem Schlag um Jahre gealtert. Sie riefen die jungen Frauen, Else war draußen bei den Tieren, Elena, wie meistens in letzter Zeit, in ihrer Kammer. Ihr war oft übel, die Schwangerschaft machte sich bemerkbar. Else erreichte als Erste die Küche.

»Was brüllt ihr denn so, was ist …?« Sie stoppte mitten im Satz und fasste sich an die Brust. Ihr Vater wedelte matt mit dem Schreiben des Wehrmachtskommandos. Else musste gar nicht erst lesen, um zu verstehen, was die Gesichter ihrer Eltern bedeuteten. Entgeistert starrte sie die beiden an und ließ sich auf ihren Platz sinken. Nun war auch Elena in der Küche. Sie sah von einem zum andern.

»Helena, setz dich hierher!« Karla schob einen Stuhl bereit. Sie suchte nach den richtigen Worten. Hilfesuchend blickte sie zu ihrem Mann, aber der schaute mit leerem Blick auf den Tisch vor sich. So nahm sie ihm das Schreiben ab und reichte es wortlos ihrer Schwiegertochter. Elena schaute von einem zum andern, dann nahm sie mit klammen Fingern den Briefbogen entgegen.

»Oh nein, bitte nicht. Bitte sagt, dass das nicht wahr ist.« Entgeistert starrte sie auf die Schreibmaschinenzeilen. Wie konnte man nur diese Tragödie in solch nüchterne Worte packen? Entmutigt ließ sie den Brief in den Schoß sinken. So blieben sie alle um den Tisch sitzen und starrten schweigend vor sich hin, bis das Brüllen der Kühe sie in die Realität zurückholte.

»Wir müssen melken!« Karla schluckte die Trockenheit in ihrer Kehle herunter und stand mit einer mechanischen Bewegung auf. Als sie allein im Flur stand, drehte sie sich zu den anderen um, die noch immer am Tisch saßen, und raunzte sie an: »Habt ihr die Kühe nicht gehört? Wir müssen melken!«

Dann sank sie wie ein Häufchen Elend zusammen und lag auf den kalten Fliesen. Aus ihrer Benommenheit gerissen, sprangen Else, Otto und Elena von ihren Stühlen und eilten zu ihr. Die Mädchen halfen ihr auf, Otto stand hilflos daneben.

»Wir legen sie aufs Sofa in der Stube«, bestimmte Else.

»Vater, leg ordentlich Kohle auf, dass der Kachelofen warm wird. Und du, Helena, mach ihr einen starken Tee!«

Als sie auf dem Sofa lag, richtete Karla sich auf.

»Wir müssen alles vorbereiten. Holt den Pfarrer, gebt dem Bürgermeister Bescheid. Karten, wir müssen Karten drucken lassen.« Sie redete wirr durcheinander. Else drückte sie sanft, aber bestimmt wieder auf das Sofa zurück. Sie wickelte sie in eine Decke, zwischenzeitlich kam Elena mit dem Tee.

Das heiße Getränk und die Geborgenheit des bullernden Ofens beruhigten Karla etwas. Schließlich schlief sie erschöpft ein.

Else schaute auf und sah Elena an. Ihr Blick war eisig, Elena erschauerte. Sie wollte etwas sagen, wusste aber nicht, was. Otto war aus dem Haus gegangen, durchs Fenster sah sie ihn am Rande des Hofplatzes stehen, da, wo seine Felder und Wiesen begannen. Dort, wo er einst mit Karl gestanden hatte. Elena raffte ihr Kleid, stürmte die Treppe hinauf und schloss sich in ihrer Kammer ein.

Auf dem Familiengrab am Ende des Kirchgartens prangte der Name *Schnitter* und ein Gedenkstein davor erinnerte nun an Karl. Der Januarregen bereitete unbarmherzig den Weg für die Winterkälte, die sich unter die Kleidung fraß. Elena nahm das alles kaum wahr. Wie fremdgesteuert hatte sie im Kirchenschiff in der ersten Reihe Platz genommen, hatte sich zu den Gebeten erhoben und danach wieder gesetzt, hatte die Lieder, die von einem Stein sprachen, auf den man schaue, und davon, dass *Er* A und O sei, über ihren Kopf hinwegrauschen lassen, war flankiert von Karls Familie dem Pfarrer auf den Kirchhof gefolgt und hatte die Reihe der Kondolierenden an sich vorbeiziehen lassen. Zu allerletzt drückte der Pfarrer ihre Hand und versuchte, tröstende Worte zu finden. Er sagte etwas von einem neuen Leben, das doch jetzt in ihr heranwachse und in dem Karl weiterleben würde.

Elena wünschte sich, ihr Vater hätte bei ihr gestanden. Gerade heute war nun endlich ein Antwortbrief von ihm angekommen. Ihr Vater war der Einzige, der ihr in dieser Zeit etwas Trost und Halt spendete, der aber unerreichbar weit weg war. Sie hätte sich gewünscht, sie müsste dieses Leben, das sie nun erwartete, ohne Karl, schwanger, in einer Familie, die nicht ihre war, nicht mehr weiterleben. Zumal die Blicke ihrer Schwägerin für sie unmissverständlich waren: Insgeheim machte Else sie für Karls Tod verantwortlich. Dabei wäre Karl doch auch, wenn er mit der Tochter des Bürgermeisters verheiratet gewesen wäre, in den Krieg eingezogen worden. Wie gerne hätte Elena Ambershagen gegen ihr altes Zuhause am Atlantik getauscht. Aber das war vollkommen ausgeschlossen.

Der Arzt hatte gesagt, dass sie Ende Mai Termin hätte. Das Kind von Karl. Seltsamerweise machte sie der Gedanke daran nicht froh. Sie müsste sich doch freuen, sagte sie sich immer wieder. Das Einzige, was ihr von Karl blieb, würde dieses Kind sein. Aber die Freude wollte sich einfach nicht einstellen. Sie würde diesen Hof mit einem Säugling niemals verlassen können; jetzt im Krieg ohnehin nicht.

Die Zeiten waren schwer. Deutschland litt, überall wurden die Städte bombardiert. Die Bewohner strömten aufs Land und bettelten mit hungrigen Augen um Nahrungsmittel. Die Bauern ließen sich diese teuer bezahlen: wertvolles Tafelsilber wechselte die Besitzer. Sie ließen sie auf den Feldern nach alten Kartoffeln suchen, und selbst das mussten die Menschen bezahlen.

Unter vorgehaltener Hand hieß es, der Russlandfeldzug laufe nicht so, wie geplant. Aber niemand hätte gewagt, das offen auszusprechen. Die *Wochenschau* tönte ganz anders und auch der Führer und Goebbels sprachen im Radio von den Siegen, die die deutsche Wehrmacht erzielte.

Vor knapp einem Jahr, im Februar '43, hatten sie im Berliner Sportpalast die Massen mobilisiert. Auch Schnitters hatten in der guten Stube am Volksempfänger zugehört. Elena hatte etwas abseits gesessen und die Szenerie beobachtet. Sie hatte noch immer nicht verstehen können, dass man sich für einen Krieg *begeistern* konnte. Das war noch vor Karls Tod gewesen.

Die Deutschen seien gewappnet gegen Schwäche und Anfälligkeit, hatte es geheißen, und Schläge und Unglücksfälle des Krieges verliehen nur zusätzliche Kraft, die sie bereit machte, alle Schwierigkeiten und Hindernisse zu überwinden.

Und nun? Das Unglück hatte bei ihnen zugeschlagen. Hatte es zusätzliche Kraft verliehen? Karla und Otto versuchten, das Leben so normal wie möglich fortzuführen, aber in Wirklichkeit waren sie am Boden zerstört. Der Bürgermeister hatte nochmals bei ihnen vorbeigeschaut. Wie es denn nun weitergehen solle auf den Höfen, ohne die jungen Männer, hatten sie ihn gefragt, und er hatte gemeint, so etwas dürfe man nicht fragen, denn es gehe schließlich um das Volk. Entscheidend sei der Endsieg, alles andere müsse dem untergeordnet sein. Ob sie das etwa anders sähen, hatte er hinterhergesetzt, und beide hatten verlegen versichert, dass er natürlich recht habe.

»Ich bin das Licht der Welt. Wer mir nachfolgt, der wird nicht wandeln in der Finsternis, sondern wird das Licht des Lebens haben.« Der Pfarrer ließ Wasser über die kleine Stirn tröpfeln. »Ich taufe dich im Namen des Vaters, des Sohnes und des Heiligen Geistes. Ich taufe dich auf den Namen Robert.« Otto schaute stolz auf den kleinen Jungen in seinen Armen. Es war das erste Mal seit der Trauerfeier vor fünf Monaten, dass er wieder lächeln konnte.

Die Geburt hatte neues Leben auf den Hof gebracht.

»Die Familie lebt weiter«, meinte Karla immer wieder, als könnte sie damit ungeschehen machen, was ihr den Sohn genommen hatte. Alle versuchten, durch hektisches Treiben die Dunkelheit der vergangenen Monate zu überwinden.

»Robert, das steht für Stolz, Glanz und Ruhm. Mögen ihn diese Eigenschaften sein Leben lang begleiten«, ergänzte der Pfarrer das Gebet bei der Tauffeier im Hause der Schnitters. Karla und Else hatten auf den Tisch gezaubert, was sie nur konnten. Draußen schien die Maisonne kräftig, die Frühlingsblumen leuchteten.

»Robert hieß mein Vater.« Karla zeigte auf die Reservistenpfeife mit eben diesem Namen drauf, die über dem Sofa an der Wand der guten Stube hing. »Und der Kleine hier sieht genauso aus wie Karl als Säugling.«

An der langen Festtafel machten sich die Gäste gegenseitig auf das schöne Frühlingswetter aufmerksam, dass das doch ein gutes Omen sei, dass das Getreide prächtig stehe und es sicherlich eine reiche Ernte geben werde, die ihnen Speicher und Dachböden füllte. Nur über den Krieg sprach niemand. Jeder von den Gästen hatte jemanden aus der unmittelbaren Nähe verloren: Söhne, Brüder, Schwäger und Ehemänner.

Der Bürgermeister saß am Kopfende der Tafel, an seiner Seite Otto. Beide hatten rote Wangen. Else und Karla wirbelten umher, schenkten nach, reichten an und räumten ab.

Elena beobachtete das alles wie durch einen Schleier. Die Geburt war schwer gewesen, sie litt noch unter den Folgen, hatte Schmerzen. Robert war ein großes Kind, der Arzt hatte kurz entschlossen schneiden müssen. Die Hebamme hatte Elena Tipps gegeben, wie sie sich die richtigen Sitzbäder herrichtete, dass sie auf Hygiene achten und nach den Bädern alles gut trocknen solle.

Elenas Schwiegermutter kümmerte sich um sie und den Jungen. Oft blieb sie an der Wiege stehen, betrachtete das Kind und drehte sich dann abrupt ab. Elena sah, dass sie die Lippen aufeinanderpresste. Otto hatte vom Hoferben gesprochen, davon, dass nun doch noch alles gut werden könne, und dass es immer irgendwie weitergehe. Sogar Else hatte sich mit ihren spitzen und boshaften Bemerkungen zurückgehalten.

Nur bei Elena wollte sich keine Freude einstellen. Sie beobachtete sich wie von außen, sie war sich selbst fremd. Sogar das Wachsen ihres Bauches hatte sie verfolgt, als gehöre das alles nicht zu ihr. Jetzt, nachdem der kleine Robert auf der Welt war, verlor sie leicht die Fassung, war ängstlich und fing immer wieder grundlos an zu weinen.

»Junge Frau, nun machen Sie sich mal keine Sorgen. Das ist ganz normal«, hatte ihr die Hebamme bei einem späteren Kontrollbesuch gesagt, als sich Elena hilfesuchend an sie gewandt hatte.

»Aber müsste ich denn nicht glücklich sein? Mein Sohn ist auf der Welt, er ist gesund, ein hübsches Kind. Da kann ich doch nicht immer traurig sein, oder?«, hatte Elena nachgefragt, während sie dem Jungen die Brust gab. Die Hebamme hatte sich zu ihr ans Bett gesetzt und Roberts Wange gestreichelt. Ihr Gesichtsausdruck nahm eine tiefe Melancholie an.

»Wie sollen wir auch bei der größten Freude vergessen, was da draußen geschieht?« Sie hatte durchs Fenster ins Nichts geschaut, dann hatte sie sich kurz geschüttelt, aufgerichtet und wieder zum professionellen Lächeln zurückgefunden.

»Das wird schon wieder. Bald werden Sie strahlen und lachen.« Mit einem kurzen Nicken und einem kontrollierenden Blick, ob auch wirklich alles gerichtet war, hatte sie Elena in der Kammer zurückgelassen.

Die hatte noch auf die Tür geschaut, nachdem diese schon lange ins Schloss geschnappt war. Ein Zwicken in ihre Brustwarze brachte sie zurück zu ihrem Sohn.

Seitdem waren nun einige Wochen vergangen und noch immer stand sie neben sich. Die Taufgesellschaft wurde lauter, die Stimmung stieg. Alles schien so normal, so fröhlich und friedlich, als plötzlich einer der Gäste in den Hof schaute: »Was will der denn hier?«

Alle sahen raus. Eine abgerissene Gestalt stand dort. Geflickte Kleidung hing an dem ausgemergelten Körper. Karla verdrehte die Augen.

»Wieder einer von denen aus der Stadt, die zum Betteln kommen.« Sie riss die Fensterflügel auf und raunzte ihn an: »Wir haben heute nichts zu geben. Gehen Sie weiter. Die Frühkartoffeln sind noch nicht so weit. Kommen Sie in ein paar Wochen wieder, dann können Sie von mir aus mit den anderen auf den Acker und schauen, was liegen geblieben ist. Aber heute stören Sie uns nicht!«

Der Mann trat unter das Fenster. Er wollte sich nicht abwimmeln lassen.

»Nun gehen Sie schon, sonst lasse ich den Hund von der Kette!« Auch Otto war ans Fenster getreten. Karla schickte sich an, das Fenster wieder zu schließen. Zu den Gästen sagte sie, dass sie sich diesen Tag bestimmt nicht von so einem Lumpensammler verderben lassen würde, und dass es doch unglaublich sei, dass die jetzt schon am Tag des Herrn kämen, als der Fremde die Stimme erhob.

»Hören Sie, Sie sind doch die Familie von Karl, oder? Ich bin …«, er räusperte sich, »… ich war mit ihrem Sohn auf der *Scharnhost.*«

Else ließ fast die Kaffeekanne fallen, Karla hielt sich am Fensterflügel fest und auch Otto rang nach Luft. Elena stand langsam von dem Sessel abseits des Esstischs auf und legte Robert vorsichtig in sein Bettchen. Sie bewegte sich auf das Fenster zu und schaute zu dem Mann im Hof hinunter. Leid und Schmerz standen in seine Augen geschrieben und sie fühlte sich seltsam verbunden mit ihm.

»Kommen Sie rein!«, sprach sie tonlos, winkte ihn, ums Haus zu gehen, und bewegte sich wie schlafwandelnd aus der Stube in Richtung Tür. Die anderen schauten ihr nach. Karla und Else folgten ihr.

Einer nach dem anderen stand bedrückt auf und schaute sich hilfesuchend um, keiner wusste mit der Situation umzugehen. Die Küchentür quietschte, der Fremde war im Haus.

»Ich glaube, wir gehen dann mal«, sagte eine der Nachbarinnen, die anderen folgten ihr stumm. Die Stube leerte sich. Einige gaben Otto noch einen Gruß für Karla mit. Einzig der Bürgermeister blieb zurück. Er klopfte seinem Freund auf die Schulter: »Komm, Otto, lass uns zu den Frauen rübergehen.«

Der Angesprochene nickte stumm. Die beiden Männer standen als Einzige noch in der guten Stube.

»Und wenn er nur ein Betrüger ist? Davon hört man doch. Die machen mit dem Leid der Familien Geschäfte, gerade bei uns Bauern«, stammelte er schließlich.

»Dann packe ich ihn beim Kragen und werfe ihn raus.«

Otto schaute seinen Nachbarn dankbar an.

Der Fremde in der Küche sah erbärmlich aus: dunkle Ringe unter den Augen, hohle Wangen, die geflickte Kleidung schlackerte um seinen mageren Körper.

»Else, bring was zu essen aus der Stube«, wies Karla ihre Tochter an. Der Mann schaute ihr nach und entdeckte beim Umdrehen Otto und den Bürgermeister in der Tür. Er erhob sich vom Stuhl, aber Otto winkte ab.

»Bleiben Sie sitzen, junger Mann.« Er schüttelte ihm die Hand, der Bürgermeister schloss sich an. Mit aller Selbstverständlichkeit setzte der sich zwischen die Schnitters an den Küchentisch. Alle schwiegen, die Atmosphäre war gespannt.

Mit Heißhunger schaute der Fremde auf den Teller, der jetzt vor ihm stand.

»Essen Sie erst mal etwas«, befand Karla. Der Mann ließ sich nicht lange bitten, die anderen beobachteten befremdet, wie er das Essen verschlang. Als der Teller geleert war, wischte er sich zufrieden den Mund mit dem Handrücken ab.

»Sie waren also mit Karl auf dem Schiff?«, fragte der Bürgermeister. Der Mann nickte.

»Welches?«, hakte der Bürgermeister misstrauisch nach.

»Ich sagte es Ihnen doch vorhin schon: die *Scharnhorst.*« Plötzlich dämmerte es dem Mann. »Hören Sie, halten Sie mich etwa für einen Betrüger?« Er war empört. Schon stand er auf, da eilte Elena zu ihm und drückte ihn auf seinen Stuhl zurück.

»Erzählen Sie von meinem Mann!«

»Ihr Mann?« Er überlegte kurz. »Dann sind Sie Helena, die Frau aus Argentinien, richtig?«

Elena nickte still, sie biss sich auf die Lippen, um nicht loszuheulen. Das Gesicht ihres Gegenübers hellte sich auf, er drehte sich zum Bürgermeister um: »Sie wollen einen Beweis?« Dann wandte er sich wieder Elena zu.

»Er sprach oft von Ihnen, von Ihrer Überfahrt von Südamerika nach Hamburg und auch von dem Bernstein, den er für Sie hatte polieren lassen.«

Nun brach es aus Elena heraus, sie heulte laut auf und nickte ihm unter Tränen zu.

»Erzählen Sie uns von unserem Sohn!« Otto hatte zur Besinnung zurückgefunden. Der Fremde nickte.

»Was hat man Ihnen denn schon mitgeteilt?«

»So gut wie nichts.«

Der Fremde sammelte sich, suchte, mit dem Blick auf die Tischplatte vor sich gerichtet, einen Moment lang nach den passenden Worten, dann, ohne wieder aufzuschauen, begann er zu reden.

»Nun, es waren die Briten. Wir lagen ganz im Norden, in Norwegen; bei Hammerfest. Sagt Ihnen das etwas? Danach kommt nur noch das Polarmeer, jenes kalte, dunkle, endlose Nichts. Nachts kam der Alarm, direkt vor Weihnachten, am 22. Dezember. Es hieß: alle Mann an Deck, die Zusatzwachen in Position. Wir waren schon zu lange da oben, in der Polarnacht, da wird es überhaupt nicht mehr hell. Und die Kälte fraß sich in unsere Knochen. Wir waren alle nicht in der besten Verfassung und die *Scharnhorst* auch nicht.« Er räusperte sich. »Es hieß, deutsche Aufklärungsflieger hätten einen Konvoi entdeckt, der auf Russland zuhielt. Versorgungsschiffe, die die feindlichen Truppen an der Ostfront mit Verpflegung versorgten. Das musste natürlich verhindert werden. Sie durften Russland nicht erreichen. Wir waren uns allerdings nicht sicher, ob es nicht doch wieder so etwas wie Spitzbergen sein würde, so eine Art von Manöver.«

»Manöver? Spitzbergen?«

»Ein Vierteljahr vorher, im September '43, wurden wir mobilisiert und griffen mit über zehn weiteren Zerstörern die Insel Spitzbergen an.«

»Im September letzten Jahres, sagten Sie?«, hakte Elena nach. Der Fremde nickte. Otto verstand als Erster: »Dafür hat sich Karl freiwillig zurückgemeldet. Im September erfuhr er von der Mobilmachung.«

»Stimmt, er kam genau in dieser Zeit zurück aufs Schiff. Ihr Karl, Herr Schnitter, war einer der Tüchtigsten.« Er nickte Otto zu, der lächelte dankbar. »Nachts schrie Karl manchmal, die Explosion damals in Gotenhafen machte ihm immer noch zu schaffen. Während aber andere Matrosen danach nicht mehr zurückkamen, hatte er sich freiwillig gemeldet, und zwar wieder auf der *Scharnhorst*. Ein echter Kamerad. Wir haben ihn dafür bewundert.«

»Das ist deutsches Blut!«, murmelte der Bürgermeister anerkennend.

»Und was war nun mit Spitzbergen?« Das forsche Nachfragen Elenas überraschte alle. Sie schien ungeduldig, beinahe getrieben.

»Das war Kinderkram, wenn Sie mich fragen. Da war nichts auf der Insel, gar nichts. Außer einem kleinen Gefechtstand, aus dem die Soldaten noch im Schlafanzug herausgestürmt kamen, als sie uns bemerkten. Ich weiß nicht mal, was die da überhaupt verteidigen wollten. Ein bisschen Anthrazitkohle wird dort abgebaut, sonst nichts. Nun ja. Es hat nicht lange gedauert, dann war alles platt und der Einsatz beendet. Ich glaube, die wollten uns nur ein bisschen in Bewegung halten.«

»Ein bisschen in Bewegung halten?«, wiederholte Elena. »Dafür ist Karl zurückgegangen, für ein *bisschen Bewegung*?«

»Verstehen Sie mich nicht falsch. Es war gut, dass er da war und die Übung dort hat uns auch gutgetan. Denn damals, Weihnachten, das war dann doch etwas anderes. Wie gesagt, am 22. Dezember hat man uns mobilisiert. Dass es ernst wurde, das war mir klar, als uns am Heiligabend von den Offizieren der Alkohol verboten wurde. Da wurde es uns doch ein bisschen mulmig. Eine Runde war nämlich schon ausgeteilt, aber dann kam der Befehl, alles zurück, keinen Schnaps mehr. Karl hat uns alle beruhigt. Er meinte, die *Scharnhorst*, die sinke schon nicht, egal, was passiere. Und er musste es schließlich wissen, er war ja bei der Explosion dabei gewesen.« Er hielt kurz inne. Alle hatten Tränen in den Augen. Allein die Erwähnung von Karls Namen reichte aus, um der mühsam unterdrückten Trauer die Tore zu öffnen. Robert meldete sich quengelnd zu Wort. Sie hatten ihn in der

Kinderwiege in der guten Stube zurückgelassen und keine von ihnen hatte an ihn gedacht. Karla warf Elena einen Blick zu, als sie gerade aufstehen wollte.

»Lass nur, ich gehe schon.« Wenige Augenblicke später war sie mit dem Jungen über der Schulter zurück. »War wohl nur ein bisschen einsam.« Sie wippte ihn auf und ab, kurz darauf schlief er selig auf ihrem Schoß.

»Erzählen Sie weiter, junger Mann!«, wies sie den Fremden an.

»Nun, da war die Sache mit der *Tirpitz*, unserem Schwesterschiff. Die war von U-Booten versenkt worden. Somit waren wir das letzte große Schlachtschiff dort oben. Am ersten Feiertag ging es los. Mobilmachung. Uns konnte nichts passieren, dachten wir. Wir wussten zwar, dass im Nordmeer noch drei britische Kreuzer standen, sie waren aber keine ernsthaften Gegner für die *Scharnhorst*. Dazu waren wir viel zu schnell und viel zu gut gepanzert. Auch waren unsere Geschütze den Briten überlegen. Es gab bei den Engländern überhaupt nur ein Schiff, dass uns gefährlich werden konnte, die *Duke of York*. Wir mit unseren 28-Zentimeter-Kanonen waren machtlos gegen die. Die *Tirpitz* hätte was gegen die *Duke* ausrichten können, aber die war ja versenkt. Nur war die *Duke*, wie wir dachten, weit weg und im Moment nirgendwo in Sicht. Wir waren uns sicher, einen großen Sieg einzufahren.«

Er schloss die Augen und strich sich über die Lider, sein Körper zitterte. Nervös nestelte er am Griff der Tasse vor ihm.

»Alles in Ordnung?«, fragte Else besorgt. Er nickte, schluckte einmal schwer und setzte seinen Bericht fort.

»Wir liefen nach Norden aus, in den Sturm hinein, um dem Versorgungskonvoi für die Russen den Weg abzuschneiden. Ich war auf der Wache, wir waren zwanzig. Es war so dunkel, so furchtbar dunkel. Wissen Sie, Polarnacht, und dann auch noch das Schneetreiben und der Sturm. Alles um uns herum war wirbelndes Nichts, schwarzes, wirbelndes Nichts. Orientierung fast unmöglich. Keine Sterne, kein Mond, einfach nur schwarzes Nichts. Ich sage Ihnen, als hätte sich die ganze Natur gegen uns verbündet. Und dann: Zischen, Pfeifen. ›Blendgranaten!‹, schrie einer noch, und von jetzt auf gleich war alles in grelles Licht getaucht. Wir lagen da wie auf dem Präsentierteller, doch auf der Wache konnten wir noch immer nichts sehen. Und plötzlich packte mich ein Kamerad an der Schulter und wies mit der Hand vor uns. Sie stand einfach da. Die *Duke*. Nur wenige Meilen von uns entfernt. Groß, mächtig, eine schwimmende Festung mit Kanonenrohren, in denen einige von uns hätten verschwinden können. Wir auf der Wache erstarrten vor Schreck. Aber das war doch unmöglich? Die *Duke* konnte unmöglich dort sein. Sie war laut letzten Meldungen weit entfernt gewesen. Wie konnte sie sich so schnell vor uns in Stellung gebracht haben? Wie konnten die Engländer wissen, dass wir Marschbefehl hatten? Und wie konnten sie uns finden? Die sahen doch auch nicht mehr als wir. Es war so dunkel, so kalt und dann der Schnee; es war unmöglich, uns zu finden, in dieser verdammten, gottlosen See!«

Seine Stimme brach. Er vergrub sein Gesicht in den Händen, der Bürgermeister stand auf und legte ihm seine Hand auf die Schulter.

»Schon gut, Kamerad, schon gut.«

Tatsächlich beruhigte sich der junge Mann. Er atmete tief durch und nickte dem Bürgermeister zu. Dann sprach er weiter: »Es wollte einfach nicht aufhören, wir erhielten Treffer um Treffer. Die Geschosse schlugen von überall ein, der Stahl ächzte, das Schiff stöhnte und dann gab es nach. Und ich dachte die ganze Zeit über, dass wir doch nicht sinken können, doch nicht die *Scharnhorst.*«

Alle waren still, nur Roberts unschuldiges Gurgeln war leise zu hören. Elena brach schließlich das Schweigen.

»Wie?«, fragte sie trocken.

Der Mann schaute sie verständnislos an.

»Wie ist er gestorben?«, ergänzte sie. Die anderen blickten sie erschrocken an.

»Hören Sie, das wollen Sie nicht wissen.«

»Wie ist es passiert? Wie ist mein Karl gestorben?« Elenas Tonfall nahm etwas Drängendes an.

»Er hat nicht gelitten.«

»Hören Sie, ich habe so viele Bilder im Kopf. Ich muss es wissen, es bringt mich noch um den Verstand.«

Der Mann nickte, er begriff.

»Nun gut, wie Sie wollen.«

Er schloss die Augen und fuhr fort.

»Karl hatte mit mir Wache. Er war es, der zu mir sagte, dass ich meine Schwimmweste holen sollte. Ich wollte es immer noch nicht glauben. ›Schwimmweste? Wir werden doch nicht untergehen‹, habe ich ihm gesagt, aber Karl brüllte mich an, ich solle verdammt noch mal endlich meine Schwimmweste holen! Das hat mir mein Leben gerettet. Ich musste die Wache verlassen, denn die Weste hing mit der Gasmaskentasche an meinem Spind. Ich rannte also nach Achtern zu den Kojen, dahin, wo auch die Spinde sind. Als ich gerade nach der Weste greifen wollte, schlug am Vorschiff eine Granate ein. Mit voller Wucht. Ich habe hinten in den Kojen den Einschlag gespürt.«

Der Mann schloss die Augen.

»Geschosse krachten, Getöse, das Schiff stöhnte, es legte sich langsam auf die Seite, immer mehr, Stück für Stück. Die Maschine gehorchte nicht mehr, ich wusste, ich durfte auf keinen Fall unter Deck bleiben. Ich rannte wieder raus, wurde vom Schlingern gegen die Wände geworfen. Als ich oben war, wollte ich nach vorne zu den anderen von der Wache, aber überall brannte es. Ich konnte über das Schiff sehen, und ich sah, dass die anderen von der Wache alle tot waren, und ihr Karl gehörte dazu.«

Erst jetzt öffnete er wieder die Augen, sie waren rot unterlaufen und seine Lider wirkten müde. Die Worte kamen ihm nur noch schwer über die Lippen.

»Ich habe mich auf einen der Geschütztürme gerettet, ein Kamerad neben mir spielte auf der Mundharmonika, ich konnte es hören, über das Getöse hinweg. *Ich hatte einen Kameraden* spielte er. Dann stoppte er und schaute mich mit leerem Blick an. Als eine Granate in unserer unmittelbaren Nähe einschlug, sah ich, dass er keine Beine mehr hatte. Er verdrehte kurz die Augen, dann kippte er einfach weg. Der nächste Einschlag katapultierte mich ins Wasser, ich weiß noch, dass ich die Kälte spürte, als würden Tausende von Rasierklingen in meine Haut eindringen, ab da fehlt mir die Erinnerung. Irgendwann wachte ich in einem Lazarett auf. Ich horchte auf die Stimmen und ich hatte Glück, so verdammtes Glück. Es waren Deutsche. Wie auch immer hatte eines unserer kleinen Begleitschiffe mich aufgelesen, ich weiß nicht, wie die davonkommen konnten, während wir auf der *Scharnhorst* alle sterben mussten. Alle tot, einfach alle tot, fast zweitausend Mann.«

Er schüttelte unentwegt den Kopf. Keiner in der Küche tat einen Laut, selbst der kleine Robert schien die schwere Stimmung zu bemerken und hielt mit dem stetigen Gurgeln inne. Niemand wagte sich zu rühren.

»Ihr Karl hat mir das Leben gerettet.«

Kapitel 15

»Na, der Schreck hat sicherlich gesessen«, lachte Frau Holtenkamp und betrachtete ihren Gast mit ihren Knopfaugen.

Robert hatte sie gleich morgens früh durch seine Pensionswirtin anrufen lassen und nun, eine gute Stunde später, saß er ihr bei einer Tasse Kaffee gegenüber und erzählte seine Geschichte. Sie wog den Bernstein in der Hand und hielt ihn gegen das Licht. Die durchtretenden Strahlen malten Muster auf ihr Gesicht.

»Interessant, dass Sie ausgerechnet einen Bernstein hierherbringen«, sagte sie, während sie das Funkeln betrachtete.

Zuvor hatte sie ihren Gast über den Hof geführt. Robert hatte mit klopfendem Herzen vor ihrem Haus gestanden und den schweren Messingring gegen das Tor geschlagen. Das Klopfen hallte dumpf im Innern wider. Als Frau Holtenkamp die Tür öffnete, verflog all seine Aufregung. Sie strahlte eine offene Fröhlichkeit aus, dass er sie am liebsten gleich in den Arm genommen hätte. Die Chemie zwischen ihnen beiden stimmte, sie mochten sich vom ersten Augenblick.

»Ihre Wirtin hatte mir ja von Ihnen erzählt und Gertrud schon vorher.«

»Gertrud?«

»Meine Putzfrau. Sie hatte nicht mehr warten können und mich mit der Nachricht von Ihnen heute in aller Herrgottsfrühe geweckt.«

Beide hatten gelacht.

»Sie wollen doch sicherlich erst mal den Hof sehen, oder?«, hatte sie gefragt und Robert hatte erfreut genickt. Von außen hatte er bis dahin noch nicht viel sehen können. Das Wohnhaus grenzte an beiden Seiten an hohe Mauern, deren Einfahrt wiederum von einem Tor verschlossen war. Als er jetzt in den Innenhof trat, war er erstaunt, wie großräumig dieser war.

»Wissen Sie, mein Mann hatte es sowohl als Architekt als auch als Maler weit gebracht. Von den Kritikern gelobt und vom Publikum geliebt und zum Glück leicht verkäuflich, und das ist auch nötig.« Schmunzelnd wies sie auf die Gebäude, die allesamt in einem erstaunlich gut sanierten Zustand waren.

Das Wohnhaus bildete mit der Mauer und dem großem Tor die Straßenfront des Hofplatzes. An seinen Seiten erstreckten sich zwei langgezogene Scheunen. Die eine war ein Fachwerkbau, neue Fenster in der oberen Etage ließen auf Zimmer schließen.

»Ferienwohnungen«, erläuterte Frau Holtenkamp, als hätte sie Roberts Gedanken gelesen.

Gegenüber befand sich ein Backsteinbau mit vorgezogenem Schleppdach. Die Schiebetore waren verschlossen.

»Unsere Veranstaltungsscheune«, erklärte Frau Holtenkamp und zeigte auf das Gebäude. »Wir können darin bis zu zweihundert Personen fassen. Wir haben schon schöne Konzerte gegeben.«

»Konzerte?«

»Alles, was das Herz begehrt: von Jazz über Chanson bis zur Oper. Ich habe noch von früher gute Verbindungen zur Kunstszene, nicht nur in Deutschland, auch international.«

»Und wer kommt zu Ihren Veranstaltungen?«

»Urlauber. Unsere Programme liegen in den Touristeninfos aus und wir sind natürlich auch im Internet präsent. Darüber hinaus habe ich einen Verein gegründet, eine Art Förderverein. Die Mitglieder sind gerne hier, sie bekommen Vergünstigungen, zum Beispiel verbilligte Übernachtungen.«

»Kommen auch Nachbarn?« Robert erwartete ein Nein, denn er bezweifelte dieses, zumindest, wenn er an die Gasthausbetreiberin dachte. Frau Holtenkamp schien seine Skepsis gespürt zu haben.

»Denken Sie nicht zu abfällig über die Leute hier. Es sind vielleicht einfache Menschen, aber oftmals mit ehrlichen Seelen. Doch, doch, auch Nachbarn sind mal dabei – vor allem, wenn es günstiges Bier gibt.« Und wieder ihr herzliches Lachen.

»Kommen Sie, Robert – ich darf Sie doch so nennen, oder? Ich zeigen Ihnen meine Tiere.«

»Natürlich, gerne.«

Gegenüber dem Wohnhaus öffnete sich der Hof zu Feldern und Wiesen. Ein liebevoll gestaltetes Entenhaus stand an einem kleinen Teich, Hühner liefen frei herum.

»Was für eine Idylle, Frau Holtenkamp!«

»*Kitschig* könnte man dazu auch sagen. Ein bisschen habe ich den Hof nach den Vorstellungen der Besucher aus der Stadt gestaltet. Die denken immer noch, dass Landwirtschaft bedeutet, morgens aus rot karierter Bettwäsche aufzustehen und nach einem Frühstück mit selbstgebackenem Brot und liebevoll in einer tönernen Schüssel gerührtem Quark in einer bunten Schürze und mit einem lustigen Kopftuch hinauszugehen, den Hühnern ein paar Körner zuzuwerfen, den

Nachbarn übern Zaun hinweg zuzuwinken und anschließend vergnügte Kinder, ein Junge und ein Mädchen, beide blond, in die Schule zu schicken. Danach gilt es, eine Handvoll Mist, der weder schmutzig ist noch stinkt, sondern so unverschämt goldgelb scheint, dass man sich am liebsten gleich selbst hineinlegen würde, auf eine Schubkarre zu packen, alles natürlich mit einem glücklichen Strahlen im Gesicht, um einen bestgelaunten Vater und Ehemann in grünen Cordhosen mit grob kariertem Hemd – Markenware aus Südengland – mit vollem dunklem Haar, stechend blauen Augen und gleichmäßig über muskulöse Unterarme aufgekrempelten Ärmeln diese Karre laut pfeifend zu einem Misthaufen schieben zu lassen, der noch nicht einmal im Hochsommer Fliegen anlockt. Währenddessen verteilt der grünkarierte Vater liebevolle Blicke über seine Familie und beißt lustvoll in einen selbst gepflückten Apfel, wie immer Letzteres auch gehen mag, wenn man eine Schubkarre schiebt.«

Jetzt war es Robert, der lauthals lachte. Die Frau mit den Knopfaugen sprach weiter: »Ich kann Ihnen sagen, mir würde das durchaus gefallen, ich hätte nichts dagegen einzuwenden, aber so ist es nun mal nicht. Dieses Bild existiert nur in den Köpfen von Städtern, die zu viel Werbung gesehen haben und als Kinder mit niedlichen Bilderbüchern aufwuchsen. Büchern, in den Traktoren Namen und Gesichter, Eltern unendlich viel Zeit und die Mitschüler keine teuren Klamotten und die neuesten Handys hatten, und in denen Großeltern oder Urgroßeltern nie einen Krieg oder den Untergang ihres Staates durchleben mussten. Und genau diese Menschen können in der Regel weder Brot backen noch Quark anrühren, in den meisten Fällen haben sie daheim in ihrer kleinen Stadtküche noch nicht einmal Platz für eine ausreichend große Rührschüssel. Und meistens haben sie Allergien gegen alles Mögliche, gegen Heu und Stroh, Frühblüher und Tierhaare, von Kuhmilch ganz zu schweigen.«

»Frau Holtenkamp, das klingt aber nicht gerade positiv.«

»Nehmen Sie mich nicht allzu ernst. Letztlich bin ich genau dieses Bildes wegen hier. Ich bin oder besser war, als wir damals hier rauszogen, schließlich um keinen Deut besser.« Sie hielt inne und streckte ihre Hand einem weiteren Bewohner ihres Idylls entgegen: ein Esel kam um die Ecke.

»Na, Benjamin.« Sie kraulte das Tier hinter den Ohren. »Und du gehörst auch mit zur Show.«

Robert war sich nicht sicher, ob sie das wiederum wirklich ernst meinte. Er enthielt sich lieber eines Kommentars.

»Wieso sind Sie dann hier? Wieso haben Sie und Ihr Mann den Hof meiner Vorfahren gekauft?«

Seine Frage änderte schlagartig die Stimmung. Abrupt ließ Frau Holtenkamp die Hand von dem Esel und drehte sich zu ihm. Robert erschrak über ihre Reaktion. Die zuvor so lustigen Knopfaugen waren nun unruhig.

»Fällt es Ihnen schwer, dass jetzt *ich* hier lebe und nicht mehr Ihre Familie?« Ihre Stimme zitterte.

»Aber nein, nicht doch. Ganz im Gegenteil.« Robert bedauerte die Wendung ihres Gesprächs und versuchte ein gewinnbringendes Lächeln, aber sie blieb angespannt.

»Ich will ehrlich zu Ihnen sein. Bei allem, was ich hier tue, gestalte oder beginne, bleibt mir immer das seltsame Gefühl, dass das hier nicht *mein* Hof ist. Ohne meinen Mann an meiner Seite fühle ich mich unsicher. Ich hatte vor diesem Tag Angst.«

»Angst?«

»Oder vielmehr Unbehagen. Dass jemand aus der Familie kommt, um mir das hier alles streitig zu machen.«

»Frau Holtenkamp, bitte, machen Sie sich doch nicht solche Gedanken. Nichts läge mir ferner. Außerdem bin ich vermutlich weder erbberechtigt noch habe ich finanzielle Interessen, und ich habe auch nicht vor, nach irgendwelchen Ansprüchen zu suchen.«

»Das war gar nicht meine Sorge, lieber Robert.«

»Sondern?«

»Ich kann es schwer beschreiben.« Sie suchte nach Worten. »Es war weniger die Angst vor irgendwelchen Rechtsansprüchen, der Kauf hier war schließlich vollkommen sauber, alles vertraglich abgesichert, von meinem Mann geprüft, vom Makler und Notar begleitet. Vielmehr brummt etwas in meinem Hinterkopf, ein Untergrundrauschen. Denn, bei aller Freude, die ich hier erlebe und den vielen großartigen Jahren, die ich mit meinem Mann hier teilen durfte, bleibt immer das Gefühl in mir ...« Sie stockte und zuckte mit den Schultern. »Ach, Robert, ich habe keine Worte dafür.«

»Bitte, versuchen Sie es.« Robert brannte vor Spannung.

»Seit er nicht mehr lebt, bin ich nicht mehr so unbeschwert. Ich spüre eine moralische Verantwortung, ohne zu wissen, wofür. Als wäre noch etwas hier, dass auf Genugtuung hoffte. Ich ertappe mich immer wieder dabei, dass ich auf etwas warte. Aber ...«, sie hob abwehrend die Hand, um Robert am Sprechen zu hindern, »wenn Sie nun fragen, worauf, das weiß ich nicht.« Sie schüttelte den Kopf. »Ach, was rede ich bloß? Vermutlich liegt es wirklich nur daran, dass ich alles allein bewältigen muss. Wissen Sie, mein Mann und ich, wir kamen wirklich gut miteinander aus. Wir waren ein starkes Team.« Sie blinzelte aufkommende Tränen fort, schluckte, straffte sich und fand zu ihrem Lächeln zurück, das jetzt ein bisschen zu fröhlich wirkte. Robert nickte schweigend. Beide wandten sich Benjamin zu, der es sichtlich genoss, von vier Händen gekrault zu werden. Ihre Blicke glitten über seinen Rücken hinweg zum Horizont. Nach einer Weile brach Robert das Schweigen.

»Würden Sie mir erzählen, was Sie hierher verschlagen hat?«

Frau Holtenkamp drehte sich zu ihm und legte ihre Hand auf seinen Unterarm.

»Natürlich, gerne. Lassen Sie uns dabei ins Haus gehen.«

Robert bot ihr seinen Arm an, mit kurzem Augenbrauenzucken nahm sie das Angebot an. Sie schritten in Richtung Wohnhaus, der Esel schaute ihnen nach.

»Wissen Sie, Robert, mein Mann liebte schon immer das Meer, die zeitlosen Wellen, den kalten Wind im Winter und den warmen Sommersand. Wir haben natürlich auch gerne in Berlin gelebt, haben Ende der sechziger Jahre für eine bessere Welt gestritten, demonstriert, gekämpft. Na ja, so richtig dolle Kämpfer waren wir nun auch wieder nicht. Aber …«, sie hob grinsend den Zeigefinger, »wir haben heftig mitdiskutiert. Und haben etwas bewegt. All die Freiheiten heute wären doch ohne unsere Generation gar nicht möglich. Mit dem Älterwerden wurde es uns zu eng in der Stadt. Wir verbrachten viel Zeit außerhalb, mieteten Ferienhäuser, genossen die frische Luft auf dem Land. Wenn wir nach so einem Sommerwochenende zurückkamen, nahmen uns die Häuserwände die Luft zum Atmen. Die vielen Menschen, die an warmen Abenden dicht gedrängt auf den Bürgersteigen vor den Berliner Restaurants saßen, nervten uns. Nun ja, vielleicht nicht so sehr uns, sondern vielmehr ihn. Mein Mann brauchte Freiheit, Luft und Licht – selbstverständlich; nicht umsonst haben Ateliers in der Regel hohe Decken und große Fenster. Eines Morgens goss er mir zum Frühstück einen Kaffee ein, setzte sich mir gegenüber, umfasste meine Hände, schaute mir in die Augen und meinte: ›Hildchen‹, so nannte er mich immer, ›Hildchen, es ist so weit.‹ Das war's. Das war alles. Mit diesem einen Satz hatte er für uns beide entschieden, dass wir Berlin verlassen würden und aufs Land zögen.«

»Hat Sie das nicht etwas, sagen wir mal …«, Robert suchte nach Worten.

»… verärgert, meinen Sie?«, ergänzte Frau Holtenkamp. »Nein, es hat mich nicht verärgert.« Sie hielt kurz inne, um die Pointe zu präsentieren. »Ich kochte vor Wut.«

Sie hatten mittlerweile das Haus erreicht und gingen die drei Stufen hoch.

»Und er?«

»Nichts. Er schaute mich an, ohne ein Wort zu sagen, dann nahm er mich in den Arm und strich mir über den Kopf. Ich bebte natürlich noch immer, versuchte aber, mich wieder zu beruhigen. Damals dachte ich noch, wir würden irgendwo an den Stadtrand ziehen, Berlin immer noch greifbar vor der Nase. Aber nein, es musste genau dieses Nest sein, *Ambershagen,* das Bernsteindorf, hatte er gesagt. Zugegebenermaßen ein schöner Name. Er hatte einige Angebote für Höfe bekommen. Ich glaube, dieser hier war von Anfang an sein Ziel gewesen. Er hatte eine unglaubliche Intuition: Wenn etwas richtig war, wusste er es sogleich. Wenn sich dieses Gefühl nicht sofort einstellte, ließ er von eine Sache wieder ab.«

»Und es war also richtig?« Robert setzte sich auf den ihm angebotenen Platz an dem groben Küchentisch. Frau Holtenkamp bereitete die Kaffeemaschine vor.

»Wir schauten uns den Hof bei strahlendem Wetter an. Vorher machte er einen Schlenker am Meer vorbei, um mich für sich und die Landschaft zu gewinnen, wie mir später klar wurde. Ich hatte ja keine Ahnung und dachte, es sei der direkte Weg. Nun ja, Sonne, Meer, blühende Wiesen, satte Felder und dann der Hof, der zwar in keinem besonders guten Zustand war, aber der auch auf mich sofort verzaubernd wirkte. Nun, und so sind wir da. Allerdings muss ich Ihnen schon ehrlich gestehen, dass ich Berlin vermisse. Ich bin Berlinerin, wissen Sie. Das legt man sein ganzes Leben nicht ab. Heimat bleibt Heimat, egal, wie schön das ist, was man um sich geschaffen hat. Mein Mann ist mir zuliebe zwar ab und zu in die Stadt gefahren, aber … nun ja, so war das eben bei uns: Ich blieb bei ihm – und litt heimlich.«

Robert nickte nachdenklich.

»Aber, dass es da noch jemanden im fernen Argentinien gab, haben wir nicht gewusst.«

»Wer hat an Sie verkauft? Waren es noch die Schnitters? Haben Sie meine Vorfahren kennengelernt?«

»Wenn ich Sie vorhin richtig verstanden habe, wären das dann Ihre Großeltern, oder?«

»Genau.«

»Nein, Robert, es waren andere Leute. Die ehemaligen Hofbesitzer hatte es schon eine ganze Weile nicht mehr gegeben.«

»Was wissen Sie über den Hof?«

»Nicht viel. Die ursprünglichen Besitzer, also vermutlich Ihre Großeltern, lebten bis Ende der sechziger Jahre auf dem Hof, es gab wohl eine Tochter, das müsste dann Ihre Tante sein.«

»Meine Tante …«, wiederholte Robert in Gedanken versunken und schmeckte den ungewohnten Klang nach. Er hatte bis dato noch nie eigene Verwandte. »Sie wissen aber nicht zufällig …«?

»… wo diese Tante wohnt? Leider nein, keine Ahnung. Aber wenn ich die Jahrzehnte so überschlage, ist es ziemlich unwahrscheinlich, dass diese Frau überhaupt noch lebt. Sie müsste schon extrem alt geworden sein. Aber das ist alles nur Hörensagen. Diese Nachfahrin hat jedenfalls den Hof nach dem Tod ihres letzten Elternteils verlassen. Der neue Bewohner blieb bis zur Wende. Danach verfiel der Hof, bis mein Mann ihn entdeckte und wir ihn kauften. Das lief schon über die Treuhand.«

In Robert keimte eine Idee.

»Hieß denn eine von den Verkäufern oder Bewohnern zufällig Ingrid mit Vornamen?«

»Ich weiß es nicht, aber ich kann mal in den Unterlagen schauen. Aber lassen Sie uns erst einmal den Kaffee trinken. Dank meiner treuen Gertrud bin ich heute wirklich viel zu früh wach geworden. In der Zwischenzeit erklären Sie mir bitte ein bisschen genauer, wieso Sie diese weite Reise aus Argentinien hierher gemacht haben.«

Beim dampfenden Kaffee begann Robert von dem Vermächtnis seiner Mutter und deren seltsamem Auftrag an ihn zu erzählen. Auch den Paukenschlag der falschen Gräber ließ er nicht aus. Daraufhin hatte Frau Holtenkamp lachend gemeint, dass der Schreck wohl gesessen habe. Schließlich hatte er den Bernstein aus seiner Tasche geholt.

»Wirklich interessant. Ausgerechnet einen Bernstein. Ist er von hier?«, fragte Frau Holtenkamp, während sie ihn weiter in der Hand drehte.

»Könnte man das erkennen?«

Sie zuckte mit den Schultern und hielt den Stein erneut gegen das Sonnenlicht.

»Er ist schön. Wissen Sie, dass Bernstein erst nach der Politur so durchscheinend wird? Der berühmte Rohdiamant, dem man erst den Schliff geben muss, damit er funkelt. Was für ein einfaches wie gleichsam weises Bild.« Sie schaute kurz zu Robert und lächelte, dann richtete sich ihr Blick wieder auf den Stein in ihrer Hand. »Mein Mann wählte Ambershagen vermutlich zunächst nur des Namens wegen, er fand Bernstein schon immer faszinierend. Es ist aber gar nicht so leicht, diese Steine zu finden. Man muss dafür ein Auge haben, die Steine feuerten einen an, sagen die Leute hier. Manche bemühen sich ein Leben lang, ohne Erfolg. Andere gehen einfach am Strand spazieren, bücken sich und finden ein solches Prachtstück wie dieses hier. Ich gehöre übrigens zu der ersten Gruppe. Viel Mühe, wenig Lohn.« Sie seufzte, doch lächelte zugleich. »Es gibt hier im Dorf eine alte Legende, vermutlich hängt die Mär mit dem Namen zusammen. Die Dorfalten haben sie mir erzählt. Sie nennen sie *Die Geschichte des weinenden Bernsteinmädchens.*«

»Klingt traurig.«

»Ist es auch, vor allem zeugt es von der Brutalität alter Zeiten. Es ist wohl eine als Märchen verpackte Erzählung einer

Hexenverfolgung: junges Mädchen, hübsch, Bernsteinsucherin und dann das typische Theater mit Missernten, Krankheiten und schließlich brauchten sie eine Schuldige, die dafür büßen musste.«

»Ui, nicht schön.«

»Wahrlich nicht. Bernstein scheint die Melancholie anzuziehen. Es gibt viele Märchen und Erzählungen, die sich drum herum ranken. Kennen Sie die von der Bernsteinprinzessin? Ich nehme an, dass diese Sage ebenfalls in unser Dorfmärchen mit hineinspielt. Es ist eine alte Überlieferung aus Litauen.« Ohne seine Antwort abzuwarten, begann sie zu erzählen.

»Im Mittelpunkt steht die Göttin der Meerjungfrauen, namens *Jurate*. Diese lebte in einem Schloss aus purem Bernstein auf dem Meeresgrund der Ostsee. Sie war eine gute Herrscherin, regierte mit liebvoller Hand, das ganze Reich war voller Harmonie. So weit so gut; dann kam ein Mann dazwischen. Was auch sonst? Ein junger Fischer, er hieß *Kastytis*, ließ sich nicht davon abbringen, seine Netze in ihrem Reich auszuwerfen und die Fische der Meerjungfrauen zu stehlen. Das erzürnte Jurate, sie entsandte einige ihrer Untertaninnen, um den jungen Fischer zu verjagen – ohne Erfolg. So beschloss die Göttin, selbst einzugreifen. Aber anstatt die Angelegenheit zu regeln, verliebte sie sich in Kastytis, der also ein ziemlich toller Hecht gewesen sein muss, wenn er eine Frau so leicht umstimmen kann – oder Jurate halt eine törichte Göre. Wie auch immer.« Frau Holtenkamp grinste. »Jurate und Kastytis wurden ein Paar und lebten auf dem Meeresgrund im Bernsteinschloss. Bevor Sie jetzt einwenden, wie denn der junge Mann dort Luft bekam, das ist an dieser Stelle mal unwichtig. Hier könnte das Märchen mit *Und wenn sie nicht gestorben sind, dann lieben sie sich noch heute* enden, tut es aber leider nicht. Denn auch Jurate hatte einen Chef – *Perkunas*, der Gott des Donners und Vater aller Götter. Er war über die Verbindung zwischen Jurate und diesem Sterblichen erbost, tobte vor Wut und löste damit ein gewaltiges Gewitter aus. Mit einem seiner Blitze traf er das Schloss und zerstörte es. Es zerbarst in unzählige kleine Stücke und war verloren. Und noch heute finden sich die Splitter an den Stränden der Ostsee.« Frau Holtenkamp schaute ihr Gegenüber munter an. Dieses nickte ihr zu.

Bevor Robert etwas sagen konnte, setzte sie nach: »Es gibt noch eine andere Version der Geschichte. Dort heißt es, dass der Fischer Kastytis dem wütenden Göttervater Perkunas entgegentrat, um für seine Liebe zu kämpfen. Leider aber hatte der tapfere Held keine Chance gegen den Donnergott und starb im Kampfe. Die arme Jurate war zu tiefst betrübt und konnte nicht aufhören zu weinen; und dieser Version der Legende nach sind es ihre Tränen, die als Bernstein an Land gespült werden.« Sie hielt kurz inne. »Fast gefällt mir diese Auslegung noch besser als die erste.«

Robert hatte feuchte Augen.

»Frau Holtenkamp, Sie werden es nicht glauben, aber ich kannte diese Geschichte. Ich hatte sie lange vergessen, aber während Sie sprachen, erlebte ich die Erinnerung neu. Meine Mutter hat sie mir einst erzählt, aber das ist viele Jahrzehnte, fast ein ganzes Menschenleben her. Ich war noch ein kleiner Junge, es war in unserer Zeit in Buenos Aires, in der schweren Zeit. Nach der Flucht aus Deutschland ging es uns wahrhaftig nicht gut. Sie war bei Nachbarn gewesen, einem älteren Ehepaar. Später wurden sie meine Ersatzgroßeltern, meine *Abuelos*. Als sie zurückkam, wirkte sie sehr traurig. Erstaunlich, jetzt fällt mir das alles wieder ein. Sie setzte mich aufs Bett, sie selbst stützte ihren Kopf auf den wackeligen Küchentisch – wir lebten in einem einzigen Raum, müssen Sie wissen, der war alles in einem: Küche, Wohnzimmer und Schlafraum. Sie sprach von den *Abuelos*, und dass die sich meiner ab jetzt ein wenig annehmen würden. Ich freute mich, denn das Ehepaar war immer schon sehr freundlich zu mir gewesen. Danach verbrachte ich dann viel Zeit dort, meine Mutter musste schließlich arbeiten, ich aß auch mit den beiden Alten. Es ging mir somit etwas besser. Tja, und an jenem Abend erzählte sie mir die Geschichte von der Bernsteinkönigin; übrigens in der Version mit den Tränen.«

Frau Holtenkamp schaute Robert an, beide schwiegen. Plötzlich kam ihr eine Idee.

»Robert, haben Sie eine Ahnung, warum Ihnen Ihre Mutter ausgerechnet an jenem Abend diese Geschichte erzählte?«

Er schüttelte den Kopf.

»Ihre Mutter besaß diesen Bernstein schon damals, oder?«

Robert zuckte mit den Schultern, er hatte keine Ahnung, worauf seine Gastgeberin hinauswollte.

»Nun, in schlechten Zeiten muss man doch sehen, wie man überleben kann. Und ich ziehe einfach mal eine Verbindung aus Ihrer Erläuterung: Ihre Mutter war bei den Nachbarn, sie kommt zurück und ist sehr traurig, sie erzählt Ihnen die Geschichte vom Bernstein, und von da an kümmern sich die Nachbarn um Sie. Verstehen Sie, worauf ich hinauswill?«

Robert dämmerte es.

»Sie meinen, meine Mutter hat diesen Bernstein als Bezahlung an meine *Abuelos* gegeben, damit diese mich durchfütterten?«

»Es wäre doch zumindest denkbar, oder? Ich weiß aus den Kriegsjahren und den Zeiten danach, dass die Menschen alles Mögliche gegen Nahrung tauschten. Die schönsten Möbel, Tischdecken und Silberbestecke wechselten auf diese Art in der damaligen Zeit ihre Besitzer.«

Robert schwindelte. Sollte die Basis des guten Verhältnisses zu seinen Nicht-Großeltern dieser Bernstein gewesen sein? Nichts weiter als ein Geschäft? Er atmete schwer. Die Idee gefiel ihm ganz und gar nicht. Mit einem Mal erhellte sich seine Miene: »Aber nein, das ist unmöglich. Dann hätte ich, respektive meine Mutter, jetzt nicht diesen Stein, er wäre ja eben bei den beiden Alten.«

»Da haben Sie recht, Robert«, beeilte sich Frau Holtenkamp ihm zuzustimmen. Sie hatte seinem Gesicht angesehen, was sie angerichtet hatte. »Es war eine dumme Idee von mir. Tut mir leid.«

Robert schaute auf die Tischplatte vor sich und schüttelte langsam den Kopf. Er sprach leise, ohne aufzuschauen: »Leider könnten Sie dennoch recht haben. Nach dem Tod meiner *Abuelos* war es nämlich meine Mutter, die sich um den Nachlass gekümmert hat. Die zwei hatten ansonsten keine weiteren Verwandten, zumindest hat sich niemand gemeldet. Und wenn sie den Stein bis dahin vielleicht nicht versetzt hatten …«

Frau Holtenkamp blieb still. Auch Robert schwieg. Beide schauten auf den Bernstein, den sie in die Mitte des Tisches gelegt hatten.

»Mögen Sie noch einen Kaffee?«, brach Frau Holtenkamp die Stille. Sie war schon aufgestanden und griff nach Roberts Tasse. Als er ablehnte, setzte sie sich wieder und legte ihre Hand auf seine.

»Robert, es tut mir leid, dass ich Ihnen gerade wehgetan habe. Es war sehr unüberlegt von mir. Vermutlich hat Ihre Mutter diesen Bernstein einfach nur ein Leben lang gehütet. Aber wie auch immer, die Nachbarn, die zu Ihren Großeltern wurden, waren doch vermutlich genau das für Sie: gute Großeltern, oder? Mit allem, was dazugehört.«

Robert nickte, sie sprach weiter.

»Sehen Sie, und das kann Ihnen doch keiner nehmen. Ich glaube nicht, dass Sie sich so nahegekommen wären, wenn die zwei die Angelegenheit nur als Geschäft betrachtet hätten.« Sie drückte seine Hände. Robert nickte.

»Ich habe den beiden eine Menge zu verdanken, eigentlich fast alles. Sie haben mich in den Elektrohandel vermittelt, in dem ich für meinen deutschen Konzern entdeckt wurde. Das wiederum bildete die Basis meines ganzen Lebens. Ja, was auch immer der Grund war, die zwei waren echte Großeltern für mich.« Er schaute auf und Frau Holtenkamp bemerkte erleichtert, dass sich sein Gesichtsausdruck wieder geklärt hatte.

»Frau Holtenkamp, wenn ich Sie bitten dürfte, in den Kaufunterlagen nachzusehen. Wegen des Vornamens Ihrer Vorbesitzer oder Bewohner; Ingrid, Sie wissen schon.«

»Oh, natürlich. Ich bin gleich zurück, es dauert nicht lang. Im Gegensatz zu meinem Mann bin ich nämlich gut organisiert.« Beide waren erleichtert, die düstere Stimmung überwunden zu haben.

Wenige Augenblicke später kam Frau Holtenkamp mit einem aufgeschlagenen Aktenordner zurück.

»Nein, tut mir leid, keine Ingrid dabei. Den Vertrag hat nur ein Mann unterschrieben, natürlich durchaus möglich, dass seine Frau Ingrid hieß, wer weiß das schon. Aber ich habe Ihnen ein paar Fotos mitgebracht.«

In einer Klarsichthülle im Ordner steckte eine Handvoll alter Schwarz-Weiß-Aufnahmen.

»Viel Altes war bei unserer Übernahme nicht mehr da. Ein bisschen Geschirr auf dem Dachboden und diese Fotos. Das ist leider alles, was ich aus der Vorgeschichte des Hofes habe.«

Sie entnahm die Klarsichthülle und schüttete deren Inhalt auf den Tisch.

Auf einem Foto war das Wohnhaus des Hofes, Efeu rankte die Mauern hoch. Die Aufnahmen waren winzig, Mäusezähnchen umrandeten sie. Die meisten zeigten die Hofgebäude, mal einen Hund, mal Menschen in Jagdkleidung. Ein Foto jedoch stach Robert ins Auge.

»Darf ich mal sehen?«, streckte er die Hand danach aus. Das Bild zeigte ein Pferdefuhrwerk, auf dem sich Getreide hoch auftürmte. Im Hintergrund konnte man das Hoftor erkennen. Hühner scharrten winzig klein im Staub. Neben dem Fuder hatten sich einige Menschen zum Foto aufgestellt: ein Mann in Knickerbocker und Lederstiefeln, ein junger Bursche mit Mütze, daneben eine dunkel gekleidete Frau und hoch auf dem Fuder droben thronten zwei junge Frauen. Robert kniff die Augen zusammen, um die Gesichter erkennen zu können.

»Haben Sie vielleicht eine Lupe?«

Einen Moment später betrachtete er die Gesichter der drei durch ein Vergrößerungsglas. Er schluckte schwer und presste die Lippen aufeinander, um nicht zu weinen. Mit brüchiger Stimme wies er auf eine der beiden.

»Das ist meine Mutter.« Sein Finger zitterte. Interessiert nahm ihm Frau Holtenkamp die Lupe ab und schaute auf das Bild.

»Sie war eine schöne Frau«, stellte sie anerkennend fest.

»Die schöne Helena nannten sie sie«, lächelte Robert gerührt und übernahm wieder die Lupe, den Blick auf das Foto geheftet. Eindeutig: da droben auf dem Fuder saß seine Mutter als junge Frau. Es zauberte ein Lächeln auf sein Gesicht. So hatte er sie als kleiner Junge in Erinnerung. Er konnte den Blick nicht von der Schwarz-Weiß-Aufnahme abwenden. Mit einem tiefen Einatmen zwang er sich schließlich, das Bild behutsam auf den Tisch zurückzulegen.

»Frau Holtenkamp, darf ich das Foto behalten?«

»Natürlich dürfen Sie das. Robert, es ist mir eine Freude.«

Er hatte erneut Tränen in den Augen.

»Sie können sich nicht ausmalen, was das für mich bedeutet. Wissen Sie, dass dies das erste Foto aus der Vergangenheit meiner Mutter ist? Ein Foto aus einer Epoche, die ich nicht teilen durfte. Das erste Foto aus der Zeit *vor* Argentinien.«

Frau Holtenkamp drückte seine Hände.

»Schön, dass ich Ihnen diese Freude machen kann, wenn ich auch leider zur Aufklärung dieser seltsamen Sache mit den falschen Gräbern nichts beizusteuern habe. Wie gesagt, das ist alles, was wir zur Geschichte des Hofes gefunden haben.«

Die Sonne stand schon am Horizont, als sich Robert wieder von Frau Holtenkamp verabschiedete. Es fiel ihm nicht leicht, diesen Ort zu verlassen. So viele Emotionen, so viel aufgewühltes Vergessenes und wieder waren neue Fragen dazugekommen.

Frau Holtenkamp schaute ihrem Gast vom Hoftor aus noch nach, bis ein forderndes Iah sie ins Jetzt und Hier zurückholte: »Ja, doch, Benjamin, ich komme ja schon!« Der Esel verlangte ihre Aufmerksamkeit.

Kapitel 16

Die Septembersonne schien warm. Wieder ging ein Sommer in den Spätsommer über, wieder war eine Ernte eingefahren. Der ewig gleiche Kreis, der sich von nichts beeindrucken ließ. Robert war nun schon fünf Monate alt. Elena stand an seiner Wiege und betrachtete ihn. Der Kleine streckte ihr seine Ärmchen entgegen und brabbelte vergnügt vor sich hin.

»Ach, Robert«, sagte sie leise. »Ich wünschte, ich könnte dir eine bessere Mutter sein. Ich kann dich ja nicht mal versorgen.« Tatsächlich reichte Elenas Muttermilch schon eine ganze Weile nicht mehr und sie musste zufüttern.

»Brei, musst du dem Jungen jetzt schon Brei geben?«, hatte Karla gefragt und missbilligend den Kopf geschüttelt.

Dabei wäre Elena ihm so gerne eine gute Mutter gewesen, hätte ihn lieben wollen, ihn genussvoll herzen wollen. Aber sie konnte es einfach nicht. Alles was sie tat, war überlegt, war gewollt, weil das andere Mütter auch so machten. Und sie musste sich eingestehen, dass sie jetzt, da sie an der Wiege stand und ihren Sohn betrachtete, überhaupt nichts für ihn empfand.

Was war bloß los mit ihr? Sie hatte niemanden, mit dem sie darüber hätte reden können. Else war mehr Feindin denn Vertraute, und ihre Schwiegermutter tat zwar unermüdlich alles, um ihr die Arbeit mit dem Jungen zu erleichtern, aber Elena spürte auch, dass sie sie beobachtete. Vielleicht durchschaute sie sie gar. Elena glaubte, hinter ihrem Rücken tuschelten die beiden über sie. Sie konnte es ihnen einfach nicht recht machen. Wie sollte das alles nur weitergehen?

Elenas Zukunft sah furchtbar aus und der Krieg um sie herum entwickelte sich zur deutschen Hölle. Hamburg war erneut bombardiert worden, es hieß, die Innenstadt sei nur noch Schutt und Asche. Und auch auf Berlin waren sie geflogen. Der Osten der Stadt sei getroffen, munkelte man, aber die Informationslage war dürftig. Sogar das kleine Wismar hatte man bombardiert. Das Radio dröhnte laute Parolen, die Zeitungen trugen fette Überschriften. Eines Nachts war eine Bombe auf ihren Acker gefallen. Die Explosion hatte sie alle aus dem Schlaf gerissen und die Fensterscheiben zittern lassen. Voller Panik waren sie aus dem Haus gestoben, die Bombe war eine Blendgranate gewesen, das ganze Dorf war von überall her zusammengerannt, um den Krater mit Schaufeln oder auch nur mit bloßen Händen zuzuschütten. Elena war auf halber Strecke stehen geblieben. ›Blendgranate!‹, hatte einer der Seeleute gebrüllt, bevor die *Scharnhorst* in die eisige Tiefe geschickt und mit ihr Karl in sein kaltes Grab gezogen wurde. Die Erinnerung an den bewegenden Besuch von Karls Kamerad war in ihr wach geworden, als wäre es gerade gestern gewesen. Als das Licht durch die aufgeschüttete Erde erlosch und die Nachbarn und Karls Familie vom Krater zurück zu ihren Häusern gingen, hatte sie noch immer wie erstarrt dagestanden und ins Nichts gestarrt.

»Na, will die gnädige Frau vielleicht ins Haus zurückkommen und sich wenigstens um ihren Sohn kümmern, wenn man sich schon zu schade ist, mit anzupacken?«, hatte Else im Vorbeigehen gefaucht. Nur Otto schien zu verstehen, was sie gerade bewegte. Er legte ihr die Hand auf die Schulter und sein »Komm, Helena, es ist vorbei, lass uns versuchen, weiterzuschlafen« hatte sie in die Realität zurückgeholt.

Elena horchte auf. Draußen hörte sie den rasselnden Motor des Wagens des Bürgermeisters. Das war ungewöhnlich, er fuhr nur noch selten mit dem Automobil, seitdem der Kraftstoff so streng rationiert wurde. Wäre er nicht der Bürgermeister, hätte er den Wagen schon längst stilllegen, wenn nicht gar abgeben müssen.

Elena deckte Robert zu und begab sich die Treppe hinunter. Der Bürgermeister stand schon in der Küche, Otto und Karla ihm gegenüber. Elena verharrte auf der letzten Stufe und lauschte durch die angelehnte Tür.

»Hört zu«, sagte der Bürgermeister. »Ich habe hier eine junge Frau aus Wehlau …«

»Wehlau?«, fragte Karla.

»Das liegt ein ganzes Stück hinter der Weichsel, am Pregel. Sie ist ein Flüchtling.«

»Flüchtling? Vom Pregel?«, wiederholte Otto mit Unverständnis. »Geht der Pregel nicht auch durch Königsberg?«

»Ja, nun …«, der Bürgermeister räusperte sich, »es sieht wohl doch nicht ganz so gut aus da drüben im Osten, wie wir glauben.«

»Was willst du damit sagen, Bürgermeister?«

Der Angesprochene senkte die Stimme, Elena schlich auf Zehenspitzen an die Tür, damit sie noch etwas verstand.

»Also, der Russe steht wohl schon seit Mitte Juli zwischen Wilna und Königsberg. Die Ostfront wird hart verteidigt, aber unsere Männer scheinen … Nun ja, wir wollen nicht unken. Das wird wohl nur vorrübergehend sein.«

»Königsberg?« Karla schrie kurz auf. »Der Russe steht schon bei Königsberg?«

»So ist es wohl. Und Ingrid scheint eine der Ersten zu sein, die herkommt.«

»Ingrid?«

»Die junge Frau aus Wehlau. Sie hat wohl Schweres erlebt.«

»Ha, wer hat das in diesen Zeiten nicht?«

»Karla!«, wies Otto seine Frau zurecht.

»Ach, ist doch wahr!«

Sein Hemdskragen schien dem Bürgermeister eng zu werden, er reckte den Hals und lockerte den oberen Knopf.

»Ich möchte sie bei euch unterbringen.«

»Bei uns? Also wirklich, gibt es da nicht größere Höfe?« Karla dachte genau an den Hof ihres Gegenübers.

»Um ehrlich zu sein, es ist ein Befehl, eine Zuteilung. Freut euch, die Frau stammt aus der Landwirtschaft, die kann euch helfen. Und wer weiß, wenn da noch mehr kommen ...«

»Noch mehr?«

»Wie gesagt, es scheint nicht so gut auszusehen im Osten.«

»Bürgermeister, woher weißt du das?«

Er winkte ab.

»Wann?«

»Sie sitzt im Auto, ich bringe sie jetzt rein.«

Karla verdrehte die Augen.

»Uns bleibt aber auch nichts erspart. Hoffentlich ist sie tüchtig, ich kann zwei Hände mehr im Haushalt gut gebrauchen. Helena ist ja kaum zu etwas in der Lage, ein Wunder, dass sie sich noch um ihren Jungen kümmert. Also, in Gottes Namen, bring sie rein.«

Elena erschrak. Sie schaffte es gerade noch zurück und die

halbe Treppe hoch, als sich die Küchentür öffnete. Der Bürgermeister erschien.

Ohne sie zu bemerken öffnete er die Tür zur Straße und machte ein Zeichen in Richtung Wagen. Die Beifahrertür öffnete sich langsam und ein dünnes Mädchen mit kurz geschnittenen Haaren stieg aus. Otto und Karla drängten sich an die Haustür.

»Aber das ist ja ein Junge?«, meinte Karla.

»Nein, die Haare sind ab, weil ... Nun ja, ihr wisst ja, was jungen Dingern, die allein unterwegs sind, so geschehen kann. So war es etwas sicherer für sie.«

»Otto, ruf Helena. Sie soll herkommen«, bestimmte Karla. »Diese Ingrid kann bei ihr schlafen, das zweite Bett ist ja ohnehin ...«, sie schluckte den Rest des Satzes hinunter. »Und gebt auch Else Bescheid. Wo steckt die eigentlich wieder?«

»Eure Else hat Ingrid schon kennengelernt.«

»So?«, fragten Otto und Karla gleichzeitig.

»Ja, sie ist bei uns ...«, beantwortete der Bürgermeister Karlas Frage, »... bei Hertha. Seitdem unser Junge ... und euer Karl ... also die zwei verbringen viel Zeit miteinander. Ich bin froh, dass unsere Hertha in Else eine so tüchtige Freundin gefunden hat.«

»Da magst du wohl recht haben«, nickte Karla.

Otto brauchte gar nicht erst zu rufen, Elena war schon die Treppe heruntergekommen. In wenigen Sätzen erklärte Karla ihr, was Elena ohnehin alles bereits heimlich mitgehört hatte, und sie nickte stumm. Auch wenn sie ungern ihre Kammer teilen wollte, so war gegen ihre Schwiegermutter sowieso kein Widerspruch möglich. Deren Entscheidungen waren auf dem Schnitterhof Gesetz.

Das dünne Mädchen mit den kurzgeschorenen Haaren machte einen unsicheren Knicks, als sie einem nach dem anderen die Hand reichte. Ingrid war etwas jünger als Elena, der Haarschnitt verstärkte ihre jugendliche Erscheinung.

Mit »Ich geh dann mal!« ließ der Bürgermeister seinen Schützling bei den Schnitters zurück und verließ das Haus. Rasselnd fuhr das Automobil davon.

»Hast du denn überhaupt kein Gepäck?«, wollte Karla wissen. Das Mädchen schüttelte den Kopf. Die Frage, ob sie Hunger habe, bejahte Ingrid mit heftigem Kopfnicken, Karla lächelte mütterlich und nahm sie mit in die Küche.

Die darauffolgenden Stunden verbrachten sie damit, Kleidung aus den alten Sachen von Else zusammenzusuchen. Diese war mittlerweile nach Hause gekommen. Ingrid erkannte sie wieder und lächelte ihr zu. Während die beiden die alte Kleidertruhe auf dem Dachboden durchwühlten, richtete Elena das zweite Bett, das leer und ungenutzt neben ihrem stand. Sie hatte die Betten auseinanderschieben wollen, denn mit dieser Fremden, auch wenn das Mädchen einen netten Eindruck machte, so dicht beieinander schlafen zu müssen, war ihr unangenehm. Aber die Kammer war so eng, dass dann Tür und Kleiderschrank nicht mehr zu öffnen gewesen wären. Und Roberts Kinderbettchen war ja auch weiterhin noch unterzubringen. So beließ sie gezwungenermaßen alles, wie es war.

Abends standen sich Elena und Ingrid in der Kammer verlegen gegenüber. Verschämt versuchten sie ihre Blöße beim Anziehen der Nachthemden zu verbergen, dann huschten beide ins Bett und zogen die Decken bis ans Kinn.

»Gute Nacht, Ingrid.«

»Gute Nacht, Helena.«

Das Licht wurde gelöscht. Beide lagen auf dem Rücken, starrten in die Dunkelheit und hörten die andere atmen. Eine ganze Weile lagen sie so. Elena meinte, ein leises Weinen vom Platz neben ihr zu hören. Sie setzte sich auf und schaltete die Blechlampe auf ihrem Nachttisch an.

»Weinst du?«

Ingrid schüttelte den Kopf, aber ihre nassen Augen verrieten sie.

»Schlimm?«, fragte Elena und Ingrid nickte.

»Willst du es erzählen?«, hakte sie nach. Das Mädchen neben ihr überlegte einen Moment, dann setzte es sich ebenfalls auf und atmete tief ein.

»In einem Schweinetrog bin ich geflohen.«

»Was?«

»In einem Schweinetrog, in so einer Zinkwanne. Wir hatten ja kein Boot oder so etwas, und die Wanne konnten wir auf die Schnelle tragen.«

Elena verstand kein Wort, wollte aber auch nicht unterbrechen.

»Wir hatten von anderen gehört, was die Russen mit jungen Mädchen machten. Es hieß, die Front käme immer näher. Meine Eltern hatten entschieden, dass wir fliehen würden. Wir haben eine kleine Landwirtschaft, nicht so groß wie eure hier, gerade mal fünf Hektar, eine Kuh, ein paar Sauen. Nicht viel, aber es reichte zum Leben, wir haben keine großen Ansprüche gestellt. Im Sommer arbeiteten wir alle auf dem Gut des Barons, das brachte uns zusätzlich etwas ein. Wir hatten schon alles geplant. Wir würden die Kuh vor den kleinen Handwagen spannen und das Wichtigste mitnehmen. Erst einmal nur ein paar Kilometer auf die andere Seite des Pregels. Unser Dorf gehört zu Wehlau, weißt du, und unser Gehöft war nicht weit vom Fluss entfernt. Wir wollten da abwarten, wie sich die Lage entwickelte. Wir hofften doch, dass unsere Truppen die Russen fernhalten würden. Der Führer hat uns doch den Sieg versprochen. Aber dann kam alles ganz anders.«

Das Mädchen schwieg, es musste gegen die erneut aufkommenden Tränen ankämpfen. Elena fühlte sich unbeholfen und war unsicher, wie sie mit der Situation umgehen sollte. Hoffentlich würde Robert nicht wach werden, dachte sie. Er lag in seinem Bettchen gleich neben ihr. Als sie das dürre Ding neben sich sah, bekam sie Mitleid.

»Komm!«, sagte sie und legte ihren Arm um das Mädchen. Dieses ließ sich an ihre Schulter sinken und beruhigte sich tatsächlich wieder. Jetzt sprach es weiter: »Es war nachts. ›Die Russen sind da! Sie sind bei uns!‹, schrie eine Nachbarin und kam in unser Haus gestürmt. Sie hatte sich aus einem Fenster im Erdgeschoss ihres Hauses gerettet und war auf bloßen Füßen übers Feld zu uns gerannt. Wir wollten es nicht glauben, aber schon hörten wir draußen bei den Nachbarn Schreie. Der alte Vater unserer Nachbarin beschimpfte die russischen Soldaten, ein Schuss knallte durch die Nacht und seine Schimpfkanonade verstummte jäh. Wir starrten uns an, die Nachbarin schlug sich die Hand vor den Mund. Mein Vater handelte als Erster. ›Ingrid muss weg‹, befand er, ›über den Fluss auf die andere Seite, wie geplant.‹ ›Sie kann doch nicht über die Brücke‹, meinte meine Mutter, ›und durch den Fluss kann sie unmöglich schwimmen.‹ Mein Vater stand hilflos umher, dann kam ihm die Idee mit dem Schweinetrog.«

»Und dann?«, frage Elena nach, da das fremde Mädchen in ihren Armen in seiner Erzählung stockte.

»Als Jungs haben sie wohl damit Bötchenfahren auf dem Pregel gespielt. Wir rannten alle in den Stall, die Sauen grunzten überrascht, als er ihnen die Blechwanne aus dem Steintrog herausnahm. Mir drückte er eine Schaufel in die Hand, dann zog er mich hinter sich her, in der einen Hand die Wanne, an der anderen mich mit der Schaufel. Meine Mutter und die Nachbarin folgten. Wir hörten die Russen, sie hatten schon unser Haus erreicht. Sie riefen, schrien; es war so furchtbar. Im Haus klirrte Geschirr auf den Boden. Meine Mutter schrie entsetzt auf. Dadurch wurden die Soldaten auf uns aufmerksam. Wir liefen, so schnell wir nur konnten, ans Flussufer. Die Soldaten riefen irgendetwas auf Russisch, aber wir verstanden doch kein Wort. Plötzlich fielen Schüsse. Einer traf direkt neben mir in die Erde. Mein Vater hievte die Wanne ins Wasser, setzte mich hinein und stieß mich vom Ufer ab. Es schaukelte furchtbar, es fehlte nicht viel, und ich wäre mit der Wanne untergegangen. ›Paddeln, los, du musst mit der Schaufel paddeln. Hörst du, du musst …‹ Weiter kam er nicht mehr. Ein Schuss fiel und in dem Moment erstarb sein Rufen.«

Wieder stockte Ingrid in der Erzählung. Sie konnte ihr Schluchzen nicht mehr unterdrücken. Elena nahm sie fest in den Arm und strich ihr tröstend übers Haar. Wie durch ein Wunder wurde Robert nicht wach. Schließlich war Ingrid so weit und erzählte weiter.

»Ich hörte meine Mutter und die Nachbarin schreien, dazwischen immer wieder Schüsse und Rufe der fremden Soldaten. Sie schossen sogar in meine Richtung, konnten wohl schemenhaft erkennen, was da vor sich ging. Zum Glück war die Nacht verhangen. Nicht auszudenken, was bei sternenklarem Himmel geschehen wäre. Ich paddelte um mein Leben, immer schneller, die Arme taten mir weh, der Fluss nahm mich mit und trieb mich von unserem Gehöft fort. Ein ganzes Stück flussabwärts erst kam ich endlich ans Ufer. Von da an wurde ich ein Geschöpf der Nacht.«

»Was meinst du damit?«

»Ich hatte so furchtbare Angst. Ich zog nur noch bei Dunkelheit weiter. Wenn die Russen schon in unserem Dorf waren, wer wusste, wie weit sie jetzt vorrückten.«

»Aber die deutschen Truppen?«

»Ich habe sie gesehen, Helena, einige von ihnen. Ich bin über ihre toten Körper gestiegen, in den Wäldern.«

Elena erschauerte. Ingrid sprach weiter.

»Ich bin in Ställe eingebrochen und habe Eier gestohlen. Ich habe Schweinfutter gegessen, wenn ich noch Reste entdeckt habe, und im Wald nach Beeren gesucht. Und dann habe ich in einem Dorf beobachtet, was die Russen mit jungen Mädchen machen.«

»Was meinst du?«

Ingrid schüttelte den Kopf: »Nein, frag lieber nicht. Ich will das nicht erzählen. Nur so viel: danach habe ich mir das erstbeste Messer gesucht und mir die Haare abgeschnitten, damit ich nicht mehr wie ein Mädchen aussah.«

In der Nacht taten die beiden kein Auge mehr zu. Ingrid ließ sich bereitwillig von Elena in den Armen halten und sie wiegten sich gegenseitig.

Ingrid entpuppte sich als Glücksfall für den Schnitterhof. *Ein patentes Mädchen* nannte Karla sie. Sie packte in der Küche und auf dem Hof mit an, wusste mit den Tieren umzugehen, konnte melken, den Hühnern die Eier aus den Nestern nehmen, ohne gleich den ganzen Stall in Aufruhr zu bringen und wusste auch, wann es Zeit war, frisches Stroh in den Schweinestall zu werfen. Elena beobachtete sie und wäre Ingrid nicht ein so angenehmes Mädchen gewesen, sie wäre vermutlich eifersüchtig geworden, aber abends im Bett lernte sie Ingrids sonniges Wesen als mühsam aufrechterhaltene Fassade zu durchschauen. Nachts weinte sie, wachte schreiend auf oder wälzte sich unruhig hin und her. Manches Mal musste Elena sie trösten. Sie verstand nur zu gut, was in ihr vor sich ging; sie beiden waren sich gar nicht so unähnlich, sie hatten beide ihre Heimat verloren.

»Bitte erzähle mir von Argentinien«, hatte Ingrid sie eines Abends gebeten, als sie schon das Licht gelöscht hatten. Elena setzte sich auf, Ingrid lag neben ihr auf dem Rücken. Robert gurrte zufrieden im Schlaf in seinem Bettchen. Der Mond schien durch das kleine Fenster und spendete mattes Licht.

»Ach, Ingrid, Argentinien, wo soll ich da bloß anfangen?«, sagte Elena leise, ihre Augen folgten den fahlen Linien, die der Mond auf die Wände zeichnete, und dann begann sie zu erzählen: vom Hotel Quequen und dessen illustren Gästen. Als Elena die ein oder andere Dame der feinen Gesellschaft nachäffte, musste Ingrid das Lachen unterdrücken, damit der Junge nicht wach würde, Elena beschrieb den hektischen Hoteldirektor und die Bataillone an Dienstboten, die sich um die Hotelbewohner kümmerten. Dann sprach sie von ihrer kleinen Pension und ihrem Vater. Das Reden fiel ihr schwer. Die Erinnerungen strömten auf sie ein und wühlten Emotionen in ihr auf, die sie so lange schon zu unterdrücken gesucht hatte. Als sie endete, schwiegen sie beide eine ganze Weile.

»Denkst du manchmal daran, wieder zurückzugehen, Helena?«

»Es vergeht kein einziger Tag, an dem ich nicht daran denke, Ingrid.«

»Das würde ich bestimmt auch.« Ingrid konnte nur mit Mühe ihre Tränen zurückhalten. »Und, Helena, wieso tust du es dann nicht?«

»Ach, Ingrid. Weil mein Platz nun einmal jetzt hier ist, auch des Jungen wegen, und außerdem ist Reisen doch zurzeit gar nicht mehr möglich.«

»Und wenn der Krieg vorbei ist?«

Elena seufzte.

»Ich wünschte, wir hätten das alles schon hinter uns.«

»Ich hoffe, die Russen kommen nicht bis hierher.« Ingrid zog die Beine an sich und schlang ihre Arme um die Knie.

»Bis hierher? Bist du verrückt? So etwas darfst du nicht einmal denken, hörst du! Die Deutschen werden den Krieg doch gewinnen, das sagen alle.« Elena musste sich insgeheim eingestehen, dass sie selbst nicht davon überzeugt war, auch wenn sie nur die wenigen Informationen aus dem Radio und der Zeitung hatte, sagte ihr ihr Bauchgefühl, dass es alles andere als gut um das Reich stand. Auch die Erzählungen von Ingrid hatten nicht dazu beigetragen, mehr Vertrauen in die Zukunft zu haben.

»Du hast die Russen nicht gesehen«, antwortete diese zögerlich. »Du hast nicht gesehen, was sie anrichten können.

Ich glaube nicht, dass ich jemals in meine Heimat zurückkehren werde, aber ich werde mein Leben lang davon träumen, so wie du.«

»Aber Ingrid, was redest du denn da? Natürlich wirst du zurückkehren und dann euren Hof wieder bewirtschaften, so tüchtig wie du bist.«

»Nimm mich mit nach Argentinien!«

»Ingrid, so glaub mir doch, du wirst wieder zurückgehen und alles wird wieder gut.«

»Wie sollte alles wieder gut werden, Helena? Du hast deinen Karl verloren, ich habe keine Eltern mehr. Dass überhaupt noch jemand aus unserem Dorf lebt, wage ich zu bezweifeln. Aber du hast schon recht, wir sind schließlich Deutsche, und als solche werden wir ohnehin hierbleiben müssen. Man müsste einen anderen Pass haben.«

»Ingrid, also wirklich, hör dir doch mal selbst zu.«

»Aber ist doch wahr! Ich habe auf meiner Flucht darüber nachgedacht. Deutsche kommen hier gar nicht raus. Nicht während des Krieges und ganz bestimmt auch nicht, wenn wir den Krieg verloren haben. Als Deutsche wird es uns nicht gut gehen.«

»Ingrid, bist du wohl still? Was ist, wenn dich jemand hört? Das ist – wie sagt man noch mal dazu? – Wehrkraftzersetzung. Darauf steht die Todesstrafe!«

»Willst du mich verpetzen?« Sie lachte bitter. »Aber mit mir in Argentinien, das würde mit der Sprache ja ohnehin nicht klappen.«

»Oh, Ingrid, da täuschst du dich. Du würdest nicht auffallen, glaube mir. Viele sprechen noch die Muttersprache ihrer Vorfahren, oftmals sogar besser, als sie Spanisch können.

Viele haben einen ganz starken Akzent. Argentinien ist halt ein Einwandererland.«

»Hast du denn einen deutschen Pass, Helena?«

»Natürlich, ich bin Deutsche, allein schon durch die Heirat, da habe ich einen deutschen Pass bekommen.«

»Tja, dann hast du also wohl auch Pech gehabt.«

Das saß! Ingrids Ton war schnippisch geworden. Elena setzte sich weiter auf, langte nach der kleinen Lampe neben sich und schaltete das Licht ein. Sie schaute Ingrid schief an, die mit den Augen gegen die Helligkeit blinzelte. Robert schnaufte kurz, wurde aber nicht wach. Mit vielsagender Miene zog Elena die Nachttischschublade auf und holte ein dünnes Heft hervor.

»Mein alter argentinischer Pass! Den habe ich noch. Mein Vater bestand darauf, dass wir noch in Argentinien heirateten, da bekam ich dort diesen Pass. Siehst du, sogar mit Doppelnamen, in Argentinien ist das so üblich.«

Ingrid war schlagartig hellwach.

»Zeig her! Ist ja ein Ding.« Sie blätterte das fremdländische Dokument durch. »Der ist ja gar nicht entwertet?«

Elena zog eine Augenbraue hoch.

»Ich hatte ihn nach Ankunft in Hamburg irgendwo im Hafen verloren. Bei dem Gewühl, da kann das schon mal passieren.«

Die beiden gackerten albern. Nun wurde Robert wach und fing an zu schreien.

»Komm her, Kleiner!« Ingrid war schneller auf als Elena, war ums Bett geeilt und nahm den Jungen auf ihren Arm. Ihr Wippen beruhigte ihn sofort. Ihr Blick fiel in die noch aufstehende Schublade.

»Was ist denn das?«

Elena wollte die Schublade zustoßen, aber sie klemmte. Sie konnte nicht umhin und musste den Bernstein herausholen.

»Oh, Helena, der ist aber wirklich schön. Ist der von der Ostsee?«

»Nein, ehrlich gesagt glaube ich, dass der direkt aus dem Himmel kommt.«

Ingrid schaute sie mit fragenden Augen an. Elena überlegte kurz und dann teilte sie ihr großes Geheimnis mit Ingrid. Die hatte Tränen in den Augen und auch Elena weinte.

»Helena, das ist ein wunderschönes Erlebnis.«

»Ich hoffe, du hältst mich nicht für verrückt, ich habe das wirklich so erlebt.«

»Verrückt? Aber ganz im Gegenteil, ich glaube, du bist etwas ganz Besonderes.«

»Ach, Ingrid. Der Bernstein hat mich früher getröstet, immer dann, wenn es mir hier gar zu schwer wurde. Aber in letzter Zeit, da macht er mich meist nur noch traurig. Ich habe ihn schon lange nicht mehr hervorgeholt.«

»Wir leben in einer traurigen Zeit, Helena.«

Die beiden Frauen verstummten und jede von ihnen hing ihren Träumen nach. Wieder war es Ingrid, die das Gespräch erneut aufnahm: »Kennst du die Geschichte von der Bernsteinprinzessin?«

Elena schüttelte den Kopf.

»Komm, ich erzähle sie dir.«

Gespannt blickte Elena ihre neue Freundin an, die zunächst Robert zurück in sein Bettchen legte. Er schlief wieder tief und fest. Dann setzte sie sich zurück aufs Bett und begann: »Vor langer Zeit lebte im Reich unter dem Wasser in der kalten, tiefen Ostsee die Göttin der Meerjungfrauen.«

Elena gefiel die Art, wie Ingrid erzählte. Es hatte etwas Beruhigendes, Wärmendes. Die beiden rutschten näher aneinander und Ingrid sprach von der schönen *Jurate* und dem tapferen *Kastytis*, deren großer Liebe und dem Bernsteinschloss. Als sie beim heldenhaften Tod und den Tränen der Prinzessin, die sich in Bernstein verwandelten und an den Strand der Ostsee anspült wurden, ankam, weinten sie beide. Diese Nacht hatte viele Tränen parat und es tat gut, im Schmerz nicht allein zu sein.

Elena wiegte Robert auf dem Arm. Noch immer war ihr die Mutterrolle fremd. Der arme Kleine. Sie hatte keine Ahnung, was sie dagegen tun könnte. Und wie jeden Morgen schleppte sie sich lustlos die Treppe hinunter.

In der Küche hörte sie Ingrids und Karlas Stimmen. Else schien auch dabei zu sein. Ingrid war schon lange nicht mehr die Einzige, die als Flüchtling in Ambershagen gestrandet war. Seit Oktober kamen immer mehr aus dem Osten bei ihnen an. Der Bürgermeister hatte alle Hände voll zu tun. Es gab kaum ein Haus im Dorf, in das nicht irgendjemand zwangseingewiesen war. Viele zogen weiter, durch das Dorf hindurch. Rollende Holzräder über Kopfsteinpflaster und Pferdegetrappel bildeten ein unaufhörliches und unheimliches Geräusch. Bei jedem Treck, der die Dorfstraße entlangkam, eilte Ingrid voller Hoffnung auf der Suche nach bekannten Gesichtern hinaus, um sich kurz darauf mit kummervoller Miene und gesenktem Blick in einen Winkel des Hofes zurückzuziehen.

Die Geschichten der Flüchtlinge waren grausam. Sie machten hinter vorgehaltener Hand im Dorf die Runde. Keiner traute sich offen auszusprechen, was alle dachten: Würde auch Ambershagen von den Roten überrannt werden? Die nackte Angst wohnte unter den Dächern und bemächtigte sich nachts der Schlaflosen in ihren kalten Betten.

Aus der guten Stube klang das Radio, mit Sicherheit saß Otto davor. Die Nachrichten donnerten in militärischem Tonfall und kündeten von den Siegen der Wehrmacht.

Es war ein Morgen wie so viele. Elena hatte sich an Ingrid neben sich in der Kammer gewöhnt. Es war schön gewesen, mit ihr an jenem ersten Abend vor über vier Wochen die Geheimnisse zu teilen. Und es war gut, dass nun die zweite Hälfte des Bettes belegt war und keine Leere an das Fehlen von Karl erinnern konnte, auch wenn Ingrids Anwesenheit natürlich nicht vollends darüber hinwegtäuschen konnte.

Elena seufzte kurz, dann trat sie in die Küche. Die Frauen bereiteten das zweite Frühstück zu. Ingrid roch nach Stall. Sie lächelte Elena an: »Guten Morgen, Helena!«

Bevor Elena zurückgrüßen konnte, grätschte Karla schon dazwischen: »Na, ist die gnädige Frau auch schon aufgestanden?«

Der missbilligende Blick Elses unterstützte Karlas Vorwurf.

»Willst du denn den ganzen Tag so rumlaufen?«, fuhr sie Elena an und wies auf ihr Nachthemd. »Zieh dich endlich an! Wenn die Nachbarn dich so sehen!«

»Guten Morgen«, antwortete Elena mürrisch und ignorierte Karlas barschen Ton und die missmutige Miene Elses. Otto kam herein.

»Die Wehrmacht hat in Griechenland ein Partisanennest ausgehoben. Stellt euch vor, ein ganzes Dorf voller Untergrundkämpfer, aber unsere Jungs haben es geschafft. Es kann doch noch alles gut werden.

»Otto, wir wollen jetzt frühstücken!« Karla wies auf seinen Platz vorm Kopfende.

»Ihr Frauen versteht davon einfach nichts. Denkt doch nur an das Attentat im Juli!«

»Aber Vater, was hat das denn mit dem Krieg zu tun?«, fragte Else genervt. Seit vor gut einem Vierteljahr eine Gruppe von Offizieren und Adeligen versucht hatte, Hitler zu ermorden, redete Otto immer wieder davon. So auch jetzt. Die Frauen in der Küche wussten schon, was sie jetzt zu erwarten hatten.

»Der Führer wird schon für den Endsieg sorgen. Einer, der eine Bombe überlebt, der weiß schon, was er tut. Das Schicksal ist auf unserer Seite, das hat es doch gezeigt. Eine Bombe! Unmittelbar in seiner Nähe, und er hat überlebt!«

Elenas und Ingrids Blicke kreuzten sich. Elena signalisierte ihr, nicht zu widersprechen. Seit Karl nicht mehr war, klammerte sich Otto an jeden Strohhalm, der andeutete, dass sein Sohn nicht umsonst gefallen war.

In Wirklichkeit aber häuften sich die schlechten Nachrichten. Nicht nur die Flüchtlinge hatten ihre Geschichten mitgebracht, auch die unzähligen Städter, die halb verhungert aufs Land kamen und um Essen bettelten, erzählten von den ausgebombten Häusern und von ihren Stadtvierteln, von denen nichts weiter mehr als hohle Ruinen übrig geblieben waren.

Ingrid wollte ablenken: »Du hast heute Nacht im Schlaf gesprochen, Helena.«

»Ach ja?« Elena setzte sich an den Tisch, Robert auf dem Schoß. Sie nahm sich aus der Teekanne und schenkte auch Otto ein. »Und, was habe ich gesagt?«

»Keine Ahnung, habe ich nicht verstanden, war nicht auf Deutsch.«

»Natürlich, wenn ich träume, dann auf Spanisch.«

»Ich war sehr gut in Französisch.«

»Französisch?«, fragte Else überrascht. »Du hast Französisch gelernt? Warst du denn auf dem Lyzeum?«

»Auf dem Lyzeum? Bist du verrückt? Das hätten wir uns niemals leisten können. Weißt ja, doppeltes Schulgeld für die Kinder aus dem Dorf und so. Aber die auf dem Nachbarhof hatten einen Kriegsgefangenen aus Frankreich. Der hat es mir beigebracht.«

»Einen aus Frankreich? Bei euch am Pregel? Der ist aber weit geschickt worden.«

»Ja, das stimmt. Fragt mich nicht, wieso. Aber ich habe viel von ihm gelernt.«

»Sag mal was!«, forderte Else sie auf.

»*Je suis Ingrid*. Das bedeutet ganz einfach: Ich bin Ingrid.«

»Oh, das ist gar nicht so anders als Spanisch.« Elena erwachte aus ihrer Lethargie und zeigte auf sich: »*Yo soy Elena*. Klingt ähnlich, nicht wahr?«

Ingrid wiederholte: »*Yo soy Helena.*«

»*No, no, vos sos Ingrid.*« Elena lachte.

Ingrid nickte begeistert:

»Ah, verstehe. *Yo soy Ingrid* und *vos sos Helena.*«

»*Si, yo soy Helena y vos sos Ingrid.*«

»*Yo soy Ingrid y vos sos Helena!*«

»*Perfecto!*« Begeistert klatschte Elena in die Hände.

Helenas Schwiegermutter schaute mürrisch von einer zur anderen.

»Habt ihr so viel Kräfte übrig, dass ihr euch mit diesem dummen Kram beschäftigten müsst?«

Die beiden schauten verschämt auf den Tisch und unterdrückten ein Kichern. Sie hatten ihre Geheimsprache gefunden.

Kapitel 17

Robert betrat den Eingang des Gasthofs und nahm seinen Schlüssel entgegen. Ob er einen schönen Tag gehabt habe, fragte die Enkelin und wünschte ihm noch einen angenehmen Abend und eine gute Nacht. Unmittelbar danach knarrte die Treppe unter seinen Schritten.

Er öffnete das Fenster. Der Abend senkte sich. Die untergehende Sonne tauchte die Felder in ein goldenes Licht, ein leichter Wind trieb kräuselnde Wellen über die Ähren. Er mochte diesen Moment, der weder dem Tag noch der Nacht gehörte. Als ob die Zeit für einen Augenblick stillstünde. Die Welt hielt den Atem an, um ja nicht den Frieden dieses Wimpernschlags zu stören. Nur das Jetzt und Hier. Vergangenheit vergessen, Zukunft nicht im Blick. Diese Stunde war das Niemandsland der Geschichte, Minuten, auf die es keinen Anspruch gab, ohne Verpflichtung, Schmerz und Angst. Bald schon würden die ersten Fledermäuse auftauchen, die Vorhut der Dunkelheit, die die Geschöpfe des Tages in die Hilflosigkeit entließ.

Rico war noch nicht zurück, zumindest stand der Golf noch nicht auf dem Parkplatz. Ob der junge Mann den Mut aufgebracht hatte, seinem Vater zu begegnen?

Robert ließ sich aufs Bett fallen, durch das offene Fenster hörte er leises Klappern aus der Küche des Gasthofs. Heute hatte er auf die scheinbar unvermeidlichen Schnitzelvariationen verzichtet. Den Blick an die Decke gerichtet, ließ er das

Erlebte Revue passieren; seine Gedanken kreisten um den Tag auf dem Holtenkamphof. Oder besser: auf dem Schnitterhof, dem Ort seiner Vorfahren. Seine Mutter hatte dort gelebt, und er selbst wurde dort geboren.

Frau Holtenkamps plötzlicher Stimmungswandel, als sie über den Hof schritten, beschäftigte ihn. Wie hatte sie gesagt? Sie spüre eine moralische Verantwortung, als gäbe es etwas, dass auf Genugtuung hoffte. Und dann hatte sie Angst, dass er ihr den Besitz streitig machen könnte. Der Hof war ein Paradies, unbestritten, und schöne Dinge wollte schließlich niemand verlieren, natürlich nicht. Er wusste weiß Gott, wovon er sprach. Aber, dass sie deshalb in ständiger Unruhe lebte? Absurd!

Gehe ins Dorf Deines Vaters! Sein ganzer Aufenthalt hier war absurd. Ambershagen. Das Bernsteindorf. Sollte seine Mutter mit dem Stein tatsächlich die *Abuelos* dafür bezahlt haben, damit diese sich um ihn kümmerten? Schon möglich. Die Enttäuschung schmeckte bitter. Die Vermutung färbte seine Kindheitserinnerung trüb. Immerhin sprach es für die beiden Alten, dass sie den Stein dann nicht versetzt hatten, sonst wäre er ja nicht wieder in seinem Besitz gelandet. War der Bernstein das Geständnis seiner Mutter?

Vermutungen, nichts als Vermutungen!

Er setzte sich auf und nahm das alte Foto in die Hand. Mittlerweile war es schon so dunkel, dass er auf der ohnehin kleinen Aufnahme kaum noch etwas erkennen konnte. Das einzige Bild, das es aus der Jugend seiner Mutter ins Heute geschafft hatte. Die Gesichter der Abgelichteten verschwammen, die Konturen gingen in ihrer Umgebung auf. Was blieb, war ein Schattenriss einer Vergangenheit, die mehr Rätsel barg denn Lösungen lieferte. Mit einem Seufzer legte er das Foto auf den Nachttisch, den Bernstein obendrauf. Fragen, nichts als Fragen. Und dann diese mysteriöse Sache mit den falschen Gräbern. Er und seine Mutter für tot erklärt? Wer lag dort begraben, wen hatten seine Vorfahren dort verscharrt? Welch grausames Geheimnis verbarg sich unter den Steinen des Familiengrabes? Sollte Frau Holtenkamp mit ihrer dunklen Intuition recht haben? *Etwas, das nach Genugtuung verlangte.* Saß er etwa den Spuren eines Verbrechens auf? Und wenn ja, hatte seine Mutter davon gewusst? War sie vielleicht gar Teil dieses Verbrechens? Er hoffte, dass die Gräber leer sein würden. Wie lange der Pastor wohl brauchte, um eine Genehmigung zur Exhumierung zu bekommen? Roberts Tage an der Ostsee waren schließlich gezählt.

Nur mit Mühe unterdrückte er ein Fluchen. Es war verhext, wirklich wie verhext. Mit jedem Moment, den er länger hier verbrachte, schien er sich von jeglichen Antworten nur weiter zu entfernen. Das Vermächtnis seiner Mutter war gut dazu geeignet, ihn in den Wahnsinn zu treiben.

»Verdammt!«, schimpfte er in die Dunkelheit und ließ sich auf die Seite sinken. Er zog die Beine an und wollte sich gerade in Selbstmitleid ergehen, als ein Automotor die Stille durchbrach. Das Geräusch wurde lauter. Als der Wagen die tiefe Rinne durchquerte, die den Gasthofvorplatz von der Straße trennte, quietschten die Stoßdämpfer. Der Wagen stoppte, der Motor erstarb. Dumpf klang Musik aus einem Autoradio, abrupt wurde abgeschaltet. Eine Handbremse ratschte, dann war für einen kurzen Moment Ruhe.

Robert stand auf und stellte sich ans Fenster. Es war der Golf. Rico war zurück. Erstaunt stellte er fest, dass sich so etwas wie Erleichterung oder ehrliche Freude einstellte. Die Tür öffnete sich und der junge Mann stieg aus. Er schaute hoch und entdeckte Robert im Fensterrahmen.

»Hallo, Herr Schnitter! Guten Abend!« Auch er schien erfreut.

»Hallo, Rico.«

Sie nickten sich zu. Der Fahrer blieb unschlüssig unter dem Fenster stehen.

»Rico, wie war Ihr Tag?«

»Puh!«, stieß der junge Mann aus. »Heftig!«

»Heftig? Was bedeutet das?«

»Wollen wir noch ein Bier trinken, Herr Schnitter?«

Der Tonfall kam eher einer Bitte denn einer Frage gleich.

»Ist da unten überhaupt noch jemand?« Das Klappern aus der Küche war schon vor einer ganzen Weile erstorben, Robert bezweifelte, dass sie noch bedient würden.

»Ich bin an der Tanke vorbeigefahren.« Der junge Mann trat ein paar Schritte vor und schwenkte einen Gegenstand in seiner Hand: ein Sechserpack Bier. Robert reckte den Daumen hoch.

Kurz darauf saßen sie auf den Plastikstühlen der Terrasse und hielten jeder eine Flasche Bier in der Hand. Mit einem leisen Klicken schaltete sich der einzige Strahler ab und sie blieben in der Dunkelheit zurück. Sie schwiegen eine Weile. Es war so still, dass Robert meinte, dass Meer zu hören. Natürlich unmöglich, neun Kilometer entfernt – und doch …

»Und, wie war es auf Ihrem Hof?« Rico durchbrach als Erster ihr Schweigen.

»Es ist nicht mein Hof, Rico. Es war der Hof meines Vaters.«

»Okay.«

Wieder Pause.

»Und? Wie war es nun bei dieser Künstlerwitwe?«

»Es war …«, Robert suchte nach dem passenden Wort, »… nett.«

»Nett?« Rico lachte kurz auf. »*Nett* ist die kleine Schwester von *scheiße*.«

»Also wirklich, ich muss doch sehr bitten.«

»Tschuldigung.« Rico prostet Robert zu. Die Flaschen klirrten aneinander.

»Rico, erzählen Sie mir lieber von Ihrem Tag.«

Keine Reaktion.

»Na gut, dann eben nicht.«

»Ich muss mich noch ein bisschen sortieren, Herr Schnitter. Wie war es denn nun bei Ihnen? Wie ist diese Künstlerfrau denn so?«

Robert verstand. Er würde Rico ein bisschen Zeit lassen. So begann er zu erzählen, vom gepflegten Haus, von den Kunstobjekten und auch vom Esel Benjamin.

»Aber viel gebracht hat es leider nicht«, kam er zum Ende. »Bis auf ein Foto, ein altes Schwarz-Weiß-Foto aus der Zeit meiner Mutter als junge Frau.«

»Echt?« Rico erwachte aus seinem Schweigen. »Kann ich es mal sehen?«

»Ist oben auf dem Zimmer. Ich zeige es Ihnen morgen. Jetzt hier im Fastdunkeln würden Sie ohnehin nichts sehen. Man erkennt nicht viel, ist sehr klein.«

»Aber immerhin, jetzt haben Sie endlich mal was. Sie sagten doch, dass es nicht ein einziges Foto aus der Vergangenheit Ihrer Mutter gebe.«

»Das haben Sie sich gemerkt?«

Rico tat es mit einem Schulterzucken ab.

»Und Sie, Rico, haben Sie jetzt etwas von Ihrem Vater?«

Der Angesprochene lachte. Auch Robert kam nicht umhin mitzulachen. Seine Überleitung war wirklich leicht zu durchschauen und plump.

Das Lachen erstarb. Wieder schwiegen sie beide. Schließlich richtete sich Rico etwas auf und begann zu erzählen. Er heftete seine Augen an den Horizont, der sich längst im Abend aufgelöst hatte. Während er sprach, schien die Welt um ihn zu versinken, mit seinen Gefühlen war er wieder zurück an seinem Ausgangspunkt vom heutigen Morgen.

Nachdem sich Herr Schnitter von ihm verabschiedet hatte, war er klopfenden Herzens nach Greifswald gefahren. Wieder hatte er vor dem Amtsgebäude gestanden, einen Kloß im Hals, schwitzende Hände. Fast schon wäre er umgedreht, als die Tür aufgestoßen wurde. Ein Mann im Kittel kam heraus, er hatte einen Besen in der Hand. Als er aufblickte, trafen sich ihre Blicke. Auch wenn die Aufnahmen, die er von seinem Vater kannte, bereits alt waren, war es nicht schwer, ihn jetzt wiederzuerkennen.

»Kann ich Ihnen helfen?«, fragte der Mann misstrauisch.

Rico schluckte. Er sammelte seinen ganzen Mut und holte tief Luft.

»Ich glaube, wir können uns duzen«, sagte er.

»Ach ja?«, der Mann wischte sich mit dem Handrücken den Schweiß von der Stirn.

»Ich bin Rico!« Als sein Gegenüber nicht sofort verstand, wiederholte er und fügte noch seinen Nachnamen hinzu.

Der andere erstarrte, sein Mund klappte auf und ohne ein

Wort wieder zu. So verharrten sie eine Weile voreinander. Rico entdeckte Tränen in den Augen seines Vaters.

»Rico? Mensch, Junge …« Im Film hätten sie sich jetzt vermutlich in den Arm genommen, alles wäre vergeben und vergessen gewesen, die Welt eine heile. Aber sie waren nicht im Film.

»Warum bist du hergekommen?«, fragte der Fremde, der doch sein Vater war.

»Keine Ahnung«, log Rico und zuckte mit den Schultern. Dabei wusste er ganz genau, warum er hier war. Zeit seines Lebens hatte er seinen Vater vermisst. Er wollte endlich wissen, wer dieser Mann war, von dem seine Mutter nie hatte sprechen wollen, von dem er nur Schlechtes zu hören bekommen hatte, bei dessen bloßer Erwähnung seine Großeltern betreten zu Boden schauten und seine Mutter ihn anzischte, endlich still zu sein. Aber er war viel zu lange still gewesen, hatte sich gefügt und nicht weiter gefragt. Sein Vater war ja nicht tot, er stand jetzt gerade in Fleisch und Blut vor ihm. Und hatte er nicht ein Recht darauf, diesen Mann, dessen Gene er in sich trug, kennenzulernen?

Er hatte seinen Vater gehasst für das, was er ihnen angetan hatte. Wahrscheinlich hatte er seine Mutter verpfiffen, sie an die Stasi ausgeliefert. Hatte vermutlich gelogen, als sie ihn genau danach gefragt hatte, hatte Jahre an ihrer Seite gelebt mit dieser Schuld. Würde noch heute an ihrer Seite leben, wenn es nicht die Wende gegeben hätte. Und auch Rico hatte er betrogen. Hatte ihn um ein Leben in einer ganz normalen Familie gebracht, hatte in all den Jahren sich nicht bei ihnen gemeldet, sie allein dem Schicksal überlassen, sich ein bequemes Leben hier oben an der See aufgebaut, vielleicht sogar mit einer anderen Frau, vielleicht mit anderen Kindern. Hatte sich nie darum geschert, was aus seinem Sohn geworden war.

All das hätte er seinem Vater an den Kopf werfen, hätte ihn mit Vorwürfen überschütten wollen, aber stattdessen blieb er ruhig, gelassen, tat uninteressiert.

»Ich bin beruflich hier oben, und da dachte ich … Na ja, war vielleicht eine blöde Idee.« Er war kurz davor, auf dem Absatz kehrtzumachen.

»Aber, nein, nicht doch. Rico, bitte bleib.« Sein Vater wischte die Hände am Kittel ab. »Würdest du mit reinkommen? Wir haben eine Kantine. Ich meine, wir könnten einen Kaffee … Also natürlich nur, wenn du magst.«

»Okay.« Rico presste die Lippen aufeinander und folgte seinem Vater. Nur ein paar Gesten waren nötig und der Pförtner ließ die beiden passieren. Es roch muffig in den Gängen. Sein Vater ging schnellen Schrittes, das Linoleum unter ihnen quietschte. Die wenigen, die ihnen entgegenkamen, grüßten ihn und beäugten Rico neugierig.

»Na, haben Sie sich Verstärkung geholt?«, meinte einer lachend und war, ohne eine Antwort abzuwarten, in der nächsten Tür verschwunden.

»Ich hol uns mal zwei Kaffee.« Mit einem Kopfnicken wies sein Vater Rico einen Platz in einer Ecke der Kantine zu. Ein eingestaubter Gummibaum gab ihnen etwas Sichtschutz.

Sie nippten an ihren Bechern. Rico schaute auf die nackte Tischplatte, aber fühlte die Augen seines Gegenübers auf sich.

»Bist du also hergekommen.«

»Ja.«

»Weiß deine Mutter …?«

Rico schüttelte den Kopf. Sein Vater nickte verstehend.

»Ich hatte vor diesem Tag immer Angst, vor unserer Begegnung. Ich hatte gleichzeitig auch gehofft, dass du eines Tages nach mir fragen würdest, und hatte mir ausgemalt, wie es dann sein würde. Jetzt weiß ich es, und ich habe immer noch Angst.«

»Angst? *Du* hast Angst?«

Er nickte.

»Na ja. Was hat denn deine Mutter von mir erzählt?« Die Frage kam zögerlich.

Jetzt endlich schaute Rico auf. Wo war der Hass, den er aufgestaut hatte, die Wut, die er diesem Mann mit voller Wucht ins Gesicht schleudern wollte? Er hatte sich stets so schwach gefühlt, so im Stich gelassen, aber jetzt sah er, dass sein Vater noch schwächer war. Ihm gegenüber saß nun ein armes Würmchen, das in seinem grauen Kittel schwitzte und nach Luft und Worten rang.

»Sie hat mir alles erzählt. Deinen Verrat, deine Lügen.«

Sein Gegenüber nickte still und senkte den Blick zu Boden.

»Und sie hat mir verboten, dich aufzusuchen. Ich habe mit ihr telefoniert und gesagt, dass ich dich hier oben ausfindig gemacht habe. Angeschrien hat sie mich, dass ich es bloß nicht wagen solle, dich zu treffen.«

»Aber du bist trotzdem gekommen.«

»Ja.«

Wieder schwiegen sie sich an.

»Rico, ich bin froh darüber. Ehrlich! Bitte erzähl mir von dir? Was machst du? Du bist schon aus der Schule, oder? Und wie geht es … na ja, wie geht es ihr?«

»Meinst du nicht, dass es erst mal an dir ist, zu reden?« Ricos Stimme klang bitter. Sein Vater murmelte kleinlaut: »Ja, vermutlich hast du recht. Weißt du, es ist für deine Generation schwer zu verstehen, was damals passierte. Die Deutsche Demokratische Republik, die hatte uns alle ganz schön im Griff. Da konnte man nicht einfach so machen, was man wollte. So wie heute. Wenn man etwas aus seinem Leben machen wollte, dann musste man ... Wie soll ich das bloß erklären? Man musste halt kooperieren?«

Er rutschte unruhig auf dem Stuhl hin und her, umklammerte seinen Kaffeebecher mit beiden Händen und schaute durchs Fenster.

»Dein Opa, also der Vater deiner Mutter, hatte West-Antennen vertickt und bei den Nachbarn installiert. Nur bei einer nicht, die zwei waren im Streit. Und die hat ihn dann gemeldet. Und dann kamen sie zu mir. Und fragten mich, was ich tun könnte, damit deinem Opa nichts passiert. Ich verstand natürlich, was die meinten und habe auf Zeit gesetzt, habe gesagt, ich müsste drüber nachdenken. Als mir deine Mutter sagte, dass sie sich mit ihrem Ex treffen wollte, bin ich innerlich ausgerastet. Ich habe es ihr zwar nicht gezeigt, aber ich war tierisch eifersüchtig auf den Kerl. Ich weiß auch nicht warum, denn eigentlich wusste ich ja, dass ich ihr vertrauen konnte. Aber als sich die Gelegenheit bot, habe ich sie halt beim Schopfe ergriffen. Der Typ hat dann ja auch Einreiseverbot erhalten, ich war ihn los.«

Rico war fassungslos.

»Du hast es also tatsächlich getan.«

»Was?«

»Du hast sie tatsächlich verraten. Ich hatte all die Jahre

gehofft, dass du es nicht warst. Es war nur ein kleiner Hoffnungsschimmer, den wir hatten, aber er war da. Die Hoffnung, dass das Naheliegende nicht wahr sein würde. Dass du ein Spitzel warst und ihr das nie gesagt hattest, das hatte ihr damals zwar schon gereicht, dich in die Wüste zu schicken, aber sie hat nie herausbekommen, ob du sie wirklich an die Stasi ausgeliefert hattest. Aber du hast es getan. Ich fasse es nicht.«

Ricos Vater starrte ihn an, seine Augen weiteten sich, als er das ganze Ausmaß begriff.

»Oh, nein.« Er stütze die Ellbogen auf den Tisch und versenkte seinen Kopf in seinen Händen.

Rico atmete schwer.

»Aber dir musste doch klar sein, dass du ihr mindestens genauso damit geschadet hast.«

»So weit habe ich damals nicht gedacht. Ich war jung und unüberlegt.«

»Unüberlegt?« Erregt sprang Rico auf. Die Frau hinterm Tresen der Kantine schaute irritiert zu ihnen hinüber.

»Sei doch bitte leise, Rico.«

Nur mit Mühe konnte dieser sich zusammenreißen. Er trat wieder an den Tisch heran und starrte seinen Vater mit zusammengebissenen Zähnen an.

»Rico, bitte, hör mir zu. Sie hätten ansonsten deinen Großvater rangekriegt.«

»Ach, wegen so ’n paar West-Antennen. Das glaubst du doch selbst nicht!« Er schüttelte den Kopf und blickte seinen Vater anklagend an.

»Mum hat dich gefragt, ob du sie verpfiffen hast, und du hast ihr ins Gesicht gelogen.«

Sein Vater senkte den Blick. Rico hielt es nicht länger aus. Ohne ein weiteres Wort zu sagen, drehte er sich um und ging in Richtung Ausgang der Kantine.

»Rico, bitte, komm zurück!«

Aber er wollte sich nicht aufhalten lassen und rannte hinaus.

Als er wieder im Freien stand, hatte sein Vater ihn eingeholt. Rico betrachtete ihn. Seine Augen waren gerötet, die Wangen fahl. Er keuchte. Erst jetzt bemerkte Rico, in welch erbärmlichen Zustand sich sein Vater befand. Aber er weigerte sich strikt, mit ihm Mitleid zu empfinden.

»Ich will Ihnen ja nicht zu nahetreten, aber wäre nach so langer Zeit nicht etwas mehr Verständnis angebracht gewesen, Rico, oder vielleicht zumindest, dass Sie ihm zuhören?« Robert hatte wie gebannt der Erzählung seines Fahrers gelauscht. Dieser hatte die ganze Zeit in die Ferne gestarrt, doch jetzt wachte der junge Mann einem Traum gleich aus seiner Abwesenheit auf. In der Dunkelheit konnte Robert erkennen, dass er sich ihm zugewandt hatte. Er nahm einen großen Schluck von seinem Bier und unterdrückte ein leises Aufstoßen.

»Ich weiß nicht, Herr Schnitter. Ich hatte immer nach meinem Vater gesucht, mein Leben lang. Ich hatte mir ausgemalt, wie es sein würde, wenn ich ihn mal träfe. Und das war definitiv nicht so, wie das da heute abgelaufen ist.«

»Wie haben Sie es sich denn vorgestellt?«

»Keine Ahnung. Ist ja auch egal. War echt kein guter Tag heute. Und außerdem ...« Rico stoppte mitten im Satz und räusperte sich leise, bevor er erneut ansetzte.

»Herr Schnitter, da ist noch etwas, das ich heute erfahren habe.«

Robert setzte sich aufrecht. Die Art, wie Rico ihn ansprach, ließ nichts Gutes ahnen.

»Ich bin tatsächlich wieder rein mit meinem Vater. Habe mich wieder mit ihm an den Tisch gesetzt.«

»Das ist gut, Rico, das finde ich wirklich gut. Und das war groß von Ihnen.«

»Na ja, ich weiß nicht.«

»Worüber haben Sie gesprochen?«

»Wir haben versucht, uns gegenseitig unser Leben zu erzählen. Ich glaube, wir wollten beide irgendwie ein bisschen Normalität herbeizwingen.«

»Noch mal, Rico, das finde ich wirklich gut.«

»Ich habe auch von Ihnen erzählt.«

»Von mir?«

»Klar. Mein Vater wollte natürlich wissen, was ich denn hier zu tun hätte. Und da habe ich von diesen seltsamen falschen Gräbern auf dem Friedhof erzählt und auch von Ihrer Mission. Ich hoffe, das war okay. Ich meine, mein Vater kennt Sie ja nicht, und Sie beide werden sich wohl kaum treffen. Da dachte ich, das wäre in Ordnung.«

»Aber sicher doch.«

»Und mein Vater fand das auch spannend. Und jetzt komme ich zum für Sie wichtigen Teil der Story.«

»Wie meinen Sie das?«

»Ich hatte die Grabsteine ja fotografiert. Ich fand das irgendwie cool. Na ja, dadurch hatten wir das Todesdatum von Ihnen und Ihrer Mutter.«

»Also, bitte. Ich bin nicht tot.«

»Und nun halten Sie sich fest. Mein Vater ist nämlich nicht Hausmeister in *irgendeiner* Behörde, sondern im Regionalarchiv.« Rico machte eine Pause, um die Information wirken zu lassen. Dann fuhr er fort: »Also, er ging zu den Kollegen, und ließ sich Unterlagen herauskramen, zu Ambershagen und zu dem Datum. Er wollte mir wohl einen Gefallen tun, er hat es zumindest sehr dringend gemacht und seine Kollegen überredet, sofort nachzuschauen. Und zu dem Datum gab es tatsächlich etwas. Da lief es hier schon unter den Sowjets.«

Robert riss es vor Spannung fast vom Stuhl.

»Nun spannen Sie mich nicht so auf die Folter. Rücken Sie schon raus damit, was haben Sie gefunden?«

»Da stand, dass Helena Schnitter und ihr Sohn Robert als vermisst gemeldet wurden. Und zwar an dem Tag, der auf Ihrem Grabstein stand.«

»Als vermisst? Aber Rico, das ist ja wunderbar. Das ist doch der Beweis, dass die Gräber leer sind. Wenn doch die Schnitters mich und meine Mutter als vermisst meldeten, dann sage ich Ihnen, die Gräber sind leer. Da liegt überhaupt niemand. Wir wurden als vermisst gemeldet, man hat auf uns gewartet und dann schließlich die Steine gesetzt, weil man das Warten aufgegeben hat. Rico, das ist perfekt. Sie haben einen Teil der Antwort geliefert.«

»Ja, ich dachte mir schon, dass Ihnen das gefallen würde.« Ricos zufriedenes Grinsen war sogar in der Dunkelheit noch auszumachen.

»Allerdings bleibt dann die Frage, warum meine Mutter Deutschland verlassen hatte, ohne eine Nachricht zu hinterlassen. Das klingt gerade so, als sei sie Hals über Kopf geflohen. Aber wovor?«

»Da stand noch etwas. Und zwar von einer Ingrid.«

»Ingrid?« Robert ließ das Bier fast fallen.

»Sagt Ihnen der Name etwas?«

»Allerdings. Ich erkläre es Ihnen später. Sagen Sie mir erst, was da über Ingrid stand.«

»Sie wurde ebenfalls als vermisst gemeldet.«

»Was?«

»Am gleichen Tag. Und zwar von einer Karla Schnitter.«

»Das war die Mutter meines Vaters, soweit ich weiß.«

»Ihre Oma.«

»Nun ja, gut, wenn Sie so wollen.«

»Karla Schnitter meldete Ingrid nicht nur als vermisst, sondern erstattete auch Anzeige gegen sie.«

»Eine Anzeige? Und wessen beschuldigte man sie?«

»Diebstahl einer Dauerwurst, eines großen Stücks Schinken, eines viertel Pfunds Brot und von Tafelsilber.«

Robert schwieg verblüfft und ließ sich wieder in den Sitz sinken. Er schüttelte immer wieder den Kopf.

»Rico, wie viel Bier haben Sie gekauft?«

»Diese sechs Flaschen und noch mal die gleiche Menge; liegen noch im Wagen.«

»Es ist widerlich warm, Ihr Bier.«

»Tschuldigung, das Kühlfach im Fond der Limousine scheint nicht zu funktionieren.«

»Aber ich glaube, die zwölf Flaschen werden reichen.«

»Ich hatte schon so eine Ahnung, Herr Schnitter.« Schon war Rico aufgesprungen und ging zum Golf. Der Bewegungsmelder klickte und tauchte den Parkplatz in grelles Licht.

Kapitel 18

»Die Russen kommen!«

Ingrid war weiß wie die Wand. Sie kauerte stammelnd auf dem Küchenboden und zitterte am ganzen Körper.

»Nun reiß dich zusammen!« Karla raunzte die junge Frau an, doch Ingrid ließ sich nicht beruhigen. Karla packte sie an den Schultern, um sie aufzurichten, aber sie wehrte sich mit Händen und Füßen. Elena und Else standen fassungslos daneben. Erstaunlicherweise war es ausgerechnet Else, die zu Ingrid durchdrang. Sie hockte sich zu dem wimmernden Häufchen Elend auf den Boden.

»Ingrid, hier kann dir nichts passieren. Du bist nicht allein.« Und irgendwie schaffte sie es, Ingrid aus ihrer panischen Verfassung herauszureißen. Mit Mühe hievten sie sie hoch und bugsierten sie in die Kammer. Elena packte sie ins Bett, deckte sie zu und strich ihr übers Haar.

»Ich lass den Jungen hier oben. Pass auf ihn auf!« Sie legte den Kleinen an Ingrids Seite. Das war eine gute Idee, wurde Ingrid dadurch doch abgelenkt. Sie beruhigte sich tatsächlich.

Als Elena in die Küche zurückkam, saßen ihre Schwägerin und Schwiegermutter am Tisch, blanke Angst war ihnen ins Gesicht geschrieben. Sie schauten zu ihr auf.

»Setz dich, Elena.« Karla griff nach einer Flasche Schnaps, füllte ein Glas und schob es Elena hinüber. Bei dem Leid, das sie befürchteten, spielten all ihre Differenzen keine Rolle mehr. »Komm, trink! Vielleicht können wir es gebrauchen.«

Else strich nachdenklich über den Rand ihres eigenen Glases.

»Habt ihr von den Flüchtlingsfrauen oben am Meer gehört? Hertha hat es mir erzählt, natürlich heimlich.« Die beiden anderen rückten auf ihren Stühlen näher an den Tisch. Es war bekannt, dass die im Bürgermeisterhaushalt viele Dinge früher wussten, als andere. Else erzählte weiter: »Eine ganze Gruppe von Frauen ... Sie sind, ach Gott, es ist furchtbar, sie sind ins Meer gegangen.«

»Was?«

»Ja, es ist wirklich grausam. Man sagt, als sie gehört haben, dass die Russen im Vormarsch sind, seien sie einfach aufgestanden, hätten sich wie auf ein geheimes Zeichen hin zugenickt und seien schnurstracks raus aus dem Ort marschiert. Die alte Fischerwitwe hat sie wohl noch vorbeiziehen sehen, seitdem sind die Frauen verschwunden. Man munkelt, sie seien ins Meer gegangen. Und die, die Mütter waren, hätten ihre Kinder auch noch mitgenommen. Sie hätten sich die Kleinen an den Leib gebunden. Das sind doch Mörderinnen!«

»Aber das kann doch gar nicht sein.« Karla war fassungslos. »Ist es denn nicht viel wahrscheinlicher, dass sie weiter geflohen sind? Niemand bringt sich doch einfach so und ohne Not um, und dann auch noch mit den Kindern. Das kann ich nicht glauben. Nein, nein, Tochter, mit Sicherheit sind die weitergezogen. Sind doch eh auf der Flucht. Was spielt es denn da noch für eine Rolle?«

»Mutter, sie haben eine von ihnen am Strand gefunden, genau da, wo es im Wasser nach der Sandbank tief runtergeht und die Strömung alles mit sich zieht.«

Elena hörte apathisch zu. Viele Male hatte Karl sie auf diese Stelle hingewiesen und vor der Strömung gewarnt.

»Oh Gott, wie furchtbar.« Karla war entsetzt. »War die Frau tot?«

»Nein, sie saß am Strand, aber wie geistesgestört, hat nur noch wirres Zeug gefaselt. Scheinbar hatte sie alles mitangesehen, sich dann aber im letzten Moment doch nicht getraut. Die anderen seien einfach drauf zugelaufen und hätten sich reingleiten lassen. Danach wären sie alle fort gewesen.«

»Oh Gott. Aber das ist ja entsetzlich. Weiß dein Vater schon davon?«, fragte Karla besorgt.

Am Vorabend hatte Otto vom Bürgermeister eine Einberufung zum Volkssturm erhalten. Karla hatte den Bürgermeister angeraunzt, dass das doch wohl die blödsinnigste Idee sei, die ihr je untergekommen sei. Er hatte geantwortet, das sei Befehl vom Führer.

»Weißt du was, Bürgermeister? Ich will dir mal was sagen: Ich scheiße auf deinen Führerbefehl!«

Der Bürgermeister hatte sie mit offenem Mund angestarrt, es hatte gedauert, bis er sich wieder gefangen hatte.

»Bist du verrückt, Karla? Dafür müsste ich dich erschießen lassen.«

»Mach doch! Ihr habt uns unsere Söhne genommen und jetzt wollt ihr uns auch noch die Ehemänner nehmen? Dann könnt ihr uns Frauen auch gleich mit an die Front stellen, bleibt doch ohnehin nichts mehr übrig hier. Bis zum letzten Mann! Dass ich nicht lache! Was ist denn noch da an Männern? Wollt ihr jetzt Krüppel, Greise und Kinder voranschicken?«

»Karla, hör sofort auf, so zu reden!«, hatte der Bürgermeister sie angefaucht, aber Karla hatte sich nicht mehr stoppen lassen, hatte Zeter und Mordio geschrien. So hatte Elena ihre Schwiegermutter noch nie erlebt.

»Mit was soll sich mein Otto denn gegen die russischen Panzer stellen? Mit einer Mistforke? Oder soll ich ihm vielleicht noch mein langes Brotmesser mit auf den Weg geben? Na, da wird sich der Russe ja schwer beeindrucken lassen. Kapiert doch endlich: Wir haben verloren, wir haben diesen gottverdammten Krieg verloren. Wieder einmal! Ihr wolltet ja alle nicht lernen, keiner wollte lernen; vor dreißig Jahren habe ich meinen Bruder in Verdun verloren. Und für meinen Sohn steht seit zwei Jahren ein Stein auf dem Friedhof, nicht einmal beerdigen konnten wir ihn und jetzt, jetzt soll ich euch auch noch meinen Mann geben? Niemals – hörst du, Bürgermeister –, niemals! Nur über meine Leiche.«

Sie hatte sich mit ausgebreiteten Armen vor Otto gestellt, der mit aufgerissenen Augen fassungslos zugehört hatte. Der Bürgermeister hatte kopfschüttelnd den Befehl auf den Tisch gelegt und über Karlas Kopf hinweg Otto zugenickt.

»Otto, ich hoffe, du weißt, was deine Pflicht ist. Vergiss nicht, es gilt das Kriegsrecht!«

Dann war er gegangen.

Otto war vor Schreck starr gewesen, die drei Mädchen hatten dem Schauspiel mit offenen Mündern beigewohnt. Aber Karla behielt bei alldem einen klaren Kopf.

»Else,« hatte sie ihre Tochter angewiesen, »du gehst gleich morgen früh rüber und triffst dich mit Hertha. Sie soll ihren Vater dazu bringen, dass er hier nicht noch mal wegen dieser Sache auftaucht und dass er uns keine Probleme deshalb macht. Hörst du? Und jetzt kümmere dich um deinen Vater!« Else hatte genickt und Wasser für einen Tee aufgesetzt. Dann hatte sich Karla Ingrid und Elena zugewandt.

»Und ihr helft mir jetzt beim Vergraben des Silbers. Sucht alte Bettlaken zusammen, die geflickten in der Truhe auf dem Dachboden.«

Als die zwei vom Dachboden zurückkamen, hatte Karla schon das Tafelsilber auf dem Fußboden der guten Stube ausgebreitet.

»Los, hier, das müssen wir alles einwickeln. Zerschneidet die Laken und rollt das Silber ein. Macht immer ganze Gedecke daraus, versteht ihr? Wir vergraben das an mehreren Stellen. Falls die doch eines finden, bleiben uns so vielleicht ein paar Bestecke dennoch erhalten.«

Elena war baff ob des kühlen Organisationsgeistes ihrer Schwiegermutter.

Wenig später hatte eine Anzahl von Rollen auf dem Boden gelegen, jede bestehend aus großem und kleinem Löffel, Messer und Gabel. Karla holte einen Weidenkorb, packte alles hinein und Elena und Ingrid hoben ihn testweise an. Die Frage, ob sie ihn tragen könnten, bejahten sie mit einem Nicken.

»Gut!« Karla schien zufrieden. »Dann hinter die Scheune, an den Ententeich! Ihr kriecht ins Entenhaus und vergrabt das Zeug dort. Möglichst viel im Haus selbst, den Rest dahinter. Seht zu, dass ihr danach den Boden wieder glattstreicht, sucht euch irgendwas, was ihr darüber schüttet. Am besten ist, ihr streut Entenfutter aus, schön dick, dann erledigen die Viecher den Rest von allein. Verstanden? Und Else soll euch helfen!«

Die beiden hatten erneut genickt und dann den Korb aus der Stube getragen.

»Otto!« Karla wandte sich ihrem Mann zu, der mit einem Becher Tee in der Hand im Türrahmen gestanden und die Szenerie beobachtet hatte. »Otto, hilf mir!« Ihr Befehlston holte ihn zurück in die Wirklichkeit. »Pass auf, wir müssen die Besteckschubladen mit irgendetwas füllen, sonst wissen die doch, dass da was fehlt. Hol ein paar der Papiere aus der Schreibstube und tu sie hier in die Schubladen. Aber nicht zu viel, damit der Schreibtisch nicht leer wirkt. Klar? Nimm einfach unsere Familienpapiere, Geburtsurkunden, Pässe und so weiter.«

Karla wirbelte wie ein Oberst vor seiner Armee. Als auch Otto den Raum verlassen hatte und sie allein war, ließ sie sich auf den Boden sinken und fing an zu weinen.

Am nächsten Tag war Else in aller Frühe zum Bürgermeister gelaufen, damit dessen Tochter ein gutes Wort für Otto bei ihrem Vater einlegen würde. Ingrid und Elena kamen gerade in die Küche, da stürmte Else herein.

»Greifswald hat sich ergeben.«

»Was?«

»Ja, Greifswald wurde kampflos überlassen. Die Nachricht traf just ein, als ich beim Bürgermeister ankam.«

»Greifswald? Aber dann sind die Russen doch schon an uns vorbeigezogen?«, fragte Elena.

»Vorbeigezogen? Oh nein, das heißt vielmehr, dass die von der Küste runterkommen.«

Karla war hinzugekommen.

»Das heißt also, dass sie nicht mehr lange …«

Else unterbrach sie: »Am Haus der Bürgermeisters hängt eine weiße Flagge. Die Russen kommen!«

Und dann war Ingrid schreiend und zitternd auf dem Boden der Küche zusammengebrochen.

Als Elena nun aus ihrer Kammer zurückkam und den anderen berichtete, dass sie Ingrid mit Robert ins Bett gesteckt und die sich wieder beruhigt habe, schüttelte Karla den Kopf.

»Ich habe es mir anders überlegt. Wir müssen sie wieder hierherbringen. Wie dürfen sie nicht allein lassen. Kommt alle in die Küche! Holt Ingrid aus der Kammer und auch den Jungen. Wenn wir zusammen sind, können sie uns nichts tun. Otto!« Karla rief zur guten Stube. »Komm her!«

Kurz darauf saßen sie stumm um den Küchentisch, nur das unterdrückte Wimmern Ingrids durchbrach die Stille. Sogar der kleine Robert regte sich kaum.

Zuerst hörten sie die Schritte vor der Tür, dann trommelten Fäuste dagegen. Otto war schon halb aufgestanden, da packte ihn seine Frau am Arm.

»So weit kommt es auch noch, dass wir denen die Tür öffnen. Rasch, Otto, versteck dich in der Speisekammer!« Als er protestieren wollte, schubste sie ihn in die aufstehende Kammer und drückte die Tür zu.

Krachend flog ein Stein durch das Flurfenster. Wüste Schreie auf Russisch drangen zu ihnen. Fensterflügel wurden aus ihren Angeln herausgerissen, Holz barst lautstark. Dann gab auch die Eingangstür nach. Ingrid schrie auf. Else sprang zu ihr und hielt ihr den Mund zu, doch schon näherten sich dreckiges Gelächter und Schritte schwerer Stiefel. Ein Tritt ließ die Küchentür krachend gegen den Schrank schmettern, Geschirr klirrte. Drei untersetzte Soldaten standen in der Tür. Die Frauen verharrten schreckstarr; Else mit Ingrid im Arm, Elena am Tisch, Robert auf ihrem Schoß und Karla noch vor der Tür der Speisekammer. Die Soldaten musterten eine nach der anderen und grinsten breit. Sie sagten etwas zueinander und zeigten jeweils auf die jungen Frauen. Als einer auf Karla deutete, lachten sie laut, einer spuckte auf den Boden. Grün und ekelig verlief der Schleim auf den Fliesen. Karla zuckte zusammen. Mit lüsternen Blicken taxierten die Männer die Frauen, die vor Angst zitterten. Elena bebte, ihr stockte der Atem. Sie sah, wie Else langsam und von den Russen unbemerkt versuchte, die Hand nach dem langen Küchenmesser, das hinter ihr auf dem Kuchenbuffet lag, auszustrecken.

»Ach, Gott sei Dank!«, stieß Karla da erleichtert hervor. Sie konnte als Einzige hinaussehen. Draußen rasselte ein Motor, das Auto des Bürgermeisters fuhr vor. Für einen Augenblick wurde das grausame Spiel angehalten. Als der Motor erstarb und die Autotür aufgestoßen wurde, entfuhr Karla jedoch ein Schrei. Alle schauten sie überrascht an, sogar die russischen Soldaten.

»Der Bürgermeister?«, fragte Else tonlos; sie formte die Worte mit den Lippen. Karla schüttelte langsam mit verzweifelter Miene den Kopf.

Die Autotür schlug wieder zu und Schritte stiegen die Eingangsstufen hoch. Die Soldaten drehten sich zum Flur und nahmen augenblicklich Haltung an. Ein Mann mit Schulterstücken war eingetreten und deutete den Männern an, die Küche zu verlassen. Sie befolgten seinen Befehl umgehend und verzogen sich in den Flur.

Sie sind wie Hunde, dachte Elena. Ingrid schnappte hörbar nach Luft. Der Mann mit den Schulterstücken maß die Küche mit seinem Blick und grüßte in fast akzentfreiem Deutsch. Er war ein Hauptmann. Die Frauen nickten ängstlich. Sein Blick fiel auf Else, dann starrte er auf ihre hinter ihrem Rücken verschränkten Arme, mit denen sie das lange Messer versteckt hielt. Er trat einen Schritt vor.

»Aber nicht doch, meine Damen. Machen Sie keine Dummheiten. Geben Sie mir das!« Er hielt die Hand auf und schaute Else auffordernd an. Er lächelte gewinnend, doch hinter seinen Worten verbarg sich zweifelsohne eine Drohung.

»Ich versichere Ihnen, so lange Sie keine Dummheiten machen, haben Sie nichts zu befürchten. Wer lebt sonst noch in diesem Haushalt?« Sein Blick richtete sich auf Karla, dann wies er mit einer winzigen Geste auf die Speisekammertür in ihrem Rücken. »Na, wird's bald?«

Karla senkte den Blick und tat einen Schritt zur Seite. Otto trat aus der Kammer, die Soldaten im Rücken des Hauptmanns fuhren herum und richteten ihre Gewehre auf ihn. Otto streckte die Hände in die Luft, in der einen baumelte ein schäbiger Lappen, den er wohl als eine Art weißer Fahne nutzen wollte. Der Hauptmann lächelte spöttisch.

Er befahl seinen Leuten etwas auf Russisch, einer der Soldaten sprang auf Otto zu und durchsuchte ihn. Dann nickte er zu dem Vorgesetzten, das Zeichen, dass er keine Waffen gefunden hatte. Die anderen Soldaten ließen die Gewehre aus dem Anschlag sinken.

»Gut!«, befand der Hauptmann. Dann wandte er sich Elena zu und schaute den Jungen an. Er setzte gerade an, weiterzusprechen, als hysterische Schreie und das Klatschen blanker Füße auf dem Flur zu hören waren. Die Hintertür wurde aufgestoßen, die Soldaten rissen die Gewehre herum. Wie eine Irre stürmte Hertha ins Haus, sie zeterte und brüllte. Ihr Kleid war zerrissen, eine Brust lugte hervor, aus ihren aufgeplatzten Lippen tropfte Blut, das rechte Auge war zugeschwollen. Schwer atmend hielt sie im Flur inne, die Soldaten standen ihr gegenüber, hinter ihnen der Hauptmann.

»Ihr Schweine!«, schrie sie die Soldaten an. »Ihr widerlichen Schweine!« Dann entdeckte sie Karla und Otto, die Mädchen am Tisch konnte sie vom Flur aus nicht sehen.

»Karla, Otto! Diese Schweine, sie haben Vater erhängt, am Baum vorm Haus haben sie ihn aufgeknüpft!« Urplötzlich verdrehte sie die Augen und mit erhobenen Fäusten stürzte sie sich in Richtung der Soldaten. Ein Schuss krachte und hallte im Flur wider. Hertha schaute mit weit aufgerissenen Augen den Soldaten an, dessen Gewehr noch immer auf sie gerichtet war, röchelte nach Luft und fiel auf den Steinfußboden. Das Blut, das aus ihrem Bauch schoss, ergoss sich in einer roten Lache über die kalten Platten. Karla schrie auf, Else riss es vom Stuhl, Elena und Ingrid waren starr vor Angst. In Ottos Schritt bildete sich ein großer, nasser Fleck.

Der Hauptmann bellte seine Männer an, die salutierten und rannten anschließend aus dem Haus. Er drehte sich zu den Schnitters um und räusperte sich.

»Es tut mir leid, dass Sie das miterleben mussten, meine Damen. Wie gesagt, machen Sie keine Dummheiten, dann wird Ihnen auch nichts geschehen.« Er setzte sich seine Mütze auf, nickte kurz in die Runde und ließ die vollkommen erstarrten Schnitters mit der toten Hertha im Flur zurück. Karla umfasste mit letzter Kraft die Rückenlehne eines Stuhls, dann wurde sie ohnmächtig. Robert begann zu schreien.

In Ambershagen war das Ende des Krieges eingezogen.

»Nehmt es doch als gutes Omen. Robert erlebt seinen ersten Geburtstag zu Beginn des Friedens. Der Krieg ist endlich vorbei. Das ist doch gut«, hatte Elena versucht, sich selbst und die anderen zu ermuntern.

Wie sie es wagen könne, die Niederlage Deutschlands als etwas Gutes hinzustellen und dass man eben merke, dass sie keine echte Deutsche ... Beim letzten Satz hatte die sich ereifernde Else innegehalten, da sie von Karla angezischt wurde, nun endlich still zu sein.

Am Abend vorher war die offizielle Mitteilung im Radio bekannt gegeben worden.

»20 Uhr und 3 Minuten. Reichssender Flensburg und die angeschlossenen Sender. Wir bringen heute den letzten Wehrmachtsbericht dieses Krieges. Aus dem Hauptquartier des Großadmirals, den 9. Mai 1945. Das Oberkommando der Wehrmacht gibt bekannt:

In Ostpreußen haben deutsche Divisionen noch gestern die Weichselmündung und den Westteil der Frischen Nehrung bis zuletzt tapfer verteidigt, wobei sich die siebte Infanteriedivision besonders auszeichnete. Dem Oberbefehlshaber, General der Panzertruppen von Saucken, wurden als Anerkennung für die vorbildliche Haltung seiner Soldaten die Brillanten zum Eichenlaub mit Schwertern zum Ritterkreuz des Eisernen Kreuzes verliehen. Als vorgeschobenes Bollwerk fesselten unsere Armeen in Kurland unter dem bewährten Oberbefehl des Generaloberst Hilpert monatelang überlegene sowjetische Schützen- und Panzerverbände und erwarben sich in sechs großen Schlachten unvergänglichen Ruhm. Sie haben jede vorzeitige Übergabe abgelehnt.

Fern der Heimat haben die Verteidiger der Atlantik-Stützpunkte, unsere Truppen in Norwegen, und die Besatzungen der Ägäischen Inseln in Gehorsam und Disziplin die Waffenehre des deutschen Soldaten gewahrt. Seit Mitternacht schweigen nun an allen Fronten die Waffen. Auf Befehl des Großadmirals hat die Wehrmacht den aussichtslos gewordenen Kampf eingestellt. Damit ist das fast sechsjährige heldenhafte Ringen zu Ende. Es hat uns große Siege, aber auch schwere Niederlagen gebracht. Die deutsche Wehrmacht ist am Ende einer gewaltigen Übermacht ehrenvoll unterlegen.

Wir brachten den Wortlaut des letzten Wehrmachtsberichtes dieses Krieges.«

Dann trat eine Funkstille von drei Minuten ein. Die Schnitters hatten danach das Radio abgeschaltet und Stunden schweigend in der Stube gesessen, bis sich die Nacht schon lange auf das Haus gesenkt hatte.

»Wie soll es denn jetzt bloß weitergehen?«, hatte Karla schließlich gefragt und mit Tränen in den Augen zu Otto geschaut. Der hatte mit den Schultern gezuckt und war, ohne ein weiteres Wort zu sagen, aufgestanden, hatte das Zimmer verlassen und war ins Schlafzimmer am anderen Ende des Flurs gegangen. Karla hatte die drei Mädchen angeschaut und zu Elena gemeint, es werde Zeit, dass der Junge ins Bett käme. Robert schlief schon seit Stunden auf dem Sofa. Dann hatte auch sie die gute Stube verlassen.

»Das war's dann also.«, hatte Else traurig gemeint und Ingrid und Elena mit Robert in der dunklen Stube zurückgelassen. Als sie verschwunden war, nahmen sich die beiden Frauen schweigend in den Arm.

Das Deutsche Reich lag am Boden. In den folgenden Tagen sahen sie auf Flugblättern Bilder der zerbombten Innenstädte. Auch die nahe gelegenen Städte wie Wismar und Rostock bestanden zu großen Teilen nur noch aus Ruinen, Anklam war von Flammen in Schutt und Asche verwandelt worden, nur Greifswald blieb von jeglicher Zerstörung verschont, die Greifswalder hatten es kampflos übergeben. Man verachtete sie dafür.

Flüchtlinge prägten das Bild der Straßen, unzählige ausgebombte, vertriebene, hungrige Menschen, deren Augen so viel Leid hatten ertragen müssen, dass der Geist sich dahinter verschloss. Sie alle waren im Moment gefangen, ohne Zukunft, ohne Gegenwart und mit Erinnerungen, die sie in schlaflosen Nächten quälten, und die sie mit dem Heraufbeschwören einer weit zurückliegenden Vergangenheit zu vergessen suchten.

Soldaten waren überall. Wenn irgend möglich, vermieden es die Frauen, den Schnitterhof zu verlassen. Die Russen hatten das Hoftor zerschmettert, nun lehnten Holzplanken notdürftig aneinandergebunden gegen die gemauerten Pfosten. Während das Tor früher die Tiere im Hof halten sollte, hofften die Schnitters nun, dass sie auf diese Art zumindest etwas Schutz vor denen hätten, die auf der Suche nach Essbarem immer wieder in den Hof drangen. Die meisten Tiere hatten ihnen die Russen schon genommen. Auf dem Teich schwammen eine Handvoll Enten und Karla hatte ein paar Hühner im Haus versteckt.

»Bist du verrückt?«, hatte Otto sie entsetzt gefragt. »Wenn die Russen das bemerken, kann uns das den Kopf kosten.«

»Na, und?«, hatte sie zurückgewettert. »Willst du lieber auf deinem eigenen Hof verhungern?«

Zum Glück hatte Karla ihren Einmachkeller retten können. Der Zugang war nur über eine Bodenklappe unter der Treppe zu erreichen und sie war so geistesgegenwärtig gewesen, eine Truhe darüber zu schieben. Und auch in der Küche hatten sie ein Versteck gefunden, in das einige Dauerwürste und ein Stück Schinken passten. Sie wagten nur spätabends zu essen, wenn es schon dunkel war. Sie löschten dann das Licht, setzten sich auf den Fußboden der guten Stube, denn dort hatten sie noch dichte Vorhänge vor den Fenstern, und aßen Eingemachtes und ab und zu ein Ei.

»Dass wir hier auf unserem eigenen Grund und Boden Hunger leiden müssen, ist eine Frechheit«, rümpfte Karla die Nase. »Was ist eigentlich mit dem Führer, wo ist der geblieben?«

»Die Russen sagen, er hätte Selbstmord begangen«, antwortete Else.

»Selbstmord, der Führer?« Otto verschluckte sich vor Schreck.

»Na ja, was hätten die denn wohl sonst mit ihm gemacht? Wenn sie den Bürgermeister schon am Baum aufhängen«, antwortete Karla. »Die arme Hertha!«

Sie verstummten. Jeder von ihnen versuchte, diese furchtbaren Momente mit den Russen in der Küche zu vergessen. Nachts lagen sie in ihren Betten und wurden von den Bildern verfolgt. An jenem Abend hatte Herthas Mutter ihre tote Tochter geholt. Im Dunkeln war sie gekommen und sie hatten Herthas Körper auf einen Handkarren gehievt, wie ein Stück totes Vieh hatte sie dagelegen. Es war entsetzlich. Keiner von ihnen wusste, wo ihre Mutter sie hingebracht hatte. Von beiden fehlte seitdem jegliche Spur. Auf dem Hof des Bürgermeisters hatte sich der russische Hauptmann mit seinen Leuten eingenistet.

Ingrid wachte nachts oft schreiend auf. Sie und Elena hatten es längst zur Gewohnheit werden lassen, Robert in ihre Mitte zu legen und sich dann alle drei zu umarmen, um sich gegenseitig Trost zu spenden. Elena streichelte ihr dann übers Haar und sang ihr auf Spanisch Kinderlieder vor. Die Sprache war ihrer beider Flucht geworden, um der Realität zu entkommen. Für Elena ließ sie die verlorene Heimat aufleben, Ingrid diente sie als Traum von einer besseren, weit entfernten Welt.

»*Ojalá pudiéramos dejar todo esto*. Ich wünschte, wir könnten das alles hier verlassen, Helena!«

»*Si, pero ahora es sólo un sueño*. Ja, aber es ist nicht mehr als ein Traum. Glaube mir, Ingrid, es vergeht kein Tag, an dem ich nicht den Bernstein aus dem Nachttisch hole und mich an den Atlantik zurückwünsche.«

»Ach, Helena, lass uns davon träumen.«

Sie schmiegten sich aneinander, Robert zwischen sich, und erzählten vom Frieden, von den weiten Landschaften, die sich hinter dem Pregel bis hoch zur Ostsee am Kurischen Haff erstreckten, und solchen im Hinterland von Quequen, auf denen die großen Estancias Getreide anbauten und Rinder züchteten.

»Rückt da oben ein bisschen dichter zusammen, sonst kriege ich nicht alle aufs Bild.«

Es war das letzte Fuder, die Ernte war beendet.

»Natürlich werden wir diese Aufnahme machen, trotz allem!«, hatte Karla bestimmt. »Der letzte Garbenwagen wurde schon immer abgelichtet und das werde ich mir durch die Russen sicher nicht nehmen lassen.«

Elena und Ingrid saßen hoch oben auf dem wackeligen Fuder, der Fotograf stand mit einem Fotoapparat davor. Es war eine alte Boxkamera. Die Qualität des Bildes würde miserabel sein, aber immer noch besser als nichts. Die Russen hatten ihnen alles genommen, was wertvoll war. Nur wenige Wochen nach der Übertragung des letzten Wehrmachtsberichts an jenem Schicksalstag im Mai vor nunmehr über drei Monaten hatte Otto sein geliebtes Radio hergeben müssen, sie hatten es konfisziert.

»Das ist doch jetzt alles ohnehin egal.« Karla hatte sich entmutigt auf einen Küchenstuhl plumpsen lassen. So kraftlos hatte Elena ihre Schwiegermutter zuvor noch nicht gesehen. Gerüchte machten die Runde.

»Die nutzen das *Stalag* in Neubrandenburg. Da bringen sie die Hundertfünfzigprozentigen hin. Die kommen nicht wieder«, hatte einer der Nachbarjungen erzählt.

Das *Stalag II A* in Neubrandenburg war bis vor wenigen Wochen noch die Kaserne der Kriegsgefangenen gewesen. Auch nach Ambershagen waren Gefangene von dort entsandt worden. Es hieß, dass die Russen das Lager jetzt für die ehemaligen Funktionäre nutzten. Seit Juni verschwanden immer wieder Parteimitglieder und bis jetzt war noch niemand wieder zurückgekehrt.

»Vielleicht ein Glück für den Bürgermeister, dass sie ihn sofort aufgehängt haben, und für Hertha auch«, hatte Else resigniert gemeint und Otto damit erzürnt.

»Wie kannst du so etwas sagen?«

Aber Else hatte nur müde abgewinkt.

»Ach, Vater, schau dich doch nur um. Die, die früher in der Partei waren, rennen jetzt den roten Flaggen dieser neuen *KPD* hinterher, nennen sich Kommunisten und verkaufen ihre ehemaligen Kameraden an den Galgen, bevor die sie wiederum verraten können. Es ist doch alles lächerlich. Und uns stehlen sie das Vieh aus den Ställen und räumen die Speicher leer.«

»Aber mein Silber haben sie nicht gefunden!«, hatte Karla triumphiert und alle hatten ihr anerkennend zugenickt.

»Das hast du gut gemacht, Mutter.«

»Habt ihr die Flugblätter gesehen?«, fragte Otto. »Die Mitteilung über diese *Dreimächtekonferenz?*« Er zog die Tischschublade auf und holte ein Papier heraus. Seine Brille hatte nur noch ein Glas. Otto musste ein Auge zukneifen, um lesen zu können: »Hier schreiben Sie von einer Konferenz in Potsdam, die gerade stattgefunden hat. Hört euch das mal an: *Alliierte Armeen führen die Besetzung von ganz Deutschland durch, und das deutsche Volk fängt an, die furchtbaren Verbrechen zu büßen, die unter der Leitung derer, welche es zur Zeit ihrer Erfolge offen gebilligt hat und denen es blind gehorcht hat, begangen wurden.* Das ist doch eine Schweinerei.« Er schlug auf den Zettel. »Hätten wir gewonnen, würden wir jetzt die Herren seien. Was haben wir denn an Verbrechen begangen? Wir haben doch nur Befehle ausgeführt. Die haben doch auch nichts anderes gemacht, als Befehlen zu gehorchen. Aber die bekommen dafür Orden und wir werden bestraft.«

»Otto, so ist das eben mit den Verlierern. Ist doch nichts Neues. Du und ich, wir haben das doch schon mal erlebt. Ist noch nicht einmal dreißig Jahre her. Und nun stehen wir wieder vorm Scherbenhaufen. Aber alle haben sie geschrien, alle wollten sie ›den totalen Krieg‹. Du hast es dir doch im Radio angehört!« Karla war missmutig geworden.

»Das konnte doch auch keiner ahnen. Der Führer hat doch immer was ganz anderes erzählt.«

»Männer! Ihr lernt einfach nicht dazu.«

Dann war Karla aufgestanden und hatte die anderen in der Küche zurückgelassen. Ingrid und Elena hatten betreten auf den Tisch gestarrt. Jetzt saßen die zwei hoch droben auf dem Fuder und lächelten in die winzige Kamera, die der Mann vor ihnen in der Hand hielt.

»Wenn einer eines Tages dieses Bild sieht, wird er nicht erkennen können, wie schlecht es uns eigentlich geht«, raunte Ingrid Elena zu und zwang sich zu einem Lächeln.

»Ach, Ingrid. Wen interessiert denn schon eine Aufnahme von uns beiden auf dem Stroh. Autsch!« Elena schlug nach einer Bremse, die sich auf ihr Bein gesetzt hatte. »Diese blöden Viecher. Ich bin schon ganz zerstochen. Hört mal!«, rief sie den anderen zu. »Ich muss mich um meinen Sohn kümmern.« Sie rutschte das Fuder hinunter, stützte sich an den Seitenteilen des Leiterwagens ab und sprang auf den Boden.

Elena nutzte Robert gerne als Vorwand, um sich der Gesellschaft der anderen zu entziehen. Seitdem das Radio nicht mehr existierte, war es bedrückend still an den Abenden. Lampenöl wurde rationiert, so dass die untergehende Sonne auch die Schlafenszeit vorgab. Zum Glück waren im Sommer die Tage lang gewesen, aber nicht mehr lange, und der Herbst würde sie verkürzen.

Robert war schon ein richtiger Junge geworden. Er hatte die Phase des Krabbelns einfach übersprungen. Karla hatte Elena Vorwürfe gemacht, der Junge scheine zurückgeblieben zu sein, da er stattdessen auf seinem Hosenboden durch die Gegend gerutscht war. Vor einiger Zeit aber zog er sich plötzlich hoch und von da an ging es ganz schnell. Jetzt konnte er schon fast selbstständig und ohne fremde Hilfe laufen. An der Hand von Elena schaute er sich neugierig in alle Richtungen um.

»Wie glücklich er sich schätzen kann«, meinte Ingrid einmal. »Er weiß nichts von dem Morden und dem Leid da draußen.«

»Noch nicht«, hatte Elena traurig ergänzt. »Aber irgendwann wird er nach seinem Vater fragen.« Dann hatte sie geweint.

Elena weinte oft. Sie schaffte es einfach nicht mehr, fröhlich zu sein. Ihre Grundstimmung war grau und ihr Gemüt schwer. Ein Zustand, der in der jetzigen Zeit aber nicht weiter auffiel.

Roberts erstes Wort war *Karla* gewesen. Das war noch gar nicht lange her. Elena war enttäuscht, dass er nicht *Mama* gesagt hatte, wenn sie auch durchaus ihrer Schwiegermutter die Freude gönnte.

Ingrid kam aus der Scheune herüber in die Küche.

»Hallo, Robert!« Sie stupste dem Jungen auf die Nase, er lachte vergnügt.

»Seid ihr schon fertig?«, fragte Elena erstaunt.

»*Pero no!* Ich soll Essigwasser holen, alle haben Durst.« Ingrid füllte den großen Krug fast voll mit Wasser und tat einen Schuss Essig hinein.

»Komm, Ingrid, lass uns an den Strand gehen! Ich muss das Meer sehen, ich werde noch verrückt hier, so eingesperrt auf diesem Hof.«

Die Angesprochene drehte sich verblüfft um.

»*Helena, estás loca?* Bist du verrückt? Wir sind mitten in der Ernte!«

Elena verdrehte die Augen.

»Und außerdem ...«, fuhr Ingrid fort, »gehen wir da auf keinen Fall raus. Da wimmelt es doch nur so von russischen Soldaten. Wir zwei ungeschützt? Helena, also wirklich, manchmal hast du echt verrückte Ideen.« Sie rang sich ein Lachen ab und verschwand mit dem schweren Krug durch die Hintertür in den Hof.

»Und wenn ich dich mitnehme, mein Kleiner?« Elena schaute zu Robert, der auf dem Boden saß. Er sah sie erwartungsvoll an und gluckste vor Vergnügen.

»Das nehme ich mal als ein *Ja*, junger Mann.«

Schon hatte sie sich ihn geschnappt und schlich auf den Hof. Die anderen waren in der Scheune und packten die Garben ins Fach. Otto hatte gemeint, er wisse gar nicht, wie er dreschen solle, denn die Dreschmaschine des Lohnunternehmers sei doch bei den Russen. Doch das alles interessierte Elena jetzt überhaupt nicht. Sie wollte ans Meer. Viel zu lange schon hatte sie es nicht mehr gesehen. Sie war sich sicher, dass es ihr danach wieder besser gehen werde. War es nicht immer so gewesen, dass sie ans Meer gegangen war, wenn sie Kummer hatte, auch schon als Kind? Das Meer heilte ihre Seele, es spendete Trost und schenkte ihr die nötige innere Ruhe, um das alles hier zu überstehen.

»Wir gehen ans Meer, Robert!«, lachte sie ihm aufmunternd zu. Sie nutzte einen Moment, in dem alle in der Scheune beschäftigt waren, und zwängte sich durch die Latten im ehemaligen Hoftor.

Auf der Straße atmete sie tief durch. Wie herrlich! Sie fühlte schon jetzt, wie gut ihr dieser Spaziergang tun würde. Sie trug Robert auf der Schulter. Er war schon schwer, mit ihm auf dem Arm würde es ein langer Weg sein, aber Elena war fest entschlossen. Schon hatte sie die Dorfstraße verlassen und ging durch die Felder. Von wegen, es wimmele von russischen Soldaten. Kein einziger war weit und breit zu sehen. Ingrid würde vor Neid erblassen, wenn sie ihr heute Abend im Bett von der Freiheit hier draußen erzählte.

»Schau mal, Robert, da in dem Gebüsch, da steht der einzelne Baum, der Windlooper. Da müssen wir abbiegen«, sagte sie lachend und zeigte in Richtung der Wegbiegung. Sie war so beschwingt, dass sie sogar begann, ein Kinderlied zu singen:

»Arroz con leche, me quiero casar,
con una señorita de San Nicolas.
Que sepa coser, que sepa bordar,
que sepa hacer las medias para un general.«

Mit jeder Strophe wurde sie beschwingter und immer lauter sang sie ihr Lied; Robert lachte lauthals vor Glück auf ihrem Arm. Seit Langem endlich wieder ein schöner Moment.

»Arroz con leche, me quiero casar,
con una señorita de este lugar.
Que sepa coser, que sepa …«

Urplötzlich hielt sie inne. Vor Schreck hätte sie beinah Robert fallen lassen. Sie hatte die Männer nicht gesehen. Als sie am Windlooper abbog, lagen sie im Schatten und tranken aus großen Flaschen. Sie schrie auf, dann presste sie sich die Hand vor den Mund. Einer der Männer erhob sich und schaute sie mit gierigen Augen an. Elena setzte Robert auf dem Boden ab und führte ihn, ihre Hand fest um seine geklammert, hinter sich. Nun standen auch die anderen Männer auf. Sie stanken nach Alkohol und Dreck. Es waren drei. Schritt für Schritt näherten sie sich ihr. Elena schaute sich verzweifelt nach allen Seiten um, aber sie war mutterseelenallein, weit und breit war niemand zu sehen. Sie wich zurück.

»Bitte, bitte tun Sie mir nichts!«, flehte sie schwach. Und dann erkannte sie einen der drei wieder. Er war der Mann, der Hertha erschossen hatte.

»Bitte, nicht!«, wimmerte sie. Aber der Soldat grinste breit, nahm einen kräftigen Schluck aus der Flasche in seiner Hand, sagte etwas zu den anderen beiden und die lachten dreckig. Elena schloss die Augen und wünschte sich, sie nie wieder öffnen zu müssen.

Kapitel 19

»Haben Sie auch so furchtbare Kopfschmerzen, Rico?«

»Nicht so schlimm. Allerdings habe ich mir gestern Nacht das Essen des Tages noch mal durch den Kopf gehen lassen.«

»Wie meinen?«

Rico mimte mit Würgelauten und eindeutiger Handbewegung, was er gerade zu umschreiben versucht hatte. Robert lächelte schwach. Die beiden Männer hatten noch bis spät in die Nacht auf der Terrasse gesessen und Bier getrunken. Jetzt saßen sie am Frühstückstisch und Robert mühte den Kaffee in kleinen Schlucken hinunter, an Essen war nicht zu denken. Es musste der Altersunterschied sein, dachte er, während er seinen Tischgenossen beobachtete, wie dieser sich genüsslich Marmelade aufs Brötchen schmierte.

Aus dem Vorraum drang Lärm. Eine alte Frau trat ein.

»Entschuldigen Sie«, sagte die Enkelin der Wirtin, deren Oma wiederum selbst unmittelbar hinter der anderen alten Frau folgte.

»Du kannst hier doch nicht einfach so reinplatzen. Ich bringe dich schon zu den Herren«, herrschte sie sie an.

Da Rico und Robert nach wie vor die einzigen Gäste des Hauses waren, war es nicht schwer auszumachen, wen sie mit *den Herren* meinte.

»Ich warte aber noch auf den Pastor!«, schrie die Alte. Sie schien nahezu taub zu sein.

»Schalte erst mal dein Hörgerät ein!«, trompetete nun die Wirtin ins Ohr der Frau.

»Was?«

»Dein Hörgerät!« Vielsagend zeigte sie auf die Ohren. In Roberts Kopf hämmerte es.

»Ach so.« Die Fremde nestelte an den Geräten und sprach nun in gemäßigter Tonlage weiter. »Trotzdem warte ich auf den Pastor. Ich stamme schließlich noch aus der Zeit vor dieser gottlosen DDR, da weiß man noch, was sich gehört. Und außerdem wollte der unbedingt dabei sein.«

»Darf ich vorstellen? Helga Ahrens und Herr Schnitter.«

»Der Argentinier?«

»Der Argentinier. Und daneben sitzt sein Fahrer.«

»Soso. Na ja, wenn der Pastor da ist, der kann ja übersetzen, der kann ja wohl Englisch.«

»Sie können gerne direkt mit mir sprechen, werte Frau Ahrens. Ich verstehe Sie sehr gut, ich bin selbst auch mit Deutsch aufgewachsen.«

»Soso«, sagte diese erneut.

Robert war es vollkommen schleierhaft, was diese Frau von ihm wollen könnte. Ihre Miene drückte aus, dass sie aber fest entschlossen war, ohne den Pastor kein Gespräch zu beginnen. Hoffentlich würde der bald kommen.

»Möchten Sie vielleicht einen Kaffee, Frau Ahrens?«, fragte er, um die peinliche Stille zu überbrücken. Seine Kopfschmerzen machten es ihm nicht leicht, die Manieren zu wahren. Bevor die Frau antworten konnte, unterbrach die Wirtin: »Hast du den Pastor denn schon angerufen, Helga?«

»Natürlich.« Entrüstet drehte sie sich zur Fragestellerin. »Ich bin ja nicht blöd.«

Robert sah, dass Rico nur schwer ein Grinsen unterdrücken konnte. Man hörte Schritte im Flur.

»Na, da ist er ja schon«, stellte die Wirtin fest. Auch ihr war eine gewisse Erleichterung anzusehen. »Kommen Sie rein, Herr Pastor, wir sind alle hier drinnen.«

Schon stand er im Raum.

»Herr Schnitter, schönen guten Tag.« Er schüttelte allen Anwesenden die Hand. »Frau Ahrens, schön, dass Sie hergekommen sind«, brüllte er die alte Frau an.

»Helga hat ihr Hörgerät eingeschaltet, Herr Pastor, Sie brauchen nicht so zu schreien.«

»Was? Ach so, na umso besser.« Die Wirtin hatte ihn kurz aus dem Konzept gebracht, aber schon fand er zum Faden zurück: »Ich bin gespannt, wie Herr Schnitter reagieren wird.«

Robert stellte erstaunt fest, dass der Geistliche offenbar schon mehr wusste.

»Geht es um die Gräber, also, sozusagen um *unsere* Gräber? Wissen Sie schon mehr?«

Begeistert nickte der Pastor. Schlagartig war Robert hellwach, seine Kopfschmerzen waren vergessen. Auch Rico richtete sich gespannt auf.

»Hören Sie nur, was Frau Ahrens zu berichten hat«, kündigte der Pastor an. Auch die Wirtin stand nun am Tisch.

»Also, Frau Ahrens, erzählen Sie bitte doch noch mal das, was Sie mir am Telefon schon gesagt haben.«

»Und mein Kaffee?«

»Helga, ja doch.« Genervt watschelte die Wirtin in die Küche und kam mit einer Tasse zurück. »So, jetzt aber.«

Helga Ahrens nickte kurz, dann fing sie endlich an zu reden: »Also, die ganze Sache ging eigentlich mit Gertrud los.«

»Gertrud?«, fragte Rico.

»Die Putzfrau von Frau Holtenkamp«, antworteten Robert, der Pastor und die Wirtin beinahe synchron.

»Genau«, pflichtete ihnen die Alte bei. »Also, Gertrud erzählte mir, dass Sie«, sie nickte Robert zu, »bei der Holtenkamp zu Besuch waren. Na, Sie können sich ja nicht vorstellen, was sie mir damit für einen Schreck eingejagt hat.«

»Einen Schreck? Ihnen? Nur, weil ich bei Frau Holtenkamp war?«

»Ja, aber klar doch. Wir dachten doch alle, Sie wären tot.«

»Was?« Robert traute seinen Ohren nicht. »Ich, tot?«

»Ja, sicher doch. Oh Gott, der arme Junge, haben wir gesagt, hat das Meer die beiden genommen.«

»*Das Meer die beiden genommen?* Was reden Sie denn da bloß?«

Aber die alte Frau ließ sich nicht unterbrechen.

»Nun ist mir auch klar, warum man Sie nie gefunden hat.«

»Wie, nie gefunden? Wovon sprechen Sie, Frau Ahrens?« Robert war restlos verwirrt.

»Na ja, Ihre Mutter wurde vom Meer ja wieder angespült, aber Sie eben nicht. Aber Sie waren ja auch noch so lütt, haben wir gesagt, da geht man natürlich schneller verloren. Nur frage ich mich jetzt, wie Sie das dann bloß überlebt haben.«

»Liebe Frau Ahrens, ich glaube, wir müssen das ein bisschen geordneter erzählen. Sonst kann Herr Schnitter Ihnen nicht folgen.«

»Wenn Sie meinen«, zuckte die Frau mürrisch die Schultern.

»Soll ich?« Ohne eine Antwort abzuwarten, klärte der Pastor auf: »Wenn ich Frau Ahrens am Telefon vorhin richtig verstanden habe, dann verhält es sich wohl so, dass Sie, Herr Schnitter, und Ihre Mutter vermisst wurden.«

»Das habe ich auch schon rausbekommen«, warf Rico ein.

»Ja, aber es kommt noch mehr, und das wird Sie vermutlich nicht erfreuen.« Der Pastor hielt sich Robert zugewandt. »Ihre Mutter wurde am Strand tot aufgefunden. Auch wenn es schwer zu verstehen ist, Herr Schnitter, ist Ihre Mutter wohl ertrunken. Das Dorf ging damals davon aus, dass auch Sie, damals ja noch ein Kleinkind, den nassen Tod fanden.«

Robert war wie betäubt. Das Blut rauschte in seinen Ohren. Er schüttelte sich, um wieder zu Sinnen zu kommen.

»Moment, was meinen Sie? Wie kommen Sie auf diese Idee?«

»Na ja, es wurde doch nur Ihre Mutter beerdigt«, hatte jetzt wieder die alte Frau das Gespräch zurückerobert. Sie wollte sich die Geschichte nicht aus der Hand nehmen lassen.

»Ach, Beerdigung. Dann sind wir ja doch bei den falschen Gräbern.« So etwas wie Erleichterung machte sich bei Robert breit. »Hören Sie, Frau Ahrens, meine Mutter und ich wurden nie beerdigt.«

»Nein, Sie nicht, das ist klar. Aber Ihre Mutter schon.«

»Auch die wurde nie beerdigt, sie ist mit mir nach Buenos Aires gegangen. Sie ist vor gar nicht langer Zeit verstorben, deshalb bin ich doch überhaupt hier nach Ambershagen gekommen.«

»Papperlapapp, wir haben sie begraben.« Helga Ahrens machte eine unwirsche Handbewegung.

»Nein, hören Sie. Gerade gestern hat Rico«, Robert zeigte auf seinen Tischnachbarn, »herausbekommen, dass es eine Vermisstenanzeige gibt und zwar für mich und meine Mutter. Ich nehme an, dass die Gräber leer sind. Es handelt sich wohl nur um einen Gedenkstein.«

»Herr Schnitter. Ich mag zwar alt sein und ich war damals noch ein kleines Kind, aber hier oben«, sie deutete an ihre Stirn, »bin ich noch ganz helle. Glauben Sie mir, so etwas prägt sich in die Erinnerung eines Kindes ein. Ich weiß noch, das ganze Dorf hat darüber geredet. Die Argentinierin und ihr Sohn, beide ertrunken. Das war doch ungeheuerlich. Und dann diese Vorstellung, dass die Schnitters ihre Schwiegertochter auch noch identifizieren mussten. Also im Haus aufgebahrt haben sie die dann nicht mehr. Überhaupt war die doch so seltsam gewesen, hieß es.« Die Alte redete sich immer mehr in Rage. »Die hat doch eigentlich auf unserem Friedhof gar nichts zu suchen.«

»Na, na.« Der Pastor hob beschwichtigend die Hände. Aber sie war nicht mehr zu stoppen.

»Wir Kinder haben uns vorgestellt, wie die wohl ausgesehen hat. Wissen Sie, Kriegskinder kennen den Tod. Das war für uns nichts Besonderes. In fast jeder Familie war ein Sohn gefallen. Einige von uns hatten ihre Väter oder Brüder verloren. Und die Kinder der Flüchtlinge hatten uns auch schon einiges erzählt. Aber so eine Wasserleiche hatten wir alle noch nicht gesehen. Wir wollten sie damals angucken, konnten wir aber nicht, weil die Argentinierin ja nicht auf den Schnitterhof gebracht wurde. Die Schnitters haben sie aber erkannt, auch wenn das nicht so einfach war, wie man damals munkelte. Entschuldigen Sie.« Ihr wurde plötzlich klar, dass sie wohl etwas zu weit gegangen war. Schon ruderte sie zurück. »Die arme schöne Frau. Sie war wirklich eine Schönheit. Ich habe ein Foto mitgebracht. Wollen Sie es sehen?«

Robert nickte benommen. Der Redeschwall hatte sich über ihn ergossen und die unzähligen Bilder in seinem Kopf überboten sich in ihrer Grausamkeit.

Helga Ahrens hatte nach vielem Kramen in ihrer Handtasche endlich gefunden, was sie suchte. Triumphierend legte sie eine alte Aufnahme auf den Tisch. Es war ein Foto einer Hochzeitsgesellschaft.

»Das war noch vor dem Krieg, aber kurz vorher. Das da«, ihr Finger wies auf ein kleines Mädchen schräg vor dem Brautpaar, »das bin ich. Ich war Blumenmädchen damals. Herrgott ist das alles lange her. Und das da«, jetzt tippte sie auf die Braut, »war die Argentinierin, also Ihre Mutter.«

Robert fiel ein Stein vom Herzen. Erleichtert lehnte er sich an die Rückenlehne und atmete auf.

»Aber nein, das ist nicht meine Mutter. Tut mir leid, da müssen Sie sich irren.« Seine Erleichterung übertrug sich auf die restlichen Anwesenden. Der Pastor und Rico sackten aus ihrer kerzengeraden Positur wieder in eine entspannte Haltung, die Wirtin hatte sich schon abgedreht, um wieder in die Küche zu gehen, aber die alte Frau setzte nach: »Natürlich ist das die Argentinierin. Ich habe sie doch gekannt. Ich war regelmäßig auf dem Schnitterhof, deshalb wurde ich schließlich ja auch Blumenkind auf der Hochzeit. Das war damals etwas ganz Besonderes für mich. Das da«, diesmal pochte ihr Zeigefinger auf die Braut, »ist, oder besser war die Argentinierin. Die schöne Helena haben sie alle im Dorf genannt. Denn das war sie wirklich. Sie war schön.«

Robert griff in seine Jacketttasche und holte das Foto heraus, das ihm Frau Holtenkamp tags zuvor überlassen hatte.

»Nein, schauen Sie, hier auf diesem Foto ist meine Mutter

zu sehen. Die Aufnahme stammt vom Schnitterhof, ich habe sie gestern bekommen.«

Helga Ahrens hielt das Foto in ihren zitternden Fingern. Sie kniff die Augen zusammen.

»Das ist aber sehr klein. Hast du eine Lupe?« Sie blickte zur Wirtin. Die nickte genervt und war kurz darauf mit dem Geforderten zurück.

»Was sagten Sie, wer soll Ihre Mutter sein?«

Robert nahm einen kleinen Löffel, drehte ihn um und nutzte dessen Griff, um damit auf seine Mutter in der Erntegruppe zu zeigen.

»Die? Nein, kenne ich nicht.« Helga Ahrens schüttelte den Kopf. »Die daneben, das ist die Argentinierin, die schöne Helena. Das weiß ich ganz genau. So viele aus Argentinien gab es hier schließlich nicht.«

Robert lächelte milde: »Aber, wer soll denn bitte dann das sein?« Wieder zeigte er mit dem Löffelstiel. »Das ist schließlich meine Mutter, diese Frau hat mich aufgezogen. Ich selbst bin doch der beste Beweis, dass Ihre Geschichte von damals nicht stimmen kann.«

Die alte Frau wurde ärgerlich: »Wenn mir hier keiner glauben will, dann kann ich ja gehen. Herr Pastor, das hier war reine Zeitverschwendung für uns beide!« Sie bemühte sich aufzustehen. Robert wurde hektisch.

»Nein, bitte nicht, es tut mir leid, Frau Ahrens, aber sie müssen verstehen, wie ungeheuerlich das alles für mich klingt. Vor allem, wo doch meine Mutter und ich zusammen in Argentinien gelebt haben. Wir liegen nicht auf dem Friedhof. Wer soll das denn sonst sein dort auf meinem Foto?«

»Was weiß ich, wer das ist. Vielleicht ja eine von den Flüchtlingen, gab es damals ja schon genug.« Sie griff noch mal kurz nach dem Foto und warf einen Blick drauf. »Genau, wird wohl eine von den Vertriebenen gewesen sein. So, mir reicht es jetzt!« Verärgert nahm sie ihr Bild und stopfte es in die Handtasche.

»Sagten Sie Flüchtling?« Robert wurde es schwindelig. Wieder kreisten Bilder und Begriffe in seinem Kopf: Flüchtling – Vermisstenanzeige für ihn, seine Mutter und – Ingrid. War es etwa möglich? Sollte etwa seine Mutter in Wirklichkeit …?

Rico schien seine Gedanken zu erraten.

»Herr Schnitter, hören Sie, das kann doch alles eine große Verwechslung sein.«

»Ja«, sagte Robert benommen, »… genau das: eine große Verwechslung. Das kann es nicht nur sein, das wird es sogar sein. Einzig eine große Verwechslung.«

Die alte Frau schaute verstört von einem zum anderen.

»Ich verstehe jetzt zwar nicht, was Sie meinen, aber das ist auch egal. Ich sage es Ihnen noch mal: Das da ist die Argentinierin, und die daneben, die Sie als Ihre Mutter bezeichnen, mag zwar Ihre Mutter sein, sie ist aber nicht die schöne Helena. Basta. Ich gehe jetzt. Vielleicht sind Sie ja auch gar nicht der Sohn der Argentinierin. Was weiß denn ich?« Sie hatte sich mittlerweile auf die Beine gemüht.

Robert sprang auf.

»Nein, bitte, bleiben Sie doch noch.«

»Warum sollte ich? Sie wollen mir nicht glauben, ich ärgere mich schon fast, dass ich überhaupt hergekommen bin.«

»Es tut mir leid, ich wollte sie wirklich nicht beleidigen,

Frau Ahrens. Ich bin wohl selbst etwas durcheinander. Das alles ist etwas viel für mich.«

Sie ließ sich von ihm besänftigen.

»Schon in Ordnung. Aber ich werde dennoch jetzt gehen. Ich habe ohnehin nicht mehr dazu zu sagen.«

»Können Sie mir denn nicht noch etwas über die Schnitters erzählen, oder über – also, über meine – ich meine, über Helena?«

»Es tut mir leid, ich war doch noch ein Kind.« Sie wies auf ihre Tasche, in der sich das Foto befand. »Ich kann mich noch an die Hochzeit erinnern und natürlich auch an das Drama danach. So was bleibt einem schließlich im Gedächtnis. Und zum Schnitterhof: Nun, der alte Schnitter hat nicht mehr so lange nach dem Krieg gelebt, und Ende der Sechziger ist dann auch die Karla gestorben. Sie wurde von ihrer Tochter gepflegt, von der Else. Else konnte es kaum abwarten, aus Ambershagen wegzukommen. Kaum waren die Alten tot, hat sie alles aufgegeben. Es war ein Jammer. Der Hof verkam. Nach der Wende stand er dann leer, bis die Holtenkamps ihn kauften. Nun ja, den Rest kennen Sie wohl schon. Sie waren ja da. Und nun gehe ich wirklich.« Genau das tat sie dann auch.

Die Wirtin brachte sie zur Tür. Der Pastor verabschiedete sich schnell und eilte Helga Ahrens nach.

»Ich bringe Sie nach Hause, Frau Ahrens!«, rief er der alten Frau hinterher und war verschwunden.

Robert blieb mit Rico allein zurück. Die beiden schwiegen. Robert starrte ins Leere. Mit einem Ruck wandte er sich zu seinem Fahrer: »Rico, wir reisen ab. Packen Sie Ihre Sachen und bringen mich bitte wieder nach Berlin.«

Verständnislos schaute ihn Rico an.

»Es ist vorbei, Rico. Aus und vorbei. Ich will das Rätsel meiner Mutter nicht auflösen. Ich will es nicht. Zumindest will ich nicht sicher sein. Ich muss mir den Rest Unsicherheit bewahren, denn sonst wäre ja unser ganzes Leben eine große Lüge gewesen.« Er kämpfte gegen die Tränen an. »Und außerdem, was gäbe es jetzt schon noch zu entdecken? Kann es noch schlimmer kommen?«

Rico nickte stumm und stand auf. Es war ihm peinlich, Herrn Schnitter so zu erleben. Er war schon fast aus dem Essensraum, als dieser ihm nachrief: »Aber vorher fahren wir ans Meer!«

Kapitel 20

Karla hatte es sofort begriffen.

»Diese Schweine!«, fluchte sie und zündete ein Feuer im Badeofen an. Sie hatte Robert zu Ingrid gegeben, die mit ihm in der Stube spielte.

»Ihr wollt baden?« Else lugte durch die Tür. Karla zischte sie an, sie solle sich fortscheren, und ihre Tochter gehorchte. Elena hockte auf dem Wannenrand, hielt die Arme um sich geschlungen und wiegte sich monoton hin und her. Sie hatte Striemen im Gesicht, ihr Kleid war zerrissen und ihr ganzer Körper tat furchtbar weh. Überall.

Als sie besudelt und mit dem verstörten Robert an der Hand den Schnitterhof erreicht hatte, war sie ihrer Schwiegermutter direkt in die Arme gelaufen. Diese hatte ihr eine Standpauke halten wollen darüber, wie sie es hatte wagen können, allein fortzugehen, zumal es wahrlich genug Arbeit bei der Ernte gab. Doch bevor sie auch nur den Mund öffnen konnte, hielt sie schon inne. Ein einziger Blick hatte genügt und sie hatte Bescheid gewusst.

»Komm mit, bevor die anderen dich sehen!« Sie hatte Elena an der Hand gepackt und über die Diele ins Badezimmer gezerrt. Dabei hatte sie Ingrid herbeigerufen und ihr den Jungen anvertraut. Diese hatte Elena verständnislos angeschaut, doch Karla hatte sie mit einem »Nun mach schon!« wieder fortgeschickt.

»Jetzt erst mal ein heißes Bad, Kind!« Der Ofen bullerte,

das Wasser kochte fast. Dampfend kam es aus dem Hahn und rauschte in die Wanne.

»Los, ausziehen und rein ins Wasser!«, befahl Karla. Elena gehorchte schweigend. Das heiße Wasser tat weh, die Füße brannten. Aber kurz darauf hatte sich der Körper an die Wärme gewöhnt und sie setzte sich hin. Karla nahm den großen Schwamm, tauchte ihn ins Wasser, rieb die Seife hinein und wusch Elena den Rücken. Immer noch reagierte diese kaum.

»Helena, wasch dich auch da.« Mit einem Kopfnicken deutete sie zwischen Elenas Beine. Mit leerem Blick schaute sie ihre Schwiegermutter fragend an.

»Nun mach schon! Man weiß ja nie. Retten wir, was noch zu retten ist.«

Elena nahm mit zittriger Hand den Schwamm und führte ihn endlos langsam zwischen die Beine. Als sie sich berührte, zuckte sie zusammen.

»Tut es weh?«

Langsam nickte Elena.

»Hör zu, Kind. Du sprichst mit niemandem darüber, ist das klar?« Da Elena nicht reagierte, wiederholte Karla ihre Frage. Erneut nickte Elena bloß.

»Denk an deinen Jungen und denke auch an dich und uns. Das Gerede solltet ihr uns allen ersparen, aber vor allem ihm.«

Elena ließ ihr Gesicht unter Wasser gleiten. Karla erschrak und zog sie wieder hoch.

»Bist du verrückt? Los, wasch dich, und dann packen wir dich ins Bett. Wenn einer fragt, sagen wir *Frauensache.*«

Gesagt getan. Kurz darauf deckte Karla ihre Schwiegertochter zu. Sie verweilte einen Moment am Bett, setzte sich zu ihr auf die Kante und schaute ihr ins Gesicht: »In was für Zeiten leben wir bloß?« Sie schluckte, dann ließ sie Elena allein im Zimmer zurück. Die drehte sich zur Seite und machte sich klein. Nie wieder würde sie dieses Bett verlassen, dachte sie. Nie wieder. Dann schlief sie ermattet ein.

Die Wochen vergingen. Es war kalt geworden. Der November zeigte sich schon in seinen ersten Tagen in ganzer Hässlichkeit. Die Sonne ließ sich nicht mehr blicken, aus tiefhängenden Wolken regnete es fast jeden Tag und die Temperaturen sanken stetig. Die Schnitters froren, das Brennholz wurde rationiert. Die gute Stube wurde schon seit Langem nicht mehr genutzt, nur die Küche bot noch etwas Wärme.

»Wir können nicht in unseren eigenen Wald gehen, um Holz zu schlagen. *Unser* Holz in *unserem* Wald! Es ist doch nicht zu fassen. Die Russen verbieten uns, die eigenen Bäume zu fällen.« Karla stand empört vor der Ofenklappe.

»Sei froh, dass wir unseren Hof überhaupt noch haben«, warf Otto ein, der in einem Stapel Papiere blätterte.

»Was meinst du, Vater?« Else saß neben ihm.

»Hast du nicht die Flugblätter gesehen?« Er reichte ihr eines der Papiere in seiner Hand, auch Ingrid beugte sich zu Else hinüber, um ebenfalls darauf zu schauen, während Otto eines der Flugblätter laut vorlas.

»*Wir rufen alle auf, zu helfen, dass aus dem junkerlichen Mecklenburg-Vorpommern ein Land der Demokratie, ein Mecklenburg-Vorpommern freier Bauern wird, wo die Bauern und nicht mehr die Junker die Nutznießer des Bodens sind.*«

Nun kam auch Karla an den Tisch.

»Was meinen die?«

Karl antwortete: »Das schreiben sie weiter unten. Alle Bauern, die mehr als hundert Hektar haben, müssen ihren Besitz abgeben, und zwar alles: Vieh, Land, Häuser, Wald, nicht einmal die Möbel dürfen sie mitnehmen. Wir haben noch Glück.«

»Glück?« Karla schnaubte und verdrehte die Augen. Robert meldete sich zu Wort. Ingrid sprang auf und kümmerte sich um ihn. Sie hatten sein Bettchen in die Küche geholt und in die Nähe des Ofens geschoben. Sie selbst schlief nachts auf der langen Bank am Esstisch. Es war unbequem aber immerhin warm. Und der Junge brauchte Wärme. Seit Elena vor einigen Wochen so furchtbar zerschunden zurückgekommen war, vernachlässigte sie ihren Sohn.

»Robert, Kleiner, na, bist du wieder wach?« Liebevoll hob Ingrid ihn aus dem Bettchen.

»Ella holen!« Seit Neuestem begann er kurze Sätze zu sprechen. Zum Schrecken aller sprach er seit einigen Tagen von seiner Mutter nicht mehr als *Mama*, sondern nannte sie beim Vornamen.

»Ella holen!«, wiederholte er seine Forderung.

»Ich weiß ja, Kleiner.« Ingrid hatte ihn auf dem Schoß genommen und schaute in seine großen Kinderaugen. »Aber deiner Mama geht es nicht gut, sie hat sich hingelegt.«

»Ella holen!« Er blieb hartnäckig.

»Der Junge hat vollkommen recht. Helena soll sich endlich mal zusammenreißen und ihren Aufgaben nachkommen.« Else war genervt. Seit Wochen verließ ihre Schwägerin kaum noch ihre Kammer, erschien selten zu den Mahlzeiten und wenn, dann manchmal noch im Nachthemd. Sie ließ sich gehen, war ungepflegt und fahrig. Es war, als wäre ihr alles egal.

Else schimpfte weiter: »Mutter, ich kann nicht glauben, dass du das alles duldest. Wir haben alle harte Zeiten durchgemacht, Helena ist wahrlich nicht die Einzige. Auch wir haben Karl verloren, müssen jetzt unter diesen gottverdammten Russen leiden und auch unser Leben ist nur noch Schutt und Asche. Und guckt mal da raus! Da draußen laufen die Städter herum und betteln um Essen wie räudige Hunde. Ingrid schläft hier auf der Bank, während sich die gnädige Frau faul im Himmelbett räkelt.« Sie redete sich in Rage.

»Schluss jetzt!«, herrschte Karla sie an. »Halte den Mund! Du hast ja keine Ahnung, was du da sagst!«

»Aber, Mutter ...«, wollte Else aufbegehren, aber Karlas Blick ließ sie verstummen. Sie stieß die Luft durch die Nase und richtete ihren Blick auf das Flugblatt in ihren Händen. Ingrid schaute verschämt auf die Tischplatte. Sie war neben Karla die Einzige, die von dem wusste, was Elena zugestoßen war.

Als sie an jenem Tag ein zweites Mal mit dem Krug in die Küche zurückgekommen war, um ihn erneut mit Essigwasser zu füllen, waren Elena und Robert nicht mehr dort gewesen.

Ach herrje, hatte sie gedacht. Sie wird doch wohl nicht wirklich zum Meer gegangen sein. Sie wusste, käme Karla dahinter – und sie käme dahinter, denn vor ihr konnte niemand etwas verheimlichen –, dann würde es eine Menge Ärger geben. Und zu Recht. Nicht nur des Risikos wegen, sie hatten während der Ernte wahrlich alle Hände voll zu tun, da konnte man doch nicht so einfach mal spazieren gehen! Während sie den Krug mit Wasser füllte, war Karla dazugekommen.

»Wo ist denn Helena?«, hatte sie gefragt und Ingrid hatte, ohne Karla anzuschauen, mit den Schultern gezuckt.

»Ingrid, du verheimlichst mir doch was!«, hatte sie nachgehakt.

»Ach, Karla, was soll ich denn sagen?«

»Also?« Ihr Blick hatte sich in Ingrids Rücken gebohrt.

»Sie wollte ans Meer.«

Karlas angespannter Gesichtsausdruck wich einem Entsetzen.

»Ans Meer?«

Ingrid nickte.

»Ist das Mädchen denn jetzt völlig übergeschnappt? Und der Junge?« Da Ingrid nichts sagte, beantwortete Karla selbst ihre Frage: »Sie hat ihn mitgenommen.« Sie hatte sich an den Tisch gesetzt und den Kopf geschüttelt.

»Hoffentlich geht das gut!«

Aber nichts ging gut.

Nachdem Karla Elena abgeseift und dann ins Bett gesteckt hatte, war sie zu Ingrid gegangen. Sie hatte ihr zu verstehen geben, dass sie sich vermutlich die nächsten Tage allein um den Jungen kümmern müsse.

»Was ist denn passiert?«, hatte Ingrid gefragt. Karla hatte die Augen geschlossen und leise geantwortet: »Frag lieber nicht, Ingrid, frage lieber nicht. Nur so viel: Das Schlimmste, was geschehen konnte, ist wahr geworden.« Ingrid hatte sie entsetzt angesehen.

Zwei Monate war das her. Und nun hatte sie Robert auf dem Schoß, wippte ihn auf und ab und versuchte ihn abzulenken. Derweil quälte sich Elena lustlos aus dem Bett. Sie hatte noch immer Schmerzen: Prellungen und eine gebrochene Rippe machten ihr das Leben schwer. Doch diese Verletzungen waren nichts gegen den Schmerz, der ihr auf der Seele lastete. Immer und immer wieder zwängte sich die grausame Szene in ihr Gedächtnis. Der einsame Baum, die dreckigen Männer, der stinkende Atem in ihrem Gesicht, einer hielt sie, der andere nahm sie und der dritte ... Sie versuchte die Erinnerungen loszuwerden, wollte vergessen, aber es gelang ihr nicht. Und zu allem Unglück hatte der kleine Robert das alles beobachten müssen.

»Du kannst froh sein, dass er nicht geschrien hat«, hatte Karla gemeint. »Wer weiß, was diese Bestien sonst auch noch mit ihm gemacht hätten.« Elena hatte darauf nicht antworten können, sie hatte überhaupt nichts mehr sagen können. Sie zog sich immer mehr in sich selbst zurück, verkroch sich in ihre Kammer und war am liebsten allein. Sie konnte selbst Ingrid kaum noch in ihrer Nähe ertragen und auch Roberts Anwesenheit fiel ihr schwer, sah sie in ihrer beider Blicke doch immer und immer wieder den unausgesprochenen Vorwurf, den sie sich selbst machte: »Du hättest nicht gehen dürfen. Du bist selbst schuld.«

Schuld! In der Nacht hallte dieses Wort von den dunklen Wänden wider: Schuld! Selbst schuld!

Elena hatte sich einen Briefbogen genommen. Sie würde ihrem Vater schreiben, ihm endlich die Wahrheit berichten, von ihrem Schmerz und dem Leid, dass es ihr schlecht in Deutschland ging und dass sie nur eines wirklich wollte: endlich nach Argentinien zurückkehren, endlich wieder bei ihm sein. Sie würde ihn bitten, ihr Geld für eine Passage zu schicken. Für sich und für seinen kleinen Enkel. Und dann würde sie ein neues Leben beginnen, zurück in Argentinien, in ihrer Heimat, am Atlantik. Es war ihre einzige Chance, wieder glücklich zu werden. All das teilte sie ihm mit, bat ihn um Verzeihung, es ihm nicht schon viel früher geschrieben, sondern ihm stattdessen eine Zufriedenheit vorgegaukelt zu haben, die es so für sie in Deutschland nie gegeben hatte. Es war ein langer Brief geworden, den sie mit einem Kuss besiegelte. Eine Träne war genau auf die Stelle gefallen, die gerade noch ihre Lippen berührt hatten. Sie würde Ingrid bitten, das Kuvert an der Familie vorbei zum Postamt zu bringen. Karla und Else würden ihn sonst vielleicht lesen, und das musste sie verhindern. Zwar vermutete Elena, dass die Schnitters insgeheim froh wären, wenn sie nach Argentinien zurückginge, doch Robert … Ja, ihren einzigen Enkel würde Karla niemals ziehen lassen.

Briefe brauchten auch nach Kriegsende furchtbar lange. Elena hatte in dem gesamten Jahr keine Nachricht aus Argentinien erhalten, doch hatte sie selbst auch noch nicht geschrieben. Sie hatte sich eingeredet, ihren Vater nicht mit der schlechten Situation belasten zu dürfen, und erst jetzt hatte sie begriffen, dass er der Weg aus ihrem Elend sein würde. Fast machte sie die Aussicht darauf froh.

Die anderen schauten sie überrascht an, als sie die Küche betrat. Sie hatte sich gewaschen, frisiert und angezogen. Sie war das erste Mal seit jenem Tag im September nicht mehr ganz ohne Hoffnung. Robert saß auf Ingrids Schoß und begrüßte sie fröhlich. Sie beugte sich zu ihm und wollte ihn aufnehmen, aber ein Schmerz schoss ihr durch die Rippen, so dass sie ihn mit zusammengebissenen Zähnen Ingrid zurückgeben musste.

Die Wochen vergingen. Elena wartete auf eine Antwort. Jeden Tag schaute sie die Straße entlang, hoffend, dass sie den

Postboten sähe. Wenn er endlich den matschigen Weg nahm und tatsächlich in Richtung ihres Hofes einbog, öffnete sie ihm die Tür, bevor er die Briefe durch den Schlitz warf. Wenn sie dann mit zitternden Fingern die Kuverts sichtete und nach ihrem Namen Ausschau hielt, nahm die ewige Enttäuschung wieder Besitz von ihr und legte sich schwer auf ihr Gemüt.

»Na, wieder keine Antwort aus Argentinien?«, fragte Ingrid dann, legte ihr mitfühlend die Hand auf die Schulter und Elena antwortete mit einem Kopfschütteln, während Tränen sich in ihren Augen sammelten.

Meist schleppte sie sich dann nach oben in ihre Kammer und schloss sich für den Rest des Tages ein. Die Euphorie ob des Silberscheins an ihrem düsteren Himmel wich mit jedem Tag mehr der tristen Realität dieses Deutschlands, das grau und hungernd seinen Untergang beklagte.

Mittlerweile war es schon Dezember und bitterkalt. Nicht mehr lange, und sie würden Weihnachten begehen. Niemand aus der Familie wollte daran denken. Das Fest der Freude und des Lichtes. Aber es gab keine Hoffnung in der Dunkelheit.

Elenas Enttäuschung hatte dazu geführt, dass sie sich seit Neuestem nicht mehr die Mühe machte, den Postboten abzufangen. Meist schlurfte sie später in die Küche und blätterte lustlos in dem Stapel von Briefen, der auf dem Tisch lag: Todesnachrichten, Regelungen der neuen Ortsregierung und Flugblätter. Aber jetzt stand Ingrid im Flur am Treppenabsatz und rief hinauf.

»Helena, komm, komm schnell herunter. Helena, nun komm doch endlich«, wiederholte Ingrid ihr Rufen. Elena erschien auf dem obersten Treppenabsatz. Ingrid wedelte mit einem großen Kuvert in der Hand: »Du hast Post – aus Argentinien!«

Ungläubig schnappte Elena nach Luft, dann stürmte sie die Stufen hinunter.

»Oh Gott, Ingrid, wie schön, wie schön. Endlich!« Sie lachte lauthals und Ingrid fiel mit ein. Sie fassten sich an den Händen und wirbelten jubelnd im Flur umher. Sie machten einen solchen Lärm, dass auch die anderen Familienmitglieder neugierig auf den Flur kamen.

»Was ist denn los?«, fragte Karla mürrisch. Sie konnte nicht verstehen, wie jemand derzeit jubelnd und jauchzend herumspringen konnte.

»Helenas Vater hat geschrieben. Die Antwort aus Argentinien ist da.«

»Antwort aus Argentinien? Ich wusste ja gar nicht, dass du geschrieben hast«, bemerkte Else. »Wie ist der Brief denn zur Post gekommen?« Elena ignorierte den kleinen Seitenhieb. Der Umschlag aus Argentinien war ungewöhnlich dick. Ein Gedanke schoss ihr durch den Kopf: Oh Gott, die Passage. Vater schickt mir schon die Passage. Wenn das die anderen sehen! Was soll ich denn bloß sagen?

Aber es war ihr egal. Sie hielt den Ausweg aus dieser Misere in der Hand. Jetzt würde alles gut werden, alles würde gut. Ihr Herz hüpfte vor Aufregung. Ungeduldig eilte sie in die Küche, um den Umschlag mit einem Messer zu öffnen. Ingrid kam neugierig hinterher und auch die anderen folgten. Aus dem großen Kuvert zog Elena einen Briefbogen heraus, er war säuberlich beschrieben und trug ein auffälliges Wappen als Wasserzeichen, ein edles Papier. Der Umschlag selbst war aber noch nicht leer. Sie drehte ihn auf den Kopf und schüttelte so lange, bis etwas herausrutschte. Es war ein weiterer Brief. Sie kräuselte kurz die Stirn, aber beachtete ihn zunächst nicht, denn ihr Blick wanderte zurück zum teuren Briefpapier und ihre Augen rasten über die Zeilen darauf. Ihr Mund öffnete sich langsam, sie las erneut, bis sie schließlich innehielt, den Kopf hob und entrückt in die Ferne blickte. Ohne Vorwarnung stieß sie einen grellen Schrei aus, dann sackte sie zu Boden.

Die anderen stürzten zu ihr. Ingrid sammelte den Briefbogen auf und begann, die Zeilen zu lesen. Karla und Otto halfen Elena auf, die unzusammenhängende Worte stammelte, Spucke lief aus ihrem Mund. Sie halfen Elena auf die Küchenbank. Else wandte sich dem verschlossenen Umschlag zu, der aus dem großen Kuvert gefallen war, und betrachtete ihn grübelnd. Während sich Karla und Otto um Elena kümmerten, zeigte Else Ingrid, deren Augen noch immer an den Zeilen des Briefbogens hingen, das zweite Kuvert.

»Schau mal Ingrid, der Brief ist von Helena. Hier steht der Absender, er ist von ihr selbst.« Else drehte den Umschlag um, tatsächlich stand dort die Adresse des Schnitterhofes in Ambershagen und Elenas Name. Karla und Otto hatten sie mittlerweile stabilisiert. Oben schrie Robert, Elena hatte ihn in der Kammer zurückgelassen.

»Wir bringen sie nach oben und legen sie ins Bett«, befand Karla. »Und dann nehmen wir den Jungen mit hier zu uns herunter. Los Mädchen, kommt, fasst mit an!«, befahl sie den beiden anderen. Gemeinsam griffen sie Elena unter die Arme und schleppten sie die Treppe hinauf. Karla schob von hinten nach, Otto blieb hilflos am Absatz zurück.

Mit viel Mühe hatten die drei Frauen Elena schließlich ins

Bett geschafft. Ingrid nahm den schreienden Robert auf den Arm und beruhigte ihn. Elena stammelte weiterhin wirres Zeug. Karla wies Ingrid und ihre Tochter an, mit dem Jungen im Zimmer zu bleiben, damit Helena nicht allein wäre.

»Oh Gott, die Arme«, flüsterte Ingrid zu Else.

»Was ist denn los? Konntest du das etwa lesen?« Else war es gelungen, noch einen raschen Blick auf den Brief mit dem Wappen zu werfen. Er war auf Spanisch. Ingrid nickte traurig.

»Der Brief ist vom Hotel. Du weißt schon, das Hotel, für das ihr Vater arbeitet. Sie hatten Helena schon viel früher informieren wollen, schreiben sie, hatten aber keine Adresse von ihr.«

»Aber was ist denn los?«, fragte Else leise. Ingrid senkte die Stimme noch weiter: »Ihr Vater ist schon seit über einem halben Jahr tot.«

Danach war Elena nicht mehr aus dem Bett zu bekommen. Gerade nur, um ihre Notdurft zu verrichten, verließ sie die Kammer, huschte danach ohne ein weiteres Wort über die kalten Fliesen des Flurs die Treppe hinauf und schloss die Tür. Einige Tage ging das so. Der arme Robert sah seiner Mutter nach, wenn diese, ohne ihn zu beachten, an ihm vorbeieilte. Er streckte die Arme nach ihr aus, aber sie schaute ihn nicht mal an. Ihr Blick war entstellt, in eine Ferne gerichtet, an der sie keinen der anderen teilhaben ließ, nicht einmal Ingrid.

Nur ein einziges Mal hatte sie sich ihr für einen kurzen Moment geöffnet. Ingrid hatte auf der Bettkante gesessen und Elena die Wange gestreichelt. Urplötzlich wie aus einem unbestimmbaren Impuls heraus hatte diese Ingrids Hand ergriffen und fest umklammert. Sie hatte sich an ihr hochgezogen und war Ingrids Gesicht ganz nahe gewesen. Ihre Nasenspitzen hatten sich fast berührt.

»Versprich mir, dass du dich um Robert kümmern wirst, falls ich es nicht mehr können sollte.«

»Aber, Helena, was redest du denn da für ein dummes Zeug? Du wirst schon bald wieder auf den Beinen sein. Auch wenn es jetzt für dich schwer zu glauben scheint, aber die Zeit heilt alle Wunden. Glaube mir, meine liebe Freundin, ich weiß, wovon ich spreche.«

Aber Elena hatte Ingrid kaum zugehört. Immer wieder stammelte sie: »Versprich es mir, Ingrid, versprich es mir!«

Schließlich hatte Ingrid seufzend nachgegeben.

»Gut, Helena, wenn es dir dann wohler ums Herz ist. Versprochen!«

»Und ich will noch etwas.« Elena hatte den Blick starr auf sie gerichtet.

»Helena, bitte ...« Ingrid war es mulmig worden. Die Augen ihre Freundin hatten etwas Irres, das ihr Angst machte. »Helena, schlaf jetzt. Du wirst sehen, morgen geht es dir schon besser«, hatte sie versucht, der Situation zu entkommen. Aber Elena hatte nicht lockergelassen.

»Und wenn es mir nicht mehr besser gehen wird? Wenn es mir überhaupt nie mehr besser gehen wird? Ingrid, ich kenne mich selbst nicht mehr wieder. Das viele Leid und der Schmerz zerstören mich. Ich habe Angst, Ingrid, ich habe so furchtbar Angst, dass ich es nicht mehr schaffe.«

»Helena, hör auf, so zu reden. Das ist nicht gut. Du musst an dich glauben. Denk doch an Robert. Der Kleine braucht dich, er braucht seine Mutter.«

»Ach, was bin ich ihm denn schon noch für eine Mutter? Du bist es ihm viel mehr, als ich es kann.«

»Alles wird wieder gut werden, Helena. Gib dir noch etwas Zeit und du wirst sehen, eines Morgens schaust du aus dem Fenster, die Sonne scheint hinein, dein Sohn lacht dich an und du nimmst ihn in den Arm.«

»Durch dieses kleine Fenster hat die Sonne niemals geschienen«, hatte Elena bitter geantwortet, dann hatte sie Ingrid wieder fest in die Augen gesehen.

»Ingrid, erinnerst du dich, wie ich dir von Argentinien erzählt habe? Vom Meer, von dem Strand und vom Himmel? Ich will, dass Robert das alles in seinem Leben einmal sehen wird. Ich will, dass Robert meine Heimat kennenlernen wird, dass ich mit ihm am Atlantik entlanglaufe, und dass das Wasser des Atlantiks über unsere Füße schwappt.«

»Ach Helena.« Ingrid hatte nicht gewusst, was sie darauf hätte antworten können. Argentinien, der Atlantik und der freie Himmel waren so weit weg, dass sie wie Geschichten aus einem Märchen schienen. Elena hatte ein letztes Mal Ingrids Hand gedrückt und ihr verstehend zugenickt.

»Ich weiß, Ingrid, ich weiß, was du denkst.« Dann hatte sie ihr den Rücken zugedreht und seitdem nicht wieder mit ihr gesprochen.

Es war mitten in der Nacht. Ingrid war von einem Geräusch wach geworden. Ihr Rücken schmerzte. Die Küchenbank war alles andere als bequem zum Schlafen, aber zumindest war sie so im einzigen Raum des ganzen Hauses, der geheizt war. Der Herd strahlte noch etwas Wärme ab. Schlaftrunken schaute sie zum Kinderbettchen. Der Schreck fuhr ihr in die

Glieder. Das Bettchen war leer! Schlagartig war sie wach. Wo war der Junge? Die Küchentür stand auf. Der Kleine konnte zwar mit seinen gut anderthalb Jahren schon ganz passabel laufen, aber sicherlich war er nicht über das Gitter seines Bettes geklettert. Sie sprang auf, in der Dunkelheit stieß sie ihren Zeh am Küchentisch. Sie fluchte leise. Ingrid meinte, die Hintertür zum Hof im Wind klappern zu hören. Als sie auf den Flur ging, war diese tatsächlich nur angelehnt. Hatten sie vergessen, sie zu schließen? Unmöglich, Karla versicherte sich jeden Abend, dass Türen und Fenster fest verschlossen waren. Ein Gedanke durchschoss Ingrid: War Helena hinuntergekommen und hatte den Jungen zu sich ins Bett geholt? Das wäre ein gutes Zeichen. Vielleicht wurde sie des Schocks über den Tod ihres Vaters langsam Herr. Ingrid eilte die Treppe hoch. Die Tür zur Schlafzimmerkammer von Helena stand weit auf. Leise näherte sie sich, auf keinen Fall wollte sie die beiden wecken, und lugte hinein und – oh, nein! Das Bett war leer. In Ingrid machte sich eine furchtbare Ahnung breit. War es möglich? Aber Helena würde doch nicht …?

Ingrid warf sich eine Decke über und rannte hinunter. Wenn das, was sie befürchtete, wahr wäre, dann hatte sie keine Zeit mehr, um den Rest der Familie zu alarmieren. Sie schlüpfte mit ihren blanken Füßen in ihre Holzschuhe neben der Hintertür. Helenas Pantinen waren fort. Es gab nur einen Ort, an den Helena mitten in der Nacht gegangen sein könnte: das Meer.

Die eisige Nachtluft schlug Ingrid entgegen. Sie zwängte sich durch die Bretter, die das Hoftor ersetzten, und stolperte auf die Dorfstraße. Die Nacht war pechschwarz, sie konnte nicht weit sehen. So rannte sie los. Ein eisiger Wind zog schneidend unter jedes Stück Stoff, jeder Atemzug schmerzte in den Lungen. Der Weg schien kein Ende zu nehmen. Endlich erreichte sie den alleinstehenden Baum, an dem sie abbiegen musste, jetzt war es nicht mehr weit. Sie konnte das Meer schon riechen, Salz hing in der Luft. Der Weg führte die sandigen Dünen hinauf. Sie stand auf dem Saum und versuchte, etwas in der Schwärze auszumachen. Aber so sehr sie sich bemühte, nirgends entdeckte sie einen Umriss, auch nur eine vage Gestalt. Ingrid schrie blindlings in die Nacht hinein.

»Helena!«

Sie horchte gegen den Wind, der ihr vom Meer entgegenschlug. Nichts.

»Helena! Ich bin es, Ingrid!« Und wieder Warten.

»Wo bist du?«

Sie hielt den Atem an. War da etwas?

»Helena?«

»Geh weg!«

Tatsächlich, Helenas Stimme drang leise zu ihr.

»Helena, mach doch keinen Blödsinn! Wo bist du?«

»Lass mich allein!«

Ingrid eilte in Richtung Elenas Stimme. Endlich rissen die Wolken ein wenig auf und der Mondschein spiegelte sich auf dem Meer. Sie erstarrte vor Schreck. Elena stand im Wasser. Sie hatte den Jungen auf dem Arm. Es war genau dort, wo die Sandbank in die Tiefe abfiel, die Stelle der gefährlichen Strömung. Helena hatte sich zum Strand gewandt und entdeckte Ingrid auf der Düne.

»Helena, komm da raus!«

»Lass mich in Ruhe. Irgendwo auf der anderen Seite wartet meine Heimat auf mich. Da draußen ist Karl geblieben. Was weißt du denn schon von mir? Was weiß überhaupt irgendjemand von mir? Ihr nennt mich ja noch nicht einmal bei meinem richtigen Namen: Elena! Ich heiße *Elena*, nicht *Helena*. Aber das hat nie jemanden interessiert. Nicht einmal dich, der ich Spanisch beigebracht habe. Überhaupt hat sich niemand dafür interessiert, wie es mir geht. Ich habe meine Heimat aufgegeben, bin in dieses kalte Deutschland gegangen, habe meinen Mann verloren und jetzt gibt es noch nicht einmal mehr ein Zurück für mich nach Argentinien.«

»Aber Helena.« Ingrid stoppte kurz. »E-lena! Es kann doch noch alles wieder gut werden. Komm erst einmal da raus. Sonst reißt das Meer euch noch mit sich!«

Doch Elena schien sie über das Tosen der Wellen nicht zu hören.

Der Junge auf ihrem Arm fing an zu schreien. Ingrid lief an den Meeressaum.

Das Meer war eisig, die Kälte legte sich wie Fesseln um ihre Knöchel. Sie biss die Zähne zusammen. Dort, bis zum Ende der Sandbank, war das Wasser nur knapp hüfthoch, aber danach fiel es jäh ab. Würde Elena nur ein oder zwei Schritte weitertun, wären sie und der Junge verloren.

»Elena, komm her!« Ingrid bewegte sich langsam auf die beiden zu. Das Wasser ging ihr schon bis zu den Knien. Es war furchtbar kalt.

»Elena, bitte komm raus!« Sie war schon nahe bei den beiden, nur noch ein kleines Stück, und sie wären zum Greifen nah.

Da schien Elena endlich zu begreifen, wie nah sie der Stelle gekommen war, die schon so manch einen das Leben gekostet hat. Wie erstarrt stand sie da, der Junge schrie unaufhörlich. Die Angst war ihr ins Gesicht geschrieben.

Ingrid nahm all ihren Mut zusammen und watete beherzt auf Elena zu.

»Elena, ich komme! Gleich bin ich bei dir!«

Doch als sie ihre Freundin endlich erreichte, drehte sich diese schon zum Abgrund. Ingrid schrie gegen das Kreischen des Jungen. Das Meer tobte um sie. Elena schaute sie mit weit aufgerissen Augen an. Ingrid durfte keine weitere Sekunde verlieren, sie hechtete nach vorn, stolperte im Wasser, bekam aber das Kind zu fassen. Robert brüllte wie am Spieß. Ingrid versuchte verzweifelt, auch Elenas Arm zu packen, doch diese verlor plötzlich das Gleichgewicht, als Ingrid Roberts kleinen Körper fester an sich zog. Elena strauchelte, trat einen Schritt zurück und kippte nach hinten. Sie riss die Augen auf und starrte Ingrid an. Diese schrie auf, aber es war schon zu spät. Die schweren Kleider saugten sich voll und die starke Strömung zog Elena erbarmungslos unter die Wasseroberfläche und plötzlich war sie fort.

»Nein! Oh, nein! Elena!«

Ingrid schrie ihr hilflos hinterher.

»Elena, bitte, komm zurück! Komm zurück!« Ihr versagte die Stimme. Robert war plötzlich verstummt und starrte auf die Stelle, an der seine Mutter versank. Ingrid wusste später nicht mehr, wie lange sie dort im eiskalten Wasser stand, erst durch Roberts erneutes Gezeter nahm sie wahr, dass sie ihre Füße kaum noch fühlen konnte. Raus, dachte sie. Raus aus dem Wasser! So schnell sie konnte, kämpfte sie sich zurück ans Ufer. Robert auf dem Arm. Zum Glück hatte sie die Decke, die sie sich auf dem Hof umgeworfen hatte, auf dem Sand liegen lassen. Die war trocken. Sie rubbelte erst Robert und dann sich selbst damit ab. Der Junge beruhigte sich etwas. Und dies ließ auch sie wieder klarere Gedanken fassen.

»Komm, mein Kleiner, wir müssen zurück ins Warme. Wir holen uns hier noch eine Lungenentzündung.«

Als Ingrid den Jungen in die Decke einwickelte, entdeckte sie, dass er etwas in seiner kleinen Faust verbarg.

»Was hast du denn da?« Vorsichtig öffnete sie seine Finger, er wehrte sich dagegen, schließlich gab er nach. In seiner Hand lag der Bernstein.

»Mein!«, kreischte er.

Der Bernstein! In Ingrids Kopf begann es zu rotieren. Sie drehte den Stein in ihrer Hand.

»Mein!«, rief er wieder.

»Ich gebe ihn dir wieder, Robert. Versprochen! Ich gebe ihn dir wieder.«

Sie setzte ihn auf ihre Schultern, so konnte sie schneller laufen. Ihnen beiden war schon viel zu kalt. Sie müssten erst mal warm werden, die nasse Kleidung ausziehen und dann? Sie hatte Elena doch versprochen, dass sie auf Robert aufpassen würde, sollte sie nicht mehr für ihn sorgen können. Und wie sehr hatte sich Elena gewünscht, mit ihm nach Argentinien zu gehen. Ingrid mochte nicht einmal daran denken, dass es ihr letzter Wunsch gewesen war. Aber das war er. Würde Robert nun, ohne Vater und ohne Mutter, jemals die Möglichkeit bekommen, ans andere Ende der Welt zu reisen? Ingrids Herz wurde schwer.

Als sie mit dem geschulterten Robert die Weggabel an dem alleinstehenden Baum passierte, machte sich in ihr ein Plan breit, in Ingrids Kopf ratterte es. Gab es nicht doch einen Weg, dass sie ihrer Freundin diesen großen Wunsch erfüllen konnte? Sie hatte sich entschieden. Sie würde ihr Versprechen halten, und war dies nicht auch zugleich die Chance, ihr eigenes Schicksal in die Hände zu nehmen?

Als sie den Hof erreicht hatte, nahm sie den Jungen von den Schultern und schlich mit ihm ins Haus. Im Flur hockte sie sich vor ihn, sie flüsterte: »Robert, hör mir mal zu! Wir spielen ein Spiel. Wir spielen, wir machen einen Ausflug, hörst du? Da darf man dann aber nicht sprechen, verstehst du das?«

Er wollte den Mund öffnen, aber sie legte ihm einen Finger auf die Lippen: »Scht! Nicht sprechen. Sonst können wir nicht weiterspielen.«

Er nickte.

Sie zog ihm die nasse Kleidung aus und platzierte ihn vor den Herd in der Küche. Zum Glück spendete ein Rest Glut noch etwas Wärme.

Ingrid schlüpfte aus der Küche in die gute Stube. Dort in der Besteckschublade lagen die Papiere der Familie. Dort fand sie, was sie suchte, Roberts Geburtsurkunde. Dann schlich sie auf leisen Sohlen die Treppe hinauf. Sie wusste genau, welche Stufe knarren würde. Oben in Elenas Schlafzimmer zog sie schnell ihre Sachen aus. Alles war eisig und nass. Sie suchte sich die wärmste Unterwäsche, Hosen, Röcke und Pullover und zog alles übereinander. Dann ging sie schnurstracks auf Elenas Nachttisch zu.

»Verzeih mir, Helena. Nein, ich meine natürlich, Elena!«

Nur mit Mühe konnte sie die furchtbaren Bilder der letzten Momente mit ihr unterdrücken. Sie schaute auf den argentinischen Ausweis, das Bild war so alt, dass fast jede Frau in ihrem Alter heute so aussehen könnte. Hunger und Leid machten die Menschen einander ähnlich, denn hohle Wangen und tiefliegende Augen entstellten viele Gesichter. Im Grau waren sich alle gleich. Schon huschte sie wieder hinunter. Der Junge saß noch immer still vor dem Herd.

»Jetzt spielen wir weiter!« Sie zog ihm ebenfalls die warmen Sachen an, die sie von oben mitgebracht hatte. Dann machte sie sich an den Vorräten zu schaffen und packte, was sie greifen konnte, in ein großes Tuch. Karlas Geheimversteck für Wurst und Schinken musste herhalten. Zum Schluss wickelte sie Robert schließlich noch in eine große Decke. Wenn sie ihn auf dem Arm hielte, würde diese für sie beide reichen. Als sie als Letztes den Bernstein in einem der untersten Röcke versteckte, schaute sie den Kleinen an.

»Ich gebe ihn dir wieder, mein Junge. Versprochen!«

Draußen schlug ihnen erneut die Kälte entgegen. Robert quengelte, aber sie erinnerte ihn an das Spiel und, dass man dabei nicht reden dürfe.

»Pass du hier auf!«, sie setzte ihn an die Reste des Hoftores und sie suchte seinen Platz so aus, dass er sie nicht sehen könnte. Sie schämte sich schon jetzt für das, was sie gleich tun würde. Ausgerechnet diejenigen, die ihr aus der Not geholfen hatten, die sie fast an Tochter statt aufgenommen und versorgt hatten, ausgerechnet diejenigen würde sie bestehlen. Aber wenn ihr Plan gelingen sollte, blieb ihr keine Wahl. Krieg kannte kein Gewissen, und nur, weil die Waffen seit einiger Zeit schwiegen, war der Kampf noch lange nicht vorbei. Schon lief sie an den Rand des Hofplatzes und kroch ins Entenhaus. Die Tiere machten Lärm, aber als sie sie erkannten, wurden sie still. Sie warf ihnen ein bisschen Futter vors Haus, die Enten watschelten hinaus. Schnell hatte sie die Bündel mit dem Besteck ausgegraben. Als sie das Silber zusammen hatte, rannte sie zum Hoftor zurück.

»Komm, Robert!«

Sie huschte mit ihm auf die Dorfstraße und verschwand in der Dunkelheit der Nacht. Bloß nicht mit einer Militärpatrouille kollidieren. Es schien alles ruhig zu sein. Bis nach Hamburg war es weit. Ingrid entfernte sich vom Hof. Eine Weile später drehte sie sich ein letztes Mal um, ihre Hand umfasste die des kleinen Jungen. Der Hof war kaum mehr als ein verschwommener Schattenriss, eine Silhouette, die sich schließlich in der Nacht auflöste. Ingrid atmete tief durch, schulterte Robert, dann stapfte sie los. Sie hatten einige hundert Kilometer vor sich, mit dem Tafelsilber würde sie es schaffen können. Es würde ihnen zum Essen und zur Schiffspassage helfen. Und der Junge? Der würde ihnen auch helfen, Kinder erweichten die Herzen.

Ingrid straffte sich und mit einem kurzen Blick zu Robert nickte sie entschlossen.

»Yo soy Elena!«

Ja, so würde es von jetzt an sein.

»Yo soy Elena!«

Die Reise ins Ungewisse begann.

Epilog

Robert stand am Strand, der Wind pfiff über das Meer, das träge mit immer gleichem Schlag auslief.

Der Pastor war, nachdem er Helga Ahrens nach Hause gebracht hatte, umgehend zum Gasthof zurückgekehrt.

»Herr Schnitter, wollen Sie mit mir sprechen?«

Es hatte Robert gutgetan. Tatsächlich hatte ihn der Pastor zum Bleiben überreden können, zumindest bis zum Abend.

Nun war es schon Nacht. Der Mond tauchte die Welt um ihn in sein kaltes Licht. Es war Vollmond.

Robert fühlte den Bernstein in seiner Manteltasche. Sein Blick ging in die Leere des Horizontes, der nichts weiter ahnen ließ, als eine dünne Linie, die Schwarz von Schwarz trennte. Ihn fröstelte. Rico, der jenseits der Dünen parkte, würde bestimmt schon ungeduldig sein. Was für eine verrückte Geschichte, was für eine Bürde, die seine Mutter an ihn weitergegeben hatte. Hätte sie doch nur geschwiegen. Wahrheit schmerzte manchmal mehr, als dass sie heilte.

Er schloss für einen Moment die Augen, dann griff er kurz entschlossen in die Tasche, nahm den Bernstein und schleuderte ihn mit voller Wucht ins Meer. Robert hörte den Stein auf der Wasseroberfläche aufschlagen.

Er schluckte den Kloß in seinem Hals herunter und wandte sich um. Als er die ersten Schritte machte, meinte er in den Dünen ein Wimmern zu hören, einen kurzen Augenblick nur, dann wurde es vom Wind davongetragen.

Danksagung

Jedes Buch braucht einen Auslöser. Der in einem vollkommen anderen Zusammenhang durch Anne Sudmann vom Aufbau Verlag vorgeschlagene Buchtitel *Das Bernsteinmädchen* übernahm in diesem Fall genau diese Funktion. Vielen Dank für diesen Trigger. Besten Dank an Christina Weiser für deren wunderbares Lektorat. Ihr Textgespür und die Genauigkeit sind wahrlich ein Geschenk.

Vielen Dank dem Aufbau Verlag überhaupt. Es ist schön, unserer Zusammenarbeit ein weiteres Werk hinzufügen zu dürfen.

Herzlichen Dank an meine Agentin Anoukh Foerg, dass ich mich durch sie voll und ganz auf das Schreiben konzentrieren darf.

Und lieben Dank auch an mein mittlerweile schon erfahrenes Probeleserinnen-Quartett, Bea Bachnik, Paula Kallenberg und meine beiden Schwestern Jutta und Susanne.

Im Verlaufe des Schreibens passierte ich diverse Veröffentlichungen, geschichtliche Zusammenfassungen, Erzählungen über Einzelereignisse, sonstige insbesondere historische Aufnahmen oder Dokumente, die Einfluss auf die erzählte Geschichte nahmen. Ob der Menge ist es mir nicht möglich, mich an diese alle noch zu erinnern oder sie gar zu benennen. Sie alle haben mein Schreiben beeinflusst und waren Inspiration für die Geschichte.

Einige der Buchinhalte sind jedoch keine Fiktion. Der

Brief, den der Bürgermeister von einem Kamerad seines Sohnes erhielt, existiert tatsächlich. Er ist Teil des Nachlasses meines Großvaters, der darin über den Abschuss seines Sohnes, meines nie gekannten Onkels über dem Mittelmeer informiert wurde.

Auch den im Roman zitierten Stapel von Totenbriefen gefallener Nachbarjungen gibt es wirklich. Meine Geschwister und ich fanden ihn beim Ausräumen des Büros meines Vaters. Ein schauriger Moment. Möge uns allen eine Wiederholung der Vergangenheit erspart bleiben.

Die Flucht in einem Schweinetrog über den Fluss Pregel hat stattgefunden. Danke an Marianne und Ulrich Münsterberg, dass sie mich an dieser Geschichte haben teilhaben lassen. Von ihnen erfuhr ich auch eine Menge über das Suchen und vor allem das Finden von Bernstein.

Mein abschließender Dank geht an meinen Partner und Ideen-Mitentwickler Juan Carlos Risso. Auch der Grundstein zu diesem Buch wurde wieder von uns beiden gemeinsam gelegt. Ich freue mich schon auf die folgenden Werke.

LESEPROBE

Schleswig-Holstein, September 1977

– 1 –

Frühmorgens, kurz nach sechs, steckte Gesine den Kopf aus ihrem Zimmer und spähte in den dunklen Flur. Kein Lichtschimmer drang unter den Türen zu den Schlafgemächern ihrer Eltern hervor, kein Laut störte die Stille. Gesine griff nach ihren Reitstiefeln und schlich auf Strümpfen zur Treppe. Ein Knacken ließ sie zusammenfahren. Sie blieb stehen und lauschte mit angehaltenem Atem. Es rührte sich nichts. Rasch huschte sie die Stufen hinunter ins Erdgeschoss und prallte um ein Haar mit Anneke zusammen, die gerade aus der Küche kam.

Die Haushälterin, eine zierliche Mittvierzigerin mit dunkelblonder Pagenfrisur, machte erschrocken einen Schritt rückwärts und hielt mit Mühe das Tablett gerade, auf dem Marmeladengläser, Butterdose, Brotkorb und Teller mit Aufschnitt und Käse ins Rutschen geraten waren und leise schepperten. »Nu man sachte, mien Krüselwind!«

»Psst!« Gesine legte einen Finger auf den Mund und schielte zur Treppe. »Tschuldige«, murmelte sie. »Wollte dich nicht erschrecken.« Sie beugte sich zu Anneke hinunter, die sie um einen Kopf überragte, gab ihr einen Kuss auf die Wange und stibitzte gleichzeitig eines der frisch gebackenen Hörnchen, die in einem Korb auf dem Tablett verführerisch dufteten. Sie hielt es mit den Zähnen fest, während sie ihre Stiefel anzog und anschließend zu einer schmalen Tür neben der Küche ging, dem ehemaligen Dienstboteneingang.

»Wo willst du denn hin?«, fragte Anneke. »Hast du nicht Hausarrest?«

Gesine machte eine abwinkende Handbewegung. »Bis zum Frühstück bin ich längst zurück«, antwortete sie. »Du hältst doch dicht, oder?«

Anneke zog die Augenbrauen zusammen.

»Bitte!« Gesine schaute sie flehentlich an.

»Natürlich. Aber komm ja nicht zu spät. Deine Mutter wird sonst …«

Gesine warf ihr eine Kusshand zu und verließ das Haus, ohne Annekes Bedenken zu Ende anzuhören. Der weitläufige Hofplatz lag noch im Schatten. Er wurde von mehreren Gebäuden eingerahmt: Am östlichen Ende stand das ursprünglich im barocken Stil erbaute Herrenhaus, das Ende des 18. Jahrhunderts klassizistisch überformt worden war. Der zweigeschossige verputzte und hellgelb angestrichene Backsteinbau hatte neun Achsen und ein Mansarddach. An der Hofseite ragte ein übergiebelter, dreiachsiger Risalit hervor, in dessen Mitte sich das Eingangsportal befand, zu dem eine breite Treppe führte. Gesine verharrte ein paar Atemzüge lang auf dem oberen Absatz und sog die kühle Morgenluft ein, die vom süßen Duft der Goldruten erfüllt war, die in dichten Stauden auf dem Rondell in der Mitte des Hofplatzes wuchsen. Leises Summen verriet ihr, dass die gelben Rispenblüten bereits von Bienen umschwärmt wurden. Eine Amsel, die zwischen den Stängeln nach Regenwürmern suchte, flog mit einem aufgeregten Tixen davon, als Gesine die Stufen hinuntersprang. Rechts und links des Herrenhauses hatten einst eine reetgedeckte Scheune und das Kavaliershaus für die Bediensteten sowie weitere einstöckige Wirtschaftsgebäude gestanden. Nachdem sie Ende des 19. Jahrhunderts einem Feuer zum Opfer gefallen waren, hatte Gesines Urgroßvater an ihrer Stelle großzügige Stallungen errichten lassen, um seiner Pferdezucht den nötigen Raum zu verschaffen.

Anneke hat ja recht, meldete sich eine leise Stimme in Gesine, während sie zum Stall lief. Mama rastet aus, wenn sie merkt, dass ich ihr Verbot missachte. Sie schob die Unterlippe vor. Es war so ungerecht. Wenn es nach ihrer Mutter gegangen wäre, hätte Gesine die gesamten Sommerferien damit verbracht, für die Schule zu büffeln und sich aufs Abitur vorzubereiten, das sie im kommenden Frühjahr ablegen würde. In den ersten Wochen hatte sie die mütterliche Aufforderung, mindestens drei Stunden täglich zu lernen, weitgehend ignoriert – unterstützt von ihrem Vater Carl-Gustav, der der Meinung war, »das Kind« solle sich erholen, möglichst viel Zeit an der frischen Luft verbringen und den Sommer genießen. Außerdem hielt er es für unnötig, dass sich Gesine bereits zu diesem frühen Zeitpunkt auf die Prüfungen vorbereitete.

Nachdem ihre Appelle an die Vernunft ihrer Tochter unbeachtet verhallten, war Henriette von Pletten schließlich vor vier Tagen – eine Woche vor Schulbeginn – der Kragen geplatzt. In ihren Augen ließen Gesines schulische Leistungen zu wünschen übrig. Von einer guten, geschweige denn hervorragenden Abiturnote war sie weit entfernt. Sie würde es nicht zulassen, dass sich ihre einzige Tochter aus purer Faulheit ihre Zukunft verbaute. Außerdem war sie nicht länger gewillt, sich von ihr auf der Nase herumtanzen zu lassen. Es war höchste Zeit, ihren ungestümen Wildfang an die Kandare zu nehmen und zur Ordnung zu rufen. Die letzten Ferientage sollte Gesine über ihren Büchern verbringen. Und da sie anders nicht dazu zu bewegen war, bekam sie Hausarrest. Zumindest so lange, bis Henriette von Pletten mit ihren Lernfortschritten zufrieden sein würde. Also nie, erkannte ihre Tochter, und setzte alles daran, das mütterliche Verbot auszuhebeln.

Gesine legte den Kopf in den Nacken. Der Himmel wölbte sich wolkenlos über ihr. Hinter den Bäumen des Parks, der sich auf der Rückseite des Wohnhauses Richtung Ostsee ausdehnte, kündete ein heller Streifen vom Aufgang der Sonne. Es versprach, ein herrlicher Tag zu werden. Gesine streckte dem Fenster im ersten Stock, das zu den Zimmern ihrer Mutter gehörte, die

Zunge heraus und schlüpfte in den Stall. Es war einfach unmenschlich, sie im Haus einzusperren! Noch dazu bei so wunderbarem Wetter!

Gesine eilte zur Box von Cara, ihrer Holsteiner Stute. Das dunkelbraune Pferd begrüßte sie mit einem Schnauben und ließ sich bereitwillig aufzäumen. Gesine führte Cara hinaus, schwang sich in den Sattel und dirigierte sie zum alten Torhaus, das den Hof nach außen abschloss. Blickfang war der Glockenturm mit seinem an eine Pickelhaube erinnernden Dach über dem Torbogen, an dessen Frontseite ein Relief mit dem Familienwappen prangte: ein Pferd, das sich über drei stilisierten Wasserwellen aufbäumte.

Auf der von alten Eichen gesäumten Allee, die zum Gestüt führte, ließ Gesine die Stute antraben und bog nach etwa fünfzig Metern auf einen Feldweg Richtung Küste ab. Das Anwesen ihrer Familie lag im Kirchensprengel Gundelsby – mitten in Angeln, dem Gebiet zwischen der Flensburger Förde und dem Ostseefjord Schlei. Eine von einstigen Gletschern geprägte hügelige Landschaft mit kleinen Wäldern und Feldern, die mit den typischen Wallhecken voneinander getrennt waren. Diese »Knicks« waren teilweise uralte, von Haselsträuchern, Schlehenbüschen und anderen Gehölzen bewachsene, breite Erd- oder Steinwälle und stammten häufig noch von den Angeln, die bis ins 5. Jahrhundert hier gelebt hatten, bevor sie nach Britannien ausgewandert waren.

Gesine sah ihren Großvater Paul vor sich, der die verschiedenen Ausgrabungen in der Region mit großem Interesse verfolgte. Von klein auf hatte Gesine ihn auf seinen »Streifzügen in die Vergangenheit« begleitet. Besonders aufregend und gruselig hatte sie das Thorsberger Moor in der Nähe von Süderbrarup gefunden. Im 3. und 4. Jahrhundert nach Christus hatten sich verschiedene Stämme in der Gegend erbitterte Kämpfe geliefert.

Die Sieger hatten Waffen und Ausrüstung der Unterlegenen im heiligen Moor geopfert – als Dank an ihren obersten Gott Thor. Opa Paul hatte die Welt der Germanen und Wikinger so anschaulich geschildert, dass sie sich damals bei der Erkundung der alten Opferstätte an seine Hand geklammert hatte – halb hoffend, halb fürchtend, dem Geist eines alten Kriegers zu begegnen.

Das ungeduldige Schnauben ihrer Stute riss Gesine aus ihren Gedanken. Sie hatten mittlerweile den Strand erreicht, den sie gewöhnlich für einen Galopp nutzten. Gesine beugte sich vor. »Auf geht's!«, rief sie und klopfte Cara den Hals.

Die Stute wieherte, beschleunigte ihre Gangart und sauste auf dem feuchten Sand an der Wasserlinie entlang. Gesine jauchzte auf und gab sich ganz der Geschwindigkeit und den kraftvollen Bewegungen des Pferdes hin. Die Welt bestand nur noch aus dem Trommeln der Hufe, dem Geräusch der Brandung, dem Glitzern der Sonnenreflexe auf den Wellen, dem kühlen Wind, der ihre Haare zauste, und dem Glücksgefühl, das sie erfüllte und alles andere für den Augenblick verdrängte.

Eine Stunde später hastete Gesine durch die große Eingangshalle ihres Elternhauses. Aus einer Ecke schoss ein braunes Bündel auf sie zu und sprang bellend an ihr hoch.

»Anton, sei leise«, flüsterte Gesine.

Der Rauhaardackel wedelte mit dem Schwanz und warf sich auf den Rücken, um sich am Bauch kraulen zu lassen.

Gesine bückte sich und streichelte ihn kurz. »Ich hab jetzt leider keine Zeit«, sagte sie und richtete sich wieder auf.

Anton sah sie vorwurfsvoll an und trollte sich in Richtung Küche, während Gesine zum Speisezimmer lief. Vor der Tür hielt sie inne und lauschte den erregten Stimmen, die dumpf nach draußen drangen. Sie verdrehte die Augen. Streit schon am frühen Morgen.

»… so nicht weiter!«, hörte sie ihre Mutter sagen. »Sie ist ungehorsam und aufmüpfig. Das lasse ich mir nicht bieten!«

»Sei doch nicht so streng, meine Liebe«, antwortete der sonore Bariton des Grafen.

Gesine presste ihre Lippen aufeinander. Kein Zweifel, es ging wieder einmal um sie. Vielleicht hätte ich doch auf Anneke hören und nicht ausreiten sollen, dachte sie.

»Auch dir kann es doch nicht gleichgültig sein, dass sie ihre Zukunft aufs Spiel setzt«, fuhr ihre Mutter fort.

»Nun übertreibst du aber«, sagte ihr Mann. »Gesine wird schon nicht durchfallen. Und ich finde …«

»Schon nicht durchfallen?«, unterbrach ihn seine Frau empört. »Du willst mir nicht ernsthaft sagen, dass du dich damit zufriedengibst?«

»Sie wird sich sicher noch berappeln und …«, wandte der Graf ein.

»Ein gutes Pferd springt nur so hoch, wie es muss«, fiel ihm Henriette von Pletten ins Wort.

Ganz genau, pflichtete Gesine ihr in Gedanken bei. Das ist doch sehr vernünftig. Wozu soll man sich unnötig schinden?

»Wir hatten eine klare Abmachung. Aber das Fräulein setzt sich einfach darüber hinweg. Das lasse ich mir nicht länger gefallen!«, wetterte ihre Mutter.

Bevor der Graf antworten konnte, holte Gesine tief Luft, stieß die Tür auf und trat über die Schwelle. Das Speisezimmer war mit Biedermeiermöbeln aus Kirschholz ausgestattet und hatte dank der hellen Tapeten und der beiden zum Park zeigenden Fenster eine freundliche Atmosphäre. Ein Vitrinenschrank nahm eine Schmalseite ein, an der gegenüberliegenden Wand befand sich eine Anrichte. Der ausziehbare ovale Tisch konnte zwölf Personen Platz bieten, war gewöhnlich jedoch zusammengeschoben und von vier Stühlen umgeben, die übrigen standen an der Längsseite des Zimmers rechts und links neben der Tür. Gesines Vater, Carl-Gustav von Pletten, saß in Cordhosen, hellblauem Hemd und dunkelblauer Jacke am Kopfende des Tisches, seine neun Jahre jüngere Frau Henriette stand ihm in einem schmal geschnittenen beigen Hosenanzug und dunkelgrüner Schleifenbluse gegenüber. Sie hatte die Hände um die Lehne ihres Stuhls gelegt, die Knöchel traten weiß hervor – das einzige Anzeichen für ihre Anspannung.

Die Gräfin war eine mittelgroße Frau von siebenunddreißig Jahren. Sie trug ihre schwarzen Haare in einem kurzen Stufenschnitt, was ihre markanten Gesichtszüge mit den geraden Brauen und der schmalen Nase unterstrich. Von ihr hatte Gesine bis auf die braungrünen Augen wenig Äußerliches geerbt. Mit dem schulterlangen Lockenschopf, den geschwungenen Augenbrauen und dem breiten Mund kam sie nach ihrem Vater, von dem sie auch die hochgewachsene, muskulöse Figur hatte.

»Guten Morgen«, sagte Gesine betont fröhlich und setzte sich auf ihren Platz mit Blick auf die Fenster.

Ihre Mutter fixierte sie mit gerunzelter Stirn und öffnete den Mund.

»Ich weiß, dass ich Hausarrest habe«, fuhr Gesine rasch fort. »Aber Cara muss bewegt werden. Das sagst du selbst immer. Deshalb bin ich extra früh aufgestanden, um nachher genug Zeit zum Lernen zu haben.« Sie schielte zu ihrer Mutter und fragte sich, ob sie damit durchkommen würde.

»Siehst du, Henriette, unsere Tochter ist durchaus verantwortungsbewusst«, sagte Carl-Gustav und zwinkerte Gesine kaum merklich zu. »Und nun setz dich bitte und lass uns frühstücken. Die Eier werden sonst kalt.« Er deutete auf eine Platte, auf der sich Rühreier mit Schinken und angebratenen Pilzen türmten. »Das kannst du doch gar nicht leiden.«

Seine Frau kam seiner Aufforderung nach kurzem Zögern

nach. Carl-Gustav reichte ihr die Eier und schenkte sich Kaffee ein. Gesine schüttete Cornflakes und Milch in eine Schale, wich dem Blick ihrer Mutter aus, der nach wie vor auf ihr ruhte, und wendete sich an ihren Vater.

»Paps, ich weiß noch gar nicht, wie gestern das Bewerbungsgespräch mit dem Bereiter gelaufen ist.«

»Stimmt, das wollte ich dich auch fragen«, murmelte Henriette von Pletten und sah ihren Mann gespannt an.

Gesine beglückwünschte sich insgeheim. Sie hatte das richtige Thema gewählt und fürs Erste die Aufmerksamkeit ihrer Mutter von sich abgelenkt. Abgesehen davon wollte sie tatsächlich wissen, ob ihr Vater endlich erfolgreich gewesen war. Schon seit Wochen war er auf der Suche nach einem Nachfolger für seinen ehemaligen Bereiter, der mit knapp siebzig Jahren den Ruhestand angetreten hatte und zu seiner Tochter und ihrer Familie nach Süddeutschland gezogen war. Am Tag zuvor war Gesines Vater zu einem Pferdehof bei Husum gefahren. Dort suchte ein Reitlehrer nach neuen Herausforderungen und hatte sich auf die vakante Stelle auf Gestüt Pletten beworben. Um sich ein Bild von dessen Arbeitsweise zu verschaffen, hatte Carl-Gustav die siebzig Kilometer zur Nordsee zurückgelegt und war erst wieder zu Hause eingetroffen, als Gesine bereits im Bett lag.

Er setzte seine Tasse ab. »Den Weg hätte ich mir sparen können.« Er verzog den Mund.

Gesine zog erstaunt die Brauen hoch.

Auch ihre Mutter sah ihn überrascht an. »Wieso das?«, fragte sie. »Ich dachte, er hat die besten Referenzen?«

»Auf dem Papier vielleicht«, knurrte ihr Mann. »Der Kerl hat sich als arroganter Schnösel entpuppt. Vor allem aber ist er ein ganz unverhohlener Freund aller erdenklichen Hilfsmittel, um die Pferde – ich zitiere wörtlich – schnellstmöglich in Form zu bringen und ihnen klarzumachen, wer der Herr ist.« Er schüttelte den Kopf. »So jemanden kann ich hier nicht gebrauchen.«

»Nein, wirklich nicht!«, rief Gesine.

Ihre Mutter zog die Stirn kraus und öffnete den Mund.

»Ich weiß, was du denkst, meine Liebe«, sagte Carl-Gustav. »Und ich gebe ja zu, dass der Einsatz von Gerte, Sporen oder auch Hilfszügeln in gewissen Situationen beim Training durchaus sinnvoll sein kann. Aber wenn du diesen Kerl gesehen hättest, würdest du mir zustimmen. Ich wage zu bezweifeln, dass er viel von Pferden versteht.«

Seine Frau zuckte mit den Schultern. »Deine Entscheidung.« Sie drehte sich zu Gesine. »Apropos Training. Wie kommst du mit Cara voran?«

»Äh, ich …«, stammelte Gesine.

»Hast du nicht gesagt, dass du sie vorhin bewegt hast?«

»Hab ich ja auch.«

»Lass mich raten«, zischte ihre Mutter. »Ihr seid wieder einmal ohne Sinn und Verstand herumgestreunt und über den Strand galoppiert.«

Gesine richtete sich auf. »Was ist denn so verkehrt daran? Es tut Cara gut, sich auszutoben und …«

»Schweig!« Henriette von Pletten funkelte ihre Tochter wütend an. »Du weißt sehr gut, dass sie noch viel zu lernen hat. Sie hat hervorragende Anlagen. Aber ohne Ausbildung wird sie nie Preise gewinnen.«

»Ich pfeif auf deine Preise!« Gesine pfefferte ihren Löffel in die Schüssel mit den Cornflakes. Milch spritzte über den Rand. »Ich hab keine Lust auf dämliche Wettkämpfe. Und Cara kann ganz sicher auch dar…«

»Cara wird eine Zuchtstute«, fiel ihr ihre Mutter ins Wort. »Der Wert ihrer Fohlen steigt, wenn sie Turniere erfolgreich bestreitet.«

»Dir geht's nur ums Geld!«, rief Gesine. »Aber es gibt auch …«

»Es geht vor allem um deine Zukunft!« Henriette von Pletten funkelte sie an. »Du hast offensichtlich nicht die Absicht, dich für dein Abitur ins Zeug zu legen. Dann mach wenigstens etwas aus deinem Talent als Reiterin. Du könntest es weit bringen und eine Karriere als Dressur …«

Gesine schlug mit der flachen Hand auf den Tisch. »Sieh's doch endlich ein! Ich will das nicht!«, schrie sie.

»Und was willst du dann? Rumlungern und dich treiben lassen?«

»Bitte, beruhigt euch«, sagte Carl-Gustav und hob beschwichtigend die Hände. »Es hat doch keinen Sinn, darüber zu streiten. Wenn Gesine keine Lust …«

»Ja, nimm du sie immer nur in Schutz!«, fauchte seine Frau. »Bestärke sie noch in ihrer Verweigerungshaltung. Du wirst schon sehen, wohin das führt. Und dann sage nicht, ich hätte dich nicht gewarnt!«

»Mein Gott, jetzt langt's aber!« Gesine sprang auf. »Du tust ja gerade so, als würde ich unter der Brücke enden. Nur weil ich nicht so von Ehrgeiz zerfressen bin wie du.«

»Was erlaubst du dir?« Henriette von Pletten erhob sich ebenfalls. »Da! Das sind die Früchte deiner Nachgiebigkeit!«, warf sie ihrem Mann vor.

»Lass Paps aus dem Spiel!«, schrie Gesine. »Immer hackst du auf ihm rum. Dabei kann er rein gar nichts für mein Verhalten. Ich allein …«

»Wie du meinst«, sagte ihre Mutter mit eisiger Stimme. »Jedenfalls werden jetzt andere Saiten aufgezogen.«

»Nur zu! Wirst schon sehen, was du davon hast«, rief Gesine, stürmte aus dem Zimmer und warf die Tür hinter sich zu.

In der Halle blieb sie stehen und stützte sich mit beiden Händen auf der Kommode ab, die unter einem großen Spiegel neben der Garderobe stand. Das Hochgefühl, ihrer Mutter Paroli geboten zu haben, verflüchtigte sich. Ihre Knie begannen zu zittern. Was für eine Strafe würde sie erwarten?

Das Klacken von Absätzen auf dem Parkett im Speisezimmer schreckte Gesine auf. Sie stieß sich von der Kommode ab, lief zur Eingangstür, öffnete sie einen Spaltbreit und schlüpfte hinaus. Wie von selbst schlugen ihre Füße den Weg zu dem Ort ein, den sie von klein auf in Situationen wie diesen aufsuchte.

»Gesine! Bleib gefälligst hier!«

Gedämpft drang der Ruf ihrer Mutter zu ihr nach draußen. Der Zorn in ihrer Stimme verstärkte Gesines Fluchtimpuls. Sie fühlte sich einer Fortführung ihrer Auseinandersetzung nicht gewachsen. Nicht in diesem Moment. So schnell sie konnte, rannte sie über den Hof zum Torhaus und hinauf zu den Zimmern, die Opa Paul seit dem Tod seiner Frau Greta vor zwölf Jahren bewohnte. Zu dieser Zeit hatte er die Leitung des Gestüts in die Hände seines Sohnes Carl-Gustav gegeben und sich fortan ganz der Erkundung der Vor- und Frühgeschichte seiner Heimat verschrieben.

Bereits beim Betreten des Gebäudes entspannte sich Gesine. Der vertraute Geruch nach Pfeifenrauch, Bohnerwachs und frisch gehackten Holzscheiten, die im Vorraum neben der Treppe gestapelt waren, hatte etwas Tröstliches. Sie fand ihren Großvater in seinem Studierstübchen, das er sich im Turm über dem Torbogen eingerichtet hatte. Von dort hatte er sowohl einen Blick auf die Zufahrtsallee als auch auf den Innenhof. Wenn er nicht tief in seinen Büchern oder Fachzeitschriften versunken war, neue Funde katalogisierte oder gar selbst über die Ausgrabungen und historischen Begebenheiten schrieb, saß er gern am Fenster und beobachtete das Treiben auf dem Gestüt.

Gesine konnte nicht nachvollziehen, warum ihre Mutter ihren Schwiegervater für senil hielt und glaubte, er würde sich nicht mehr für Dinge und Personen interessieren, die jünger als zweitausend Jahre waren. Opa Paul war vielleicht ein wenig sonderlich und häufig in seine Gedanken versponnen, er bekam aber durchaus noch genau mit, was um ihn herum geschah. Da er es jedoch vermied, sich in fremde Angelegenheiten einzumischen, mochte der Eindruck entstehen, er nähme keinen Anteil daran. Gesine vermutete, dass er sich aus gutem Grund diese Zurückhaltung auferlegte. Von Anneke wusste sie von heftigen Auseinandersetzungen, die in den Jahren vor seinem Rückzug aus der Gutsverwaltung häufig zwischen ihm und seiner Schwiegertochter eskaliert waren.

»Ah, Gesine, komm herein.«

Opa Paul, der wie gewöhnlich eine Kniebundhose und ein weißes Hemd mit Stehkragen trug, nickte seiner Enkelin, die den Kopf zur Tür hineingesteckt und vorsichtig an den Rahmen geklopft hatte, freundlich zu und winkte sie zu sich. Er stand vor einem Tisch, den eine Flurkarte bedeckte, die er sich vom Katasteramt besorgt hatte. An vielen Stellen steckten farbige Wimpelchen, die Ausgrabungsstellen oder Fundorte interessanter prähistorischer Gegenstände markierten.

»Wobei störe ich dich denn gerade?«, fragte Gesine und stellte sich neben ihn.

»Ich bereite den Vortrag vor, den ich bei der Herbsttagung des Heimatvereins halten werde.« Er sah Gesine über den Rand seiner Lesebrille an. »Was bedrückt dich, mien Deern?« Er kniff die Augen leicht zusammen. »Bist du mal wieder mit deiner Mutter aneinandergeraten?«

»Nie kann ich es ihr recht machen«, brach es aus Gesine heraus. Sie fuhr sich mit einer Hand durch die braunen Locken. »Ständig nörgelt sie an mir rum. Heute war's besonders schlimm.«

»Sie beruhigt sich schon wieder, du wirst se…«

Gesine schüttelte heftig den Kopf. »Sie hat gedroht, dass sie nun andere Saiten aufziehen wird.«

»Was hast du denn angestellt?« Opa Paul nahm seine Brille ab und sah seiner Enkelin in die Augen.

»Nix Besonderes. Hab ihr halt widersprochen.« Gesine verschränkte die Arme vor der Brust.

»Und was meint deine Mutter mit anderen Saiten?«

»Keine Ahnung. Aber ich fürchte, sie will mich nach Louisenlund schicken.« Gesine ließ die Schultern hängen.

Mehrfach hatte ihre Mutter bei vergangenen Streitigkeiten damit gedroht, Gesine ins Internat in der Nähe von Eckernförde zu stecken. Die Privatschule Louisenlund galt als elitär – erst in diesem Jahr hatte die Tochter von Herzog Friedrich zu Schleswig-Holstein dort ihr Abschlussexamen gemacht. Allerdings hatte die Schule auch den Ruf, dass dort diejenigen, die auf normalen Gymnasien scheiterten, noch eine Chance aufs Abitur bekamen, sofern ihre Eltern das nötige Geld dafür aufbringen konnten.

Opa Paul sog scharf die Luft ein, verkniff sich jedoch die Bemerkung, die ihm zweifellos auf der Zunge lag.

»Ja, ich weiß. Ich hätte sie nicht provozieren dürfen«, grummelte Gesine. »Aber sie bringt mich einfach zur Weißglut mit ihrem Ehrgeiz. Wieso kann sie mich nicht in Ruhe lassen?«

Ihr Großvater fasste sie am Ellenbogen und führte sie zu dem kleinen Sofa, das in einer Ecke stand. Die ledernen Sitzpolster waren vom jahrelangen Gebrauch blankgerieben und verformt. Bereits als Kind hatte Gesine dort mit ihrem Opa gesessen und sich von ihm vorlesen lassen oder seinen Geschichten gelauscht, die sie in die Welt der alten Germanen entführten. In letzter Zeit diente das Sofa immer öfter als Zufluchtsort, auf dem sich Gesine ihren Kummer von der Seele redete.

»Sie macht sich eben Sorgen um dich«, sagte Opa Paul, nachdem sie Platz genommen hatten.

»Aber warum? Ich werde das Abi schon nicht vergeigen.«